TOTENTANZ

Makabre Begegnungen

MARK TULLIUS

„Altehrwürdige Schreckensgeschichten- von Innovation durchdrungen.“

- Kirkus Reviews

„Beunruhigend, seltsam und auf Schritt und Tritt, unerschrocken, grimmig, TOTENTANZ – MAKABRE BEGEGNUNGEN schockiert und verzaubert sogar.“

- IndieReader

Für Olivia, Jake und Bailey
Die strahlenden Lichtfunken, die die Dunkelheit fernhalten

INHALTSVERZEICHNIS

Ihr kostenloses Buch wartet auf Sie

Drei kurze Horrorgeschichten und ein Non-Fiction-Artikel von Mark Tullius, einem der schlagkräftigsten Autoren auf dem Markt. Die Geschichten werden Sie bestimmt mehr als nur ein wenig beunruhigen.

Die Protagonisten sind:

Ein übergewichtiger Vater, der von seiner Familie ignoriert wird und den ultimativen, jedoch unerwarteten Preis für seine Sünden bezahlt

Ein Gangster, der in eine Kirche in der Nachbarschaft einbricht, der das quälende Gefühl hat, dass irgendetwas überhaupt nicht stimmt

Ein Kameramann, der sich nach der Aufdeckung eines Menschenhandelsrings in einer ausweglosen Situation befindet

Ein alternder Autor, der den Preis für seine draufgängerische Vergangenheit bezahlt und jetzt alles daransetzt, sein Gehirn zu reparieren

Diese schockierenden Geschichten machen Lust auf mehr.

Holen Sie sich ein kostenloses Exemplar der Kollektion

„Gruselige Leckerbissen - eine beunruhigende Vorspeise“ hier:

https://www.marktullius.com/free-book-is-waiting

VORWORT DES AUTORS

Die Hälfte der Kurzgeschichten, die Sie gleich lesen werden, wurden zwischen 2003 und 2008 in kleinen Zeitschriften, E-Zines und Anthologien veröffentlicht, die andere Hälfte blieb auf meiner Festplatte versteckt, weil sie einfach nicht gut genug war. Es war ziemlich schwierig, diese alten Geschichten wieder zu lesen, aber es hat viel Spaß gemacht, sie neu zu erfinden. Die Bösewichte haben neue Jobs bekommen und sich neue Beweggründe und Mordmethoden angeeignet. Einige der Szenen wurden umgeschrieben und ein paar der guten Jungs haben neue Namen bekommen. Sie werden aber alle mit demselben Ende konfrontiert; dem Ende, das uns allen droht. Das ist der Grund, weshalb ich diese Geschichten geschrieben habe.

Tod im Morgenrot

Das Mädchen, das er Laura nannte, vergrub weinend ihr Gesicht im Kissen und fing wieder an zu schluchzen. Vic streichelte ihre Schulter und versuchte, sie zu beruhigen. Er wünschte, er könnte sich an ihren richtigen Namen erinnern. Sie entspannte sich dank seiner Berührung ein wenig. „Na also. Das ist viel besser“, sagte er. „Es ist ja nicht so, dass ich dich nicht mag, aber ich muss alleine schlafen.“

Sie zog sich ruckartig zurück.

„Es ist nichts Persönliches.“

Sie schrie ins Kissen. „Ich weiß!“

Vic hörte auf, nett zu sein. „Du musst aufstehen.“ Er schnappte sich das schmutzige Handtuch und wickelte es sich um die Hüften.

Sie zog das Gesicht aus dem Kissen und sah ihn an. Schwarze Wimperntusche schlängelte ihre Wangen hinunter. Sie klang viel jünger als achtzehn, wie sie behauptet hatte, als sie ihn fragte: „Wo gehst du hin?“

Vic öffnete die Schlafzimmertür und rief George zu, der schlafend auf der Couch lag. "Hey, du musst mir helfen."

„Nein, ich will nicht, dass jemand reinkommt“, flehte ihn das Mädchen an.

George war schon seit fast zehn Jahren Vics Handlanger. Sie hatten sich im Büro von Rektor Jenner kennengelernt, nachdem sie beim Ecstasy-Kauf erwischt worden waren. George rieb sich die Augen und strich mit der Hand über seinen rasierten Kopf. „Komm schon, Lady, du musst gehen.“

„Oh mein Gott“, sagte sie zu Vic. „Du bist so ein Arsch!“

Vic drehte sich zu ihr um. „Tut mir leid, aber ich muss früh raus. George wird dich nach Hause bringen.“

„Ich kann nicht nach Hause gehen! Ich habe meinen Eltern gesagt, dass ich bei Amy übernachte.“

Das war so lächerlich, dass Vic mit den Augen rollte. Er musste sich in Zukunft die Ausweise genauer ansehen. Auf dem Weg ins Badezimmer sagte er zu George: „Sei bitte diskret.“ Er konnte ihre Schreie durch die geschlossene Tür hören, während er unter der Dusche stand. Sie wurden erst ausgeblendet, als er das Radio einschaltete.

Als er aus dem Badezimmer kam, war sie weg. Er zog seine Boxershorts an, dann startete er seinen Laptop und öffnete eine Website. Fünfzehntausend Aufrufe. *Nicht schlecht für einen halb toten Fisch im Bett*, dachte er. Vic betrieb die Seite *Vielleicht legal* bereits seit zwei Jahren. Die Aufrufe hatten in den letzten neun Monaten zugenommen. Vics Mädchen waren alle echt. Echt häuslich, echt naiv. Und einige waren auch echt hässlich, aber vor allem waren sie echte Jungfrauen. Jungfrauen waren heutzutage nicht leicht zu bekommen. Vic gab sich mit denen zufrieden, die er auf seinen Streifzügen durch Einkaufszentren und Wasserparks ergatterte. Ihre ersten pornographischen Erfahrungen wurden dann in dreiundfünfzig Ländern ausgestrahlt. Vic bekam von überall her Fanpost; manchmal sogar Nachrichten wie die dieses einen Typen aus Bulgarien, der gefragt hatte, ob Vic ein Video mit einem Mädchen aufnehmen könne, das auf einer GI-Joe-Actionfigur ritt.

Es klopfte dreimal an der Tür. Vic sprang auf und spähte durch das Guckloch. Es kam oft vor, dass Mädchen zurückkamen, weil sie ihr Handy oder ihr Höschen vergessen hatten, oder einfach nur, weil sie wissen wollten, ob er sie am nächsten Tag anrufen würde. Die meisten von ihnen wollten ihn nie wiedersehen und es schockierte ihn, dass es so viele Ausnahmen gab.

George betrat das Haus, hielt dabei die Hand auf sein Ohr gedrückt. Er hatte eine dünne Blutspur am Hals. „Dumme Schlampe."

Vic fragte: „Was ist denn mit dir passiert?"

„Sie hat mich gebissen, Mann! Sie hat mich verdammt noch mal gebissen!"

„Gebissen?"

„Ja, ich habe ihr gesagt, dass sie gut aussieht und gedacht, dass sie mich vielleicht ein paar Sekunden ranlässt. Dann hat sie mich verdammt noch mal gebissen!"

George ging ins Badezimmer, um sich zu waschen. Vic lachte und holte ein Energiegetränk aus dem Kühlschrank. Er öffnete die Flasche und trank einen großen Schluck. Dann fragte er desinteressiert: „Hat sie was gesagt?"

„Sie hat während der ganzen Fahrt vielleicht fünf Worte gesagt. Hier rechts, hier links. Und schien nicht allzu glücklich zu sein."

„Man kann es nicht allen recht machen.“

Ein paar Minuten später kam George aus dem Badezimmer. Es klebten drei komisch aussehende Bandagen an seinem Ohr. Sein fetter Körper füllte den Türrahmen aus, als er das Licht einschaltete. „Heilige Scheiße, du siehst aus, als hättest du jemanden umgebracht.“

Vic schmunzelte, trank einen Schluck und setzte sich wieder vor den Computer, während George die blutverschmierte Bettdecke fotografierte.

George zog die schmutzigen Laken vom Bett, holte neue Seidenbettwäsche aus dem Schrank und bezog es wieder neu. Er glättete die Laken und ordnete die Kissen. „War sie gut?“

„Na ja, es geht.“ Er aktualisierte die Website und sagte: „Heilige Scheiße, ich vermute, das interessiert niemanden. Aber, sie hat 34.347 Aufrufe. Nicht schlecht für zwei Stunden.“

George stopfte die alten Laken in einen Müllsack. Er hielt ihn am oberen Ende fest, zwirbelte ihn ein paar Mal herum und band einen Knoten. „Sie hat aber auch richtig scharf ausgesehen.“ Er deutete mit dem Kinn auf den Schrank, auf dem das Aufnahmegerät stand. „Hat sie es gewusst?“

„Keine Ahnung.“

George ging zu Vic ins Wohnzimmer. „Irgendwelche neue Aussichten?“

„Ja, der Vater dieses Mädchens hier ist Pastor.“

„Irre.“

Jedes neue Mädchen garantierte ein paar neue Mitglieder, die Abonnements nahmen stetig zu. Heute Abend hatte „Laura“ bereits vierundsiebzig davon eingebracht - für je zwanzig Dollar.

George schüttelte den Kopf und bediente sich aus dem Kühlschrank. „Ich frage mich, wie zum Teufel du das machst.“

Vic wollte sagen, dass er ihnen das Gefühl gab, etwas Besonderes zu sein, aber eigentlich glaubte, selbst er, das nicht mehr.

„Hast du für morgen was geplant?“ George ließ sich auf die Couch plumpsen und schmatzte bei jedem Löffel Joghurt, den er sich in den Mund schob. „Muss ich in der Nähe bleiben, oder kann ich ...“

Ein Hämmern an der Haustür unterbrach ihn.

„Hast du das Tor nicht abgeschlossen?“, fragte Vic

„Doch. Ich tue das immer.“

Vic schüttelte den Kopf und stand auf, überlegte aber noch einmal, ob er die Tür öffnen sollte. „Sieh nach, wer es ist.“ Er ging ins Schlafzimmer. „Ich bin nicht da.“

Noch ein Schlag.

George löffelte sein Joghurt weiter. „Bestimmt niemand für mich.“

Vic war zu müde dafür. „Wie viel bezahle ich dir? Willst du dir lieber einen richtigen Job suchen?“

George maulte leise vor sich hin und ging zur Tür. Er öffnete sie und sagte: „Er ist nicht ...“

Eine alte Frau in einem dunkelbraunen Kleid stürmte ins Haus und drückte George an die Wand, ohne ihn zu berühren. Ihr dürrer Zeigefinger mit dem langen, brüchigen Fingernagel war nur wenige Zentimeter von seinen Lippen entfernt. Er zeigte auf Vics Schlafzimmer.

Vic zog seinen Bademantel an und erreichte, zusammen mit der Frau, fast gleichzeitig die Tür. Er wollte nicht mit ihr in einem Zimmer sein. Die Frau sah aus, als würde sie aus dem Nahen Osten stammen; als wäre ihre ledrige braune Haut von Wind und Sand gegerbt worden. Ihr Blick war kalt und ihre Augen waren blutunterlaufen. Sie schien wütend zu sein.

Vic deutete auf die Tür. „Du musst hier raus.“

Die Frau hob die Hand, spuckte auf ihre Handfläche und bewarf Vic mit ihrem Speichel. Sie rief etwas, das er nicht verstand, sie brachte jedoch unmissverständlich ihren Hass zum Ausdruck.

Vic wischte sich den Speichel vom Gesicht und schob die Frau zur Haustür. „Verschwinde, bevor ich die Polizei rufe, du kranke Schlampe.“

Vic sah George an, doch George rührte sich nicht. Die Frau allerdings schon, sie kehrte Vic den Rücken zu, blieb neben George stehen und sprach in gebrochenem Englisch. „Du machst auch mit?“

Er schüttelte den Kopf und trat gegen den Müllsack. „Ich räume nur auf.“

Vics Gesicht fühlte sich noch immer feucht an, aber seine Hand war trocken geblieben. „Ich rufe die Polizei“, sagte er und suchte nach seinem Handy. "Verschwinde endlich, verdammt noch mal!"

Die Tür fiel ins Schloss. Die Frau war gegangen und George verriegelte die Tür.

„Warum hast du sie reingelassen?“, fragte Vic.

Georges Gesicht war noch weißer als damals, als er gedacht hatte, er hätte Hodenkrebs. „Wer war das?“

Vic eilte zum Waschbecken und spritzte sich Wasser ins Gesicht. „Woher zum Teufel soll ich das wissen?“

„Hast du sie schon mal irgendwo gesehen?“

Es lebten viele Leute aus dem Libanon im Süden der Stadt, aber Vic ging selten dorthin. Irgendetwas an ihr kam ihm bekannt vor. „Vielleicht in einem Restaurant. Keine Ahnung.“

George zeigte auf den Computer. „Du hast vermutlich ihre Enkeltochter gevögelt. Das war nicht einfach nur eine Verrückte, die sich in der Hausnummer geirrt hat.“

„Ach was.“

„Glaub mir“, sagte George. Vic winkte ab und George schnappte sich den Müllsack und die Kamera. „An deiner Stelle wäre ich vorsichtig, Vic. Die kommt vielleicht zurück.“

„Dann muss ich vielleicht jemanden einstellen, der das verhindern kann“, sagte Vic, als George ging.

Vic hatte George eingestellt, weil er groß war und nicht viel Geld verlangte. Aber vielleicht musste Vic doch etwas mehr für Sicherheit ausgeben. Die Anzahl der Mädchen auf der Webseite war auf dreiundsechzig angestiegen und mindestens die Hälfte davon hatte wahrscheinlich Väter, die ihnen nahestanden. Vic schob den Riegel vor und ging zum Computer. Er machte sich keine Sorgen, aber es konnte auch nicht schaden.

Ein anderer Fan hatte ihn „Jungfrauenmörder“ genannt. Das gefiel ihm, er überlegte, ob er es dem Impressum hinzufügen sollte. Dann scrollte er durch die Fotos. Als er bei denjenigen ankam, die drei Monate alt waren, erschien Beckys Profil und ein blutverschmiertes Laken. Sie war seine Kellnerin gewesen. Sie waren auf einer Sauftour gewesen. Er hatte sie mit nach Hause genommen.

Kellnerin. Scheiße. Die alte Frau hatte hinter der Theke gestanden. Becky hatte sie ihm als ihre Großmutter vorgestellt. George hatte recht gehabt. Aber wie hatte sie ihn gefunden? Hatte Becky ihrer Großmutter etwa erzählt, was passiert war? Es war schon drei Monate her.

Vic konnte nicht schlafen. In seinem Schlafzimmer war es stockdunkel. Draußen war ein lautes Geräusch zu hören; es klang, als würde jemand an den geschlossenen Jalousien kratzen.

Es kann nicht die alte Frau sein, sagte er zu sich selbst und schämte sich dafür, dass er überhaupt so etwas Dummes dachte. Sein Zimmer war im dritten Stock. Es war wahrscheinlich ein Vogel, der auf dem Fenstersims gelandet war. Trotzdem, die alte Schlampe hatte sich die ganze Nacht in seinem Kopf herumgetrieben.

Es war fast sechs Uhr. Die Sonne würde bald aufgehen und er musste sich noch etwas ausruhen, bevor ein anstrengender Tag im Fitnessstudio begann. Vic schnappte sich die Ohrstöpsel und die Schlafmaske, die auf dem Nachttisch lagen. Als er sich den einen Ohrstöpsel ins Ohr geschoben hatte, begann das Kratzen wieder. Diesmal stärker und lauter.

Sei kein Feigling. Vic öffnete die Jalousien und beobachtete, wie das erste Licht der Morgendämmerung die letzten Schatten der Nacht vertrieb.

Erst als das Kratzen weiterging, sah er, dass auf der anderen Seite des Fensters ein schwarzer Nebel in der Luft herumwirbelte. Es formten sich drei Wesen daraus, die alle schwebten. Das in der Mitte sah am meisten menschenähnlich aus, es hatte ein blasses Gesicht und trug eine mittelalterliche Arztmaske. Es trug ein dunkles Gewand und hielt ein Skalpell in seiner knochigen Hand. Links und rechts von ihm erschienen seine Schergen, die Schakal Köpfe hatten und Krallen anstatt Hände.

„Das muss ein verdammter Traum sein", sagte Vic laut, um sich aus dem Albtraum zu befreien. Das Trio schwebte vorwärts und drang durch die Fensterritzen. Vic schloss schnell die Jalousien, doch der dicke schwarze Nebel strömte ungehindert ins Zimmer. Die Wesen verfestigten sich dann wieder und nahmen ihre vorherige Form an.

Die Schergen packten Vic an den Armen und warfen ihn aufs Bett. Sie drückten ihn auf die Matratze und ihre Krallen rissen ihm die Haut auf. Der Arzt zog ein gebogenes Metallrohr aus seinem staubigen Gewand und schob es in Vics Mund. Es schlug gegen seine Zähne und riss ihm dabei den Rachen auf.

Vic betrachtete das blasse, verwesende Gesicht des Arztes und suchte die schwarzen Augenhöhlen, in denen eigentlich Augen hätten sein sollen.

Das Kichern der Bestie lähmte Vic, er spürte, wie ihm das Blut die Kehle hinunterlief.

Der Arzt flüsterte etwas Unverständliches und zog ein Glasgefäß hervor, in dem Spinnen und Skorpione herumkrabbelten. Er schraubte den Deckel auf und hielt es unter das Rohr. Vics schrie innerlich auf, als die Kreaturen in ihn hineinströmten; er wehrte sich mit Händen und Füßen gegen die Schergen, die ihn festhielten.

Bald war das Gefäß leer. Der Totenarzt warf es dann beiseite, Vic hörte jedoch keinen Aufprall. Er konnte nicht atmen, seine Luftröhre war verstopft. Tausende von borstigen Beinen krochen darin herum, feurige Stiche verzerrten seine Gedanken. Vic hatte bis zu diesem Moment noch nie sterben wollen.

Er öffnete die Augen. Das verwesende Gesicht des Totenarztes war nur wenige Zentimeter von seinem Gesicht entfernt. Sein fauliger Atem, der nach verrottetem Fleisch roch, drang durch die Maske. Er zog das Rohr aus Vics Kehle, dann holte er eine Lupe aus seiner Robe und platzierte sie dort, wo sein rechter Augapfel hätte sein sollen. Ein kleiner silberner Punkt in der Augenhöhle vergrößerte sich in der Lupe. Der Arzt kniff Vic in die Wangen und spähte in seine angeschwollene Kehle.

Vic konnte nicht verstehen, was der Arzt sagte, aber er erkannte die Sprache. Es war der gleiche Unsinn, den die alte Frau von sich gegeben hatte. Obwohl er die Worte nicht verstand, wusste er genau, dass sie Unheil brachten.

Ein markantes, metallisches klicken ließ Vic seine Panik vergessen. Der Arzt hatte mit der Klinge des Skalpells an den Bettpfosten geklopft. Vic blieb gerade lange genug bei Bewusstsein, um zu sehen, wie sein Bauch aufplatzte. Der blasse Arzt und seine Schergen grinsten, als die Kreaturen aus seinen Eingeweiden huschten.

Vic schoss aus dem Bett. Seine Gedanken rasten, er versuchte, sich zu orientieren. Er war in seinem Haus, das Haus, das er von seinen Eltern geerbt hatte, als sie gestorben waren. Er sah den Dreifuß im Schrank. Er dachte, dass es ein Traum gewesen sein musste und setzte die Füße auf den Boden. Ein stechender Schmerz schoss durch seinen großen Zeh. Es steckte eine Glasscherbe darin. Er zog sie heraus und blickte auf den Boden.

Dutzende von Spinnen und Skorpionen umzingelten einen Haufen Glasscherben.

Das war kein Traum. Es war später Nachmittag. Er öffnete sein Hemd und ertastete die Stiche auf seiner Brust. *Verdammt, was soll das, Mann? Vielleicht schlafe ich ja noch.* Doch das tat er nicht. Das verriet ihm die Blutspur, die er hinterließ, als er ins Wohnzimmer humpelte. Sein Computer war immer noch eingeschaltet. Und auf dem Bildschirm war Beckys Profil zu sehen. Er hatte ihn doch ausgeschaltet, oder etwa nicht?

Das Lachen der alten Frau hallte in seinem Kopf wieder. Hatte sie ihm etwas eingeflößt? Sie hatte ihn mit dem Speichel am Mund erwischt. Vielleicht war der Speichel gestreckt gewesen.

Er rannte zurück ins Zimmer und hoffte, dass die Spinnen und Skorpione verschwunden waren. Doch sie krochen immer noch über seine schmutzige Unterwäsche, die auf dem Boden lag.

Die alte Schlampe hatte irgendetwas getan. Er brütete die nächsten Stunden darüber, was es gewesen sein könnte. Er rief George an, doch er antwortete nicht und die Mailbox für Sprachnachrichten war voll. Vic ging im Zimmer umher. Beckys Augen schienen ihn auf Schritt und Tritt zu verfolgen. Schließlich löschte er ihr Profil und ihre Videos.

Er spürte aber immer noch, dass sie ihn von irgendwoher verurteilte.

Er zog Jeans und ein T-Shirt an und schnappte sich die Pistole, die unter den Pullovern im Schrank versteckt war. Er stieg in seinen Porsche und fuhr zu der Gasse auf der anderen Seite der Straße, wo er Becky abgesetzt hatte. Bis auf das Licht im Haus des Mädchens war es dunkel. Er machte sich aber nicht die Mühe, das Auto abzuschließen. Die Pistole steckte er in den Hosenbund, das ausgeleierte T-Shirt verbarg sie. Er blieb vor dem weißen Lattenzaun stehen und starrte den knurrenden Pitbull an, der auf der anderen Seite stand.

Die raue Stimme der alten Frau erschreckte Vic. Sie stand auf der Veranda und starrte ihn durch eine dunkle Katarakt-Sonnenbrille an. „Du bist gekommen", sagte sie und schien sich zu freuen.

Vic wurde bewusst, dass er keine Ahnung hatte, was er sagen sollte. Er kam sich hier draußen auf der Straße, albern und ausgeliefert vor. „Sieht nicht so aus, als würde er mich mögen."

„Oh, das wird er. Zumindest deinen Geschmack."

Der alten Frau gefiel, dass er nervös wurde. Aber er durfte seine wahren Gefühle nicht zeigen. Er musste schlau sein. Diplomatisch. Falls das nicht funktionierte, hatte er immer noch die Pistole.

„Ich muss mit ihrer Enkelin sprechen."

„Ich habe keine Enkelin."

„Die junge Frau, die bei Ihnen arbeitet. Sie hat mich Ihnen vorgestellt. Ihretwegen waren Sie doch rübergekommen."

„Ich bin nicht ihretwegen wegen, rübergekommen."

„Ich möchte mich entschuldigen." Es fühlte sich gut an, das zu sagen, doch als er den angewiderten Gesichtsausdruck der alten Frau sah, wäre Vic am liebsten im Boden versunken.

„Du kennst nicht einmal ihren Namen und willst dich plötzlich entschuldigen? Warum?"

Der Name des Mädchens fiel ihm wieder ein. „Gabby, sie heißt Gabby."

„Gabrielle."

„Ich habe sie von meiner Website entfernt. Und die Aufnahmen sind zerstört."

„Wie rücksichtsvoll." Die alte Frau spuckte auf den Boden.

„Ich kann bezahlen. Das hat sie verdient. Fünf Riesen?"

„Das ist das schmutzige Geld, das du mit all diesen armen Mädchen verdient hast. Du hast sie benutzt, als wären sie Müll."

„Ich habe sie nicht benutzt. Ich habe ihnen ..."

„Du hast sie angelogen."

„Es tut mir leid, wenn Sie denken, dass ich ... kann ich bitte mit ihr sprechen?"

Die alte Frau schüttelte den Kopf. „Eines Morgens ist sie nicht zum Frühstück erschienen. Ich bin in ihr Zimmer gegangen und habe gesehen, dass der Computer eingeschaltet war. Auf dem Bildschirm lief ein Film. Ich habe mir den Dreck zehn Sekunden lang angesehen und ihn dann ausgeschaltet. Dann habe ich Wasser rauschen gehört. Gabrielle war im Badezimmer. Das Badewasser war so rot, dass ich kaum ihre Beine sehen konnte. Als die Sonne aufging, war sie tot."

Vic legte die Hand auf den Zaun. Ihm war übel. Der Pitbull knurrte, schnappte nach seiner Hand und erwischte ihn am Knöchel. Vic sprang zurück. „Es tut mir so leid."

„Es wird dir den Rest deines Lebens leidtun."

Sie ließ nicht mit sich reden. Der Pitbull rammte den Zaun und würde ihn bald zerbrechen.

Als sich ein schwarzer Nebel um die Frau herum bildete, zückte Vic die Pistole. Der Nebel kam auf ihn zu, wirbelte um die Pistole herum und drehte sie um hundertachtzig Grad, sodass sie auf Vics Gesicht zeigte. Er spürte, wie sein Finger sich verkrampfte. Er konnte nichts tun.

Die alte Frau sagte: „Es wird nie ein Ende geben." Dann fiel ein Schuss.

Vic hob den Kopf vom schmutzigen Kissen im verlassenen Haus, in dem er sich versteckt hatte. Seit seinem letzten Tod waren gute sechs Stunden vergangen, der sechsundsiebzigste in Folge. Der Geschmack von Salzsäure lag ihm auf seiner Zunge. Vic schlüpfte aus dem Bett und ging direkt auf das Aufnahmegerät zu, das auf dem Umzugskarton stand. Vic spielte das Filmmaterial der letzten Nacht ab und schaltete den kleinen Bildschirm ein.

Auf dem Bildschirm war zu sehen, wie Vic sich durch den dunklen Raum bewegte und dann auf dem Bett einschlief. Er spulte ein paar Minuten vor und verlangsamte die Wiedergabe wieder. Es war zu sehen, wie er aufstand und auf die Morgendämmerung wartete. Als er sich zur Tür umdrehte, war niemand anderes auf dem Video zu sehen, doch sein Körper wurde wie durch ein Wunder hochgehoben und aufs Bett geworfen.

Das musste er nicht noch einmal erleben. Vic schaltete alles aus und ging ins Badezimmer. Er griff nach einer Flasche Mundwasser und gurgelte. Leider machte er den Fehler, in den Spiegel zu sehen. Er war erst vierundzwanzig, aber die dunklen Tränensäcke unter seinen Augen wurden von Tag zu Tag größer und dunkler. Sein dichtes, dunkelbraunes Haar war schneeweiß und begann auszufallen. Er hatte sich überlegt, es zu färben und sich Haarwuchsmittel zu besorgen, aber wozu? Noch ein paar Morgendämmerungen wie diese, dann würde es ganz verschwinden.

Vielleicht gehörte das zum Fluch. Zum Schluss würde er aussehen wie diese verdammte Frau. Es fehlten nur noch die Leberflecken.

Vic spuckte das Mundwasser aus und griff nach der Zahnbürste. Er bezweifelte zwar, dass die Zahnpasta helfen würde, wenn das Mundwasser den Geschmack der Säure nicht beseitigen konnte, aber er würde es versuchen. Als er seinen abgemagerten Arm betrachtete, der sich hin und her bewegte, brach er weinend zusammen. Er fiel auseinander.

Seit er verflucht worden war, hatte er über fünfzig Pfund abgenommen. So dürr wie er war, würde sich nie mehr eine Frau für ihn interessieren, doch das spielte jetzt keine Rolle. Er wollte nur, dass es aufhörte. Er wollte endlich wieder wie ein normaler Mensch einschlafen und von der Sonne aufgeweckt werden, die durch das Fenster schien. Früher hatte er immer ausgeschlafen. Jetzt musste er froh sein, wenn er ein paar Stunden lang unruhig vor sich hin eindöste.

Vic zog seine Jeans und das blaue Unterhemd an, das früher seinen Bizeps zur Schau gestellt hatte, jetzt aber nur noch seine verkümmerten Arme entblößte. Es gab keinen Tod. Nicht für ihn. Nicht durch den Arzt, und auch nicht durch dessen Schergen, oder seine eigene Hand; er konnte keinen dauerhaften Tod herbeiführen. Er hatte alles versucht. Er hatte sich die Pulsadern aufgeschnitten. War von Hochhäusern gesprungen. Brücken. Er hatte sein Auto über eine Klippe gelenkt und mehr Kugeln geschluckt, als er zählen konnte. Schlaftabletten halfen auch nicht, ihre Wirkung ließ bei Tagesanbruch immer nach.

Vic war nach Westen gefahren, um der Morgendämmerung zu entfliehen, aber die Bastarde waren ihm gefolgt und hatten ihm einen stetigen Strom zähflüssiges Öl eingeflößt. In Illinois hatten sie es angezündet. In Albuquerque hatten sie Rasierklingen in seine Luftröhre gestopft. In Wyoming hatte der Arzt seine Brust mit einer Kettensäge bearbeitet. In Cheyenne waren es die Dobermänner gewesen. Von Hunden zerfleischt zu werden war am schlimmsten gewesen.

Er hatte schon im ersten Monat alles verloren: sein Haus, sein Bankkonto, und nachdem er die Webseite gelöscht hatte, auch alle seine sogenannten Freunde. Er reiste durch das ganze Land und suchte nach den Mädchen, die er ausgenutzt hatte. Einige verziehen ihm, doch die meisten taten es nicht.

Es spielte keine Rolle, wo er war. Er starb jeden Morgen. Normalerweise war er alleine, ein paar Mal hatte er Zuschauer gehabt. Er vermied es, sich in der Öffentlichkeit aufzuhalten, weil der Arzt nie Zeugen zurückließ. Barmherzige Samariter, die dachten, er hätte einen epileptischen Anfall, waren angezündet und ausgeweidet worden. Deshalb blieb Vic in der Dunkelheit. Er aß aus Mülltonnen und trank billigen Wein, in der Hoffnung, den Schmerz zu betäuben. Doch, der Arzt würde sein Blut aussaugen, bis er nüchtern genug war, um die Klinge zu spüren. Vic betete darum, dass ihn endlich natürliche Ursachen seiner Kräfte berauben würden und der Arzt eines Tages müde werden und sich ein anderes Opfer suchen würde. Doch er erwachte weiterhin jeden Morgen und sah, wie die verdammte Sonne aufging.

Das war sein Leben und es würde niemals enden.

Die falsche Seite

Paulson meldete sich vom Computer ab und schaltete die Amtrak Steuerelemente aus. Normalerweise hätte das Hank getan, wenn dieser verdammte Lieferwagen nicht gewesen wäre. Der grässliche Unfall außerhalb von San Diego hatte seine Fahrt um mehr als zwei Stunden verzögert. Überstunden waren immer eine angenehme Ergänzung zu seinem Ingenieursgehalt, doch der lange Tag hatte seinen Zoll gefordert und er wollte endlich nach Hause gehen.

Hank wartete, bis alle Passagiere gegangen waren, bevor er aus dem Zug stieg. Ein paar der Portiers nickten ihm zu und Hank ging zur Rolltreppe anstatt auf den Mitarbeiterparkplatz. Sein Truck war in der Reparatur, doch er wohnte nur wenige Gehminuten vom Bahnhof entfernt. Er hätte auch ein Taxi nehmen können, doch jetzt, wo er nicht mehr im Zug war, hatte Hank es nicht mehr eilig. Außerdem würde ihm etwas Bewegung nicht schaden und wenn er Glück hatte, würde die Mitternachtsluft ihm helfen, einen klaren Kopf zu bekommen. Er musste immer noch an den Unfall denken. An den Kopf der Frau, der aus der Windschutzscheibe ragte. Es war die Schuld des Lieferwagens gewesen. Er hatte ihren Camry gerammt und ihn durch die Barrieren geschleudert. Hank hatte nicht rechtzeitig bremsen können.

Hank sah sich um und wusste nicht, in welche Richtung er gehen sollte. Er hatte noch nie den Fußgängerzugang benutzt und war auch noch nie zu Fuß nach Hause gegangen. Bei der blinkenden gelben Ampel, die er durch den Nebel kaum sehen konnte, musste die First Street sein. Er musste nur die Gleise überqueren, bei der Ampel links abbiegen und dann sechs oder sieben Straßen weitergehen. In einer halben Stunde würde er zu Hause sein.

Drei Teenager mit blauen Kopftüchern lungerten an der Straßenecke herum. Hank wusste nicht, ob er nicken, Augenkontakt herstellen, sie grüßen oder ganz einfach den Blick gesenkt halten sollte. Sie starrten ihn an und gaben ihm zu verstehen, dass er in ihrer Straße nichts zu suchen hatte. Hank beschloss, sich auf die Glasscherben auf dem Bürgersteig zu konzentrieren und bog an der Ecke links ab. Seine harten Schuhsohlen klackten auf dem Asphalt. Es waren aber nicht nur seine Schritte zu hören; die Teenager schienen ihm dicht auf den Fersen zu sein.

Hank ging etwas schneller und kämpfte gegen den Drang an, sich umzudrehen und zu fragen, warum sie ihm folgten. Hatte er sich respektlos verhalten, indem er sie nicht angesehen hatte, oder war er einfach nur leichte Beute? Warum zum Teufel hatte er kein Taxi gerufen?

Sie hielten mit ihm Schritt. Hank überquerte die menschenleere Straße, ohne nach links oder rechts zu sehen. Zwei Schrittpaare kreuzten sie ebenfalls. Der dritte Gangster blieb auf der anderen Seite stehen, direkt gegenüber von Hank, er konnte ihn im Augenwinkel sehen. Hank zog die Hände aus den Jackentaschen, falls er sich verteidigen musste, und ging noch schneller. Dann zuckte er zusammen, als einer der Typen hinter ihm sich räusperte.

„Dieser Schnelllauf-Scheiß gefällt mir. So bleibt man fit, nicht wahr, Deuce?"

„Nee, Player, sowas bringt mich nur zum Schwitzen", sagte der andere mit tiefer Stimme. „Und wenn ich schwitze, werde ich sauer."

Die Einschüchterungstaktik funktionierte, aber Hank wollte seine Brieftasche noch nicht aufgeben. Hank hielt das Tempo, obwohl sein Herz in seiner Brust hämmerte und seine Beine schmerzten. Er suchte auf beiden Seiten der Straße nach Lebenszeichen und versuchte, sich an Tankstellen oder Spirituosenläden zu erinnern, an denen er normalerweise vorbeifuhr, wenn er in diesen heruntergekommenen Stadtteil kam. Er wusste nicht, ob es daran lag, dass er nervös war, oder daran lag, dass Deuce und sein Partner hinter ihm weiter redeten. Hank konnte sich nicht daran erinnern, dass so spät noch irgendetwas offen war. Die einzigen Lichter, die er vor sich erkennen konnte, waren die Ampeln.

Wenn Hank jetzt versuchen würde wegzurennen, würde ihm das bestimmt eine Tracht Prügel einbringen, wenn nicht noch mehr. Er hatte ungefähr hundert Dollar in seiner Brieftasche, von denen er sich gerne trennen würde, wenn sie ihn in dafür, in Ruhe ließen. Da sie ihm aber schon so lange gefolgt waren, glaubte Hank nicht, dass sie einfach weggehen würden.

Vor ihm flackerte eine kleine Neonreklame. *Die falsche Seite*. Sie war Hank vorher noch nie aufgefallen. Unter dem Schild blinkte ein Pfeil, der in eine Gasse zeigte. Hank dachte, dass er ein Taxi oder die Polizei rufen konnte, wenn er es bis zum Eingang der Kneipe schaffen würde.

„Wohin willst du denn ihn, weißer Junge?“, wollte Deuce wissen. „An deiner Stelle würde ich da nicht runtergehen.“

Hank ging weiter und hoffte, dass er keinen schrecklichen Fehler gemacht hatte und in einer Sackgasse feststeckte. Ungefähr in der Mitte der dunklen Gasse leuchtete etwas. Hank kümmerte sich nicht darum, was die Gangster über ihn dachten, und rannte auf das blinkende Neonlicht zu.

Hank hörte nur noch das Klacken seiner Schuhsohlen und sein pochendes Herz. Er rannte an Mülltonnen und pechschwarzen Pfützen vorbei. Seine Lungen brannten, als er den Eingang erreichte. Hank packte die Türklinke und riss die Tür auf. Sie war viel leichter als sie aussah, diese flog auf, rutschte aus seiner Hand und krachte gegen die Wand. Nach dem Aufprall packte er sie wieder, ging in die Kneipe, und knallte sie hinter sich zu.

Er hielt die Türklinke fest und machte sich auf ein Tauziehen gefasst, aber es versuchte niemand, sie von außen zu öffnen. Und es waren auch sonst keine Geräusche in der Gasse zu hören. Aber in der Bar redeten die Leute und fragten sich wahrscheinlich, ob er Drogen genommen hatte.

Hank ließ die Türklinke irgendwann los und ging zum Tresen. Unterwegs stieß er aus Versehen mit einem Mann zusammen, der an Krücken ging. Der Mann, dem ein Bein fehlte, ging weiter zum anderen Ende der schwach beleuchteten Bar und murmelte, dass Hank besser aufpassen solle.

Hank ging zur Bar und konnte sich nicht erinnern, dass er jemals an einem so düsteren und deprimierenden Ort gewesen war. Aber es war immer noch besser, als überfallen oder gar getötet zu werden. Er ließ den Blick über die leeren Tische schweifen, auf denen schmuddelige weiße Tischdecken lagen. Die Kneipe war nicht schmutzig, aber sie fühlte sich seltsam an, anders als andere Kellerkneipen. Die Gäste, die auf beiden Seiten der Bar in den Nischen saßen, waren nicht hier, um sich ein Spiel anzusehen oder um Frauen aufzureißen. Ihre niedergeschlagenen Gesichter sagten ihm, dass sie aus nur einem Grund in diese Bar gekommen waren: um zu vergessen.

„Kannst du mir ein Taxi rufen?", fragte Hank den stämmigen Barkeeper mit der dicken Brille. Sein rechter Arm war knapp unter der Schulter abgetrennt worden. Hank schreckte zurück, obwohl er es nicht wollte.

„Das ging aber schnell. Was ist denn los?" Der Barkeeper schnüffelte an seiner Achselhöhle. „Störst dich das etwa?"

„Oh, nein." Hank sah aus dem schmutzigen Fenster, konnte aber nichts in der Gasse erkennen. „Ich hatte einfach nur einen verdammt miesen Tag."

Der Barkeeper nickte und griff nach dem Telefon. „Einer. Die falsche Seite." Nach einer kurzen Pause bedankte er sich und legte auf. „Kommt gleich. Willst du in der Zwischenzeit etwas trinken?"

Obwohl er sich geschworen hatte, dass er nicht mehr trinken würde, zumindest nicht unter der Woche, sagte Hank: „Warum nicht? Gib mir ein Bier." Er machte sich Sorgen. Über die Gangster da draußen und den Papierkram, den er in den nächsten Wochen bewältigen musste, obwohl er den Unfall nicht hätte vermeiden können. Wenn es in dieser Bar jemanden gab, der einen Drink verdiente, dann war er es.

Hank setzte sich auf einen Hocker und bemerkte, dass entlang der Theke eine Schiene verlief. Er zeigte mit dem Finger darauf und fragte: „Wer ist denn nun auf der falschen Seite, du oder ich?"

Nur einen Arm zu haben, schien die Beweglichkeit des Barkeepers nicht zu beeinträchtigen. Er stellte das Bierglas auf die Schiene und schob es Hank zu. „Leider alle, die dieses Lokal betreten."

Hank nahm sein Glas und trank einen großen Schluck. „Das ist nicht sehr ermutigend."

„Nein, aber es ist ein Name, den man sich leicht merken kann, findest du nicht?"

Hank nickte und trank noch einen Schluck. Er versuchte, lässig zu klingen, als er fragte: „Gibt es in diesem Lokal eine Hintertür? Oder sonst einen Ort, an dem mich das Taxi abholen kann?"

„Nein, es gibt keine Hintertür." Er deutete mit dem Stumpf auf den Eingang. „Das ist die einzige Tür. Warum fragst du?"

„Ich will nur sicher sein, dass der Taxifahrer den Weg hierher findet."

„Kein Problem. Er fährt die Gasse runter, direkt vor die Tür." Der Mann kratzte sich am stoppeligen schwarzen Bart, musterte Hank und schmunzelte. „Lass mich raten. Es hat dich jemand verfolgt?"

„Ja."

„Drei Schwarze?"

„Woher weißt du das?"

„Wenn sie die Leute weiterhin so erschrecken, dass sie in meine Kneipe rennen, muss ich ihnen bald ein Trinkgeld geben. Du hast Glück gehabt. Es gibt Leute, die es nicht hierher geschafft haben. Ich kann nicht mit Bestimmtheit sagen, dass es die Schwarzen waren, aber es war ziemlich hässlich. Deuce ist bekannt dafür, dass er gut mit seinem Messer umgehen kann."

Hank versuchte, nicht auf den Stumpf zu starren. „Haben sie sich schon mal mit jemandem von euch angelegt?"

„Mit uns legt sich keiner an. Deshalb mögen wir dieses Lokal. Es ist fast so, als würden wir nicht existieren."

Hank sah sich in der spärlich besuchten Bar um. „Ich will ja nicht unhöflich sein, aber sollte man nicht wollen, dass Gäste reinkommen, wenn man eine Bar betreibt? Besser fürs Geschäft, oder nicht?"

„Seit meinem Unfall bedeutet mir Geld nichts mehr."

„Das muss schön sein." Hank trank sein Bier aus und sah auf die Uhr. „Haben sie gesagt, wie lange es dauern wird?"

„Sie sagen immer zwanzig Minuten."

„Sind sie pünktlich?"

„Kannst es dir genauso gut gemütlich machen. Siehst aus, als könntest du noch einen Drink vertragen."

Hank stellte sein leeres Glas auf die Schiene und schob es dem Barkeeper zu. Doch es kippte um und zerbrach. „Oh, Scheiße, tut mir leid", sagte Hank. Nun herrschte Totenstille in der ohnehin schon ruhigen Bar. Er wollte helfen, die großen Glasscherben einzusammeln, doch der Barkeeper winkte ab.

„Mach dir keinen Kopf." Der Barkeeper hielt ein frisches Glas hoch und fragte: „Noch eins?"

Hank nickte und der Mann füllte das Glas, stellte es auf die Schiene und schob es über den Tresen. Hank fing es auf. „Bei dir sieht es einfach aus. Ich habe wohl zu viel Kraft angewendet."

Der Barkeeper neigte sich vor und flüsterte: „Das Glas muss voll sein."

Hank trank das zweite Glas in drei großen Schlucken aus und gab es zurück. „Eins geht noch."

Der Barkeeper schenkte ein weiteres Glas ein. „Höllentag, was?"

„Wohl eher ein Höllenjahr."

„Arbeit?"

Hank nickte und versuchte, nicht daran zu denken, was am Nachmittag passiert war.

Der Barkeeper schob ihm das Glas zu. „Was machst du?"

„Ich bin Ingenieur."

„Mechanik?"

„Na ja, eigentlich bin ich Zugführer."

„Alter, das war ein Witz. Sieh dich um." Er zeigte auf die Eisenbahnschilder, die die Wände zierten, das Bahnübergangssignal neben den Toiletten, und die verschiedenen Zugbilder, die an dicken Eisenspitzen hingen, die aus den Wänden ragten. „Ich weiß, was ein Ingenieur ist."

„Tut mir leid, ich bin mit meinen Gedanken ganz woanders." Hank trank einen Schluck.

Der Barkeeper sagte, er solle sich keine Sorgen machen und entschuldigte sich, da er einen Säufer mit Wollmütze am anderen Ende der Bar bedienen musste. Hank betrachtete das große Gemälde über dem Schnapsregal. Und er schauderte und setzte sein Glas ab — aus Angst, es fallenzulassen.

Er konnte nicht fassen, dass irgendein kranker Bastard es für eine gute Idee gehalten hatte, ein Gemälde einer Zugentgleisung aufzuhängen, besonders in einem Lokal wie diesem. Es waren am Boden zerstreute Körperteile abgebildet, die teilweise unter umgestürzten Bahnwagen lagen. Hank schloss die Augen und wollte die Bilder aus seinem Kopf verdrängen, doch der Tod und die Zerstörung auf dem Gemälde riefen die Szenen des Unfalls hervor, die alle in einer blutigen Collage zusammengewürfelt waren.

Es spielte keine Rolle, ob draußen Gangster auf ihn warteten. Hank rutschte vom Hocker, warf einen Zwanziger auf den Tresen und drehte sich zur Tür um. Am nächsten Tisch saß eine hübsche Brünette. Ihre knallrote Bluse und die dazu passende Baskenmütze bildeten einen starken Kontrast zur weißen Tischdecke.

Hank drehte sich wieder zur Bar um, klaubte das Wechselgeld zusammen und trank sein Bier aus. Als der Barkeeper zurückkam, fragte Hank, wer die Frau war.

„Sie ist alleine hier, falls du das wissen willst."

„Nein, sie kommt mir nur bekannt vor."

„Wen du kennst, geht mich nichts an." Er polierte ein Glas, das er zwischen der Theke und seiner Hüfte eingeklemmt hatte. „Warum sprichst du nicht mit ihr?"

Hank warf der Frau einen verstohlenen Blick zu und bestellte einen Whisky. Er schwor, dass er nur diesen einen trinken würde. Verdammt, das Taxi würde wahrscheinlich ankommen, bevor er ihn überhaupt austrinken konnte. „Du weißt nicht zufällig, was sie trinkt, oder?"

„Ich habe sie hier noch nie gesehen. Du musst sie schon selbst fragen."

„Schon gut. Gib mir noch einen Wodka-Orange, einen Whisky und ein Wasser noch dazu."

„Wie du willst."

Hank balancierte die vier Getränke in seinen Händen und näherte sich dem Tisch. Sie war wunderschön, ihre Augen tiefblau. Hank sprach sie stotternd an. „Ich kann es nicht ausstehen, wenn einer Frau etwas fehlt, und habe bemerkt, dass du nichts zu trinken hast."

Sie sagte mit melodischer Stimme: „Danke, das ist sehr aufmerksam, aber ich trinke nicht."

„Dafür trinke ich umso mehr. Diese drei sind für mich." Hank stellte die alkoholischen Getränke auf den Tisch. „Das Wasser ist für dich."

Ihr Lächeln machte diesen schrecklichen Tag fast erträglich. „Das ist wirklich sehr freundlich."

„Darf ich mich zu dir setzen?", fragte Hank

„Damit habe ich nicht gerechnet."

Jetzt war Hank an der Reihe zu lächeln, obwohl er das Gefühl hatte, dass er etwas übersehen hatte. Er ließ sich auf den Stuhl sinken und seine Beine verschwanden unter der langen Tischdecke. Die Frau rührte ihr Wasser nicht an. Hank nippte an seinem Whisky und fragte: „Was in aller Welt macht eine Frau wie du an einem Ort wie diesem?“

Sie rückte ihre Baskenmütze zurecht und sagte: „Ich weiß es nicht. Ich war auf dem Vier-Uhr-Vierzehn-Zug und dann hat mir etwas gesagt, dass ich hierherkommen soll.“

Hank fragte sich, ob er richtig gehört hatte. „Auf dem Vier-Uhr-Vierzehn-Zug?“

„Genau. Warum?“

„Ich kann nicht glauben, dass ich dich nicht gesehen habe.“

„Hast du den auch genommen?“

„Na ja, ich habe den Zug gesteuert.“

„Echt?“

Hank wollte nicht arrogant wirken und sagte: „Es ist wirklich keine große Sache. Das Ding fährt praktisch von selbst.“

Als er nach ihrem Namen fragte, sagte die Frau, sie heiße June. Und Sie tätschelte seinen Handrücken. „Oh, ich glaube, du bist einfach nur bescheiden. Das ist eine große Verantwortung.“

„Manchmal kann es einem ganz schön an die Nieren gehen.“ Hank trank seinen Whisky aus und stellte das Glas wieder auf den Tisch.

„Wie meinst du das?“

Hank zog den Wodka-Orange vor sich hin, rührte ihn aber nicht an. Sie brauchte nicht zu wissen, dass er Alkoholiker war. Er kurbelte die Emotionen an, wie in einer traurigen Versicherungswerbung, und sagte: „Manchmal passieren schlimme Dinge, aber man muss über sie hinwegkommen und weitermachen.“

„Was ist passiert, Hank?“ Sie drückte leicht seine Hand. „Ist heute etwas passiert?“

Hank seufzte, nickte und trank in großen Schlucken die Hälfte des Wodka-Orange.

„Was denn? Ein Unfall? War es ein Unfall?“

„Ja. Ein Lieferwagen hat eine Frau gerammt, die am Bahnübergang wieder zum Stehen Kamm. Ich bin direkt in sie reingeknallt.“

„Was hat der Fahrer des Lieferwagens getan?“

„Er war wahrscheinlich high oder einfach nur dumm, vielleicht hat er auch eine SMS geschrieben. Das wird man bei der Autopsie herausfinden.“

June griff mit beiden Händen nach seiner Hand. „Wie hältst du das bloß aus?“

„Das Merkwürdige ist, dass ich mich gar nicht so schlecht fühle. Diesmal war es nicht meine Schuld. Ich habe gebremst. Mit voller Kraft. Die meisten Unfälle können einfach nicht verhindert werden.“

„Du hast noch mehr Leute überfahren?“

„Auf den Gleisen gibt es pro Jahr über tausend Tote. Acht davon gehen leider auf meine Rechnung.“

„Und du machst diesen Job immer noch?“

Hank trank den Wodka-Orange aus. „Das wollte ich gerade erklären. Die Leute, die ich überfahren habe, stören mich nicht so sehr. Die meisten von ihnen waren drogenabhängig und wollten sterben. Anstatt Selbstmord durch die Polizei war es Selbstmord durch den Zug. Eine anständige Person würde sich einfach die Pulsadern aufschlitzen oder ein paar Pillen schlucken. Zuhause bleiben. Warum müssen sie allen anderen den Tag vermasseln?“

„Das ist ziemlich egoistisch.“

"Was denkst du, warum so viele Züge Verspätung haben und Fahrten gestrichen werden?"

„So hatte ich das noch nie gesehen.“

Hank trank einen Schluck des zweiten Whiskys. „Bei Tieren fühle ich mich schlechter. Wenn ich hupe, erstarren sie meistens vor Schreck oder laufen direkt auf die Gleise. Stell dir das vor. Du siehst, wie ein kleiner Pudel um sein Leben rennt und weißt, dass du nichts tun kannst, um die Tonnen von Stahl zu stoppen, die ihn gleich zermalmen werden.“

June schüttelte den Kopf. „Das ist schrecklich.“

Hank wischte sich die Hand an der Hose ab und glättete die Falten. „Würde es dir etwas ausmachen, wenn wir über etwas Anderes sprechen?“

„Natürlich nicht. Es tut mir wirklich leid.“

Hank lächelte und sagte, sie solle nicht albern sein. „Und was ist mit dir? Wartet irgendwo ein Glückspilz auf dich?“

June schüttelte so heftig den Kopf, dass ihr fast der Hut vom Kopf fiel. „Oh, nein. Mich will keiner."

„Ernsthaft?"

June senkte den Blick. „Ich habe nicht viel zu bieten."

„Sag das nicht. Du bist wunderschön. Das ist doch etwas."

June schaute mit Tränen in den Augen auf. „Ich weiß, was ich bin."

„Hör auf, dummes Zeug zu reden." Hank stand vom Tisch auf und sagte: „Ich hole dir etwas zu trinken."

Während Hank an der Bar die Rechnung beglich, erklang ein lautes Quietschen von der Rückseite der Bar. Ein älterer Mann zog einen rostroten Karren zu den Toiletten. Im schwachen Licht sah es so aus, als würde sich ein Haufen schmutziger Kleidung darin befinden.

„Bitteschön." Der Barkeeper reichte Hank sein Wechselgeld und sagte: „Das ist Jimmy. Er ist harmlos."

Hank trug die beiden Getränke zum Tisch. Er nahm Platz und stellte einen hellgrünen Cocktail vor June hin.

„Ich kann nicht. Wirklich." Sie schob ihn von sich weg.

Hank griff nach ihren Händen. „Probier ihn einfach. Es ist ein Midori Sour, da ist fast kein Alkohol drin."

„Ich vertrage keinen Alkohol, Hank, dieses Zeug geht direkt durch mich hindurch."

„Du brauchst ihn. Wir brauchen ihn beide." Er beäugte seinen Whisky und sagte: „Komm schon, meine Schöne, was sagst du?"

June seufzte und betrachtete den Cocktail. „Einer wird mich wahrscheinlich nicht umbringen."

„Das klingt schon viel besser." Hank streckte unter dem Tisch beiläufig das Bein aus und versuchte, ihren Fuß zu berühren. Er wollte wissen, wie sie reagieren würde. Wenn sie gegen seinen Fuß drückte, würden sie innerhalb der nächsten Stunde in seinem Schlafzimmer verschwinden. Wenn sie die Unnahbare spielte und ihr Bein wegzog, brauchte es eine Verabredung, vielleicht sogar ein oder zwei Abendessen.

Er suchte immer noch blind nach ihrem Bein, als das Quietschen wieder anfing. „Was ist bloß in dieser Kneipe los?" Hank richtete sich auf, die Stimmung war ruiniert. „Bekommen Krüppel und Verrückte hier Rabatt?"

June warf lachend den Kopf zurück. Ihr Lachen war so laut, dass es fast furchterregend war. Da Hank nicht wusste, was er sonst tun sollte, fragte er: „Also, trinken wir nun?“ Er hielt sein Glas zum Anstoßen hoch und war überrascht, als sie dasselbe tat. Er trank seinen Whisky aus und bemerkte ein stetiges, tropfendes Geräusch. Es schien von unter dem Tisch herzukommen.

June setzte ihr leeres Glas ab und fragte Hank, ob es ihm gut gehe.

„Ich glaube, ich habe etwas verschüttet.“

„Tut mir leid. Das war wohl ich. Ich bin manchmal etwas ungeschickt.“ Sie leckte sich die Lippen. „Könntest du mal nachsehen?“

Hank hob die Tischdecke hoch und spähte unter den Tisch. Um die Beine ihres Stuhls herum entdeckte er eine grüne Pfütze. Er wollte sie gerade warnen und sagen, dass sie ihre Füße zur Seite bewegen sollte, damit sie nicht nass wurden, als er bemerkte, dass sie gar keine hatte. Die grüne Flüssigkeit tropfte aus Junes freigelegten Eingeweiden, die ein paar Zentimeter unter dem zerlumpten Rand ihres abgetrennten Oberkörpers baumelten.

Hank richtete sich auf und schlug den Hinterkopf am Tisch an. Seine Gedanken füllten sich mit Dunkelheit. Junes eiskalte Hände holten ihn schlagartig auf den Boden der Realität zurück. Sie hielt seine Handgelenke fest und lächelte, als wäre alles in Ordnung. „Ich habe dir doch gesagt, dass es direkt durch mich durchgeht. Jedenfalls seit heute Nachmittag.“

„Lass mich los!“ Hank versuchte, seine Arme loszureißen und vom Tisch aufzustehen. *Jedenfalls seit heute Nachmittag.* Moment mal. Er kannte sie. Sie war die Frau vom Nachmittag.

„Wo gehst du denn hin, Hank?“ June drückte seine Handgelenke so fest, dass die Sehnen und Knochen sich schmerzhaft aneinander quetschten.

Hank schrie um Hilfe, sah sich um und vermied es, Jane anzusehen. Es war ihr hübsches Gesicht gewesen, das er durch die Windschutzscheibe gesehen hatte. June wollte ihn nicht loslassen, obwohl er immer weiter zurückwich. Ihr Oberkörper rutschte über den Tisch, hinterließ eine blutige Spur und warf die leeren Gläser um. Junes Hut fiel zur Seite und enthüllte ihren zerschmetterten Schädel. Er sah aus, als hätte ihn jemand mit einem Ziegelstein eingeschlagen. Es war der Schädel, der aus der

Windschutzscheibe geragt hatte. Aber es war nicht seine Schuld gewesen. Der Lieferwagen war in sie hineingefahren. Er hatte die Warnlichter eingeschaltet und war erst dann in sie reingeknallt. Oder etwa nicht? Nein, die Frau war auf den Gleisen stecken geblieben. Hank hatte sie schon gesehen, bevor der Lieferwagen auf sie zuraste. Der Lieferwagen hatte versucht, zu helfen. Doch Hank hatte nicht rechtzeitig bremsen können.

June fiel auf den Boden und warf den Tisch um. Hank riss seine Hände los, trat ein paar Schritte zurück, schlug gegen die Theke und wirbelte herum. Er rief dem Barkeeper zu: „Ruf die Polizei! Oder sonst jemanden!“

Der Barkeeper lächelte und kratzte sich am Bart. „Und warum sollte ich das tun?“

June kroch auf den Ellbogen in seine Richtung. Hank schrie: „Sieh sie dir doch an!“

„Aber du hast gesagt, ich sei schön“, jammerte sie.

Das Quietschen des Karrens ließ Hank erstarren. Der alte Mann zog das rostrote Ding zur Eingangstür und ließ den Handgriff fallen.

„Zur Hölle mit euch!“, rief Hank. June, dem Barkeeper und den Gästen zu, die aus ihren Nischen herbeiströmten. Er rannte zum Karren und trat dagegen, was dazu führte, dass der Lumpenhaufen herausfiel und seine Beine sich darin verhedderten.

Die Lumpen waren schwer und verankerten Hanks Füße am Boden. Er versuchte, sie wegzutreten, konnte jedoch nicht die Beine bewegen. Er sah nach unten und sah ein Durcheinander von Fleisch und Stoff. Das rohe Fleisch war kaum von der zerrissenen Jeans zu unterscheiden, die die Frau heute Nachmittag getragen hatte.

Hank zog an der Türklinke, doch die Tür ging nicht auf. June nannte ihn immer wieder „Liebling“ und kroch auf ihn zu. Der Barkeeper pfiff vor sich hin und warf einen spitzigen Schienennagel in die Luft, während er näherkam. Die entstellten Gäste schlurften langsam auf den Eingang zu, der niemals ein Ausgang sein würde.

Nachspiel in der Holzwerkstätte

Die Glocke läutete und Tyler rannte aus dem Klassenzimmer, bevor Miss Conner sagen konnte, dass sie noch nicht gehen durften. Tyler hasste Algebra, eine weitere Erinnerung daran, dass er die Erwartungen seines Vaters nicht erfüllte und die letzten drei Jahre seines Lebens vergeudet hatte. Aber das war nicht der Grund, warum er es eilig hatte, zumindest nicht heute. Es war Freitag, Sams Geburtstag, und er musste sie vor Schulbeginn sehen. Dann hatte er noch einen Termin bei Dr. Heckman.

Tyler hielt Sams Geschenk in der einen Hand, sein Mathebuch in der anderen und bewegte sich durch den Strom der Schüler, die aus ihren Klassenzimmern kamen. Er schlängelte sich zuerst an zwei Footballspielern vorbei, die sich gegenseitig anrempelten, und dann an ein paar Gruftis, die eine E-Zigarette herumreichten. Tyler sah geradeaus. Er wollte weder ihre Blicke sehen noch ihr Gemurmel hören. Sie nannten ihn „Freak". Er war erst vor einem Monat an diese Schule gekommen, aber das war nicht der Grund, warum sie über ihn redeten.

Der Flur verzweigte sich, nach rechts ging es zum Verwaltungsgebäude und zu seinem Termin, nach links zu Sams Spind. Dr. Heckmans Mahnung, dass er nicht zu spät kommen solle, hallte in Tylers Kopf wieder. Er bog nach links ab und hoffte, dass Sam da sein würde, damit er es noch rechtzeitig zu seinem Termin schaffte.

Sam war natürlich nicht da. Sie war nie pünktlich. Tyler legte ihr Geschenk auf einen kleinen Schreibtisch, der im Flur stand, und wischte seine verschwitzte Hand an seinem Hemd ab. Er überlegte, was er sagen konnte, ohne doof zu klingen. *Alles Gute zum Geburtstag. Wie läuft dein Geburtstag? Hast du coole Geschenke bekommen? Hier, das ist das Geschenk, das ich in der Holzwerkstätte für dich gebastelt habe. Ich habe zwei Wochen daran gearbeitet. Sieh nur, was für ein Idiot ich bin. Weißt du, wie hübsch du bist? Magst du mich immer noch?*

Ein paar Schüler rannten den Flur entlang. Vor den Toiletten bildete sich eine Menschenmenge. Jemand schrie. Tyler packte also Sams Geschenk und näherte sich dem Menschenauflauf. Dann hörte er, wie ein Mädchen flehte: „Hör auf!"

Es war Sam. Tyler drängte sich durch die Menge. Bradley, ein aufgeblasener Idiot, der eigentlich in der zehnten Klasse gewesen wäre, wenn er nicht so dumm wäre, stand vor Sam, die auf den Knien herumrutschte und versuchte, eine rosafarbene Schachtel aufzuheben. Jedes Mal, wenn sie nach der Schachtel greifen wollte, schob Bradley sie mit dem Stiefel aus ihrer Reichweite. Sie errötete und Tyler spürte, wie er Gänsehaut bekam, als sie zu Bradley sagte, er solle sie in Ruhe lassen.

Bradley stieß die rosafarbene Schachtel gegen die Wand.

Tyler überraschte sich selbst, als er sagte: „Verpiss dich, Bradley."

Sam und Bradley sahen Tyler an. Dann packte Bradley sie an den Haaren, drehte ihren Kopf und drückte ihr Gesicht gegen seinen Schritt. Sam schlug um sich und versuchte, zu entkommen, doch Bradley ließ sie nicht los.

„Bradley, ich meine es ernst", sagte Tyler und hoffte, dass seine Stimme sich nicht überschlug.

Bradley redete so laut, dass ihn alle im Flur hören konnten. „Und was willst du dagegen tun, du Psycho?"

„Ja", mischte sich Hector ein, der hinter Bradley stand. Seine erhobener Mittelfinger machten deutlich, was er von Tyler hielt. „Was willst du dagegen tun, eine Newtown Nummer abziehen? "

Kent, ihr kleines Anhängsel, stand neben Hector, grinste wie ein Irrer und verzog das Gesicht zu einer Imitation eines Psychopathen. „Nein, Mann, dieser Typ kommt vom Virginia Tech. Er ist wie das Duracell Häschen und wird einfach ewig weitermachen."

Drei gegen einen. Und das vor einem Haufen Jugendlichen, die zusehen würden, wie ihm in den Hintern getreten wird. Aber Tyler würde das einzige Mädchen, das sich je für ihn eingesetzt hatte, nicht im Stich lassen.

Am anderen Ende des Flurs knallte ein Spind zu und Hector zuckte zusammen. Tyler ließ Sams Geschenk und sein Buch fallen. Es spielte keine Rolle, dass er kleiner als die anderen war. Es spielte keine Rolle, dass er allein war. Bradley grinste, packte Sams Schulter und drückte sie zu Boden. „Ist das dein Ernst? Seht euch diesen Verlierer an."

Tyler sagte: „Lass sie in Ruhe."

Bradley starrte auf Sams Brust. „Sie ist ein großes Mädchen. Sie kann auf sich selbst aufpassen."

„Ich sage es nicht noch einmal."

Bradley ließ Sam los und ging einen Schritt auf Tyler zu. „Oder was? Was willst du dagegen tun, du kleiner Psycho?" Bradley drückte die Brust heraus. Im Jugendknast nannte man das „Aufblasen". Jugendliche taten das, wenn sie tief in ihrem innerem, Angst hatten. Normalerweise waren es diejenigen, denen in den Hintern getreten wurde. Tyler versuchte, sich das einzureden, als er zu Bradly aufsah.

Tyler tat so, als wäre er jemand anderes, jemand, der stärker und selbstbewusster war, und sagte: „Ich habe keine Angst vor dir und deinen kleinen Kumpels."

In der Menge war *Ooh* und *Aah* zu hören. Bevor Bradley etwas sagen konnte, trat Tyler einen Schritt auf ihn zu. „Donnie war viel größer als du", sagte er monoton.

Niemand sagte ein Wort. Bradley sah aus, als würde er etwas sagen wollen, hielt jedoch den Mund. Eine Lehrerin, die Tyler noch nie zuvor gesehen hatte, kam aus einem Klassenzimmer und rief, dass sie den Direktor holen würde, wenn sie nicht aufhörten. Tyler bemerkte, dass sie sich die ganze Zeit auf ihn konzentrierte. Sogar Lehrer, die er nicht kannte, hatten von ihm gehört; sie waren davon überzeugt, dass er das Monster war, wie die Zeitungen ihn beschrieben hatten.

Tyler drehte sich wieder zu Bradley um, doch der Mistkerl marschierte hocherhobenen Hauptes mit seinen Freunden davon und tat so, als würde er nicht wegrennen. Wenn Bradley sich wirklich mit ihm hätte anlegen wollen, hätte er es vor der Lehrerin getan. Im Jugendknast hatte Tyler miterlebt, wie ein Jugendlicher direkt vor einem Wächter einen anderen Jungen ansprang und ihm mit dem spitzen Ende einer Plastikgabel viermal in den Nacken stach, bevor der Wächter ihn wegzog.

Die Menge zerstreute sich und Tyler half Sam, aufzustehen. Sie dankte ihm, doch das war nicht nötig. So wie sie ihn ansah, hätte er es mit einem Dutzend mehr Typen aufgenommen. Sie war die einzige Person, die nicht glaubte, dass er ein Monster war, die wusste, dass er unschuldig war und niemals ohne Grund jemanden verletzen würde. Sie wusste, dass der Tyler, der noch nicht im Jugendknast gelandet war, niemals so etwas Grausames getan hätte, doch den hatten alle anderen auch vergessen. Die sahen aber nur den Tyler, der die letzten drei Jahre eingesperrt gewesen war. Er sah anders aus. Wahrscheinlich war er jetzt auch anders. Er hatte gelernt, dass man Leuten manchmal wehtun musste.

Sam hob die zerfetzte rosafarbene Schachtel auf. Sie enthielt bunt dekorierte Cupcakes. Die meisten davon waren zerquetscht und der Zuckerguss klebte auf den schmutzigen Fliesen. „Das hättest du nicht tun sollen“, sagte sie.

Tyler versuchte, nicht auf ihre tief sitzende Jeans zu starren, als sie sich aufrichtete. „Ich freue mich auch, dich zu sehen.“

Sie strich sich die Haare aus dem Gesicht und sagte: „Tut mir leid. Ich bin nur überrascht, dich zu sehen.“ Sie kickte die Tür ihres Spinds zu. „Hast du heute keinen Termin?“

Tyler hörte nicht hin. Er suchte den Boden nach seinem Geschenk ab und entdeckte es vor einer Reihe von Spinden. Zum Glück hatte es nicht dasselbe Schicksal erlitten wie die Schachtel mit den Cupcakes. Er hob es auf und griff nach dem Holzzylinder. Er wusste nicht, ob er ihn ihr geben sollte.

Sam fragte erneut: „Hast du heute keinen Termin?“

„Doch, aber ich bin vorbeigekommen, weil ich dachte, ich würde dich sehen.“

Sam deutete auf sein Mathebuch. „Du bist nach der Algebra Stunde am Verwaltungsgebäude vorbeigegangen.“

„Was soll ich sagen, ich bin neu hier.“ Tyler zwang sich zu einem verlegenen Lächeln. „Ich kenne mich noch nicht aus.“

„Du solltest gehen. Die Glocke läutet gleich und du darfst nicht zu spät kommen.“

„Dann sollten wir uns beeilen.“ Tyler nahm ihre Hand. „Ich begleite dich zu deinem Klassenzimmer.“

Sam zögerte erst, folgte ihm dann aber. „Du kannst mich bis zum Ende des Flurs begleiten. Ich möchte nicht, dass du meinetwegen jemals wieder Schwierigkeiten bekommst.“

Tyler hätte am liebsten gesagt, dass er alles für sie tun würde; dass sie es wert war.

„Was ist das?“, fragte sie und deutete auf das Geschenk.

Er hätte es ihr fast gegeben und ihr alles Gute zum Geburtstag gewünscht, doch dann blickte er auf die Uhr. Weniger als zwei Minuten. Sam sagte, er solle einfach gehen. Tyler begann, sie in die entgegengesetzte Richtung zu ziehen. „Die Holzwerkstätte ist da drüben. Ich habe gesagt, dass ich dich zum Klassenzimmer begleite."

Sam beschwerte sich zwar ein wenig, eilte dann aber mit Tyler zum frei stehenden Gebäude mit den Doppeltüren, die verhinderten, dass der Lärm die anderen Schüler störte. Als sie an der Tür ankamen, betrachtete Sam die zerfetzte Schachtel mit den Cupcakes.

„Sie sind ruiniert. Es hat so lange gedauert, sie zu verzieren", sagte sie.

„Du hast zu deinem eigenen Geburtstag Cupcakes gebacken?"

Ihr Blick verriet, dass sie überrascht war, dass er sich daran erinnerte.

Tyler sagte: „Ich dachte, du magst Jenkins nicht. Warum bringst du denn Cupcakes mit in die Holzwerkstätte?"

„Ich muss Pluspunkte sammeln. Jenkins mag mich nicht. Vor allem, weil ich keinen Rock trage, unter den er schauen kann."

Tyler wechselte das Thema, denn er befürchtete, dass er kein Wort mehr herausbringen würde, wenn er noch länger an ihre samtweichen Oberschenkel dachte. „Du bist genauso gut wie die Jungs."

„Leider scheint das nicht immer eine Rolle zu spielen."

Tyler fiel nichts Schlaues ein, deshalb sagte er einfach: "Das ist scheiße."

Die Glocke würde gleicht läuten, doch das war Tyler egal. Er versuchte, sich daran zu erinnern, ob Sam immer so hübsch und so still gewesen war. Er fragte sich, ob ihr Vater immer noch zu viel trank. Ob sich die Situation zu Hause verbessert hatte.

Fünf Meter von der Tür entfernt läutete die Glocke und signalisierte den Beginn der siebten Stunde. Tyler öffnete die Tür und hielt sie auf.

„Geh jetzt endlich", flehte Sam ihn an. „Ich möchte wirklich nicht, dass du Schwierigkeiten bekommst."

Tyler nickte und begann, rückwärts zu joggen. „Ich habe ein Geschenk für dich. Ich gebe es dir nach der Schule."

Sie lächelte, drehte sich um und ging ins Klassenzimmer. Mr. Jenkins, der einen hässlichen Schnurrbart hatte und eine Schutzbrille trug, gestikulierte, dass sie sich setzen solle. Im Klassenzimmer pfiff jemand. Es war Bradley, der am Tisch neben der Tür saß. Der Mistkerl tätschelte den leeren Stuhl neben sich und sagte zu Sam, dass sie sich neben ihn setzten könne, falls sie nicht da drüben sitzen wolle.

Tyler ging zurück. Es war ihm egal, dass Mr. Jenkins mitten im Morgenappell war. Er stieß die Tür ganz auf. „Was soll das?“, fragte Mr. Jenkins verärgert.

„Verzieh dich und nimm deine Ritalin-Pillen, oder was auch immer sie Durchgeknallten wie dir verschreiben“, sagte Bradley.

Hector und Kent lachten. Und Mr. Jenkins schnaubte.

Tyler sagte kein Wort und ging direkt auf Bradley zu. Bradleys überraschter Gesichtsausdruck war unbezahlbar. Er schob seinen Stuhl zurück und versuchte, aufzustehen. Wenn Tyler eine Sekunde schneller gewesen wäre und Sam ihm nicht zugerufen hätte, dass er nichts Dummes tun solle, hätte Tyler, Bradley vor der ganzen Klasse zur Schnecke gemacht.

Doch Mr. Jenkins war schnell und versperrte Tyler den Weg. In seiner rechten Hand hielt er ein Kantholz, die linke Hand streckte er wie ein Straßenpolizist vor ihm aus. „Musst du nicht woanders hin?“

„Ja, geh zu deinem Psycho-Arzt.“ Bradley zeigte mit dem Finger auf Tyler. „Wir sehen uns nach der Schule.“

Tyler stellte sich vor, wie gut es sich anfühlen würde, Jenkins das Kantholz aus der Hand zu reißen und Bradley damit ins Gesicht zu schlagen.

„Ignorier ihn“, sagte Sam. „Ich kann auf mich selbst aufpassen.“

Tyler sah sie nicht an, wirbelte herum und marschierte auf das Verwaltungsgebäude zu. Er war zu spät. Sein Herz klopfte ihm bis zum Hals. Er atmete tief durch und erinnerte sich an Heckmans Übungen für positives Denken. Er sagte sich, dass Bradley nach der Schule gar nicht versuchen würde, mit ihm zu kämpfen, und letzten Endes wegrennen würde. Dann versuchte er zu vergessen, dass Mr. Jenkins ihm mit dem Kantholz gedroht hatte und konzentrierte sich auf das Lächeln, das Sam ihm geschenkt hatte, als er ihr vom Geschenk erzählte.

Tyler zog den Holzzylinder heraus, den er erst am Vorabend fertiggestellt hatte. Er hoffte, dass Sam erkennen würde, wie sehr er sich bemüht hatte, das Armband, das sie ihm gegeben hatte, als er im

Jugendknast gewesen war, perfekt auszurichten. Darauf stand *Sam und Tyler: beste Freunde für immer.* Er fragte sich, ob sie wusste, wie sehr er sich gefreut hatte, als seine Mutter es ihm während eines Besuchs gegeben hatte. Er fragte sich, ob sie wusste, dass er dank dieses Armbandes viele einsame, unheimliche und elende Nächte überstanden hatte. Vielleicht würde sie eines Tages mehr als nur eine Freundin sein.

Tyler betrat das Büro, nickte der Sekretärin zu und ging zur letzten Tür auf der linken Seite. Er blieb wie angewurzelt stehen, als er sah, dass seine Mutter im Büro des spießigen alten Heckman saß.

„Was machst du hier?“, fragte er. Das konnte nichts Gutes bedeuten.

„Deine Mutter ist hier, weil ich sie gebeten habe, dabei zu sein.“ Heckman faltete seine verschrumpelten Hände. „Die eigentliche Frage ist, warum du zu spät kommst.“

„Ich habe vergessen, dass ich heute kommen muss. Ich bin den ganzen Weg bis zur Holzwerkstätte gegangen, dann hat Mr. Jenkins mich daran erinnert.“

Heckman warf einen Blick auf seinen Schnellhefter. „Holzkunde ist in der ersten Stunde.“

„Ich ...“

„Das muss ich in meinem Bericht an Officer Wright erwähnen. Ich habe dich gewarnt.“

Tyler zuckte mit den Schultern und tat so, als wäre es ihm egal, doch das war es nicht.

„Soll ich auch noch Unverschämtheit hinzufügen?“

„Es spielt keine Rolle, was ich denke, Sie schreiben sowieso, was Sie wollen.“

"Tyler!", rief seine Mutter. „Sei nicht so frech!“

„Und setz dich hin“, befahl Heckman.

Tyler gehorchte, wohl wissend, dass Heckman ihn am liebsten im Bericht an seinen Bewährungshelfer begraben hätte. Tyler holte tief Luft und sagte: „Es tut mir leid, dass ich zu spät bin, aber ich habe vergessen, dass ich heute einen Termin habe.“

„Das ist eine faule Ausrede.“

Tyler hatte nicht die Absicht, den Köder des Arztes zu schlucken, und schwieg.

„Darüber haben wir doch gesprochen, Tyler. Dass du ständig Ausreden erfindest, erschwert deine Wiedereingliederung."

„Ich dachte, ich wäre wiedereingegliedert. Sonst hätten sie mich wohl kaum rausgelassen."

„Wiedereingliederung ist ein langer Prozess. Wir müssen sicherstellen, dass du nie wieder jemandem das antust, was du diesem Jungen angetan hast."

Tyler fragte sich, ob ein High-School-Schüler, der so groß wie Donnie war, überhaupt als Junge bezeichnet werden konnte, aber er behielt die Frage für sich.

„Dass du keine Verantwortung für dein Handeln übernehmen willst, war doch schon immer ein Problem, nicht wahr?"

Tyler spürte den Blick seiner Mutter und nickte.

„Nur, wenn du die Verantwortung für deine Tat übernimmst, wirst du dich selbst respektieren können, und nur dann werden dich auch andere respektieren."

„Ich versuche es. Wenn ich etwas vermassle, versuche ich, es zuzugeben." Er drehte sich zu seiner Mutter um. „Stimmt doch, oder?"

„Na ja, zu Hause schon. Zum Beispiel, wenn du vergisst, den Müll rauszutragen oder Lucas' Spuren nicht aufwischst." Sie wandte sich an Heckman. „Das ist unser blinder Labrador. Tyler kümmert sich wirklich gut um ihn."

„Davon reden wir aber nicht, Tyler, das weißt du", sagte Heckman.

„Ich kann nichts zugeben, wenn ich nichts getan habe. Ich habe den Termin vergessen."

„Tyler", begann Heckman.

„Okay, ich habe mit einem Mädchen gesprochen. Tut mir leid. Zufrieden?"

„Ein Mädchen?", fragte seine Mutter. „Doch nicht etwa diese Samantha."

„Nein", sagte Tyler viel zu schnell.

Seine Mutter schwieg einen Moment. Dann sah sie ihn an und fragte: „Was haben wir bloß falsch gemacht, Tyler? Dein Vater und ich haben alles darangesetzt, dich richtig zu erziehen. Wie bist du nur so geworden?"

Bevor sie hysterisch wurde und zu weinen begann, sagte Tyler: „Nichts. Ihr habt nichts falsch gemacht." Dann sah er Heckman an und fügte hinzu: „Und ich auch nicht."

Heckman räusperte sich. „Warum wurdest du denn verhaftet? Warum hat der Richter dich zu drei Jahren Jugendhaft verurteilt?"

„Weil mir keiner geglaubt hat. Ist es wirklich so unvorstellbar, dass ich die Wahrheit sage? Dass ich nichts getan habe?"

Heckmann schüttelte den Kopf. „Die Tatsachen sind der Grund, warum dir niemand glaubt. Du warst mit seinem Blut beschmiert, als sie dich gefunden haben."

„Ich habe versucht, ihm zu helfen."

„Nachdem du den ganzen Schaden angerichtet hast."

Tyler versuchte, ruhig zu bleiben und nicht an die erniedrigenden Erfahrungen im Jugendknast zu denken. „Kann sich denn niemand vorstellen, dass Donnie vielleicht hingefallen ist?" Er sah zuerst Heckman und dann seine Mutter an. „Er war Epileptiker."

Der Arzt wies darauf hin, dass das Testergebnis gezeigt hatte, dass Donnie an diesem Tag keinen Anfall erlitten hatte.

„Vielleicht war das Testergebnis falsch. Schon mal daran gedacht?"

„Wir wissen, dass er dich in der Vergangenheit verprügelt und gehänselt hat."

Tyler schüttelte den Kopf. Er würde weder Heckman noch sonst jemanden überzeugen, nicht einmal seine Mutter. Nur Tyler und Sam wussten, dass er Donnie nichts angetan hatte. Und nur Sam wusste, was passiert war, bevor Tyler aufgetaucht war.

Tyler war auf dem Heimweg von der Grundschule gewesen, als er den Schrei aus der Gasse gehört hatte. Dan hatte Sam einen zweiten Schrei ausgestoßen. Er war, so schnell er konnte, in die Gasse gerannt.

Diesen Teil der Geschichte hatte er noch nie jemandem erzählt, und er würde es auch jetzt nicht tun. Heckman würde ihm sowieso nicht glauben, und mit seiner Mutter konnte er nicht über Sam sprechen, da sie immer sagte, sie hätte etwas Boshaftes an sich. Seine Mutter hatte zwar recht, aber sie kannte nicht die ganze Geschichte.

Der Arzt stellte Tylers Mutter ein paar Fragen und überließ Tyler seinen Erinnerungen. Er erinnerte sich daran, wie er mit klopfendem

Herzen in die Gasse gerannt war und gesehen hatte, dass Donnie auf dem Rücken gelegen und wie ein Fisch gezappelt hatte. Er hatte den Donut in der Hand gehalten, den Tyler früher am Nachmittag Sam gegeben hatte. Dieser war zerdrückt gewesen, wie die Cupcakes in der rosafarbenen Schachtel.

Als Tyler seinen Namen hörte, kehrte er wieder in die Gegenwart zurück und merkte, dass Heckman ihn etwas gefragt hatte. Seine Mutter begann zu sprechen, doch er unterbrach sie. Tyler sagte dem Arzt, dass er sich nicht wohlfühlt. „Ich muss auf die Toilette."

Heckman entschuldigte ihn mit einer Handbewegung. „Beeil dich."

Die Erinnerung holte ihn wieder ein, während Tyler das Gebäude verließ und an den Toiletten vorbeirannte. Sam hatte neben Donnie gestanden, ihr T-Shirt war zerrissen gewesen und ihre Wangen ganz rot vor Wut. Man hätte sogar einen Handabdruck erkennen können. Donnies Gesicht war auch rot gewesen. Genauso wie sein blondes Haar. Und der Asphalt.

Donnie hatte Tyler mit weit aufgerissenen Augen angestarrt. Donnie hatte Angst gehabt und um Hilfe gefleht. Er hatte den Kopf gehoben und ihn dann, mit einem widerlichen Geräusch, zurück auf den Asphalt geschlagen. Es hatte überall Blut herumgespritzt. Ohne ein Wort zu sagen, hatte er dann immer wieder den Kopf auf den Boden knallen lassen. Sam hatte mit geschlossenen Augen an der Seite gesessen.

Tyler rannte immer schneller, die Holzwerkstätte war immer noch fünfzig Meter entfernt. Er hatte gehofft, dass er überreagiert hatte und Sam es nicht schon wieder getan hatte. Wahrscheinlich hatte er sich alles nur eingebildet. Aber wenn nicht, dann hätte er diesmal das Richtige tun und Sam wegbringen wollen. Er hatte nicht auf ihr Weinen reagiert und versuchte, Donnie dazu zu bringen, sein Gehirn nicht mehr auf den Boden zu knallen.

Er rannte immer schneller, die Distanz wurde immer kleiner. Tylers Herzschlag klang wie das Geräusch von Donnies Schädel, der auf dem Boden aufschlug. Er erinnerte sich, wie Sam dagestanden und beobachtet hatte, wie Tyler versuchte, Donnie davon abzuhalten, sich noch mehr zu verletzen.

„Er hat versucht, mich zu küssen", hatte Sam schluchzend. „Er hat versucht, mich zu küssen und zu umarmen. Tyler, sag meinem Vater nichts davon. Bitte. Er wird sagen, dass es meine Schuld war."

Als er nur noch drei Meter von der Holzwerkstätte entfernt war, hörte Tyler Maschinenlärm. Das war zwar nicht ungewöhnlich, aber Tyler wollte die Tür trotzdem noch nicht öffnen. Dann nahm er allen Mut zusammen und betrat das Gebäude. Die meisten Schüler standen zusammengedrängt in der hinteren Ecke des Zimmers, hielten sich die Ohren zu und starrten entweder auf ihre Füße oder auf den Rücken der Person, die vor ihnen stand.

Hector stand nicht weit von der Tür entfernt und war einer der drei Jungs, die nicht das Glück hatten, zur Herde zu gehören. Er stand vor dem Hobel. Seine beiden kleinen Finger lagen auf dem Boden und sahen wie blutige Würstchen aus, die mit Sägemehl bedeckt waren. Er verzog das Gesicht zu einer entsetzten Grimasse, stand aber einfach nur da und starrte auf die Klinge, die herumwirbelte und Millimeter für Millimeter seine Finger weg hobelt.

Kent stand vor der Maschine, die links von Hector stand. Er stieß mit einer langsamen Bewegung seine Faust in die Schleifmaschine.

Tyler entdeckte Bradley drüben bei der Spaltsäge. Er kniete vor dem riesigen Sägeblatt, das sich drehte, surrte und immer näherkam. Bradley starrte Tyler mit aufgerissenen Augen an und stieß rhythmisch seinen Schritt gegen das Sägeblatt. Es flogen Fleischbrocken und Stofffetzen durch die Luft und es regnete Blut.

Jenkins stand zitternd in der Ecke und beobachtete, wie seine Lieblingsschüler sich selbst verstümmelten.

Sam saß hinter Jenkins Schreibtisch. Tyler rannte zu ihr und flehte sie an, dass sie damit aufhören solle. Sie sagte, er solle weggehen. Ihre Stimme klang kalt und ruhig, nicht wie damals bei Donnie.

„Warum, Sam?", fragte Tyler. „Warum?"

„Sie wollten dir wehtun."

Es dauerte einen Moment, bis Tyler wieder etwas sagen konnte. „Du musst damit aufhören."

„Ich kann nicht zulassen, dass du noch einmal die Schuld auf dich nimmst. Außerdem ist es dafür jetzt zu spät.“ Sie deutete auf die anderen Schüler, die Augenzeugen, die sie am Leben ließ. „Jetzt geh.“

Tyler wusste, dass sie recht hatte, dass es keinen Ausweg aus diesem Schlamassel gab, aber er wollte sie nicht im Stich lassen. Während Hectors restliche Finger weggehobelt wurden, die Schleifmaschine Kents Unterarm polierte und Bradley die Reste seiner Eingeweide im Raum verteilte, zog Tyler den Holzzylinder aus seiner Tasche und legte ihn auf den Schreibtisch.

„Alles Gute zum Geburtstag, Sam.“

Sam lächelte, stand auf und küsste Tyler auf die Wange. Ein paar der Schüler rannten aus dem Gebäude. Sam sagte zu Tyler: „Geh.“

Tyler konnte nur an den Kuss und ihre freundlichen Worte denken. Das Blutbad, das sie umgab, kümmerte ihn nicht. „Ich bleibe hier.“

„Nein, das wirst du nicht. Ich will, dass du gehst. Die Bullen werden gleich auftauchen und ich weiß noch nicht, ob ich mich von ihnen abführen lassen werde. Ich will nicht, dass du dann hier bist.“

Tyler wollte bleiben, aber Sam zwang seine Füße dazu, zur Tür zu gehen. Ihre Kontrolle über seinen Körper ließ nach, als Tyler aus dem Zimmer trat. Er schob einen Fuß zwischen Tür und Schwelle und versuchte, Sams Namen zu rufen, doch er brachte kein Wort heraus. Er konnte nichts Anderes tun, als zuzusehen, wie Sam ihre Aufmerksamkeit auf Mr. Jenkins richtete, der sich an der Laubsäge zu schaffen machte.

Verzerrte Erinnerung

Der Schlüssel ließ sich nicht drehen. Das gottverdammte Schloss klemmt immer. Tom zog den Schlüssel heraus, um sich zu vergewissern, dass er den richtigen genommen hatte, dann steckte er ihn wieder ins Schloss. Er drehte sich immer noch nicht. Tom schlug mit der Faust gegen die Tür. „Gina! Mach auf!“

Das Miststück musste das Schloss ausgewechselt haben, während er unterwegs gewesen war. Er schlug erneut gegen die Tür.

Ein Mann rief aus der Wohnung. „Was zum Teufel ist los?“

Sie hatte einen Mann in ihrer Wohnung? „Mach die verdammte Tür auf!“

Er hörte schwere Schritte, die näherkamen, dann wurde die Tür aufgerissen. Ein stämmiger Lateinamerikaner erschien. Er sah ihn finster an und fragte: „Was zum Teufel ist dein Prob—“

Toms Herz klopfte so heftig, dass er gar nicht hörte, wie er dem Mann die Faust ins Gesicht geschlagen hatte. Der Mann taumelte rückwärts in die Wohnung. Tom folgte ihm, schlug die Tür hinter sich zu und rannte hinter dem Typen her, der versuchte, sich hinter der Couch zu verstecken.

Tom packte den Mann am Kragen und sah in seine seelenlosen Augen. Gina und dieses Arschloch lachten wahrscheinlich beim Sex über ihn. Bevor der Bastard um Verzeihung bitten konnte, verpasste Tom ihm mit dem Ellbogen seitlich einen Schlag am Kopf. Es war ein lautes Knacken zu hören. Die Beine des Mannes gaben nach. Tom ließ ihn los und rammte ihm das Knie in die Brust, dann stieß er ihn in die billige Wohnwand aus Spanholz.

Ein uralter Röhrenfernseher fiel neben dem keuchenden Mann zu Boden. Tom fragte sich, wohin wohl sein Flachbildfernseher und der Mahagoni-Tisch, auf dem er gestanden hatte, verschwunden waren. Tom nahm dann an, dass Gina ihrem Geliebten erlaubt hatte, seine Sachen für Drogengeld zu verkaufen. Er rief: „Komm raus, Gina!“ Er stand neben dem geschundenen Mann und verpasste ihm einen Tritt. „Komm jetzt endlich raus, Gina, sonst wird es dir wie deinem Freund ergehen.“

Der Mann spuckte Blut, hielt seinen Kiefer und murmelte: „Es ist niemand hier. Verdammt, Mann, du bist in der falschen Wohnung."

Tom trat ihm in den Oberschenkel. „Sie hat zehn Sekunden. Du sagst ihr besser, dass sie hierherkommen soll."

„Hier ist keine Gina. Ich habe noch nie von ihr gehört." Der Mann hielt sich an der schäbigen Wohnwand fest und stand auf. Er deutete auf die Bilder, die an der Wand hingen. „Das ist meine Wohnung. Sieh dir die Bilder an."

Tom hatte nicht vor, wegzusehen und einen unerwarteten Schlag einzustecken, deshalb verpasste er dem Mann einen Hieb, der ihn in den Flur katapultierte. Er wollte den verdammten Lügner niederschlagen, als er von der Wand abprallte, doch der Bastard schaffte es irgendwie, sich auf den Beinen zu halten, und rannte in Richtung Schlafzimmer.

Tom rannte ihm hinterher und wollte verhindern, dass der Mann zu Gina gelangen oder die Polizei rufen konnte, doch der Kerl schloss bereits die Tür hinter sich. Tom warf sich mit aller Kraft dagegen, bevor sie ins Schloss fallen konnte.

Auf der anderen Seite war ein lautes Grunzen zu hören, dann sprang die Tür auf und Tom stolperte in das seltsam dekorierte Schlafzimmer. An den Wänden hingen überall Luftballons, die Gina früh morgens aufgehängt haben musste. Der Eindringling taumelte umher, fing sich jedoch wieder, bevor er gegen das Kinderbett stieß. *Warum steht da ein Kinderbett?* Fragte sich Tom, während der Mann mit der einen Hand nach dem schnurlosen Telefon und mit der linken nach einem Baseballschläger griff.

„Leg sofort meine Sachen wieder hin!", schrie Tom, obwohl er den Baseballschläger nicht erkannte. Er war leuchtend rot. Tom bemerkte, dass er aus Plastik war.

„Ich rufe die Polizei."

Tom konnte sich kaum das Lachen verkneifen. „Du willst die Polizei rufen? Wohl kaum. Leg sofort meine Sachen wieder hin, dann lasse ich dich vielleicht gehen."

„Lass mich in Ruhe!" Der Mann fuchtelte mit dem Baseballschläger herum. „Ich meine es ernst."

Tom ging einen weiteren Schritt auf das Kinderbett zu, das zwischen ihnen stand. „Ich auch. Hast du überhaupt eine Ahnung, wie tief du in der Scheiße steckst?"

Der verwirrte Mann betrachtete den Baseballschläger in seiner Hand. Da stürzte Tom sich auf ihn, griff nach beiden Enden des Baseballschlägers und drehte ihn in der Hand des Räubers, bis dessen Handgelenk knackte.

Der Räuber schrie überrascht auf, verstummte jedoch, als Tom ihm den Baseballschläger aus der Hand riss und begann, seitlich auf den Kopf des Mannes einzuschlagen, bis sein Arm schwer wurde und Blut auf Toms Gesicht spritzte. Die Lippe des Mannes war aufgeplatzt und er flehte ihn an, aufzuhören. Dann fing an ein Baby zu weinen.

Der Mann fiel neben der hellblauen Kommode zu Boden und Tom ging zum Kinderbett. Darin lag ein Baby, dessen Gesicht ganz rot und aufgedunsen war. Es wimmerte. „Was zum Teufel ist das?", fragte Tom.

„Das ist mein Kind, Mann. Komm schon, bitte, ich kenne keine Gina."

Tom durchsuchte die Wohnung und stellte fest, dass Gina aus irgendeinem Grund nicht da war. Er nahm das braune Lederportemonnaie, das der Amateur auf dem Tisch im Eingangsbereich liegengelassen hatte, und steckte es ein. Er würde es behalten, nur für alle Fälle. Der Kerl hatte es nicht einmal bemerkt. Tom war schwindlig, als er die Wohnung verließ.

Die Morgensonne blendete ihn, als er auf den Bürgersteig hinaustrat. Er sah sich verwirrt um und hielt nach seinem Cabrio Ausschau. Er erinnerte sich deutlich daran, dass er auf der Nordseite der Straße geparkt hatte, doch sein Auto war nirgends zu sehen. *Ich bin doch gefahren, nicht wahr?*

Tom konnte immer noch das Weinen des Babys hören. Er zog einen Schlüsselbund aus der linken Hosentasche und warf die einfache Fahrkarte von Folsom in die Stadt weg. Er musste sie aus Versehen mitgenommen haben. Dann wollte er den Alarmknopf auf der Fernbedienung drücken, stellte jedoch fest, dass er gar keine Fernbedienung hatte. Am Bund hingen nur sein glänzender Wohnungsschlüssel und ein abgenutzter Schlüssel für Ginas Motorrad. Den Schlüssel für den Porsche musste er früh morgens verloren haben. Irgendein verdammter Hurensohn musste ihn gefunden und sein Auto gestohlen haben.

Anstatt sich den Kopf darüber zu zerbrechen, beschloss Tom, dass er bei der Polizei Anzeige erstatten würde, sobald er Gina gefunden hatte. Er musste sich vergewissern, dass es ihr gut ging. Wenn er so materialistisch war, dass sein Auto wichtiger war als sie, verdiente er es nicht, ihr Freund zu sein.

Ein Taxi bog um die Ecke. Er winkte es mit einer Handbewegung heran; das erste Erfolgserlebnis des Tages. Erst als er auf den Rücksitz gerutscht war und der Fahrer ihn fragte, wohin er wollte, wurde Tom bewusst, dass er keine Ahnung hatte, wo er nach Gina suchen sollte.

Der kahlköpfige Taxifahrer sah ihn im Rückspiegel an. „Alles in Ordnung, Bruder?“

„Meine Freundin. Ich muss sie finden. Ich muss wissen, ob es ihr gut geht.“

„Kein Problem. Wo wohnt sie denn?"

Tom deutete auf das Wohnhaus, aus dem er gerade kommen war. „Bei mir. Zumindest bis heute Morgen. Ihre Sachen sind weg.“

„Scheiße. Das muss ein schwerer Schlag sein.“ Der Taxifahrer wandte den Blick wieder auf die Straße. „Also, wo willst du hin?“

„Ich ... weiß es nicht. Jemand hat meinen Porsche gestohlen.“

Der Taxifahrer zögerte und fragte dann: „Hast du überhaupt Geld dabei? Ich arbeite nämlich nicht für eine Wohltätigkeitsorganisation.“

„Ja“, sagte Tom, obwohl er nicht wusste, ob er welches hatte. Nach allem, was passiert war, hatte er Angst, in seine Brieftasche zu sehen. Dann erinnerte er sich an den Kerl und das Baby. Tatsächlich, zweihundert Dollar und etwas Kleingeld.

„Also wohin geht's?“

Tom richtete den Blick wieder auf die Straße und das Wohnhaus. Es sah alles anders aus, als er es in Erinnerung hatte.

Der Taxifahrer sagte: „Hast du irgendeine Idee, wo sie sein könnte? Ich kann nicht ewig hier stehen bleiben.“

In der Ferne waren Sirenen zu hören. „Fahr einfach die Straße entlang.“

„Hast du eine Adresse? Ich muss sie der Zentrale mitteilen.“

„Ihre Schwester lebt in Santa Clarita, in der Nähe von Six Flags. Vielleicht ist Gina bei ihr.“

„Das liegt eine Stunde von hier entfernt."

„Ich habe Geld." Alles, was zählte, war Gina.

Tom wedelte ein paar Geldscheine in der Luft herum, damit der Taxifahrer sie sehen konnte. Tom sprach lauter, damit der Taxifahrer ihn trotz der näherkommenden Sirenen verstehen konnte, und sagte: „Das ist mehr als genug. Hier ist ein Zwanziger, falls du denkst, dass ich dich veräppeln will. Ich muss nur zuerst an einer Telefonzelle anhalten, um die Adresse ihrer Schwester rauszusuchen."

Der Taxifahrer sagte, er solle ihn behalten, schaltete den Taxameter ein und fuhr Richtung Norden.

Als Tom die Geldscheine wieder in die Brieftasche steckte, bemerkte er, dass sein Handrücken leuchtend rot bespritzt war.

Bis der Taxifahrer eine Telefonzelle mit einem Telefonbuch fand, hatte Tom sich die Tröpfchen von den Händen gewischt und die Flecken auf der Vorderseite seiner Jeansjacke so gut wie möglich beseitigt. Es dauerte nicht lange, bis er Ginas Schwester im Telefonbuch fand, aber er stellte, überrascht fest, dass sie in Pasadena und nicht mehr in Santa Clarita wohnte. Gina hatte nie erwähnt, dass ihre Schwester umziehen wollte.

Tom riss die Seite aus dem Telefonbuch und stieg wieder ins Taxi. "Gute Neuigkeiten. Sie wohnt ganz in der Nähe."

„Bist du sicher, dass es die richtige Person ist? Willst du sie nicht anrufen?"

"Ich bin sicher, dass sie es ist. Ich würde lieber einfach bei ihr auftauchen."

Zehn Minuten später hielt das Taxi vor einem unbekannten Haus an. Der Taxifahrer deutete auf den roten Porsche, der in der Auffahrt stand, und schmunzelte. „Ist das dein Auto?"

„Nein. Warum?"

„Du hast gesagt, dass deiner gestohlen wurde. Vielleicht hat ihn sich deine Freundin genommen."

„Mein Auto ist in der Reparatur. Ich hasse Rot."

„Alles klar." Der Taxifahrer sah auf den Taxameter. „Das macht sechzig Dollar." Der Taxifahrer musterte Tom und fragte sich, ob er gemerkt hatte, dass er abgezockt wurde.

Tom warf ihm einen Hunderter zu und stieg aus. „Tu mir einen Gefallen und lass ihn laufen. Vielleicht musst du mich zurückfahren.“ Er drehte sich um und ging auf die Veranda zu, bevor der Taxifahrer nein sagen konnte.

Die Haustür ging auf. Joanne, deren Haar jetzt graue Strähnen hatte, drückte sich das Handy ans Ohr und sprach mit jemandem. Als sie Tom erkannte, hielt sie mitten im Satz inne.

„Überraschung“, sagte Tom. „Ich wusste gar nicht, dass ihr umgezogen seid. Das hättest du mir sagen sollen.“

Sie sagte monoton: „Ich muss los.“ Sie legte auf und wählte eine neue Nummer, wahrscheinlich die Polizei.

Tom riss ihr das Handy aus der Hand und warf es ins Gras. Er wollte gerade nach Gina fragen, als er die silberne Halskette an Joannes Hals bemerkte. „Die gehört Gina.“

„Nein, sie gehört mir.“

„Ich habe sie ihr zu unserem Jubiläum geschenkt.“

Joanne schüttelte langsam den Kopf. „Du solltest nicht hier sein. Ich kann nicht glauben, dass sie dich rausgelassen haben.“

Tom wusste nicht, wer „sie“ waren oder von wo sie ihn angeblich herausgelassen hatten, und konzentrierte sich auf die Halskette. Sie konnte nicht abstreiten, dass der Herzanhänger, auf dem ein „G“ eingraviert war, Gina gehörte. Tom ging also auf die Tür zu. „Wo ist sie?“

Joanne kreischte und versuchte, Tom die Tür vor der Nase zuzuknallen. Doch Tom, der sich nicht so leicht von einer verrückten Frau abschrecken ließ, rammte Joanne mit der Schulter. Sie taumelte rückwärts ins Haus. Er schloss die Tür und drückte Joanne gegen die Wand, bevor sie schreien konnte.

„Was zum Teufel ist dein Problem? Ich wollte nur nachsehen, wie es Gina geht. Sie war nicht zu Hause.“

Joanne versuchte, ihm eine Ohrfeige zu verpassen, doch er schlug ihre Hand weg.

„Hör auf damit“, sagte er. „Ich will sie doch nur beschützen. Wo ist sie?“

Joanne versuchte, mit der anderen Hand zuzuschlagen. Tom packte ihre Handgelenke und drückte sie gegen die Wand. „Sag mir, wo sie ist!“

„Du krankes Arschloch!“ Joanne rammte Tom das Knie in den Schritt, er krümmte sich vor Schmerz. Sobald er sie losgelassen hatte, rannte sie zum Telefon in der Küche, nahm den Hörer in die Hand und drückte drei Tasten.

Tom ignorierte den Schmerz und kämpfte gegen die Übelkeit an. Er musste sich fast übergeben. „Leg auf, Joanne.“

Joanne wich zurück, ihre Augen suchten den Raum ab, wahrscheinlich suchte sie nach einer Waffe. Sie holte tief Luft und sagte, dass sie Hilfe brauche. Und sie sagte Toms Namen.

Tom ging auf sie zu. „Sag, dass du aus Versehen angerufen hast und dass alles in Ordnung ist.“

„Er ist ein verurteilter Mörder. Er hat vor zwölf Jahren meine Schwester umgebracht und—“

Tom schrie: „Leg auf! Und gib mir Ginas Halskette!“ Er schrie weiter und versuchte, Joannes Worte zu verdrängen, die sich in seinem Kopf wiederholten. *Meine Schwester umgebracht …*

Joanne flehte den Dispatcher an, dass sie sich beeilen sollten. Tom stellte keine Fragen mehr. Es war offensichtlich, dass sie ihm nicht sagen wollte, wo Gina war. Er riss den Festnetzanschluss aus der Wand und legte die Hände um Joannes Hals. Er fühlte sich sehr weich an. Genau wie der von Gina.

Tom zog die Haustür hinter sich ins Schloss und stieg wieder ins Taxi. Der Fahrer musterte ihn und fragte, ob alles in Ordnung sei.

„Nein, aber sie war hier.“ Er hielt die Halskette hoch und sagte: „Die hat sie aus Versehen vergessen. Ihre Schwester hat mich gebeten, sie ihr zurückzugeben.“

„Und, wohin geht die Reise nun?“

Als Tom die Halskette einsteckte, bemerkte er, dass er immer noch klebrige rote Farbkleckse auf der Hose hatte. „Ihre Eltern wohnen ganz in der Nähe.“

Mamas großer Junge

Stacys einjähriges Baby saß auf ihrem Schoß und sie versuchte, dem Jungen beizubringen, den Namen ihres neuesten Kerls auszusprechen. „Sag es für Mama. Komm schon, Brendan. Sag „Harry"."

Brendan neigte den Kopf zur Seite und starrte seine Mutter an. *Babys sehen immer wie kleine Betrunkene aus*, dachte Stacy. Brendans Augen glänzten und er versuchte, sich zu konzentrieren.

„Warte, gleich sagt er es", sagte Stacy.

Harry wandte den Blick nicht vom Baseballspiel ab, selbst dann nicht, wenn er einen Schluck Bier trank. „Toll."

„Komm schon, Brendan. Du weißt doch, wie man spricht", sagte sie. "Nur ein einziges Mal. Sag „Harry"."

Brendans blaue Augen glänzten und er grinste breit. „Arry."

„Er hat es getan! Er hat deinen Namen gesagt!" Stacy jubelte und schwang Brendan in die Höhe.

Harry drehte den Fernseher lauter und trank sein Bier aus.

Stacy merkte, dass sie ihn wieder genervt hatte, und entschuldigte sich dafür, dass sie so laut gewesen war. „Ich bringe ihn ins Bett. Es ist noch früh, vielleicht können wir uns etwas Zeit für uns nehmen."

Harry drehte den Kopf und sah sie tatsächlich an. „Klingt nicht schlecht." Er kratzte sich dabei mit der Fernbedienung am Hals.

„Also gut, wird nicht lange dauern." Stacy stand neben Brendan. „Wer ist Mamas großer Junge?" Stacy schwang behutsam ihren kleinen Jungen in der Luft herum. „Bist du bereit fürs Bett?"

Brendan schüttelte den Kopf und sagte in Gebärdensprache, dass er Hunger habe. Stacy hatte ihm das beigebracht, nachdem sie eine Wiederholung von *Oprah* gesehen hatte. Brendan hatte es schnell gelernt. So konnte er sich verständlich machen, das gefiel Stacy. Nur war jetzt nicht der richtige Moment dafür.

„Jetzt gibt's nichts mehr zu essen. Es ist Zeit, ins Bett zu gehen. Du bekommst morgen früh wieder etwas."

Brendan zappelte, kreischte und versuchte, sich aus ihren Händen zu winden. Stacy musste sich wieder hinsetzen, um ihn aufzufangen. Kaum hatte sie ihn halbwegs unter Kontrolle, drehte er sich zur Seite und positionierte sich unter ihrer Brust.

Stacy lachte, als Brendan dann versuchte, ihr T-Shirt hochzuschieben. „Hör auf, Brendan."

Brendan schrie, als sie ihr Oberteil festhielt. Er schrie immer lauter.

„Warum zum Teufel weint er denn?", fragte Harry.

„Er will, dass ich ihn stille."

„Gib ihm eine Flasche, dann beruhigt er sich hoffentlich wieder."

„Nein, sieh doch. Er will, dass ich ihn *stille*."

Harry wartete auf die Werbung, dann drehte er sich zu ihr um. „Das ist widerlich, ich will das nicht sehen."

„Es ist ganz natürlich."

„Mir egal. Ich kann den Gedanken nicht ertragen, dass ein Kind an deinen Titten saugt."

„So ist es doch gar nicht. Es ist keine große Sache."

„Doch, ist es. Es ist widerlich. Tu das ja nie, wenn du in meiner Nähe bist. Am besten redest du überhaupt nicht mehr davon." Er wandte sich wieder dem Fernseher zu. „Und sorgt dafür, dass er endlich schweigt. Ich bekomme Kopfschmerzen von seinem Geschrei."

„Tut mir leid", sagte Stacy, sowohl zu Brendan als auch zu Harry. Sie stand auf und ging mit Brendan ins Schlafzimmer. „Ich bringe ihn ins Bett. Bin gleich wieder da."

Stacy legte Brendan in sein Bettchen, doch er war im Nu wieder auf den Beinen und rüttelte am Geländer. Er weinte immer noch. Sie kniff sanft seine Wange und strich über sein feines blondes Haar. „Es tut mir wirklich leid, Brendan. Es tut Mama leid. Tu es einfach für mich. Ich wünschte, du könntest es verstehen. Harry ist ein guter Kerl und ich möchte, dass er noch ein Weilchen hierbleibt, aber er wird nicht bleiben, wenn du nicht aufhörst zu weinen. Er mag dich. Ich verspreche es dir. Oh, Baby, bitte. Hör auf zu weinen, ja? Du musst jetzt schlafen, mein Schatz. Bitte."

Brendan stieß plötzlich einen ohrenbetäubenden Schrei aus.

„Tut mir leid, mein Schatz." Stacy zwang sich dazu, vom Kinderbett wegzugehen. „Es ist Zeit zum Schlafengehen. Wir sehen uns morgen früh."

Stacy verließ das Zimmer, bevor sie ihre Meinung änderte und ihr schreiendes Baby aus dem Kinderbett hob. Sie ließ die Tür einen Spaltbreit offen, damit sie später nach ihm sehen konnte, ohne ihn aufzuwecken. Als sie ins Wohnzimmer zurückkehrte, hörte sie Brendan wimmern. Das Babyphone stand nämlich neben dem Fernseher.

Harry funkelte sie mit den Augen an und starrte dann auf das Babyphone. „Komm schon, Stace. Muss ich mir das anhören? Ist das dein Ernst?“

Stacy griff nach dem Babyphone und drehte es leiser. „Tut mir leid. Habe ich vergessen."

Harry drehte den Fernseher lauter. „Ich kann ihn immer noch hören.“

„Ich muss es eingeschaltet lassen, sonst kann ich ihn nicht hören.“

„Das kaufe ich dir nicht ab. Was ist denn mit all den Babys, die zur Welt kamen, bevor diese blöden Dinger rauskamen? Die haben es auch alle überstanden. Meine Mutter hatte kein solches Ding.“

„Ich fühle mich besser damit.“ Sie setzte sich auf die Couch und drehte das Babyphone so leise, dass Brendans Schreie fast vom Baseballspiel übertönt wurden.

„Schreit der kleine Bastard immer so?“

Stacy zuckte zusammen. „Komischerweise hat er das früher nie getan. Nicht mal, als sein Vater gestorben ist. Er hat erst seit letzter Woche solche Wutanfälle.“ Brendans Vater war acht Monate zuvor gestorben. Er und Stacy hatten sich zwar trennen wollen, aber ihr Herz schmerzte immer noch, wenn sie an seinen Tod dachte.

Harry zuckte mit den Schultern und wandte seine Aufmerksamkeit wieder dem Spiel zu. „Wahrscheinlich, weil du ihn zu sehr behütest. Du musst ihn wie einen Mann behandeln, sonst wird nur ein verdammtes Weichei aus ihm.“

„Er ist erst zwölf Monate alt.“

„Du musst dich an einen Zeitplan halten und darfst ihn nicht behandeln, als wäre er hilflos. Dann wird er aufhören zu weinen, glaub mir.“

„Wahrscheinlich hast du recht.“

„Bestimmt.“ Er schaltete den Fernseher aus, das Spiel hatte mit einem Dreipunktesieg der Tigers geendet. „Wie wäre es, wenn du *mir* etwas Aufmerksamkeit schenkst, jetzt, wo er im Bett ist?“

„Liebend gerne.“ Sie eilte zu ihm und setzte sich auf seinen Schoß.

Harry sah nach unten und bemerkte, dass sie immer noch das Babyphone in der Hand hielt. „Ich dachte, wir wollten uns Zeit für uns nehmen?“

Sie hatte die Tür einen Spaltbreit offengelassen und sich vorgenommen, mit einem Ohr nach Brendan zu hören. „Es ist ausgeschaltet.“ Sie küsste ihn auf die Wange und legte das Babyphone auf den Couchtisch. „Besser so?“

„Immerhin ein Anfang.“ Harry stieß Stacy von seinem Schoß, damit er in seine Hosentasche greifen konnte. Dann hielt er einen kleinen Plastikbeutel hoch. „Ich habe uns einen kleinen Snack besorgt.“

Auf dem Boden des Beutels lagen ein paar verschrumpelte braune Stiele. „Was ist das?“

„Pilze. Schon mal probiert?“

„*Magic Mushrooms*? Noch nie.“

„Noch nie? Du hast ja keine Ahnung, was du verpasst hast.“

Stacys Cousine hatte sie in der Highschool dazu überredet, welche zu probieren, doch ihr Geschmack war so widerlich gewesen, dass sie sie gleich wieder ausgespuckt hatte. Sie versuchte, Harry auf die Füße zu ziehen. „Wir können auch ohne dieses Zeug eine gute Zeit haben. Komm, ich zeige dir, was ich meine.“

Harry zog sich von ihr zurück, hielt aber Blickkontakt. „Komm schon, nur einen. Wir werden uns viel näherkommen. Du musst einen probieren.“

„Und was ist mit Brendan?“

„Er schläft.“ Harry strich mit der Hand über Stacys Unterarm. Sie bekam Gänsehaut.

„Aber was ist, wenn er aufwacht und mich braucht? Und was ist mit dem Stillen? Geht das Zeug in meine Brustmilch?“

Harry zog seine Hand weg. „Verdammt noch mal, Stacy! Ich habe doch gesagt, dass ich davon nichts hören will. Er ist ein Junge, keine verdammte Glasfigur.“

„Ich will nichts tun, das ihm schaden könnte.“

Harry öffnete den Beutel und legte zwei verschrumpelte Pilze auf seine Handfläche. „Es ist in Ordnung.“ Er steckte sich einen der Pilze in den Mund und bot ihr den anderen an. „Es wurden schon alle möglichen Tests gemacht.“

„Du meinst Studien?“

„Habe ich doch gesagt.“ Er überraschte sie und steckte ihr den Pilz in den Mund. „Kau ihn einfach.“

Stacy wollte ihn gerade ausspucken, doch dann sagte Harry: „Du bist doch diejenige, die gesagt hat, dass ich noch ein Weilchen bleiben soll. Dass, ich ein guter Kerl bin.“

Stacy wollte es abstreiten, doch er zog sie an seine Brust, streichelte ihre Wange und zwang sie dazu, den Mund zu schließen. „Na also. So ist es gut. Kau ihn einfach und entspann dich. Du hast es dir verdient. Leg dich auf den Boden. Warte, ich will, dass wir es bequem haben.“ Harry breitete eine Decke auf dem abgenutzten Teppich aus und schaltete das Radio ein. „Wir entspannen uns einfach und hören Musik. So ist es gut, leg dich einfach hin und mach es dir bequem.“

Stacy hörte auf, den ekelhaften Stiel zu kauen, legte sich auf den Rücken und starrte an die Decke. Eine Weile passierte nichts, doch dann begann sich alles zu drehen.

Harry streichelte einfach weiterhin ihren Arm und sagte, sie solle sich entspannen. Er legte sich auf sie und schob seine Jeans bis zu den Knien hinunter. Ein paar Minuten später – oder waren es Stunden? – wurde sie von der Stimme eines Verkäufers geweckt, der die besten Angebote bei *Pete's Pontiac* ankündigte. Sie war immer noch im Halbschlaf und verdrängte die Radiowerbung, sie rollte sich auf die Seite und positionierte sich in der Löffelchenstellung hinter Harry. Irgendetwas bewegte sich in ihrem Blickfeld. Ihre Sicht war verschwommen, doch Stacy sah, dass Brendan neben Harrys Kopf stand. Er mühte sich mit einer Topfpflanze ab. Brendan hob den Topf hoch und trat näher an Harrys Kopf heran.

Stacy rief ihm zu, er solle den Topf hinstellen. Er drehte so schnell den Kopf, dass er das Gleichgewicht verlor und hinfiel. Der Topf zerbrach. Brendan stand auf und hielt den Zeigefinger vor seine winzigen Lippen. „Schweig, du Schlampe“, sagte er und rannte in sein Zimmer. Seine kurzen Beine konnten seinen pummeligen Körper kaum tragen. Stacy war davon überzeugt, dass sie halluzinierte. Sie schloss die Augen und schlief wieder ein.

Stacy wurde durch Brendans schrille Schreie und die warme Morgensonne aus ihrem tiefen Schlaf geweckt. Die Uhr zeigte an, dass es schon nach sieben war. Sie stillte Brendan immer um halb sechs, bis spätestens um sechs. Kein Wunder, dass er wie am Spieß schrie.

Stacy rappelte sich auf, obwohl sie stechende Kopfschmerzen hatte und ihr Rücken schmerzte. Sie eilte zu Brendans Zimmer, weil sie befürchtete, dass die Schreie des Babys Harry aufwecken würden, der immer noch nackt auf dem Boden lag.

Brendan hörte auf zu weinen und lächelte sie an. Als sie ihn hochheben wollte, stieß Stacy gegen einen kleinen Stuhl, den jemand neben das Kinderbett gestellt hatte. Sie wischte ihm mit dem Saum ihres T-Shirts die Tränen aus den Augen und den Rotz von den Lippen. „Sei still, großer Junge. Mama ist ja da. Tut mir leid, Brendan. Du bist bestimmt schon am Verhungern."

Brendan lächelte und sagte in Gebärdensprache, dass er gestillt werden wolle. Sie setzte sich auf den Schaukelstuhl, zog ihr T-Shirt hoch und entblößte ihre Brust. Sie dachte an ihren verrückten Traum zurück, in dem Brendan eine Topfpflanze in den Händen gehalten hatte, als Brendan in ihre Brustwarze biss.

„Au! Was machst du?" Stacy zog ihn von sich weg und setzte ihn aufrecht auf ihren Schoß. „Nicht beißen! Das tut Mama weh."

Brendan schüttelte seinen übergroßen Kopf, starrte sie missbilligend an und sagte laut und deutlich: „Wie wäre es, wenn du dir die Titten wäschst, nachdem dich dieser Drecksack voll gesabbert hat? Wenn ich Bier und abgestandene Zigaretten schmecken wollte, würde ich dich bitten, mich zu küssen."

Stacy hielt ihn mit ausgestreckten Armen vor sich hin. Sie konnte erst nach ein paar Sekunden wieder etwas sagen und schrie nach Harry. Brendan lächelte, als Harry im Wohnzimmer umherstolperte und rief, dass sie sich beruhigen solle sich. Harry erschien im Türrahmen und sah noch schlimmer aus, als Stacy sich fühlte.

„Was zum Teufel ist denn los?"

Stacy hielt Brendan auf Distanz. „Er ... er hat geredet."

„Und deswegen weckst du mich?"

„Nein, nein!", rief sie. „Du verstehst nicht. Er hat wie ein Erwachsener geredet. Er hatte eine Männerstimme und war sehr gemein. Das ist nicht mein Sohn."

Harry sah erst das lächelnde Baby an, dann wieder Stacy. „Du spinnst doch. Das sind die Pilze.“

„Nein. Ich habe ihn gestillt und er hat mich gebissen. Er hat gesagt ..."

„Was soll das? Ich habe doch gesagt, du sollst diesen Mist nicht erwähnen.“

„Es tut mir leid, aber ...“ Bevor Harry sie unterbrechen konnte, sagte sie: „Er hat mich gebissen und gesagt, meine Brust würde nach Bier und Zigaretten schmecken.“

Harry lachte und klopfte sich mit der Hand auf den Oberschenkel. „Mensch, Stacy, du bist immer noch high. Leg das Baby ins Kinderbett. Du musst zuerst einen klaren Kopf bekommen.“

„Du denkst also, es liegt an den Pilzen? Ich bin immer noch high?“

„Woran soll es denn sonst liegen, du Intelligenzbestie? Komm schon. Leg ihn wieder hin und mach mir Frühstück. Du wirst dich besser fühlen.“ Harry ging aus dem Zimmer und sagte: „Weck mich, wenn es fertig ist. Ich will Eier.“

Stacy setzte Brendan ins Kinderbett und trat ein paar Schritte zurück. Sie betrachtete ihren lächelnden Jungen und ekelte sich vor sich selbst. Er war liebenswert und konnte nicht sprechen. Er war erst ein Jahr alt - und sie war high. Sie beugte sich über ihren Sohn, streichelte seine Wange und flüsterte liebevoll seinen Namen.

Ein krankes Grinsen breitete sich auf seinem Gesicht aus. „Warum flüstern wir?“

Stacy unterdrückte einen Schrei und erinnerte sich daran, dass sie immer noch unter dem Einfluss der Drogen stand. Sie sah auf den Stuhl neben dem Kinderbett. „Bist du letzte Nacht aus dem Kinderbett geklettert?“

Brendan nickte. „Und du wirst kein Wort sagen, nicht wahr, Mama?“ Seine Stimme klang wirklich tief.

Stacy keuchte und kniff sich in den Arm. Sie hoffte, dass der Schmerz sie aus dieser entsetzlichen Illusion reißen würde. Als es nichts bewirkte, sagte sie: „Was wolltest du denn tun?“

„Sagen wir einfach, das Arschloch hat Glück gehabt. Wenn diese fetten Babyfinger nicht gewesen wären, hätte ich sein Gehirn in Brei verwandelt.“

„H-Harry!“

„Was ist denn jetzt schon wieder los?“, rief er aus dem anderen Zimmer.

„Er hat es wieder getan.“

„Komm endlich aus dem Zimmer raus, Stace“, befahl Harry. „Du bist high. Trink etwas Wasser und koch mir ein paar verdammte Eier. Und sieh zu, dass sie nicht zu flüssig sind.“

Brendan winkte spöttisch zum Abschied, während Stacy rückwärts aus dem Zimmer ging. Im Wohnzimmer bemerkte sie den Topf, der neben Harrys Schlafplatz lag und nur noch aus Scherben bestand.

„Oh mein Gott. Der Topf.“

„Entspann dich.“ Harry hatte die Decke über sein Gesicht gezogen, damit ihn die Sonne nicht blendete. „Ich glaube, ich habe ihn umgeworfen, als ich aufgestanden bin. Es ist aber deine Schuld. Du hast mich zu Tode erschreckt, als du so geschrien hast.“

„Du hast ihn zerbrochen?“

„Wen kümmert das schon? Das Ding war sowieso hässlich. Kauf dir einen neuen, wenn es dich so sehr stört.“

Stacy wollte Harry von ihrem Traum erzählen, aber er würde sich nur noch mehr aufregen. Stattdessen tat sie, was er gesagt hatte, und bereitete das Frühstück zu. Das Sonnenlicht war intensiv und sie hatte das Gefühl, dass sie langsam wieder nüchtern wurde. Nachdem sie einen Teller mit Spiegeleiern vor Harry hingestellt hatte, ging Stacy mit einer Flasche Milch in Brendans Zimmer. Sie war erleichtert, als sie sah, dass er sich unter der Decke zusammengerollt hatte.

Stacy ging zum Kinderbett und stellte die Flasche auf den Nachttisch. Sie wollte gerade die Decke wegziehen, als sie hinter sich ein Geräusch hörte und herumwirbelte.

Brendan stand ein paar Meter von ihr entfernt und versuchte, eine Schere vom Boden aufzuheben.

Stacy schnappte sich die Nähschere und legte sie auf den Schrank, bevor er sich damit schneiden konnte. Sie drehte sich wieder zu ihrem Sohn um, der leise fluchte und auf seine Hände sah.

„Diese gottverdammten Finger“, sagte er.

Stacy behielt Brendan im Auge, hob die Decke hoch und sah, dass ein Kissen darunterlag. „Was hattest du denn vor, Brendan?“ Ihre Stimme zitterte.

„Sagen wir einfach, diesmal hast du Glück gehabt.“

Stacy hob Brendan hoch, hielt ihn so weit wie möglich von sich entfernt, und trug ihn ins Wohnzimmer. Sie setzte ihn vor Harry ab und sagte: „Bitte pass kurz auf ihn auf. Ich muss ein Bad nehmen. Ich fühle mich überhaupt nicht gut. Und meine Gedanken sind völlig durcheinander. Wann lässt die Wirkung denn endlich nach?“

„Du darfst dir nicht zu viele Gedanken machen. Wenn du in Panik gerätst, wird es nur noch schlimmer. Beeil dich und nimm ein Bad. Ich passe auf ihn auf.“

„Danke, Harry. Du hast was bei mir gut.“

Brendan drehte Harry den Rücken zu, hielt eine Faust vor seinen O-förmigen Mund und bewegte sie schnell auf und ab, um Stacy zu zeigen, wie sie sich bei ihrem Freund bedanken würde. Stacy tat so, als hätte sie die obszöne Geste nicht bemerkt und rannte ins Badezimmer. Sie stellte das Radio auf den Sims und suchte einen Easy-Listening-Sender. Dann ließ sie sich ins warme Wasser sinken, versuchte sich zu entspannen. Und sie versprach hoch und heilig, dass sie nie wieder Drogen nehmen würde. Sie flehte Gott an, ihren Verstand zu klären, die bösen Gedanken zu vertreiben. Sie liebte Brendan und hasste sich dafür, dass sie so schreckliche Dinge über ihn dachte.

Stacy war schon eine Weile in der Badewanne, als es leise an der Tür klopfte.

„Ich bin in einer Minute draußen, Harry.“

Das Klopfen hörte aber nicht auf.

„Ist alles in Ordnung?“, fragte sie. „Brendan macht doch nicht etwa Ärger, oder?“

Der Türknauf bewegte sich hin und her. Schließlich löste sich der Riegel, die Tür sprang auf, und Brendan erschien. Er stand auf dem Rücken eines großen Kuscheltiers.

Brendan hatte schon einmal eine Tür geöffnet und genau das Gleiche getan, doch das kranke Lächeln auf seinem Gesicht verriet ihr, dass die Drogen immer noch ihren Verstand beeinflussten. Er ging auf die Knie und stieg von seinem Spielzeug. Er streckte vorsichtig das eine Bein nach unten, dann das andere, damit er nicht das Gleichgewicht verlor. Dann griff er mit der rechten Hand nach seinem roten Lieblingsball, mit der linken nach etwas Anderem, und drehte sich zu ihr um.

„Willst du Fangen spielen?" Sie sah sich im Badezimmer um und überlegte, was sie als Waffe benutzen könnte, doch dann schimpfte sie mit sich selbst. *Er ist dein Sohn. Verdammt, reiß dich zusammen, Stacy.* Sie streckte die Hände vor sich aus. „Willst du ihn Mama zuwerfen? Wollte Harry nicht mit dir spielen?"

Brendan betrat das Badezimmer, die linke Hand hielt er hinter dem Rücken versteckt, mit der rechten umklammerte er den roten Ball. „Mach dir um ihn keine Sorgen. Der Hurensohn hat bekommen, was er verdient hat."

„Wie bitte?"

Brendan lächelte und trat näher an die Badewanne heran. „Das war ein Witz. Okay? Du bist meine Mama." Brendan konnte sich das Lachen nicht verkneifen. „Und er fickt dich. Diser Hurensohn!"

„Brendan, hör sofort auf damit. Ich liebe dich, aber du musst mir zuhören."

Brendan warf den Ball in die Luft und fing ihn wieder auf, seine Geschicklichkeit hatte sich erheblich verbessert. „Du behandelst diesen Versager besser als deinen eigenen Sohn. Was bist du nur für eine Mutter?"

„Tut mir leid, mein Schatz. Es ist nur ... Mama wird langsam älter und es wird immer schwieriger, einen anständigen Mann zu finden."

„Du wirst alt und Harry war vermutlich der Beste, den du jemals bekommen wirst. Die Chancen stehen gut, dass ich in eine gute Pflegefamilie komme. Dank meines Engelsgesichts und meinem bezaubernden Lächeln wird mich schnell jemand zu sich holen. Und vielleicht wohne ich dann in einem richtigen Haus und bekomme anständige Kleider." Er zog am Reißverschluss seines ausgeleierten Schlafanzugs. „Ich habe diese Lumpen von der Heilsarmee satt."

„Brendan, ich bin eine gute Mutter."

„Ach ja? Du hast mich Brendan genannt. Willst du ein Weichei als Sohn?"

„Sag das nicht. Dein Vater hat dir diesen Namen gegeben."

"Oh, was für ein toller Typ Papa doch war. Er hat mich jede Nacht geschüttelt wie ein Irrer."

„Nein, das hat er nicht!“, schrie Stacy.

„Weißt du, was er sonst noch nicht getan hat? Er hat nicht auf dem Bett Selbstmord begangen.“

„Ich glaube, ich träume.“ Stacy schloss die Augen und schüttelte den Kopf. „Das kann nicht wahr sein.“

Er zeigte ihr die Hand, die er hinter seinem Rücken versteckt hatte. „Und das hier?“

Stacy starrte auf Harrys Augapfel und schrie. Brendan warf die blutige Kugel in die Badewanne. Er zitterte am ganzen Körper, weil er so stark lachen musste, während seine Mutter verzweifelt um sich schlug. „Keine Sorge“, sagte Brendan, „Harry braucht kein Auge mehr.“

Stacy versuchte, in der Badewanne aufzustehen und wartete darauf, was er als nächstes tat. Er warf den Ball nach ihr. Stacy bewegte sich nach rechts und sah das boshafte Funkeln in Brendans Augen. Sie erkannte jedoch zu spät, worauf er gezielt hatte. Das Radio, das auf dem Sims stand, wackelte und fiel ins Wasser, bevor Stacy aus der Badewanne springen konnte. Der elektrische Schock lähmte Stacy sofort und sie starrte mit aufgerissenen Augen ihren großen Jungen an.

Berühmt

Es war Tonys Idee. So wie immer. Er kauert neben mir hinter einem Wacholderstrauch und sieht mich nicht einmal an. Seine Augen sind auf den schwach beleuchteten Park gerichtet, der am Fuß des Hügels auf uns wartet. Wenn die Bullen vorbeifahren, werden sie uns runterrennen sehen. Doch, das scheint Tony nicht zu kümmern.

Ich flüstere ihm zu: „Sie werden uns umbringen."

„Was?"

„Nichts."

"Also, ich gehe. Wenn du kneifen willst, dann gib mir die Kamera und geh nach Hause."

„Ich glaube nicht, dass ..." Ich verstumme, als Tony sich zu mir umdreht. Sogar im Dunkeln weiß ich, dass er das Gesicht verzieht und sich fragt, ob ich etwas zwischen den Beinen habe.

„Entspann dich. Es gibt keinen Grund zur Sorge", sagt Tony.

Es fällt mir schwer, nur zu flüstern. „Was ist, wenn er irgendwo da unten ist?" Ich suche mit den Augen die Büsche ab. Ich sehe nur Schatten, die sich bewegen. Ich weiß, dass es der Kreis der Flutlichter ist, der rot und gelb aufleuchtet, aber ich habe das Gefühl, dass uns jemand auflauert.

„Es hat keinen Mord mehr gegeben, seit sie ihn abgesperrt haben. Der Psycho ist abgehauen."

„Was ist, wenn er einfach nur wartet?"

Tony ignoriert mich.

Ich sage: „Er beobachtet uns wahrscheinlich."

Tony konzentriert sich auf unser Ziel in der Mitte des Parks. Die Flutlichter umkreisen die Bronzestatue des Achilles. Sie ist fünf Meter hoch, wenn man den drei Meter hohen Steinsockel nicht mitrechnet. Achilles hält in der einen Hand einen Speer, und in der anderen ein Schild. Auf seinem Helm ist etwas, das wie ein steinerner Mohawk aussieht. Seine Stiefel reichen bis zu seinen Knien und seine strammen Oberschenkel sind fast so beeindruckend wie seine gemeißelten Arme.

Ich will nicht wie ein Feigling klingen, aber ich sage: „Wahrscheinlich wartet er nur darauf, dass jemand den Park betritt." Ich weiß, dass Tony sich gleich über mich lustig machen wird. Der Kreis der Flutlichter flackert nun in schneller Folge auf. Das gehört zum Display, der neuen Sicherheitsmaßnahmen. Die Stadtverwaltung hat die Lichter installieren lassen, nachdem Christina Peterson die Kehle durchgeschnitten wurde. Der dritte Teenager, der ermordet worden war. Man sagt, dass der Mörder ein Nachahmer gewesen sein könnte. Den beiden Jungen waren die Augen ausgestochen worden, das war eine andere Art Visitenkarte. Aber es sind alle drei hier gestorben.

Tony neigt sich vor und starrt in die Dunkelheit hinaus.

„Was ist denn?“, frage ich.

„Nichts. Ich dachte, ich hätte etwas gesehen.“

„Was denn?“

„Nichts.“

„Lass uns einfach gehen, Mann“, sage ich.

„Du musst aufhören, dir diese Horrorfilme anzusehen. Die Morde haben aufgehört, als die Polizei den Park abgesperrt hat. Der Typ hat die Stadt verlassen.“

„Darauf können wir uns nicht verlassen. Niemand weiß, wo er ist. Willst du wirklich für einen Streich ein so hohes Risiko eingehen?“

„Außer der Polizei weiß niemand etwas davon. Mein Vater hat gesagt, sie hätten keine Details veröffentlicht. Der Blödsinn, den man sich in der Schule erzählt, ist nur eine dumme Geschichte, um kleine Kinder zu erschrecken.“ Tony steht auf und sieht auf mich herab. „Bist du ein kleiner Schlappschwanz oder kommst du mit?“

„Ich bin kein Schlappschwanz.“ Ich stehe auf und folge ihm. „Aber wenn ich etwas höre, bin ich weg.“

Tony grinst. „Keine Sorge, ich werde dir auf den Fersen sein.“

Wir schleichen den Hügel hinunter und bewegen uns von Busch zu Busch. Die roten und gelben Lichter, die Achilles' riesigen Oberkörper und seine ausgestreckten Arme beleuchten, lassen denn griechischen Held aussehen, als würde er über die Hölle herrschen. Wir erreichen den zwei Meter hohen Zaun, der die Statue und die Lichter umgibt. Mir ist schwindlig und ich muss die Hände auf die Knie legen. Ich lausche nach Geräuschen. Ich kann nur hören, wie Tony atmet, etwas, das mir im Moment nicht gelingen will.

Ich ziehe meinen Inhalator heraus, stecke ihn in den Mund und drücke auf den Knopf.

„Alter, sei leise."

„Ich kann nicht atmen."

Tony wartet ein paar Sekunden. „Bereit?"

Ich drücke mein Gesicht gegen den Zaun und halte nach Schatten Ausschau, die sich bewegen. Ich suche nach einem Grund, abzuhauen. „Bist du sicher, dass du das tun willst?"

Tony schnappt sich meinen Inhalator und wirft ihn über den Zaun zu Achilles. Dort knallt er gegen den Sockel.

„Verdammt, was soll das, Mann?"

„Hol ihn dir doch", sagt Tony.

„Du bist ein Arsch."

„Ich weiß."

„Wenn wir festgenommen werden, zahlst du meine Kaution." Ich zeige auf das rotweiße Schild, das am Zaun hängt. „Siehst du? Da steht „Verunstalten von öffentlichem Eigentum verboten. Widerrechtliches Betreten wird bestraft.""

Tony betrachtet das dunkle Toilettengebäude auf der anderen Seite des Parks. „Das hast du falsch gelesen."

„Was?"

„Da steht: „... wird strafrechtlich verfolgt.""

„Wir reden von Einbruch und widerrechtlichem Betreten, Verstoß gegen die Ausgangssperre und Vandalismus."

„Sie werden nichts tun. Denn hier draußen ist niemand."

„Aber was ist, wenn doch? Ich kann nicht verhaftet werden. Meine Eltern würden mich umbringen."

„Du kommst nicht ins Gefängnis, du blöder Arsch." Tony lächelt. „Höchstens in den Jugendknast."

„Das ist nicht witzig. Ich kenne jemanden, der in der ersten und einzigen Nacht, die er dort verbracht hat, vergewaltigt wurde. Und der wurde festgenommen, weil er Süßigkeiten gestohlen hat."

„Du kennst jemanden, der vergewaltigt wurde? Wer war es denn?"

Ich hasse es, wenn er mich zur Rede stellt. „Mein Cousin Glen hat mir davon erzählt. Er war früher Bewährungshelfer."

„Und er hat dir erzählt, dass ein Jugendlicher vergewaltigt wurde?"

„Ja."

„Das glaube ich nicht."

„Doch, verdammt, das hat er gesagt."

„Dann wollte er dir Angst machen. Was anscheinend funktioniert hat." Tony steht auf und zieht eine Digitalkamera aus seiner Hosentasche. Er schaltet sie ein und alle gelben Lichter, die die Skulptur umgeben, erlöschen.

„Warum sind die Lichter ausgegangen?"

„Muss ein elektrischer Fehler sein. Keine große Sache." Tony legt die Kamera weg und gestikuliert, dass ich aufstehen soll. „Wir werden berühmt." Er zeigt auf die Skulptur, die in unheimliches rotes Licht getaucht ist. „Seit sie es aufgestellt haben, hat niemand mehr dieses dumme Ding berührt."

Ich ziehe mich am Zaun nach oben. „Ja, aus gutem Grund. Den es ist niemand so dumm, hierher zu kommen."

„Wir werden uns einen Namen machen. Jetzt hör auf zu reden."

„Gut. Hilf mir über den Zaun."

Tony verschränkt seine Finger. Und ich steige in den provisorischen Steigbügel und schaue auf ihn herab. „Du kommst besser nach."

„Jetzt geh schon."

Ich klettere über den Zaun und lande auf dem nassen Gras. Tony landet neben mir. In seinem Rucksack klappern Spraydosen. Die roten Lichter, die die Skulptur umkreisen, erlöschen.

Tony packt meinen Arm und ich hätte fast geschrien. Dann leuchten wieder alle Lichter auf und ich stoße ihn von mir weg.

„Ich habe da unten etwas gehört", lüge ich.

Tony schüttelt den Kopf, und legt den Rucksack ab. „Außer uns ist hier niemand."

Tony setzt seine Maske auf und hält die Kamera hoch, als würde er ein Selfie machen. Dann hält er zwei Spraydosen vor das Objektiv und sagt: „Willkommen in Pittsburgh". Er reicht mir die Spraydose mit der grünen Farbe, die schwarze Farbe behält er. Ich rücke meine Maske zurecht und spüre, dass die Kamera auf mich gerichtet ist. Wahrscheinlich sehen sich das nur drei oder vier Leute an, die alle in unserer Klasse sind, aber ich stelle mir vor, dass sich Zehntausende einschalten, wie Tony gesagt hat.

Ich würde am liebsten über den Zaun klettern und nach Hause rennen, stattdessen nehme ich die Spraydose, gehe den Hügel hinunter und versuche, mir die Angst nicht ansehen zu lassen. Dass Tony mir mit der Kamera folgt, macht mich nur noch nervöser. Ich kann fast nicht atmen und mein Kopf fühlt sich an, als wäre er auf einem Drehgelenk festgeschraubt. Wir schaffen es bis zu den Picknicktischen, die zwanzig Meter von Achilles entfernt stehen, als alle Lichter im Park ausgehen. Es ist stockdunkel.

Ich erstarre. „Was ist los?"

„Wir sind los, Mann", sagt Tony. Ich drehe mich nicht um, weiß aber, dass er für die Kamera eine Grimasse schneidet und die Augen weit aufreißt. Das hat er die ganze Woche lang geübt. Ich höre, wie Tony die Pausentaste drückt und auf die Uhr sieht. „Es ist genau Mitternacht. Sie müssen an einer Zeitschaltuhr angehängt sein."

„Alle?"

„Sieht so aus."

Die roten Lichter, die die Skulptur umgeben, leuchten wieder auf. Tony drückt wieder die Aufnahmetaste.

„So viel zum Thema Zeitschaltuhr", sage ich.

Tony drückt die Pausentaste. „Hör auf, alles zu ruinieren. Geh einfach. Wir brauchen sowieso etwas Licht für die Kamera."

„Geh du doch."

Tony drückt die Aufnahmetaste und richtet die Kamera direkt auf mein Gesicht. „Bist du bereit?", knurrt er.

Ich halte die Hand vor das Objektiv. „Hör auf damit, Mann. Ich will gar nicht hier sein. Du gehst zuerst."

„Du wirst sie kaputt machen." Tony zieht die Kamera weg, filmt mich aber immer noch.

„Wer ist jetzt der Schlappschwanz?", frage ich.

Tony drückt mir die Kamera so abrupt an die Brust, dass ich fast umfalle. Ich weiß nicht, ob er die Pausentaste gedrückt hat, aber ich stelle mir vor, wie die Jungs in der Schule sich über uns totlachen, weil wir so doof aussehen. Tony sagt dann, ich solle die Kamera auf ihn richten. Ich tue, was er sagt. Er nimmt den Deckel der Spraydose ab, schleicht an den Picknicktischen vorbei und murmelt, dass er kein verdammter Schlappschwanz sei.

Ich beobachte ihn durch den Bildschirm und versuche, nicht zu laut zu atmen, weil ich weiß, dass er mich später dafür aufziehen wird. Und die Jungs auch. *Hör dir den fetten, keuchenden Mattie an. Ein Wunder, dass er nicht flennt.*

Tony tritt in den Ring aus roten Lichtern, dann erwachen wider die gelben zum Leben. Tony hat fast dieselbe Farbe wie die Statue. Er erstarrt einen Moment lang, als würde er fliehen wollen, doch er überrascht mich und geht einen weiteren Schritt auf die Skulptur zu.

Die Lichter beginnen, sich abzuwechseln, erst rot, dann gelb, dann wieder rot. Tony steht am Fuß der Skulptur und schaut zurück. Die Lichter wechseln sich immer schneller ab.

Ich gestikuliere, dass er weitergehen soll. „Ich filme alles. Jetzt mach schon."

Tony dreht sich langsam im Kreis und blinzelt. Er sagt, er könne nicht über den Lichtkreis hinaussehen. „Es verarscht uns jemand."

„Tu es! Los, Mann!" Ich zoome das Profil der Statue heran. Achilles' gemeißelte Züge leuchten im Licht.

Ich halte die Kamera auf Achilles' Oberkörper gerichtet und sehe, wie Tony einen weiteren Schritt auf die Statue zugeht. Die Lichter wechseln sich nun noch schneller ab. Sie beginnen zu blitzen. Achilles scheint zum Leben zu erwachen, während seine bronzene Haut die Lichter reflektiert. Ich habe noch nie so grelle Lichter gesehen. „Bring es zu Ende und verschwinde", sage ich zu ihm. Ich kann fast nichts sehen. Ich hoffe, dass die Kamera etwas Brauchbares aufnimmt, die Belichtung können wir später anpassen. Für den Live-Feed wird es nichts nützen, aber vielleicht können wir das Problem später für den Beitrag beheben.

„Bist du so weit?", frage ich.

Tony antwortet nicht.

Ich gehe auf den Kreis zu, der Lichtnebel ist genauso undurchdringlich wie die Dunkelheit, die ihn umgibt. „Alter, verschwinde von dort."

Wieder keine Antwort. Ich gehe weiter und stolpere über einen Stein. Ich strecke die Hände aus, um den Aufprall abzufedern, die Kamera und die

Spraydose fliegen durch die Luft. Ich hebe die Kamera auf und hoffe sie funktioniert noch. Ich kann den Blick nicht vom Bildschirm abwenden: Achilles' brutale Augen starren direkt in die Kamera; und ein Heiligenschein aus höllischen Farben wirbelt um seinen Kopf herum.

Es ist mir egal, wer mich hört – die Bullen, der Mörder, alle, die sich diesen Feed ansehen. „Komm schon, Tony! Lass uns gehen!"

Die Lichter gehen aus und der ganze Park ist in Dunkelheit gehüllt. Ich bewege mich nicht, warte einfach, bis sich meine Augen an die Dunkelheit gewöhnen. Ich sehe eine Gestalt. Höre ein Zischen. Es ist Tony, der Achilles' Kopf besprüht. Er klammert sich an seinen Rücken und reitet sozusagen auf der mythischen Figur. Ich sehe auf den Bildschirm. Es ist zu dunkel, ich kann nicht viel sehen und schalte die Nachtsicht ein. Tony klettert auf die Statue und versucht, sich auf Achilles' Schultern aufzurichten.

Ich rufe Tony zu, dass er versuchen soll, auf den Kopf der Statue zu klettern. Ich weiß, dass ich ihn nicht dazu ermutigen sollte, obwohl es für das Video besser klingt. Wer will schon einen Kameramann hören, der zur Vorsicht mahnt? Plötzlich schwankt Tony — er sieht aus, als würde er surfen. Er hält die Arme ausgestreckt, um das Gleichgewicht zu halten. Ich trete einen Schritt nach links und halte die Kamera auf Tony und Achilles gerichtet. Ich gehe langsam vorwärts und versuche, die Kamera wie ein Profi zu führen, als Tony plötzlich zusammenzuckt. Er muss ausgerutscht sein, obwohl es eher so aussieht, als wäre er geschlagen oder angeschossen worden. Jedenfalls fällt er rückwärts von der Statue.

Es knackte, als er auf dem Zementboden Aufschlag. Ich halte die Kamera auf den Boden gerichtet und renne zu Tony, der auf dem Rücken liegt. Ich weiß nicht, ob er sich den Kopf angestoßen hat oder bewusstlos ist. Ich hoffe nur, dass ich nicht den Notruf anrufen muss. Ich frage ihn, ob es ihm gut geht und sage: „Versuch zu atmen."

Hinter mir ist ein Geräusch zu hören. Ich drehe mich um und erwarte, den Mörder zu sehen, aber es ist nur Tonys Spraydose, die auf dem Boden herumrollt.

„Herrgott noch mal!", rufe ich und fange an zu lachen. Ich komme mir lächerlich vor. Da ist niemand. Nur eine doofe Spraydose.

Die gelben Lichter beginnen zu blinken. Sie blenden mich und ich blinzle ein paar Mal, bis ich wieder etwas sehe. Oh Gott, mir wäre lieber, ich würde nichts sehen. Um Tonys Kopf herum bildet sich eine Blutlache. Sie breitet sich auf dem Zementboden aus. Die roten Lichter blinken auf, was sie noch furchterregender erscheinen lässt. Ich möchte am liebsten wegrennen, aber es ist so schön im Kreis. Die Lichter blinken wieder in ihrem verrückten Zyklus, beschleunigen sich innerhalb von Sekunden zu einem vollen Stroboskop und es sieht fast so aus, als würde Tony sich bewegen. Das tut er aber nicht und ich weiß nicht, was ich tun soll. Ich richte einfach die Kamera auf ihn und filme weiter. Er wird berühmt werden.

Das Gebet der Ungläubigen

Amir unterschrieb den neuesten Erlass, faltete ihn in Drittel, tauchte sein Siegel in Kalbsblut und verwandelte seinen Wunsch in ein Gesetz. Er legte den Brief selbstzufrieden auf die Ecke seines Schreibtisches und wandte seine Aufmerksamkeit dem billigen Fernseher zu, der in seinem kleinen, fensterlosen Zimmer stand. Er saß schon seit zwei Monaten hinter diesen Toren fest. Die Amerikaner waren zu nahe herangekommen. Er konnte nicht mehr in der Öffentlichkeit gesehen werden, nicht mehr über den Stadtplatz gehen, um den Kindern Münzen zu geben oder bei Lady Kabira Datteln oder Kirschen zu probieren.

Es klopfte laut an der Tür und Amir stand auf. Es war erst zehn Uhr und er hatte angeordnet, dass ihn bis zum Mittagessen niemand stören durfte. Er fragte verärgert: „Wer ist da?“

„Ich bin es, Exzellenz, Raheem.“

Amir spähte durch das Guckloch. „Was gibt's denn?“

Es tut mir leid, dass ich Sie stören muss, aber wir haben ein Problem.“

„Amerikaner?“

Raheem schüttelte den Kopf. „Es sind die Gefangenen.“

Amir öffnete die Tür. „Komm rein und erkläre dich.“

Raheem senkte den Kopf und betrat den Raum. Er wischte sich dabei die blutigen Hände an einem schmutzigen Taschentuch ab. Er hob den Blick und sah eher wie ein Lamm und nicht wie der starke Mann aus, der er war. „Sie wollen sich nicht verbeugen.“

„Was?“

„Es tut mir leid, Exzellenz, aber sie wollen nicht gehorchen. Sie sagen, dass sie sich nicht unterwerfen werden.“

„Du enttäuschst mich, Raheem. Sie sind keine richtigen Männer, keine Soldaten, nur ein paar Jungs. Sie sind Ungläubige.“

„Ja, das verstehe ich, aber sie lassen sich nicht umstimmen und die Menge wird immer größer."

„Du bekommst sie nicht in den Griff?“

Raheem richtete sich auf, spannte seine riesigen Unterarme an und ballte seine vernarbten Hände zu Fäusten. „Ich kann sie in den Griff bekommen, aber meine Vorgehensweise wird möglicherweise nicht Ihren

Wünschen entsprechen, Exzellenz. Vor allem, weil fast die ganze Stadt zusieht."

Amir zeigte auf die Tür. „Geh und tu, was du tun musst."

„Habe ich Ihre Erlaubnis?"

„Du hast meinen Segen."

Nachdem Raheem den Raum verlassen hatte, ging Amir zu den drei Computerbildschirmen, die an der Wand hingen. Die Menge, die sich auf dem Osthof versammelt hatte, war die größte, die er je gesehen hatte. Sie waren gekommen, um die jungen Männer zu sehen, die sich offen gegen Amir stellten. Doch Sie würden bald mit ihrem Schicksal konfrontiert werden. Und das war gut so. Selbst die hingebungsvollsten Anhänger brauchten eine Erinnerung.

Amir bewunderte sich im großen Spiegel. Er verkörperte wahre Exzellenz, von der perfekt sitzenden Baskenmütze bis zu den glänzenden schwarzen Stiefeln. Um sein Outfit zu vervollständigen, holte Amir sein Schwert aus der vergoldeten Vitrine, befestigte es an seinem Gürtel und ging zur Tür. Zum Teufel mit den Amerikanern, diese Leute - seine Leute - mussten sein Gesicht sehen. Gerade als er die Tür öffnete und den Flur betrat, fing die Menge an zu jubeln. Er warf einen Blick auf die Bildschirme, es war nur die tobende Menge zusehen, die auf und ab hüpfte. Er eilte zu seinem Schreibtisch, holte seine Pistole aus der Schublade und steckte sie ins Holster.

Amir ging den Flur entlang und entdeckte rote Fußabdrücke auf dem Teppich. Raheem hatte sich nicht nur als untauglich erwiesen, er war auch nachlässig und respektlos gewesen, als er das Blut von Ungläubigen in Amirs Haus gebracht hatte.

Die Menge fing erneut an zu jubeln, als Amir sich den großen Holztüren näherte, die zum Osthof führten. Dann herrschte Stille. Er öffnete langsam die Tür.

Raheem eilte zu Amir, von seinen geschundenen Knöcheln tropfte Blut auf den Sand. „Immer noch nichts." Raheem wischte sich mit dem Ärmelrücken den Schweiß von der Stirn. „Ich weiß nicht, was nicht stimmt."

Amir betrachtete die Blutspur, die Raheem hinterlassen hatte. Er sagte: „Bring mich dorthin."

Raheem nickte und ging voraus. Als sie durch die Tore gingen, sahen die Stadtbewohner von beiden Seiten auf sie herab. Ein Maschendrahtzaun hielt sie davon ab, Amir und seiner Größe zu nahe zu kommen. Der kurze Weg führte zum Osthof; ein riesiger Sandkreis, der von der schweigenden Menge umgeben war.

Auf der anderen Seite der Statue von Amirs Vater, dem Mann, den die Leute einst verehrt hatten, standen drei junge Männer. Sie waren an Pfähle gebunden, die einen Abstand von drei Metern zueinander hatten. Als sie am Vortag hier hergebracht worden waren, hatte ihr ähnliches Aussehen verraten, dass sie Brüder waren. Jetzt waren sie aber nicht mehr wiederzuerkennen, Raheems starke Hände hatten jede Ähnlichkeit ausgelöscht.

„Diese Männer werden sich nicht verneigen, weil sie nicht mehr dazu in der Lage sind", sagte Amir. „Binde sie los, mich werden sie bestimmt erkennen."

Raheem schüttelte den Kopf. „Sie weigern sich, Exzellenz. Vielleicht werden sie es sich noch einmal überlegen, wenn Sie sie ansprechen."

Amir fragte sich, durch wen er Raheem ersetzen sollte. „Geh mir aus dem Weg, ich zeige dir, wie es gemacht wird."

Amir trat vor, blieb ein paar Meter vor dem Mann auf der linken Seite stehen, dem ältesten und hoffentlich vernünftigsten der Brüder. Laut genug, damit die ganze Menge es hören konnte, fragte Amir: „Wie ist dein Name, mein Sohn?"

„Ich bin der Sohn meines Vaters", sagte der magere Mann mit dem verstümmelten Gesicht. Sein Lächeln enthüllte einen Mund voller zerbrochener Zähne. „Ich bin Mikal Marrash."

Amir schlug ihm ins Gesicht und ein Knacken hallte über den Platz. „Weißt du etwa nicht, wer ich bin?"

Mikal tat so, als hätte er den Schlag nicht gespürt. „Ich weiß, *was* du bist. Das gleiche wie meine Brüder und ich. Sterblich."

Amir zog das Schwert aus der Scheide und drückte die Spitze an Mikals Kinn, bevor der Mann ein weiteres frevelhaftes Wort aussprechen konnte. „Du bist genauso unwissend wie mutig, aber das wird dir vor meinem Gericht nichts nützen." Amir zog die Schwertspitze quer über Mikals Brust und vergoss frisches Blut. „Bete dafür, dass deine Brüder vernünftiger sind."

Der nächste Bruder, dessen Zähne und ein blutiges Stück seines Ohrs im Sand glänzten, sah Amir in die Augen und blickte kein einziges Mal auf das Schwert in seiner Hand.

„Und wie heißt du?"

„Zachariah."

„Du siehst vernünftiger aus als dein Bruder", sagte Amir, obwohl er außer einer blutenden Schwellung nicht viel erkennen konnte. „Möchtest du, dass das hier aufhört?"

„Sehr sogar."

„Gut, gut." Amir drehte sich zur Menge um. „Habt ihr das gehört? Dieser junge Mann möchte, dass es aufhört. Er ist vernünftig. Er wird sich vor mir verbeugen."

Die Menge jubelte, aber nicht annähernd so laut wie vorher, als Raheem sich die Brüder vorgeknöpft hatte.

„Das ist ein Missverständnis", sagte Zachariah. „Ich verbeuge mich vor niemandem."

Amir wirbelte herum und stach das Schwert in den Oberschenkel des unverschämten Mannes. Zachariahs Schrei wurde von der Menge übertönt. Amirs Gesicht war nur ein paar Zentimeter von seinem entfernt. „Willst du es dir noch einmal überlegen? Ich habe den ganzen Tag Zeit."

Zachariah schüttelte den Kopf und verzog das Gesicht, als Amir das Schwert herauszog und es in den anderen Oberschenkel rammte. Ein weiterer Schrei.

„Erbärmliche Narren." Amir steckte das Schwert in die Scheide. Die ersten beiden Brüder stöhnten und jammerten, während Amir zum dritten Mann ging. „Und du?", fragte er den Bruder mit dem dicken Bauch. „Wie heißt du?"

„Hassan."

Amir nahm die Pistole aus dem Holster und vergewisserte sich, dass Hassan sie sah. „Ich will, dass du genau zuhörst. Du kannst dich und deine Brüder retten. Das willst du doch, nicht wahr?"

„Wir wurden bereits gerettet, Sir. Und Sie können auch gerettet werden, wenn ..."

Der Schuss verkürzte den Satz und zersplitterte Hassans linke Kniescheibe. „Ich kann gerettet werden?“ Amir feuerte eine Kugel in das andere Knie, dann kehrte er zu Raheem zurück, der aussah, als würde er etwas sagen wollen, jedoch klugerweise schwieg. Amir befahl ihm, die Speere bereit zu machen und schrie, dass er sich beeilen solle, als Raheem zögerte.

Die Menge tobte, als Soldaten die zwei Meter langen Speere auf den Hof trugen und sie in die Metallhalterungen neben den Pfählen steckten. Als die glitzernden Speere positioniert waren, hob Amir die Hand, um die Menge zum Schweigen zu bringen.

Amir sagte vor der Menge: „Ich verlange nicht viel von meinem Volk, aber Respektlosigkeit werde ich nicht dulden. Als gütiger und gerechter Herrscher gebe ich ihnen dennoch eine letzte Chance.“ Dann fragte Amir die Brüder: „Werdet ihr euch verbeugen?“

Mikal sagte: „Sie können uns jetzt Schmerzen zufügen oder uns für den Rest unseres Lebens foltern, aber es wird enden, und dann wird Gott uns mit offenen Armen und ewiger Glückseligkeit willkommen heißen. Wir werden kein falsches Zeugnis ablegen.“

Amir gab seinen Soldaten ein Zeichen. Er rief der Menge zu: „Ich kann denen, die meine ausgestreckte Hand verweigern, nicht helfen!“

Als die Soldaten Mikal und seine Brüder von den Pfählen losbanden und ihre Arme fesselten, sagte Mikal: „Es ist nicht unsere Absicht, respektlos zu sein, aber wir können uns nicht vor einer goldenen Statue verbeugen.“

„Hebt sie hoch“, rief Amir. „So hoch wie möglich.“

Jeder der Brüder wurde von vier Soldaten umzingelt, die die Männer auf ihre Schultern hoben. Mikal rief über die jubelnde Menge hinweg: „Wir glauben an den einen Gott!“ Seine Stimme wurde bald von Jubel übertönt, als die Soldaten sie in die Luft hoben und sie über den Speeren schwankten.

Die Brüder beteten gemeinsam: „Vater unser, der du bist im Himmel, geheiligt werde ...“

„Spießt sie auf“, schrie Amir.

Die Soldaten ließen die jungen Männer fallen. Es war ein kurzes Rauschen zu hören, als die Speere durch Stoff und Fleisch drangen. Die

Brüder schrien zu ihrem Himmel hinauf. Die Menge triumphierte, während die jungen Männer langsam an den Stangen hinunterrutschten.

Amir war es gewohnt, Männer schreien zu hören, aber nicht so. Ihre Schreie klangen wie der Chor der Verdammten. Sie hätten sich einfach vor ihm verbeugen sollen.

Mikal war schon über die Hälfte hinuntergerutscht, unter ihm war nur noch ein knapper Meter des blutverschmierten Stahls zu sehen. Amir trat neben Mikal, dessen Füße in der Luft baumelten. Ein Hautfetzen von Mikals Brust spannte sich über den Speer und zeigte zum Himmel.

Die drei schreienden Brüder erreichten fast gleichzeitig den blutgetränkten Sand. Zachariahs Speer hatte seitlich seinen Hals durchstoßen, eine rote Fontäne ergoss sich an beiden Seiten des Stahls. Hassan, der kleinste der drei Brüder, hatte nicht so viel Glück gehabt, obwohl auch er weitersang, trotz des Speers, der aus seiner rechten Augenhöhle ragte.

Die Menge hörte auf zu jubeln und es war plötzlich still im Hof. Es waren nur noch die Schreie der Brüder zu hören. Als hätten sie es geplant, beendeten die drei Männer ihre Schreie gleichzeitig mit „Amen!"

Amir drehte sich zu Raheem um, der mit aufgerissenen Augen neben der Statue von Amirs Vater stand. „Lass die Speere runter!", befahl Amir.

Raheem eilte zum Schalter. Im Boden knirschten Zahnräder und die Speere neigten sich der Statue zu. Die Brüder waren nun so positioniert, dass sie der Statue von Amirs Vater den Respekt zollen mussten, den sie ihr schuldeten, doch die Menge jubelte nicht.

Während die Blutlache unter ihm immer größer wurde, drehte Mikal den Kopf zur Seite und sah Amir an. „Wir verbeugen uns nicht vor dir, nur vor Gott."

Raheem rannte zu Amir und flüsterte: „Das sollte nicht passieren, Exzellenz. Diese Männer sind nicht normal."

In Amirs Augen blitzte die Wut auf seinen Kommandanten auf. Der Mann war wie ein abergläubisches kleines Mädchen. „Die Speere halten sie zusammen. Sie werden wie alle anderen ausbluten."

„Es hat noch nie jemand so lange durchgehalten", sagte Raheem. „Sie sollten längst tot sein."

Amir schlug Raheem mit dem Handrücken ins Gesicht und brachte ihn zum Schweigen. „Das werden sie auch bald sein." Den Soldaten rief er zu: „Holt die Leichen runter und stapelt sie hier. Die anderen holen Holz."

Die Menge erwachte wieder zum Leben und jubelte den Soldaten zu, während sie die Brüder von den Speeren zogen und sie Rücken an Rücken ein paar Meter von Amir entfernt auf den Boden setzten. Schubkarren voller Holz wurden in einem riesigen Kreis um die Männer herum ausgekippt. Die tobende Menge half mit und warf Zweige, Lumpen und andere Gegenstände über den Zaun. Es würde ein großartiges Feuer werden; ein abschreckendes Beispiel für das Inferno, das die respektlosen Ungläubigen in der Hölle erwartete.

Mikal lenkte Amir von seinen Leuten ab. „Gott vergibt dir."

Amir nahm die Gotteslästerung nicht zur Kenntnis, sondern marschierte einfach an den Rand des Hofs. Er zog Raheem zu sich und sagte: „Begieß sie mit Benzin."

Raheem holte den Kanister, der neben dem Eingang stand, und ging zu den Brüdern. Es regnete immer noch Zweige. Er sagte etwas zu den Männern, während er die Flüssigkeit über ihnen ausschüttete, aber Amir verstand kein Wort, die tobende Menge war zu laut. Es war auch nicht nötig. Raheem hatte an diesem Tag bereits bewiesen, welche Art Mann er war, und solange die Menge ihn nicht hören konnte, spielte es keine Rolle, was er sagte.

Raheem leerte den Kanister. Amir gestikulierte einem Soldaten zu, dass er ihm eine brennende Fackel bringen solle. Als noch eine keine Flüssigkeit mehr aus dem Behälter kam, warf Amir die Fackel auf die Männer und entfachte das Feuer. Die Flammen loderten fünf Meter in die Höhe. Die intensive Hitze trieb Amir und die Menge ein paar Schritte zurück. Am Rand des Feuers krümmte sich Raheems Körper in den Flammen und verkohlte langsam.

Eine Stimme rief von oben: „Die Statue! Die Statue!"

Amir hoffte, dass es eine Fata Morgana war; dass die Flammen seinen Augen einen Streich spielten. Das Gesicht der Statue seines Vaters schmolz. Sie sah aus, als würde sie weinen. „Sie ist aus Titan", sagte er und fragte sich, ob der Bildhauer gelogen hatte. „Sie kann nicht schmelzen."

Es flossen immer noch Tränen über die Wangen seines Vaters. Amir befahl seinen Männern, das Feuer zu löschen. Sie gossen eimerweise Wasser über die Flammen, als der Gesang begann.

Das Lied war das Gebet eines Ungläubigen. „Hört auf damit!" Amir schrie angewidert die Menge an und konnte nicht fassen, dass jemand es wagte, seinen Erlass zu ignorieren. Die Flammen wurden immer größer und der Gesang immer lauter. Amir wandte sich an den Soldaten, der am nächsten stand, und sagte: „Nimm so viele Männer, wie du brauchst, und finde diejenigen, die singen. Werft sie ins Feuer."

Der Soldat stand da, starrte auf das Feuer und zeigte mit dem Finger auf die Flammen. „Es kommt von da drinnen. Sie sind da drin."

Amir schob den verwirrten Soldaten zur Seite. Er schützte sein Gesicht vor der glühenden Hitze. Die Statue war verschwunden, es breitete sich eine silberne Lache auf dem Sand aus. Der Gesang ging weiter und wurde lauter, dann tauchten drei Gestalten auf.

Amir rief seinen Männern zu: „Das sind Dämonen! Schickt sie zurück in die Hölle!"

Die meisten Soldaten rannten weg. Und diejenigen, die blieben, ließen ihre Waffen fallen. Amir feuerte eine Kugel in den Kopf des Feiglings, der am nächsten stand. „Tötet sie!", schrie Amir und zielte mit der Pistole auf die Brüder in den Flammen. Er drückte ab. Die Kugel traf Mikals Stirn. Amir feuerte immer wieder in die Flammen, bis die Pistole leer war.

Er warf die nutzlose Waffe auf die Gestalten, zog sein Schwert und schwenkte es vor sich herum. „Bleibt stehen! Bleibt stehen, ihr Teufel! Geht zurück in die Tiefen der Hölle! Bitte!" Amir stolperte, fiel hin und rutschte auf dem Hintern über den Sand. „Es tut mir leid", sagte er zum Feuer. "Verzeiht mir. Bitte. Bitte ..." Er neigte sich vor, senkte den Kopf und rezitierte das Gebet der Ungläubigen; jedes einzelne Wort, das er aus seiner Stadt verbannt hatte. Er betete aus tiefstem Herzen und bat den einen Gott, sich seiner Seele zu erbarmen.

Als er die Augen öffnete, sah er Raheems verkohlten Körper. Er konnte in die Flammen sehen. Die Brüder lebten nicht mehr. Sie sangen nichts. Sie waren tot.

Amir betrachtete die Soldaten, die ihn umzingelten, und erkannte, wie verrückt er ihnen erscheinen musste. Er wischte sich die Tränen vom Gesicht und sah, wie seine Männer ihre Waffen auf seine Brust richteten.

Dort draußen

Darrell warf einen Blick in den Rückspiegel und zeigte mit dem Daumen über seine Schulter. „Da verschwindet sie. Sieh sie dir an."

„Mann, konzentriere dich lieber auf die Straße", sagte Mike, drehte sich um und sah aus dem verschmierten Rückfenster. Die kleine Lichtergruppe, die Baker umgab, wurde immer kleiner. Nach weiteren fünfzig Metern würden die Lichter ganz verschwunden sein und sie würden sich auf ihre Scheinwerfer und gelegentliche Blitze verlassen müssen, um in der dunklen Wüste zu navigieren.

Sie folgten der Kurve, die einen steilen Hügel hinaufführte, und Darrell sah wieder in den Rückspiegel. „Genau neunundsiebzig Meilen bis Las Vegas."

„Gut, aber jetzt sieh auf die Straße. Und fahr langsamer."

„Hör auf zu meckern, Mann, es ist alles unter Kontrolle."

Mike neigte sich vor und sah auf den Tacho. „Sechzig ist schnell genug."

„Ich fahre noch nicht mal siebzig."

„Die Höchstgeschwindigkeit ist mir egal. Ich kann bei dem verdammten Regen nichts sehen und wir können uns keinen Unfall leisten."

Darrell nahm den Fuß vom Gaspedal, wiederholte jedoch seine Meinung. „Wenn wir in diesem Schneckentempo fahren, kommen wir nie an."

„Entspann dich. Es gibt keinen Grund zur Eile."

Darrell und Mike schliefen seit fast einem Jahr zusammen. Ihre Familien wussten, dass sie schwul waren, aber Jimmy nicht. Und es drehte sich alles um Jimmy. Darrell drehte das Radio lauter. Es dröhnte „Pour some sugar on me" von Def Leppard aus den Lautsprechern.

Mike zog sein Handy aus der Hosentasche. Ein einziger Balken wurde ein- und ausgeblendet. Er hoffte, dass er besseren Empfang haben würde, wenn sie es über den nächsten Hügel geschafft hatten. Mike legte das Handy weg und lehnte sich im Sitz zurück. Er lauschte dem prasselnden Regen und der verzerrten Stimme von Joe Elliot.

Darrell schlug mit der Handfläche auf das Radio.

„Was zum Teufel tust du? Willst du etwa, dass es kaputtgeht?", fragte Mike.

„Ist mir egal, dieses Rauschen ist unerträglich. Sieh dir dieses Auto an, es hat nicht einmal einen CD-Player."

„Du wirst es wohl neunundsiebzig Meilen lang aushalten können."

„Diese lahme Karre lässt sich kaum lenken und sieht aus, als würde sie meiner Mutter gehören."

„Genau. Was wäre dir denn lieber, ein knallrotes Cabrio?"

„Alles wäre besser als dieses Ding. Und überleg mal, wie viel Benzin wir verbrauchen. Dieses Ding säuft bestimmt eine Gallone auf fünfzehn Meilen."

„Seit wann bist du denn so umweltbewusst?"

Darrell packte mit beiden Händen das Lenkrad des Minivans, starrte geradeaus und drückte aufs Gaspedal.

„Fahr langsamer", befahl Mike.

Doch Darrell fuhr einfach weiter. Mike verpasste ihm einen Hieb auf die Schulter. Verärgert verlangsamte dann Darrell die Fahrt, bis der Tacho sechzig anzeigte. Einen Augenblick später erreichten sie den höchsten Punkt des Hügels, dann begann die Talfahrt.

Darrell konnte es nicht lassen. „Wir werden nicht vor Sonnenaufgang ankommen und leicht zu erkennen sein."

Mike bemühte sich, ruhig zu bleiben. Er konnte es aber nicht riskieren, Darrell in einen Streit zu verwickeln, solange der Hitzkopf am Steuer saß. Er bemühte sich, ruhig zu klingen, und sagte: „Vielleicht verstehst du bestimmte Dinge einfach nicht. Wir werden wirklich leicht zu erkennen sein, wenn wir angehalten werden. Und wenn ich in Kalifornien aufgegriffen werde, bin ich geliefert, und was bedeutet, dass du dann auch am Arsch bist."

„Aber du hast doch diesen Ausweis."

„Ich weiß nicht, ob er etwas nützt, und ich werde nicht riskieren, zehn Jahre im Knast zu landen, nur, um es herauszufinden."

„Es wird uns niemand anhalten. Und wenn doch, zeige ich meinen Badge."

Mike versuchte, nicht zu lachen. „Du hast einen Badge?"

„Ja. Ich bin ein Beamter."

„Du bist ein Wachmann.“

„Ich bin ein *Sicherheitsbeamter.* Ich kann Leute verhaften, genauso wie die Polizei.“

Mike schüttelte den Kopf. „Dein Badge wird uns nicht vor einer Buße bewahren und ich will nicht, dass jemand das Auto durchsucht. Und was den Benzinverbrauch angeht, willst du doch bloß nicht, dass wir zwanzig Dollar mehr ausgeben müssen.“

„Wahrscheinlich eher vierzig. Der Tank ist nur noch halbvoll.“

„Du verdienst fünfzehnhundert für eine achtstündige Fahrt.“ Mike drehte sich zum Fenster um. „Vergiss es einfach.“

Das Gewitter wurde immer stärker. Der Regen prasselte auf den Lieferwagen und machte die Wüste unsichtbar. Mit Darrell im Lieferwagen festzusitzen, wenn er schlechte Laune hatte, nervte, aber immerhin waren sie im Trockenen und in der Wärme.

„Wann kann ich endlich alleine fahren und anfangen, richtig Geld zu verdienen?“, fragte Darrell.

„Richtig Geld verdienen?“ Mike lachte. „Du verdienst fünfzehnhundert, fürs drei Wochen Möchtegernpolizist zuspielen.“

„Du weißt, was ich meine.“

„Glaub mir, ich möchte auch, dass du die Reise so schnell wie möglich alleine antreten kannst. Ich habe wirklich keine Lust, verhaftet zu werden. Aber dafür müssen zuerst ein paar Dinge passieren. Ich schätze, da musst du noch mindestens dreimal mit mir zusammen fahren, bevor Jimmy dir vertraut. Vielleicht nächsten Monat. Spätestens im Februar.“

„Und was sonst noch?“

„Beweise mir, dass du es schaffst, während den Fahrten gelassen zu bleiben. Ich würde meinen Arsch aufs Spiel setzen, wenn ich dich alleine fahren lassen würde. Es geht um viel Geld.“

„Ich kann, gelassen bleiben. Ich bin ganz gelassen. Und ich mag es, wenn du deinen Arsch aufs Spiel setzt.“

Mike ignorierte die Bemerkung. „Keine Geschwindigkeitsüberschreitungen. Keine rücksichtslosen Fahrmanöver. Nicht anhalten, außer, wenn du tanken musst. Keine unnötigen Anrufe.“

„Ja, das ist ..." Darrell verstummte und sah aus Mikes Fenster. Er reckte den Hals und seine Augen blieben an etwas hängen, das er im Vorbeifahren am Straßenrand gesehen hatte.

„Was hast du gesehen?"

„Da war ein Auto." Darrell sah in den Rückspiegel. „Die sind völlig am Arsch."

Mike sah zum Rückfenster hinaus, konnte jedoch im Regen nichts erkennen. „Da draußen ist nichts."

„Da war ein Auto."

Mike lehnte sich in seinem Sitz zurück. „Und wenn schon, das geht uns nichts an."

„Sei kein Arsch."

„Wenn sie kein Handy haben, werden bestimmt die Bullen vorbeifahren und einen Abschleppwagen rufen."

„Hoffentlich beeilen sie sich. An diesem Ort möchte ich keine Panne haben", sagte Darrell.

„Sie sind erst knappe zehn Meilen von Baker entfernt."

Darrell schüttelte den Kopf. „Nein, Mann, das meine ich nicht. Hast du denn noch nie von dieser Gegend gehört?"

„Wovon redest du?"

„Du kannst dir gar nicht vorstellen, wie viele Menschen hier draußen ums Leben kommen."

„Außerhalb von Baker?"

„Ja. Letztes Jahr gab es über fünfzig Tote. Du hast keine Ahnung. Du bist aus Las Vegas. Die verrückten Dinge, die hier draußen passieren, interessieren Leute wie dich nicht."

„Ich hätte bestimmt davon gehört, wenn fünfzig Menschen getötet worden wären."

„Verdammt, mindestens fünfzig. Danach habe ich die Zahlen nicht mehr mitverfolgt."

„Ich soll also glauben, dass hier draußen fünfzig Menschen gestorben sind?"

„Sie haben ein paar Knochen gefunden. Die anderen sind einfach verschwunden."

„Ein paar Knochen? Verschwunden? Du hast doch gesagt, es wären fünfzig Menschen gestorben. Hört sich eher an, als wären sie vermisst."

„Sie wurden als vermisst gemeldet, aber sie sind tot. Ohne Scheiß." Darrell spähte aus Mikes Fenster, als würde es draußen etwas zu sehen geben. Mike ertappte sich dabei, als er auch aus dem Fenster sah, doch außer einem halben Meter Highway zu seiner Rechten war alles in Dunkelheit gehüllt.

Mike sagte: „Ich wette, es waren einfach Leute, die weggegangen und nie wieder zurückgekehrt sind. Wenn ich in Baker aufgewachsen wäre, wäre ich auch verschwunden, sobald ich Autofahren könnte."

„Ja, aber würdest du dein Auto mitten im Nirgendwo am Straßenrand stehen lassen? Würden deine Knochen Wochen später gefunden werden, ohne eine einzige Faser Fleisch?"

„Blödmann."

Darrell schüttelte den Kopf. „Ich sage die Wahrheit. Da draußen ist etwas."

Mikes Handy vibrierte. Er sagte zu Darrell, er solle die Klappe halten, dann antwortete er.

„Wo zum Teufel seid ihr?", fragte eine schroffe Stimme.

„Hey, Jimmy. Alles klar? Wir sind ..."

„Ich versuche seit zwanzig Minuten, dich zu erreichen. Wo zum Teufel seid ihr?"

„Wir sind vor ungefähr zwanzig Minuten an Baker vorbeigefahren. Wir sollten ... Hey, Jimmy, Jimmy, bist du da?" Mike sah auf den Bildschirm des Handys und schüttelte den Kopf. „Verdammte, T-Mobile."

„Was hat er gesagt?"

„Ich weiß nicht. Nichts. Egal." Mike wollte nicht an Jimmy denken. Er fragte: „Also, und woran liegt es, dass hier draußen so viele Leute verschwinden? Glaubst du etwa, es sind Außerirdische? Chupacabra?"

„Das ist nicht witzig, Mann. Es sterben Leute hier draußen."

„Das bezweifle ich nicht." Das Handy vibrierte erneut. „Warte, es ist wieder Jimmy." Er beantwortete den Anruf. „Was gibt's, Jimmy?"

„Habt ihr schon die Staatsgrenze erreicht?"

„Nein, wir sind ungefähr sechzig Meilen von Las Vegas entfernt, vielleicht dreißig von der Grenze."

„Was für ein Auto fahrt ihr?"

„Keine Ahnung, sieht aus wie ein Dodge. Ja, es ist ein Dodge."

„Welches Modell?"

„Hey, Darrell, was ist das für ein Ding?", fragte Mike. „Welches Modell?"

„Caravan", sagte Darrell laut genug, damit Mike es hören konnte, und fügte hinzu: „Doch wir hätten einen verdammten Cadillac haben können."

„Hast du gehört? Ein Caravan."

„Welches Nummernschild?"

Mike öffnete das Handschuhfach, zog den Fahrzeugschein heraus und las die Nummer vor.

Jimmy schrie: „Ihr verdammten Vollidioten! Haltet sofort an!"

„Wovon redest du? Wir sind mitten im Nirgendwo und es regnet in Strömen."

„Haltet an!"

„Die Verbindung ist schlecht, ich kann dich nicht hören. Wir halten an der nächsten Raststätte an. Sie liegt nur ein paar Meilen entfernt. Ich habe ein Schild gesehen."

„Nein, du Arschgesicht! Ihr seid aufgeflogen ..."

Es rauschte und dann war die Leitung tot.

„Was wollte er denn?", fragte Darrell.

„Jimmy will, dass wir anhalten. Ich glaube, er hat gesagt, wir seien aufgeflogen."

„Machst du Witze? Wir können nicht anhalten."

„Er hat gesagt —"

„Du hast gesagt, du *glaubst, er* habe gesagt, dass wir aufgeflogen sind. Vielleicht hat er etwas anderes gesagt."

„Was denn, zum Beispiel? Er will, dass wir anhalten."

„Ruf ihn zurück."

Das Handy vibrierte wieder. „Das ist er wieder. Halt an, ich habe gerade Empfang."

„Ist das dein Ernst?"

„Halt einfach an. Ich will nicht wieder unterbrochen werden", sagte Mike. „Hey, Jimmy. Kannst du mich hören?"

„Haltet an, Mike! Ihr seid aufgeflogen."

„Bist du sicher? Woher weißt du das?“

„Ungefähr eine Stunde nachdem ihr abgefahren seid, ist Paul verhaftet worden. Die Bullen haben sein Haus durchsucht. Sie wussten genau, wonach sie suchen mussten. Sie haben zwar nur Geld gefunden, aber Paul muss euch verraten haben. Nachdem mir Pauls Freundin von seiner Verhaftung erzählt hat, habe ich den Polizeifunk überwacht. Sie fahnden nach dem Lieferwagen. Ihr müsst die Ladung loswerden.“

„Sag, dass das ein Witz ist.“ Mike warf einen Blick über seine Schulter und erwartete, blinkende Lichter zu sehen.

„Ihr müsst das Zeug loswerden. Findet ein sicheres Versteck und fahrt nach Las Vegas. Organisiert ein anderes Auto und morgen Abend holt ihr es wieder ab.“

„Wo soll ich es denn verstecken? Ich bin mitten in der gottverdammten Wüste.“

„Irgendwo, wo niemand dadrüber stolpert. Und lass den Lieferwagen ja nicht an derselben Stelle stehen.“

„Ich weiß.“ Mike sah aus dem Seitenfenster und wünschte, er würde mehr als nur einen halben Meter weit sehen. „Und wie sollen wir es nach Las Vegas schaffen?“

„Geht verdammt noch mal zu Fuß. Macht einfach keinen Scheiß. Wenn es sein muss, könnt ihr in meiner Wohnung übernachten.“

„Wie du meinst, Jimmy. Und danke für die Vorwarnung. Ich werde ein Versteck für das Zeug finden und melde mich wieder.“

Als Mike auflegte, fragte Darrell: „Was ist denn los?“

Mike schob das Handy in die Hosentasche. „Wir müssen die Ladung loswerden. Die Bullen fahnden nach dem Lieferwagen.“

„Loswerden?“

„Wir haben keine andere Wahl.“

„Sie werden uns nicht erwischen. Und falls doch, ist es meine erste Straftat. Sie werden mich gehen lassen.“

„Wir haben zweihundert Pfund dabei. Das ist Drogenschmuggel. Wenn wir angehalten werden, sind wir beide am Arsch.“

Darrell parkte den Lieferwagen und nahm den Fuß vom Bremspedal. „Und was machen wir jetzt? Wo sollen wir es verstecken?“

Mike deutete mit dem Daumen auf sein Fenster. „Irgendwo da draußen."

„Auf keinen Fall, Mann. Das kannst du vergessen. Wie wäre es mit der Raststätte?"

„Zu viele Leute. Und zu viele Kameras." Mike spähte durch die Windschutzscheibe. Ein paar Meilen weiter unten entdeckte er eine Reihe Autos. Bremslichter. „Sie haben schon die Straße gesperrt."

„Woher willst du das wissen? Es könnte ein Unfall sein." Es war klar, dass Darrell das nicht glaubte. Er fragte: „Glaubst du wirklich, dass sie nach uns suchen?"

„Es ist bestimmt kein verdammter Zufall. Lass uns das Zeug rausholen, bevor jemand vorbeikommt und uns entdeckt."

„Ich kann da nicht rausgehen."

Mike schüttelte den Kopf.

„Ich meine es ernst. Da draußen passieren schlimme Dinge."

„Ach Quatsch. Und wenn schon, ich kann dir garantieren, dass im Knast viel schlimmere Dinge passieren."

Darrell schloss die Augen, holte tief Luft und atmete langsam aus. Dann öffnete er wieder die Augen und zog seine Pistole aus dem Hosenbund. Er hatte sie unter seinem dicken Bauch versteckt.

Mike langte hinüber und zog die Schlüssel aus dem Zündschloss. „Zieh die Kapuze hoch."

Darrell stieg schweigend aus dem Lieferwagen und traf sich mit Mike vor der offenen Heckklappe.

„Sollen wir es vergraben?"

„Womit denn? Ich habe keine Schaufel eingepackt."

„Also, wohin damit?", fragte Darrell und betrachtete die beiden Koffer. Immerhin waren sie aus Hartplastik und nicht aus Segeltuch gefertigt.

„Die Hügel." Mike zeigte auf eine schattige Erhebung, die parallel zur Straße verlief. „Es gibt bestimmt irgendwo ein paar Felsen, hinter denen wir es verstecken können."

Darrell starrte in den Regen hinaus. „Weißt du, wie weit das ist? Vergiss es."

„Hundert Meter oder so. Wir sind in einer Minute da. Komm schon."

„Wohl kaum. Das sind mindestens dreihundert Meter. Wir werden klatschnass."

„Wir werden bald viel größere Probleme haben." Mike hievte den ersten Koffer aus dem Auto - sein Gewicht überraschte ihn - und hob dann die Radkastenabdeckung hoch. Bevor Darrell es bemerkte, schnappte er sich die Pistole, die er dort versteckt hatte, und steckte sie in seine Manteltasche. „Komm schon, der Regen lässt nach." Das stimmte zwar nicht, aber Mike überquerte bereits den schlammigen Straßenabschnitt, der an den Highway angrenzte.

Mike hörte, wie der zweite Koffer auf dem Asphalt aufschlug und die Heckklappe zugeschlagen wurde. Darrell folgte ihm widerstrebend und erfand dabei neue Kombinationen von Schimpfwörtern. Doch das Jammern hielt nicht lange an. Die schweren Koffer durch das tückische Terrain und den sintflutartigen Regen zu schleppen ermüdete sie.

Auf halbem Weg zu den Hügeln setzte Mike seinen Koffer auf einer Lichtung ab. Er tat so, als würde er es tun, weil er sich nach seinem Partner umsehen wollte, und nicht, weil seine Lungen und Arme schmerzten. Er hörte trotz des Regens, der auf den harten Wüstenboden prasselte, wie Darrell ächzte, konnte ihn aber nicht sehen. Plötzlich war ein lautes Zischen zu hören. Mike wirbelte herum, wich zurück und hielt nach einer Schlange Ausschau. Er hielt mit einer Hand die Pistole fest, doch er konnte in der Dunkelheit nichts sehen. Das Zischen übertönte das Rauschen der Sintflut. Als Darrell ein paar Sekunden später die Lichtung betrat, hörte das Zischen auf.

Darrell ließ seinen Koffer fallen. Er keuchte und Mike befürchtete, dass sein übergewichtiger Freund einen Herzinfarkt erleiden würde. „Verdammt, der ist schwer", sagte Darrell. „Wie weit ist es noch?", fragte er, während er nach Luft rang und an Mike vorbei zu den Hügeln sah.

„Wir müssen noch eine Weile weitergehen. Ich bin auch müde, aber wir müssen in Bewegung bleiben. Wir sind noch nicht weit genug entfernt."

„Wir werden es nicht schaffen."

„Was?" Mike stieg auf einen Felsen, konnte aber nicht über den kleinen Hügel sehen, der ihnen die Sicht auf die Autobahn versperrte.

„Als ich das letzte Mal nachgesehen habe, waren die Bullen beim Lieferwagen. Drei Autos."

Mike kletterte den Felshügel hinauf. Als er die blinkenden Lichter sah, wurde ihm übel.

Darrell fragte: „Und was tun wir jetzt? Sie werden bald die ganze Gegend absuchen. Wir könnten zur Raststätte gehen und ein Auto aufbrechen. Mir fällt sonst nichts ein."

„Sie werden uns überall suchen. Sie wissen, dass wir in der Nähe sind. Die Hügel sind unsere einzige Chance."

„Und was dann? Selbst wenn wir es schaffen, was zum Teufel sollen wir tun?"

„Zuerst verstecken wir die Koffer. Damit dürfen wir uns nicht erwischen lassen. Sie werden mich trotzdem verhaften, aber das ist immer noch besser als die Alternative." Mike versuchte, seinen zitternden Körper zu kontrollieren. „Lass uns gehen, bevor sie einen Helikopter losschicken. Sie wissen, dass wir auf dieser Seite der Autobahn sind."

„Vielleicht denken sie, dass uns jemand abgeholt hat."

„Wohl kaum. Und pass auf, wohin du hintrittst." Mike packte den Koffer und schleppte ihn über einen großen Felsen. „Hier gibt es bestimmt Schlangen."

„Nein. Nicht um diese Jahreszeit."

Seine Schulter begann wieder zu schmerzen. „Ich weiß, was ich gehört habe."

„Na ja, auf jeden Fall keine Schlange. Im Winter halten sie Winterschlaf. Muss etwas anderes gewesen sein."

Mike hatte keine Lust, sich mit Darrell zu streiten, und ließ ihn stehen. Durchnässt und erschöpft blieb er nach weiteren hundert Metern stehen. Der Regen ließ nach, aber das war nicht gut. Mike konnte die Bullen sehen, die um den Lieferwagen herumstanden, was bedeutete, dass sie ihn wahrscheinlich auch sehen konnten. Die Berge, die er für Hügel gehalten hatte, waren immer noch eine halbe Meile entfernt.

Mike ging in die Hocke und legte die Hände auf den Kopf. Er würde sich ausruhen, bis Darrell ihn einholte, und dann würden sie das letzte Stück bis zu den Bergen hinter sich bringen. Er redete sich ein, dass sie es schaffen würden. Dann zischte es im Gebüsch. Er sah sich um. Es war nicht der Regen. Es fiel kein einziger Tropfen. Das Zischen wurde lauter. Es klang, als würde es aus zwei verschiedenen Richtungen kommen.

Mike stand auf und zückte seine Pistole. Er hatte keine Angst vor Schlangen, wollte aber auch auf keinen Fall, dass er gebissen wird und neben einem Koffer voller Ecstasy starb.

Der Mond schien durch die Wolken, die vorbeizogen. Auch im Mondlicht konnte Mike nicht viel sehen. Sand, Gebüsche, Felsen, Kakteen und noch mehr Sand. Aber keine Schlangen.

Er sah, wie Darrell schnaufend die leichte Steigung erklomm; sein Gesicht war tropfnass, diesmal allerdings vom Schweiß und nicht vom Regen. Und das Zischen hörte wieder auf.

„Die ... Hubschrauber ... sind da", sagte Darrell zwischen zwei erstickten Atemzügen. Er ließ den Koffer in den feuchten Sand fallen, beugte sich vornüber und stütze die Hände auf die Knie. „Wir sind geliefert. Dieser Hügel wird uns nicht mehr lange verbergen."

„Wir müssen in Bewegung bleiben", sagte Mike.

Darrell hob die Arme über den Kopf, etwas, das er bei einem Sportler im Fernseher gesehen haben musste. Mike bezweifelte aber, dass dieser Sportler auch einen Bauch gehabt hatte, der über seinen Gürtel hing.

„Komm schon, Darrell, es reicht. Wir müssen es in die Berge schaffen." Mike verkniff es sich, zu sagen, dass sie schon längst dort angekommen wären, wenn Darrell nicht so schwerfällig gewesen wäre.

„Ich bin zu müde."

„Ich werde dich zurücklassen."

„Dann geh." Darrell setzte sich auf einen Felsen. „Ich kann nicht mehr."

„Ich lasse dich mit den Bullen, den Schlangen und allen anderen Monstern, die anscheinend hier draußen sind, im Dunkeln alleine."

„Hier gibt es keine Schlangen. Das habe ich dir doch gesagt."

„Egal, jedenfalls zischt etwas und damit lasse ich dich alleine. Kommst du?"

„Warte, verdammt noch mal. Ich hätte nicht mitkommen sollen."

„Als ich dich gefragt habe, hast du dich jedenfalls nicht beklagt. Du hattest nichts dagegen, etwas Geld zu verdienen." Mike hob den Koffer hoch und hoffte, dass er leichter zu tragen als zu schleppen war. „Wir schaffen das und Jimmy wird dich am Gewinn beteiligen."

Als er das hörte, stand Darrell auf. In den zehn Minuten, die sie brauchten, um den Fuß des Berges zu erreichen, war der Helikopter nicht weit vorangekommen. Mike wollte sich zwar noch keine Hoffnungen machen, aber es sah so aus, als würde er als freier Mann davonkommen. Darrell vielleicht nicht, aber das war seine eigene Schuld. Wenn der fette Bastard fitter gewesen wäre, wäre er nicht dauernd fast ohnmächtig geworden, während er versuchte, mitzuhalten.

„Was jetzt?", wollte Darrell wissen.

„Wir verstecken die Koffer." Mike zeigte auf die kleine Höhle, die zwanzig Meter weiter oben zu sehen war. „Da drin."

Darrell sagte kein Wort und begann den Aufstieg. Mike rammte ihn fast, als Darrell abrupt vor dem Höhleneingang stehenblieb.

„Was zum Teufel ist los? Geh schon rein", befahl Mike.

„Es ist dunkel", flüsterte Darrell.

Mike drängte sich an ihm vorbei. „Wegen Typen wie dir haben Schwule einen schlechten Ruf."

„Ich glaube, ich habe etwas gehört."

„Was denn? Was soll hier draußen schon sein? Ein Berglöwe? Hol deine Pistole raus und achte darauf, wo du hintrittst."

„Es hat sich wie ein Zischen angehört."

Mike ging ein paar Schritte in die Höhle hinein und drehte sich um. „Ich dachte, du hättest gesagt, sie würden Winterschlaf halten."

„D-das sollten sie auch", stammelte Darrell.

Mike tat so, als hätte er das leise Zischen nicht gehört. Er wandte sich wieder Darrell zu. „Du willst Geld verdienen, mehr Verantwortung übernehmen und die Fahrten selbst durchführen. Warum sollte Jimmy dem zustimmen? Du hast Angst vor der Dunkelheit. Angst vor Schlangen. Wovor sonst noch, Darrell?"

„Fick dich."

"Nein, danke. Das überlasse ich dir."

Schließlich packte Darrell seinen Koffer. Mike sagte, er solle beide Koffer nehmen und sie so weit hinten wie möglich in der Höhle verstauen. „Wenn du deinen Anteil willst."

„Warum nimmt nicht jeder einen Koffer?"

„Weil einer von uns beiden hier draußen bleiben und den Hubschrauber im Auge behalten muss."

„Na ja, es sieht ziemlich dunkel aus da drin. Wenn wir beide hineingehen ..."

„Wir könnten uns verirren. So kannst du meiner Stimme folgen. Ich bleibe hier. Los, mach schon, wir haben nicht die ganze Nacht Zeit."

Darrell stöhnte, tat aber, was Mike ihm aufgetragen hatte, und hob seinen Koffer hoch. „Ich kann nicht beide tragen", sagte er.

„Dann mach zwei Runden."

Darrell verschwand in der dunklen Höhle. Mike setzte sich auf seinen Koffer und beobachtete, wie der Polizeihubschrauber ein paar hundert Meter entfernt über der Wüste kreiste. Nach einer Weile fragte er sich, ob Darrell vielleicht beschlossen hatte, eine Pause einzulegen.

Mike betrat dann die Höhle. „Darrell, beeil dich. Der Helikopter kommt näher."

Er antwortete nicht. Mike formte mit den Händen einen Trichter vor dem Mund und rief: „Darrell, kannst du mich hören?"

Wieder keine Antwort. Mike packte seinen Koffer, ging in den dunklen Tunnel und tastete mit der freien Hand nach der Wand. Nach ein paar Sekunden spürte er, wie der Tunnel sich zu einer Höhle erweiterte. Er rief erneut Darrells Namen. Ein lang anhaltendes Zischen hallte durch die Höhle. Mike setzte langsam den Koffer ab und zog die Waffe aus seiner Manteltasche. Als er sich im Kreis drehte, um herauszufinden, woher das Geräusch kam, blickte er aus dem Tunnel und sah, dass der Suchscheinwerfer des Hubschraubers näherkam.

Mike kümmerte sich nicht mehr darum, wo Darrell war. Er nahm seinen Koffer und ging zur nächstgelegenen Wand. Er stolperte über etwas Hartes und fiel kopfüber auf den harten Höhlenboden. Da wurde das Zischen lauter und schien aus mehreren Richtungen zu kommen. Mike ignorierte sein blutendes Kinn und seine aufgeschürfte Hand und sprang auf die Füße, bevor die Schlangen ihn attackieren konnten. Er wollte nach seiner Pistole greifen, aber sie war nicht da. Er ging auf alle Viere und ertastete den Boden. Als er mit der Hand gegen einen Gegenstand aus

Plastik stieß, wurde ihm bewusst, dass er über Darrells Koffer gestolpert war.

„Was zum Teufel ist mit dir los? Ich hätte mir den Schädel einschlagen können.“

Darrell antwortete nicht, obwohl Mike nicht sicher war, ob er ihn trotz des Zischens gehört hatte, das jetzt ohrenbetäubend war. Er betete, dass es nur wegen des Echos in der Höhle so klang, als wäre er umzingelt.

Mike griff nach Darrells Koffer und spürte, dass Darrells Arm ihn umklammerte. Er drückte Darrells Hand. „Steh auf, Mann.“ Er schüttelte den Arm und drückte ihn, bis er sich plötzlich vom Koffer löste und ihm in den Schoß fiel. Der Arm war am Ellbogen abgetrennt. Mike streckte die Hand aus, doch Darrells Körper war nicht da.

Mike warf den Arm in die Dunkelheit und hörte ein Ächzen, als er von etwas abprallte. Er kroch auf allen Vieren zurück zum Eingang. Der Suchscheinwerfer beleuchtete den Höhleneingang. Doch eine sehnige Hand legte sich um seinen Hals und drückte zu. Sein Schrei verstummte. Mike krallte sich an die schuppigen Finger. Das Zischen betäubte ihn aber, er konnte sich nicht bewegen und starrte geradeaus. Der Eingang war verschwunden. Er konnte nichts sehen, wusste aber, dass die Bullen da draußen waren. Wenn sie ihn erwischten, würde er die nächsten zehn Jahre in einer kleinen Zelle verbringen. Doch dieses Jahrzehnt gab es nicht mehr.

Gruppensitzung

„Sind Sie sicher, dass ich nicht bleiben soll, Dr. Hammond? Es macht mir wirklich nichts aus. Meine Mutter kann bis um acht auf die Kinder aufpassen."

Larry hörte gerade lange genug damit auf, im Aktenschrank herumzuwühlen, um Augenkontakt mit seiner überempfindlichen blonden Empfangsdame herzustellen. „Ich weiß das zu schätzen, Lisa, aber Wagner weigert sich, zu kommen, wenn sonst noch jemand im Gebäude ist. Sie wissen ja, was gewisse Leute über uns denken."

„Sie führen lieber ein ungesundes Leben, als eine peinliche Situation zu riskieren."

Er hätte am liebsten etwas Gemeines und Herablassendes gesagt, entschied sich aber dagegen. Barton und Richter, die Ärzte, mit denen er sich die Praxis teilte und die beide schon auf dem Heimweg waren, wollten nicht, dass er ihr hübsches Prinzesschen überbeanspruchte. Larry hätte lieber eine Brünette eingestellt, die tatsächlich Erfahrung hatte, aber Barton hatte gemeint, das sei in dieser Branche nicht notwendig. Barton hatte sogar gewagt, zu sagen, dass Larry ihn vielleicht besser verstehen würde, wenn er ein paar Jahre mehr auf dem Buckel hatte.

Anstatt etwas zu sagen, das Lisa falsch verstehen würde, setzte Larry seine Suche im Aktenschrank fort und sagte: „Immerhin kommt er. Für jeden wie ihn gibt es hundert andere, die keine zehn Pferde hierher bringen könnten."

„So habe ich das noch nie gesehen. Es ist einfach eine große Unannehmlichkeit für Sie. Würden Sie nicht lieber pünktlich nach Hause gehen und mit Ihrer Frau zu Abend essen?"

Larry zog einen Schnellhefter heraus und legte ihn auf die beiden anderen, die bereits auf dem Schrank lagen. Er wusste nicht, warum er es ausgerechnet ihr erzählte, und sagte: „Ehrlich gesagt will ich das gar nicht. Wir trennen uns."

Wie erwartet warf sie ihm einen überraschten Blick zu, schnappte nach Luft und sagte: „Oh, das tut mir leid. Das wusste ich nicht."

Bevor sie ein weiteres Wort sagen konnte, sah Larry auf die Uhr im leeren Wartezimmer. „Es ist fünf Uhr fünfzig, sie werden gleich hier sein. Sie sollten wirklich gehen."

Sie räumte ihre Sachen zusammen. „Ich dachte, es würde nur Wagner kommen."

„Ich habe ihn und zwei andere zu einer Gruppensitzung überredet. Sollte interessant werden."

„Kenne ich die anderen beiden?"

„Kann sein, aber Sie müssen sich jetzt wirklich beeilen."

Lisa sah gekränkt aus, doch das war Larry egal. Er würde sich einen Namen machen, wenn die Sitzung heute Abend ein Erfolg war. Es würde Zeitungsartikel, Talkshows, vielleicht sogar ein Buch darüber geben. Und wenn er deshalb die Gefühle einer hübschen jungen Frau verletzen musste, dann war es eben so.

Larrys erster Klient betrat nur wenige Augenblicke, nachdem Lisa durch die Hintertür geschlüpft war, das Büro. „Wie geht es Ihnen, Herr Petrowski?" Larry hielt dem kleinen Mann die Bürotür auf. „Bitte, kommen Sie herein."

Frank Petrowski, der mit achtundvierzig eher wie sechzig aussah und dessen Gesicht an gegerbte Rinderhaut erinnerte, ging an Larry vorbei ins Zimmer. Obwohl dies seine fünfte Sitzung mit Frank war, musste er sich das Lachen verkneifen. Er konnte den Mann einfach nicht ernst nehmen.

Larry sagte zu Frank, er solle es sich bequem machen. Es überraschte ihn nicht, dass er sich auf den Stuhl in der Ecke setzte und die Couch mied, die ihn noch kleiner hätte aussehen lassen. Als er hörte, wie die Eingangstür ins Schloss fiel, entschuldigte sich Larry, um den ehrenwerten Richter Alexander Steele zu begrüßen. Wie immer eilte Steele geschäftig an ihm vorbei und sagte: „Ich hoffe, sie sind hier. Ich muss mich um andere Dinge kümmern."

„Daran habe ich keinen Zweifel." Larry folgte dem kahlköpfigen, dickbäuchigen Richter ins Zimmer und war gespannt, wie er darauf reagieren würde, dass jemand auf seinem Stuhl saß. Steele war offensichtlich irritiert, ächzte und ging schnaufend zur Couch. „Es fehlt noch jemand, meine Herren. Er sollte gleich hier sein", sagte Larry. Dann ging er zur Rezeption und holte die Schnellhefter.

Die nächsten Minuten vergingen quälend langsam. Es war noch nicht ganz sechs, aber Wagner erschien meistens etwas früher, wenn er davon überzeugt war, dass das Gebäude leer war. Hoffentlich hatte ihn der Gedanke, mit anderen zu sprechen, nicht abgeschreckt. Aber ohne ihn würde die Sitzung eine Pleite werden. Mit drei Personen ließ sich eine kleine Gruppe bilden, mit nur zwei würde eine unangenehme Konfrontation entstehen. Vor allem mit den beiden, die bereits im Zimmer waren.

Wagners Anwesenheit war jedoch nicht nur wegen der Anzahl an Personen notwendig. Der Mann hatte etwas an sich, das ihn von anderen Patienten unterschied. Er beschäftigte sich mit den gleichen Problemen wie Steele und Petrowski, war aber eher bereit, Verantwortung für sein Handeln zu übernehmen. Ohne ihn würde es weder eine Gruppe noch einen Zeitungsartikel oder eine Fernsehsendung geben.

Gerade als Larry die Hoffnung aufgeben wollte, schwang die Eingangstür auf. „Guten Abend, Herr Wagner. Ich hatte schon befürchtet, dass Sie nicht kommen."

Der muskulöse Dreißigjährige sah sich im leeren Wartezimmer um und spähte zur Rezeption hinüber. „Sind alle weg?"

„Ja. Es sind nur ich und die anderen beiden Männer da, von denen ich Ihnen erzählt habe." Wagner wirkte ungewöhnlich angespannt, deshalb fragte Larry: „Ist alles in Ordnung?"

Wagner sagte, es gehe ihm gut, aber Larry kaufte es ihm nicht ab. Er verriegelte die Eingangstür und hoffte, dass es dem Mann helfen würde, sich etwas zu entspannen.

„Würde es Ihnen etwas ausmachen, wenn ich im Voraus bezahle?" Wagner zog ein Bündel Geldscheine aus seiner Hosentasche. „Ich muss nach der Sitzung gleich wieder los."

Larry winkte ab. „Diese Sitzung geht aufs Haus. Ich glaube, dass sie sehr produktiv sein wird, aber ich will diese Art von Sitzung zuerst ein- oder zweimal ausprobieren, bevor ich Geld dafür verlange. Das Einzige, worum ich Sie bitten möchte, ist, dass ich das Material in Publikationen und Büchern verwenden darf. Selbstverständlich mit andern Namen, um die Identität der Teilnehmer zu schützen."

Wagner zuckte mit den Schultern und steckte die Geldscheine wieder ein. „Von mir aus."

Er fand, dass ein Dankeschön angebracht gewesen wäre, da der Mann gerade hundert Dollar gespart hatte, aber Larry beschloss, nichts zu sagen. Während er den Mann den Flur entlangführte, fragte er: „Hatten Sie schon die Gelegenheit, sich um eine Versicherung zu kümmern? Ich möchte nicht, dass die Behandlungskosten Sie daran hindern, zu kommen."

„Geld ist kein Thema."

„Gut", sagte Larry, als sie das Büro betraten. Er wollte sich daran erinnern, eine Frage für Wagners private Sitzung in der folgenden Woche zu notieren: *Wieso ist Geld kein Thema für einen Ex-Polizisten, der schon seit drei Jahren arbeitslos ist?*

Wagner nahm neben Steele auf der Couch Platz, während Larry seinen Stuhl hinter dem Schreibtisch hervorrollte und ihn so positionierte, dass Wagner vor ihm saß und Frank links von ihm. Er bemerkte, dass Steele auf die Uhr sah und entschuldigte sich bei der Gruppe für die Verspätung, obwohl es erst vier Minuten nach sechs war.

„Ich habe Sie zu dieser Sitzung eingeladen, weil Sie alle mit ähnlichen Problemen zu tun haben und es für Leute wie Sie keine Selbsthilfegruppen gibt. Wie die meisten Psychologen und Therapeuten bin ich darin geschult, Ihnen Einblick in Ihre Probleme zu verschaffen, aber dieses Thema wurde in der medizinischen Fachwelt noch nicht ausreichend untersucht. Deshalb kann es hilfreich sein, mit Gleichgesinnten zu sprechen, die ähnliche Dinge durchmachen." Larry hoffte, dass die anderen nicht bemerkt hatten, dass der Richter hinter der Brille die Augen verdreht hatte, als er das Wort „Gleichgesinnte" hörte. „Es wird eine ungezwungene Diskussion sein, bei der jeder von Ihnen die Gelegenheit hat, etwas über sich zu erzählen und den anderen Fragen zu stellen. Ich werde Sie bei Bedarf unterstützen, in erster Linie werden, aber Sie sprechen. Warum fangen wir nicht mit unseren Namen an?"

Da die Männer sich benahmen, als wären sie auf einer Tanzveranstaltung für Siebtklässler, zeigte Larry auf Frank und sagte: „Wie wäre es, wenn Sie den Anfang machen?"

Frank warf ihm einen unangenehmen Blick zu, befolgte jedoch die Anweisung. „Ich bin Officer Petrowski."

Larry folgte Wagners Blick zu Petrowskis Hüfte; er suchte wahrscheinlich nach einer Dienstmarke oder einer Waffe, die die Behauptung des untersetzten Mannes bestätigte. Frank schien Wagners Zweifel zu spüren und fuhr fort: „Ich bin Strafvollzugsbeamter im Staatsgefängnis in Waverly."

„Ich glaube, es ist besser, wenn wir etwas weniger formell sind", sagte Larry.

„Sie können mich Frank nennen. Ich bin es gewohnt, Nachnamen zu verwenden. Ich kenne die Vornamen meiner Kollegen gar nicht."

„Geht mir auch so", warf Wagner ein und schien sichtlich entspannter zu sein als zuvor. „Ich war vier Jahre lang Polizist in Richmond. Mein Name ist Charles Wagner. Sie können mich Charlie nennen."

„Danke, Charlie." Larry wandte sich an den Ältesten der Gruppe. „Und zu guter Letzt ..."

„Richter Steele." Bevor Larry nach seinem Vornamen fragen konnte, sagte der Richter widerwillig: „Alexander. Nicht Alex, sondern Alexander."

„Dann haben wir also Frank, Charlie und Alexander. Bitte nennen Sie mich Larry. Also, wollen wir anfangen?"

Larry interpretierte das Schweigen als Zustimmung. „Es fällt allen hier schwer, mit ihrer Rolle im Hinblick auf den Tod umzugehen. Lassen Sie uns ins Detail gehen. Sagen Sie uns, warum Sie hier sind und warum Sie sich behandeln lassen wollen. Alexander, würden Sie bitte anfangen?"

„Ich bin hier, weil meine Frau gesagt hat, dass ich kommen soll."

Larry wurde klar, dass der Mann nichts sagen würde, wenn er nicht dazu aufgefordert wurde. „Und warum hat sie Ihnen vorgeschlagen, hierher zu kommen?"

Alexander funkelte Larry an. „Das haben wir doch schon besprochen."

„Aber nicht mit den anderen. Sie müssen nicht ins Detail gehen, geben Sie uns einfach einen Überblick."

Alexander dachte einen Augenblick nach. „Ich bin Richter. Ich habe Menschen zum Tod verurteilt. Manchmal ... belastet es mich", murmelte er.

Das war ein Anfang. Larry nickte und gestikulierte, dass Charlie an der Reihe war.

„Ich war dazu gezwungen, Menschen umzubringen. Mehr als nur einmal. Aber meine Schuldgefühle, besonders was eine bestimmte Person betrifft, sind wahrscheinlich zu groß."

„Gut. Wir werden später auf diesen Todesfall näher eingehen." Larry notierte dies in Charlies Schnellhefter. „Frank, Sie sind dran."

„Wie gesagt, ich bin Strafvollzugsbeamter in Waverly. Ich gehöre zum Hinrichtungskommando. Manchmal ist es überwältigend, wie Charlie gesagt hat."

Larry sagte zu den Männern: „Nur damit Sie es wissen, Sie alle haben mir anvertraut, wie viel Stress diese Todesfälle verursacht haben. Ich möchte Sie bitten, Ihre Erfahrungen nicht herunterzuspielen, jetzt, wo die anderen anwesend sind. Ich kann Ihnen versichern, dass Sie alle starke Männer sind und Ihre Positionen und Aufgaben außergewöhnlich gut gemeistert haben. Ihre Jobs gehören zu den anspruchsvollsten in der Gesellschaft und Sie sind dazu gezwungen, sich mit psychologischen und moralischen Fragen auseinanderzusetzen. Dass Sie sich schuldig fühlen oder für Dinge schämen, die Sie getan haben, ist ganz normal. Ich würde es beunruhigend finden, wenn solche Dinge Sie kaltlassen würden. Heute Abend können Sie Ihren Gefühlen Ausdruck verleihen. Es wird niemand lachen oder etwas Schlechtes über Sie denken. Es ist ein Heilungsprozess, der Schmerzen mit sich bringt. Begrüßen Sie sie, versuchen Sie nicht, sie zu verhindern." Larry hielt einen Moment inne, um seine Worte wirken zu lassen. Dann frage er: „Frank, können Sie uns mehr über Ihr Problem erzählen?"

„Was denn, zum Beispiel?"

Larry sah auf die Uhr. Bei diesem Tempo würden sie bis zum Morgengrauen hier sein. „Sie könnten damit beginnen, uns von Ihrer Arbeit zu erzählen. Was genau machen Sie in diesem Team?"

„Ich schnalle sie an. Die Aufgaben sind ein wenig unterschiedlich, je nachdem, ob wir brennen oder kleben."

„Was meinen Sie damit?", fragte Larry.

„Anschnallen?"

„Nein, brennen oder kleben."

„Elektrischer Stuhl oder Giftspritze. Die Verurteilten können wählen."

„Wie schön", sagte Charlie. „Das ist ja eine verdammt schwierige Entscheidung."

„Wenigstens müssen sie diese Entscheidung nur einmal treffen", sagte Frank. „Wie gesagt, ich schnalle sie an, das heißt, ich bringe die Typen rein und schnalle sie an den Tisch oder den Stuhl und sehe zu. Irgendwie, wie in *The Green Mile* oder diesem Film mit dem schwarzen Mädchen und dem bekloppten Typen von *Slingblade*."

Larry hoffte, dass er eine Rassendiskussion vermeiden konnte, und sagte: „*Monster's Ball.*"

„Nein, das ist er nicht. Er heißt anders. Es ist der mit dem Mädchen, das dafür, dass es schwarz ist, gar nicht so schlecht aussieht.

„Halle Berry. Doch, es ist *Monster's Ball*, glauben Sie mir."

Obwohl die Diskussion vom Thema abgekommen war, schien Charlie fasziniert zu sein. „Bleiben Sie etwa, bis der Kerl tot ist?"

Frank nickte. „Auch danach. Wir haben das Vergnügen, sie wider abzuschnallen und rauszuholen."

Der Richter überraschte alle, als er sprach. „Wie lange machen Sie das schon?"

„Ich bin seit neunundzwanzig Jahren Strafvollzugsbeamter, seit achtundzwanzig Jahren im Hinrichtungskommando."

Alexander fragte: „Haben Sie sich freiwillig für diese Position gemeldet?"

„Der Gefängnisdirektor sucht das Team aus. Natürlich kann man jederzeit zurücktreten oder ablehnen."

Larry erkannte, worauf er hinauswollte, doch der Richter stellte bereits die nächste Frage. „Warum tun Sie es dann? Wenn Sie mich fragen, sind Sie selbst schuld. Wenn es Sie so belastet, Mörder zu töten, dann brauchen Sie vielleicht einen anderen Job."

Frank verteidigte sich, bevor Larry etwas sagen konnte. „Ich kann damit umgehen, aber es ist nicht einfach. Ich habe in den letzten sechs Jahren geholfen, einundfünfzig Menschen zu töten. Weitere fünfunddreißig warten darauf, vom Gericht zu Tode verurteilt zu werden."

„Dann bin *ich* jetzt an allem schuld?"

„Irgendjemand muss die Typen ja zu mir schicken. Ich finde sie nicht einfach auf der Straße."

Alexander schüttelte den Kopf. „Es sind nicht die Richter, die Menschen zum Tode verurteilen."

„Das verstehe ich", sagte Frank, „aber ich verstehe auch, dass die Richter einen großen Einfluss auf die Jury haben. Wir sind landesweit an zweiter Stelle, gleich hinter Texas. Dort töten sie die Leute schon, wenn sie bei Rot die Straße überqueren." Frank knackte mit den Knöcheln. „Wenn Sie wirklich ein so gerechter Richter sind, warum sind Sie dann hier? Sie haben gesagt, Sie hätten Menschen zu Tode verurteilt."

„Nur im übertragenen Sinne."

Larry hob die Hand, um die Diskussion zu unterbrechen. „Wir sind nicht hier, um uns gegenseitig zu verurteilen oder anzugreifen. Wir sind hier, um zuzuhören. Alexander, erzählen Sie den anderen, was Sie mir bereits erzählt haben. Es ist in Ordnung."

Alexander zog ein monogrammiertes Taschentuch aus der Hosentasche und wischte sich den Schweiß von der Stirn. Er seufzte. „Ich befürworte die Todesstrafe, wenn ich glaube, dass sie gerechtfertigt ist, und ich schätze, es stimmt, dass ich Jurys beeinflussen kann."

Frank nickte. „Aber auch wenn man davon überzeugt ist, dass ein Mann sterben sollte, macht es das nicht einfacher, ihn zu töten, oder?"

„Ich kann manchmal nicht schlafen. Ich frage mich, ob ich die richtige Entscheidung getroffen habe, ob ich überhaupt Gott spielen sollte. Ich frage mich, ob wir als Gesellschaft versagt haben, wenn eine solche Entscheidung in den Händen von so wenigen Leuten liegt."

Nach einer kurzen Pause sagte Larry: „Charlie, warum erzählen Sie den anderen nicht von den Dingen, die Sie beschäftigen? Sie müssen keine Details nennen. Konzentrieren Sie sich auf Ihre Gefühle und darauf, wie es Sie beeinflusst hat."

Charlie räusperte sich. „Ich habe manchmal auch Schlafprobleme. Eigentlich fast jede Nacht seit meiner Offenbarung." Charlie rieb sich die Oberschenkel und begann, hin und her zu schaukeln. „Aber nicht wegen den Leuten, die ich getötet habe. Es war eine einmalige Sache, aber einmal hat gereicht. Ich habe geholfen, einen Mann zu töten, der es nicht verdient hatte, zu sterben."

„Wann war das?"

„Vor über zehn Jahren. Ich war erst neunzehn."

Frank sagte: „Man muss einundzwanzig sein, um Polizist zu werden."

„Ich war noch kein Polizist."

Larry erinnerte Charlie daran, dass das Arztgeheimnis Grenzen hatte, aber Charlie war Polizist gewesen und wusste das.

Alexander fragte: „Sie haben einen Mann ermordet?"

Charlie schaukelte immer heftiger hin und her. „So gut wie."

„Schon in Ordnung, Charlie. Versuchen Sie, sich zu entspannen", sagte Larry.

„Ich wurde zum Geschworenendienst gerufen. Es war das erste Mal, dass ich überhaupt von einer Jury gehört hatte. Jedenfalls wurde ich für den Prozess von Gregory Watkins ausgewählt."

„Ich erinnere mich an ihn", sagte Frank. „Ein Schwarzer. Er ist vor einigen Jahren im Todestrakt gelandet. Eine Weile lang sah es so aus, als würde er ihn nie verlassen."

Alexander sagte: „Gregory Watkins. Wenn ich mich richtig erinnere, hat dieser Psycho mehr als zwanzig Menschen getötet, alles Frauen und Kinder. Er hat auch auf ihre Körper geschrieben. Ihnen Botschaften in den Rücken geschnitzt. Richter Hall hat das Urteil gesprochen."

„Hall? Ist er einer Ihrer Freunde?", fragte Charlie.

„Eher ein Bekannter, aber wir verstehen uns gut."

„Wenn Sie ihn das nächste Mal sehen, können Sie ihm dafür danken, dass er mein ganzes Leben vermasselt hat."

„Wovon reden Sie, mein Sohn?"

„Ich bin nicht Ihr Sohn. Ich bin niemandes Sohn." Charlie ballte die Hände zu Fäusten.

„Es ist doch nur eine Redensart", sagte Alexander beschwichtigend, um Charlies aggressives Verhalten zu mildern.

„Was Frank über den Einfluss gesagt hat, den Richter haben können, ist – na ja, sagen wir einfach, dass Hall uns praktisch dazu gezwungen hat, ihm die Todesstrafe zu geben."

„Das bezweifle ich."

„Sie waren nicht da."

Larry unterbrach und fragte: „Sie haben also nicht geglaubt, dass er die Todesstrafe verdient hatte?"

„Auf keinen Fall", sagte Charlie.

„Und wie konnte es dann zu einem einstimmigen Urteil kommen?", wollte Frank wissen.

„Damals dachten wir alle, er sei schuldig. Ich war damals sehr jung und habe alles geglaubt, was sie uns im Gerichtssaal gezeigt haben. Jetzt weiß ich es besser."

Frank runzelte die Stirn und schien nicht zu verstehen, was er sagte. „Er hat diese Leute getötet. Ich habe mit ihm darüber gesprochen. Er hat gesagt, er habe es tun müssen. Hat nicht mal gesagt, dass es ihm leidtut, als die Nadel reinging. Ein reueloser Hurensohn."

Alexander sagte, er habe dasselbe in der Zeitung gelesen. „Der Kerl war schuldig. Sie fühlen sich also schlechter, wenn Sie einen Mörder verurteilen, als wenn Sie einen Kriminellen auf der Straße erschießen?"

Charlie sah verwirrt aus. „Ich habe kein einziges Mal meine Waffe abgefeuert."

Frank fragte: „Und was ist mit all den Leuten, von denen Sie sagen, dass Sie ihnen das Leben nehmen mussten? Bedeutet das, dass Sie Menschen zu Tode geprügelt haben? Haben Sie Ihren Gummiknüppel benutzt?"

„Wurden Sie etwa wegen brutalem Verhalten aus der Polizei geworfen?", wollte Alexander wissen.

„Ich habe gekündigt. Ich habe während der Arbeit nie jemanden brutal behandelt! Kein einziges Mal", erwiderte er empört.

„Dann haben Sie also gelogen?", warf Frank ein.

Charlie sprang auf. „Ich lüge nicht!", schrie er. „Sie lügen alle! Die Gesellschaft lügt! Meine Eltern haben gelogen! Ich lüge nicht!"

Larry erhob sich. So hatte während einer Therapiesitzung noch nie jemand reagiert. Er wünschte, er hätte daran gedacht, die Sitzung aufzunehmen. „Ganz ruhig, Charlie. Beruhigen Sie sich und nehmen Sie Platz."

„Setz du dich doch, Larry. Mach schon!"

Larry zuckte zusammen und ließ sich wieder auf seinen Stuhl sinken. „Das ist mein Büro."

„Jetzt nicht mehr, Larry."

„Hören Sie auf, so mit mir zu reden."

Charlie setzte sich zwar nicht hin, schien sich aber etwas zu beruhigen. „Es ist höchste Zeit, dass du dich wie ein Profi benimmst. Warum willst du, dass wir dich beim Vornamen nennen? Willst du etwa unser gottverdammter Freund sein?"

Frank erhob sich und versuchte, autoritär zu klingen: „Es reicht. Setzen Sie sich hin und entspannen Sie sich. Oder ..."

Charlie starrte ihn an. „Oder was?

„Oder Sie können gehen. Wir sind zu dritt."

„Soll das etwa eine Drohung sein?"

„Hier werden keine Drohungen ausgesprochen", sagte Larry.

„Ein größenwahnsinniger Rassist, ein herablassendes Arschloch von einem Richter ..."

Alexander stand nicht von der Couch auf. „Passen Sie bloß auf, mein Sohn."

Charlie drehte sich zum alten Mann um und schlug ihm so fest ins Gesicht, dass ihm die Brille von der Nase flog. „Ich bin nicht dein gottverdammter Sohn!"

Frank trat einen Schritt auf Charlie zu, blieb aber sofort stehen, als Charlie sich ihm zuwandte. Frank sagte: „Das können Sie nicht tun. Das ist Körperverletzung."

Der Richter suchte nach seiner Brille, die jetzt irgendwo auf dem Boden lag. Larry versuchte, die Situation unter Kontrolle zu bringen. „Es reicht. Wir sollten uns alle beruhigen."

Charlie wollte nichts davon wissen. Er trat einen Schritt nach vorne und drückte seine Brust an Franks Nase. „Ich habe gesagt, du sollst dich hinsetzen. Los."

Frank blieb standhaft, zitterte jedoch unkontrolliert.

Charlie trat einen kleinen Schritt zurück und ließ Larry im Glauben, dass seine Wut nachgelassen hatte. Dann verpasste er Frank mit dem Ellbogen einen vernichtenden Schlag auf die Nase. Der Strafvollzugsbeamte fiel zu Boden, hielt beide Hände vor sein blutendes Gesicht und rollte sich zusammen. Larry stolperte zu seinem Schreibtisch, doch Charlie schrie ihn an, bevor er den Hörer abnehmen konnte.

Charlie sagte: „Tu das nicht, Larry. Ich warne dich."

Larry drehte sich um und sah, dass Charlie rittlings auf Frank saß. Er hatte ein Schnappmesser in der Hand.

„Charlie, Sie müssen mir zuhören. Was tun Sie nur?“

Frank versuchte, aufzustehen, aber Charlie drückte ihn wieder zu Boden. Die Blutlache wurde immer größer. „Ich habe nicht gesagt, dass du aufstehen kannst.“

Larry sagte: „Er braucht einen Arzt.“

„Du bist doch auch ein Arzt und hilfst ihm nicht.“

„Und Sie sind kein Mörder, Sie sind nur wütend. Lassen Sie mich Hilfe holen.“

„Du rufst niemanden an, Larry. Keiner von uns verdient es, gerettet zu werden.“

„Er blutet, Charlie. Sehen Sie doch!“

„Na ja, vermutlich brauchst du einen neuen Teppich.“ Charlie starrte auf Larrys Hand. „Wenn du den Hörer abhebst, wird es dich teuer zu stehen kommen.“

„Was wollen Sie, Charlie? Was erhoffen Sie ...“

Alexander schrie ihn an: "Hören Sie auf, diesen kranken Bastard werden Sie nicht zur Vernunft bringen.“

Ein breites Grinsen zog über Charlies Gesicht. „Er hat recht. Ich bin nicht vernünftig.“

Der Richter rutschte an die Kante der Couch. „Wir können ihn überwältigen.“

Charlie lachte wie ein Wahnsinniger und hielt das Messer hoch. Larry zog die Schultern nach vorne und stürmte auf ihn los. Er rammte Charlie und warf ihn zu Boden. Die beiden rollten gegen die Wand. Larry spürte Charlies warmen Atem am Hals. Larry löste sich von Charlie und sah seinen wilden und schmerzerfüllten Blick. Larry blickte nach unten und sah, dass das Messer in der Brust seines Patienten steckte.

„Oh Gott“, sagte Larry, als ihm klar wurde, was er getan hatte. Charlies Lungen füllten sich mit Blut. Er lehnte sich ins Messer.

„Hey, Larry“, keuchte Charlie, „jetzt bist du einer von uns.“

Das Wiedersehen

Derrick spürte, dass der richtige Moment gekommen war und neigte sich vor, um sie zu küssen. Er hasste sich dafür. Beth war nicht hässlich. Sie stank auch nicht, abgesehen von dem billigen Wein. Aber er hatte keine Lust, sie zu küssen. Er wollte einfach, dass sie blieb. Und deshalb musste sie sich begehrt fühlen. Es war schon nach elf und viel zu spät, um einen Ersatz zu finden.

Beth schien seinen Annäherungsversuch zu begrüßen. Derrick imitierte ihr Verlangen und drückte sich so leidenschaftlich an sie, wie er vortäuschen konnte. Er versuchte, ihre fette Zunge zu ignorieren, die in seinem Mund herumstocherte.

Schließlich zog Derrick sich zurück und grinste. „Wow. Das wollte ich schon den ganzen Abend tun. Tut mir leid, ich wollte dich nicht überrumpeln."

Sie strich mit den Fingern über ihr blond gefärbtes Haar, ihre Wangen waren gerötet. „Machst du Witze? Das war perfekt." Sie zog an ihrem T-Shirt, um die kleine Speckrolle an ihrem Bauch zu verbergen. „Wie in alten Zeiten."

Derrick sah sich in dem veralteten Wohnzimmer seiner Mutter um. Er sagte: „Zehn Jahre. Und es fühlt sich immer noch wie damals an."

Sie saßen auf derselben Couch, auf der er und Beth zum ersten Mal richtig rumgemacht hatten, als sie noch in der Highschool waren. Die alten Möbel waren seit seiner Kindheit weder aufgewertet noch bewegt worden. Die Bilder über dem Kamin und an den Wänden waren unberührt geblieben. In zehn Jahren hatte sich vieles verändert, aber nicht in diesem Haus. Seine Mutter schien in der Vergangenheit festzustecken und weigerte sich, irgendetwas zu verändern, besonders nicht in Ronnies Zimmer. Das Zimmer seines Bruders sah immer noch genauso aus wie an dem Tag, als er verschwunden war. Nichts war bewegt worden, nicht einmal das Poster über dem Bett, auf dem eine halb nackte Cindy Crawford abgebildet war. Obwohl ihre Mutter immer behauptet hatte, dass es das Haus wie ein schmuddeliges Studentenheim aussehen ließ.

Das Einzige, was sich an diesem Zimmer verändert hatte, war Beth, die junge Frau, die Derrick dazu überreden musste, bei ihm zu übernachten. Sie hatte etwas zugenommen, aber er hatte das auch. Sie war immer noch schneeweiß; die Spuren der vielen Partys, die sie jahrelang gefeiert hatte, konnte auch das dick aufgetragene Make-up nicht verbergen. Immerhin schien sie ihre miese Einstellung und ihre Unsicherheit hinter sich gelassen zu haben. Sie war gereift.

Beth räusperte sich und unterbrach seinen Gedankenstrom. „Es ist nicht das erste Mal, dass du zurückgekommen bist, oder?"

Derrick schüttelte den Kopf. „Ich komme einmal im Jahr zurück, um aufs Haus aufzupassen, wenn Mama ihre Schwester in Philadelphia besucht. Ich würde es lieber nicht tun, aber sie weigert sich, Fremde ins Haus zu lassen. Sonst würde sie nicht gehen."

„Was ist mit deinem Vater?"

„Er ist ein Jahr, nachdem Ronnie verschwunden ist, ausgezogen."

„Siehst du ihn überhaupt mal?"

Derrick schüttelte den Kopf. „Der Feigling hat nicht mal eine Nachricht hinterlassen."

Beth rieb seinen Arm und sagte: „Tut mir leid."

„Schon in Ordnung", sagte er. „Wir reden einfach nicht darüber. Mama wollte, dass ich es für mich behalte."

„Warte mal." Beth zog sich ein wenig zurück. „Du warst jedes Jahr hier und hast erst jetzt beschlossen, mich aus heiterem Himmel anzurufen?"

Wenn Derrick die Frage nicht erwartet hätte, hätte er vielleicht ehrlich geantwortet. Vielleicht hätte er ihr gesagt, dass sie nicht seine erste Wahl war; dass alle anderen alten Freundinnen nicht mehr in der Gegend wohnten. An Abenden wie diesem hatte er sie alle in seinem Kopf durchgespielt.

„Ich weiß nicht, wie ich es erklären soll." Er tat so, als wäre er verlegen, und trank einen Schluck von dem Wein, den er im Supermarkt gekauft hatte. „Ich habe mich nicht getraut, dich anzurufen. Ich habe die ganze Zeit an dich gedacht, war aber überzeugt davon, dass du mich auslachen und zum Teufel schicken würdest. Ich weiß, es klingt kitschig, aber obwohl ich dich nie angerufen habe, habe ich immer davon geträumt, dass du genau hier sitzt." Er strich mit den Fingern über ihren Oberschenkel.

„Ohhh“, sagte sie mit ihrer weinerlichen dünnen Stimme, die ihn immer noch völlig nervte. Noch etwas, das sich nicht verändert hatte. „Das ist wirklich süß. Darüber hättest du dir keine Sorgen machen sollen. Ich freue mich total, dass du angerufen hast.“ Sie schmiegte sich an ihn, und ihre Umarmung erstickte ihn fast. „Ich konnte es kaum erwarten, vorbeizukommen.“

Er war dankbar. Seinen anderen alten Freunden hätte er nicht erklären können, warum er wollte, dass sie ihn besuchten. Wenn er ihnen erzählt hätte, warum sie bei ihm bleiben sollten, hätten sie ihn ausgelacht. Er war siebenundzwanzig Jahre alt – , also, viel zu alt, um sich vor einem Haus zu fürchten. Vor einem Zimmer. Vor Ronnies Zimmer.

Schon der Gedanke daran ließ ihn erschauern. Doch Beth dachte, dass er vor Verlangen zitterte. „Das magst du, nicht wahr?“ Sie strich mit den Fingerspitzen über seinen Nacken. „Hast du etwa gedacht, dass ich das vergessen habe?“

Derrick hatte es noch nie gemocht, er hasste es geradezu, doch das konnte er ihr nicht sagen. Obwohl sie ziemlich aufreizend gekleidet war, bedeutete das noch lange nicht, dass es eine beschlossene Sache war. Doch jetzt war nicht der richtige Zeitpunkt, um Klartext zu reden. Stattdessen kuschelte er sich an sie.

„Nur eine Sekunde“, sagte Beth und beugte sich über ihre übergroße Handtasche, die sie nicht aus den Augen ließ. Sie zog ihr Handy heraus und schaltete es ein.

„Erwartest du einen Anruf? Der Empfang in diesem Haus ist leider schrecklich.“

„Es wird ein Balken angezeigt, aber ich wollte nur sehen, wie spät es ist. Es ist fast halb zwölf. Es wird langsam spät.“

Derrick blieb fast das Herz stehen. Seine Gedanken rasten und er überlegte, wie er sie zum Bleiben überreden konnte. Wenn es sein musste, würde er Tränen vergießen, aber er hoffte, dass es nicht so weit kommen würde. Vielleicht hatte er sie falsch eingeschätzt. Vielleicht hatte sie in den letzten zehn Jahren eine Art Moral entwickelt. Möglicherweise war sie immer noch sauer, weil er sie damals eine Woche vor dem Abschlussball sitzen gelassen hatte.

Bevor Derrick etwas sagen konnte, fragte Beth: „Macht es dir etwas aus, wenn ich kurz dusche? Ich hatte einen langen Tag und bin direkt von der Arbeit hierhergekommen."

„Natürlich nicht. Musst du noch irgendwo hin?"

Beth steckte das Handy in ihre Handtasche und spielte mit ihren Haaren herum. „Na ja, hoffentlich in dein Schlafzimmer. Aber wenn du das nicht willst, kann ich natürlich nach Hause gehen."

„Nein, nein", sagte er. „Ich hätte nur nicht gedacht, dass du ..."

„Wir sind beide erwachsen, nicht wahr? Ich dachte, du hättest deshalb angerufen. Stimmt doch, oder?"

Er zögerte einen Augenblick. „Na ja, ich meine, irgendwie schon, aber ich hätte nicht gedacht, dass du es wirklich willst."

„Machst du Witze? Das war das Beste an uns. Ich meine, du warst immer irgendwie – versteh mich bitte nicht falsch – etwas komisch. Aber im Bett warst du großartig."

„Ach ... wirklich?"

„Ja. Und ich weiß auch - obwohl du es nie zugeben würdest - dass es ziemlich schwierig für dich sein muss, hier zu sein. All diese Erinnerungen. Ich will uns nicht die Stimmung verderben, aber hast du jemals herausgefunden, was mit deinem Bruder passiert ist?"

Derrick schüttelte den Kopf und wünschte, dass das Gespräch eine andere Wendung genommen hätte. Er trank seinen Wein aus und stellte das leere Glas auf den Couchtisch. „Ronnie ist nicht weggelaufen, so wie die Leute denken. Er ist einfach verschwunden. Es hat sich zwar niemand gewaltsam Zutritt zum Haus verschafft, aber ich weiß, dass er nie jemanden reingelassen hätte."

„Du warst also zu Hause?"

„Wir waren alle da. Aber, wir haben nichts gehört. Es hatte etwas ... mit diesem Zimmer zu tun." Während er das sagte, fragte er sich, wie viel er zugeben sollte.

„Glaubst du mir etwa nicht?"

„Doch."

Beth lachte. Er fühlte sich plötzlich ganz klein und wurde wütend. „Er war ein Kind", sagte sie. „Ich erinnere mich, dass er immer behauptet hat, dass unter seinem Bett etwas sei, aber du hast ihm nie geglaubt. Bitte sag, dass es nicht stimmt."

Derrick zwang sich zu einem Lächeln. „Natürlich nicht. Das war ein Witz." Er packte sie um die Mitte und zog sie zu sich. Seine Daumen drückten leicht auf ihren Bauch; er wusste, dass er sie so in Verlegenheit bringen würde. „Wir müssen in seinem Zimmer schlafen und vermutlich wollte ich dir ein bisschen Angst machen, damit du näherkommst."

„Sehr witzig."

„Nein, im Ernst. Wir schlafen entweder da drin oder auf dieser Couch. Mama schließt ihr Zimmer immer ab, wenn sie weggeht, und meins wurde vor neun Jahren in ein Arbeitszimmer umgewandelt." Es fiel ihm leicht, sie anzulügen. Er wusste genau, dass seine Mutter auch in seinem Zimmer nichts verändert hatte. Denn sie hatte es nie betreten.

„Wirklich? Ich weiß nicht ..."

Derrick neigte sich vor und flüsterte: „Ich werde dich beschützen."

Beth lachte, weil sein Atem sie kitzelte. „Na ja, wenn du kein Problem damit hast, da drin zu schlafen, habe ich definitiv auch nichts dagegen." Sie strich mit den Fingern über seine Brust. „Wir brauchen mehr Platz als diese Couch."

„Dann wäre das ja geklärt." Derrick stand auf, schenkte Beth mehr Wein ein und sagte, sie solle sich entspannen. „Gib mir nur eine Minute, um alles vorzubereiten. Ich werde das Wasser schön warm für dich einstellen."

Beth sagte: „Du bist so süß", aber es klang falsch, als würde sie sich über ihn lustig machen.

Derrick war es egal. Er eilte in den Flur und wurde vom Duft der roten Rosen eingehüllt, die auf dem kleinen Tisch neben der Tür seines alten Zimmers standen. Auf dem Badezimmertisch stand eine zweite Vase, doch unter dem Aroma der Rosen war noch ein anderer Geruch verborgen. Derrick drehte in der Dusche den Wasserhahn auf und versprühte Lufterfrischer, der nach Orange duftete.

Die Badewanne war ziemlich sauber, aber im Papierkorb lagen ein schmutziger Lappen und eine Zahnbürste. Derrick riss mehrere Bahnen Toilettenpapier ab und warf sie darüber. Der Spiegel begann zu beschlagen.

Er ging zurück und sagte zu Beth, dass die Dusche bereit sei und er im Zimmer auf sie warten würde.

Beth packte ihre Handtasche und verschwand im Flur. Derrick schenkte Beth mehr Wein ein und fragte sich, wie viel sie trinken konnte. Es würde viel reibungsloser ablaufen, als er angenommen hatte.

Derrick schaltete das Licht aus. Die Badezimmertür war geschlossen, und es schimmerte Licht darunter hervor. Wie immer ging Derrick nach links und vergewisserte sich, dass seine Zimmertür abgeschlossen war. Er ordnete die Rosen neu an und ging zum anderen Ende des Flurs. Er warf einen kurzen Blick ins Zimmer seiner Mutter, um sich zu vergewissern, dass es leer war, und schloss es dann ab, damit er nicht wie ein Lügner aussah. Derrick blieb vor Ronnies Tür stehen und legte seine Hand auf den Türknauf.

Derrick sagte sich, dass er sich beeilen musste, und ging ins Zimmer. Er wollte nicht, dass sie sah, wie er, wie ein kleiner verängstigter Junge dastand, wenn sie aus dem Badezimmer kam. Es gab nichts in diesem Zimmer, das ihm etwas antun konnte. Klar, die Erinnerungen schmerzten, aber er hatte während den letzten zehn Jahren jedes Jahr eine Nacht darin verbracht und war immer wieder aufgewacht. Und, in dieser Nacht, würde es nicht anders sein.

Er drehte den Türknauf und stieß die Tür auf. Es war stockdunkel im Zimmer. Derrick tastete nach dem Lichtschalter. Das Licht an der Decke ging nicht an. Seine Mutter hatte ihn gebeten, die Glühbirnen auszuwechseln. Sie wusste nicht, dass man sie nur etwas stärker festdrehen musste.

Das trübe Licht vom Flur drang in die Finsternis. Derrick wartete, bis seine Augen sich an die Dunkelheit gewöhnt hatten. Er konnte den Umriss von Ronnies Bett erkennen. Sein Bruder hatte immer behauptet, dass sich ein Monster darunter versteckte. Doch niemand hatte Ronnie je geglaubt. Seine Mutter hatte ihm nicht geglaubt. Derrick hatte ihm nicht geglaubt. Und dann war Ronnie verschwunden.

Derrick stellte Beths Glas auf den Nachttisch. Er hatte etwas Pulver aus einem Plastiktütchen in den Wein gegeben, damit sie sich entspannte. Er schaltete die Taschenlampe auf der niedrigsten Stufe ein und sah sich im Zimmer um. Obwohl seine Mutter seit der Nacht, in der Ronnie verschwunden war, keinen einzigen Gegenstand bewegt hatte, hatte sie trotzdem jede Woche geputzt. Nach zehn Jahren Staubsaugen und Staubwischen fühlte sich dieses Zimmer wie eine Filmkulisse an.

Das Licht der Taschenlampe wurde von den Trophäen im Bücherregal reflektiert. Weniger als ein Jahr vor seinem Verschwinden hatte Ronnie sein Baseballteam zum Landesfinale geführt. Jeder Spieler hatte einen Meisterschaftsring erhalten; das einzige Objekt, das fehlte. Der Ring konnte nicht mehr als zehn Dollar gekostet haben, aber für Ronnie war er unbezahlbar gewesen. Derrick lächelte, als er sich daran erinnerte, wie Ronnie jeden Morgen den falschen Rubin poliert hatte. Er hatte sich geweigert, ihn abzunehmen, selbst in der Badewanne.

Derrick spürte, wie ihm die Tränen in die Augen stiegen, und ohrfeigte sich, damit es wieder aufhörte. Er musste sich beherrschen, Beth würde nämlich bald zurückkommen. Er musste unter dem Bett nach dem Monster suchen.

Derrick hielt den Blick auf die Fransen des Bettüberwurfs gerichtet, die über den Holzboden strichen, und zog sich die Schuhe aus. Im Badezimmer hörte das Wasser auf zu rauschen und er ging zur Tür. Seine Füße glitten fast lautlos über das Hartholz.

Derrick rief Beths Namen und sie fragte, was er wolle.

„Dein Weinglas steht neben dem Bett. Mach es dir bequem. Ich muss schnell draußen etwas holen."

„Alles klar. Ich bin gleich fertig."

Bevor er es sich anders überlegte, kniete Derrick sich neben das Bett und hob die Fransen des Bettüberwurfs hoch. Darunter war nichts. Derrick rieb sein Gesicht an der Innenseite der Fransen und atmete tief ein. Der muffige Geruch brachte Erinnerungen zurück.

Die Badezimmertür ging auf und Derrick rutschte unters Bett. Er vergewisserte sich, dass sein ganzer Körper verborgen war. Und es war zu dunkel, um etwas zu sehen, aber er spürte, dass er genau unter der Mitte der Matratze lag.

Beths nackte Füße klatschten auf dem Holzboden im Flur. Er würde sie zu Tode erschrecken; sie würde bereuen, dass sie ihn ausgelacht hatte.

Derrick zeichnete mit dem Daumen den Balken nach, der sich direkt über seinem Kopf befand. Er ertastete die neun hauchdünnen Kerben, die darin eingeritzt waren. Der Balken über seiner Brust war mit dutzenden von Kerben versehen.

Die Schritte hielten vor der Tür an. Beth sagte: „Derrick? Bist du wieder da?“

Derrick tastete weiter den Balken entlang, bis er die zusammengefaltete Ledermaske berührte. Er rieb die Maske an seiner Wange und zog sie sich über den Kopf. Dann zog er vorsichtig die Rasierklinge hervor, die er unter dem Balken festgeklemmt hatte.

Sie rief erneut Derricks Namen, doch er antwortete nicht. Er nahm die Klinge und bearbeitete das Holz, direkt neben dem Wort, das er letztes Jahr eingekerbt hatte: Jasmine. Als Beth zum Bett herüberkam, schob Derrick die Klinge leise wieder in ihr Versteck zurück.

Beth setzte sich, ihre stämmigen Knöchel waren nicht weit von seinen Schuhen entfernt. Derrick rollte sich zur Seite und drückte seine Schulter gegen den Balken. Er könnte ihre Beine packen und sie erschrecken, doch das wäre sinnlos. Er brauchte sie. Sie musste ihm sagen, dass er kein Monster war. Ronnie hatte falsch gelegen.

Derrick rollte sich auf den Rücken, als Beth die Füße hochhob und zur Mitte des Betts rutschte, wodurch die Balken sich leicht biegen. Er strich mit dem Daumen über die zehn dünnen Kerben und seine Gedanken kehrten zu der Nacht zurück, als sie noch nicht dagewesen waren.

Ronnie hatte sich schon den ganzen Tag etwas komisch benommen. Er hatte Derrick in sein Zimmer gerufen und gesagt, er wolle ihm etwas zeigen. Es war zehn Uhr, Papa lag ohnmächtig auf der Couch und Mama starrte benommen auf den plärrenden Fernseher. Derrick blieb in der Tür stehen und fragte Ronnie, was er wolle.

Ronnie stand neben der Kommode und drehte Derrick und dem Bett den Rücken zu. „Ich muss dir etwas zeigen.“ Ronnie sprach wie in Zeitlupe. „Möchtest du es sehen?“

Derrick fürchtete sich plötzlich davor, ja zu sagen. „Was ist es denn?“

Ronnie drehte sich fast so langsam um, wie er gesprochen hatte, und stützte sich mit einer Hand auf der Kommode. Er öffnete die linke Hand und enthüllte ein orangefarbenes Pillenfläschchen.

„Was machst du damit? Gehören die nicht Mama?“

Es dauerte ein paar Sekunden, bis Ronnie schluckte. Er nickte.

„Ronnie. Hast du welche genommen?“

Das Bett knarrte und Beth rief Derricks Namen, was ihn aus seinem Gedankenstrom riss. „Wo bist du?“

Sie wurde viel zu schnell ungeduldig. Vielleicht wusste sie, dass Ronnie recht gehabt hatte. Derrick legte die Hand auf den Balken mit den Kerben und dachte an all die Nächte, die er unter dem Bett verbracht hatte. Er tastete mit dem Finger zum oberen Ende des Balkens, bis er die Flasche Nasenspray berührte, die dort eingeklemmt war.

„Komm schon, Mann“, sagte Beth leise. Sie bewegte sich im Bett nach rechts und griff nach dem Weinglas, das auf dem Nachttisch stand. „Ich sag, dass ich ficken will, und er geht Hausarbeit verrichten“, murmelte sie vor sich hin.

Derrick hielt sich die Sprühflasche mit dem Fentanyl unter die Nase und atmete den berauschenden Duft ein. Mit der anderen Hand öffnete er seine Gürtelschnalle.

„Buäh“, meckerte Beth und stellte das Glas auf den Nachttisch. Das Bett bewegte sich wieder, Beth lag direkt über ihm, die Holzbalken waren so nahe, dass sie fast seine Nase berührten.

Er wusste nicht, wie viel Wein sie getrunken hatte. Vielleicht hatte er zu viel Pulver ins Glas getan. Derrick bereitete sich darauf vor, auf der linken Seite unter dem Bett hervorzukriechen, falls Beth davonrannte. Doch sie rührte sich nicht und Derrick wartete. Seine Gedanken schweiften wieder zehn Jahre in die Vergangenheit.

Ronnie stand schwankend neben der Kommode und hielt das Pillenfläschchen in der Hand.

Derrick hoffte, dass Ronnie nur schauspielerte, um Aufmerksamkeit zu erregen. „Hast du ...“, hatte er den Satz begonnen. „Wie viele?“

Ronnie warf das Fläschchen auf den Boden und es rollte unters Bett. „Sie hat es noch nicht geöffnet.“

Derrick kroch unters Bett, griff nach dem Pillenfläschchen, schüttelte es und las das Etikett: 30 Tabletten.

Ronnie brach zusammen und sein Gesicht knallte nur wenige Zentimeter neben Derrick auf den Boden. Er murmelte: „Ich weiß, dass du es warst. Du bist das Monster.“

Das Knarren des Betts holte Derrick in die Realität zurück. Er schaltete die Lampe auf der höchsten Stufe ein und beleuchtete die andere Seite der Fransen. „Das ist deine letzte Chance, Derrick! Ich warte nicht die ganze Nacht!"

Sie klang zwar ein wenig verängstigt, aber nicht schläfrig. Wenn Beth das ganze Glas getrunken hätte, wäre sie jedoch bewusstlos.

Das Haus stand auf einem riesigen Grundstück und war von Bäumen umgeben. Derrick musste sich also keine Sorgen um ihre Schreie machen. Er hielt sich den Inhalator unter die Nase. Er streichelte sich selbst und stöhnte leicht.

„Derrick! Bist du das?"

Es klang, als würde sie ihre Handtasche öffnen. Derrick musste davon ausgehen, dass sie ihr Handy herauszog. Jetzt war Schluss mit lustig. Es war an der Zeit, Beth das zu fragen, was er seinen Vater gefragt hatte - und all die Mädchen, die bei ihm übernachtet hatten. Aber zuerst ...

Derrick zog den Stecker der Lampe raus und plötzlich war es stockdunkel im Zimmer. Beth schrie auf und Derrick kroch unter dem Bett hervor. Sie war ganz ans Kopfende gerutscht und streckte die Hände vor sich aus. Derrick packte ihr Gesicht und bereitete den Spray vor. Er fragte: „Bin ich ein Monster?"

Beth kreischte und dann spritzte Flüssigkeit auf Derricks Brust, seinen Hals und den unteren Teil der Maske. Er hob die Hand, um seine Augen zu schützen, doch der Strahl wurde immer stärker, die Flüssigkeit spritzte auf seinen Unterarm und es gelangte in seinen Mund.

Plötzlich brannte alles; seine Lippen, sein Mund und seine Augen. Rotz floss aus seiner Nase. Derrick riss sich die Maske vom Gesicht und schrie, als der Pfefferspray in seine Augen spritzte.

Derrick tastete blindlings nach der Stelle, wo Beth gesessen hatte. Er konnte nicht atmen. Beth warf sich wie aus dem Nichts gegen seine Brust und schleuderte ihn gegen das Bücherregal. Die Trophäen fielen auf seinen Kopf und seine Schultern. Derrick fiel auf die Knie.

Beth war immer noch im Zimmer, aber er konnte nicht sagen wo, deshalb stürzte er sich einfach mit ausgestreckten Armen nach vorne. Seine Hand klatschte gegen ihr Bein. Sie schrie und strampelte dann. Ihr Fuß zerquetschte seine Finger, und die Sprühflasche mit dem Fentanyl wurde durch den Raum geschleudert.

Derrick zwang sich, halb die Augen zu öffnen und sah, wie Beth aufstand und zur Tür stolperte. Er konnte sie nicht entkommen lassen.

Beth hustete im Flur und es hörte sich so an, als wäre sie gegen die Wand geknallt. Derrick stand auf, zwang sich ein Auge zu öffnen, und pustete sich den Rotz von den Lippen. Ein Türknauf rüttelte.

Derrick sah Beth, die mit der rechten Hand nach der Wohnzimmertür tastete. Derrick sagte: „Du kannst nicht gehen."

Beth schrie und rannte so schnell sie konnte am Wohnzimmer vorbei zu Derricks altem Zimmer. Die Vase mit den Rosen zerbrach auf dem Boden.

Derrick rannte ihr hinterher. „Nein! Das Monster! Da drin ist das Monster."

Das billige Schloss gab nach. Beth stolperte ins Zimmer und schlug die Tür hinter sich zu. Dann klapperte und krachte es. Beth ächzte, als hätte sie einen Schlag in den Magen bekommen.

Derrick stieß die Tür auf und schaltete das Licht ein. Jasmins immer noch feuchte Knochen waren im ganzen Zimmer verstreut und nicht mehr so ausgelegt, dass Derrick sie leicht zusammensetzen konnte. Er hatte den ganzen Tag damit verbracht, sie im Hinterhof auszugraben und zu schrubben, aber das war nicht der Grund, warum Derrick wie angewurzelt stehenblieb. Er hatte Angst, zu Beth zu gehen, die aufs Bett gestürzt war. Ihre Schulter hatte sich in die Rippen seines Vaters gebohrt und ihr Gesicht wurde in die schimmelige Masse auf dem Laken gedrückt. Derrick schrie: „Geh von ihm runter!"

Beth rappelte sich mit ihrer freien Hand auf. Sie schrie auf, als sie sah, wo sie sich befand. Sie zog ihren Arm aus dem Knochengerüst und zerbrach dabei ein paar Rippen. Das Brustbein zersplitterte und landete neben Ronnies Skelett auf der Liege, sein rubinroter Ring zeigte direkt auf sie.

„Halt! Hör auf!", flehte Derrick. Er wusste nicht, ob seine Tränen echt waren oder ob es der Pfefferspray war. Er stieg mit halb geöffneten Augen über Elise und Paula, die im Schneidersitz, dasaßen. Ihre Skelette waren an Pfählen festgebunden, die aus den Dielen ragten.

Beth klopfte auf ihre Bluse und wischte sich das Gesicht ab. Sie suchte nach einem Fluchtweg. Ronnie und die anderen sieben waren für alle Ewigkeit auf das Bett gerichtet und sorgten dafür, dass das Monster auf dem Bett blieb. „Hilfe!!!“

„Es muss auf dem Bett sein!“

Beth hielt inne, als sie die Panik in seiner Stimme hörte. Sie schloss die Augen und stieß den Schädel seines Vaters vom Bett.

Derrick heulte auf. Er hatte dieses Geräusch schon gehört, jedoch noch nie von sich selbst. „Nein, hör auf!“

Beths Stimme zitterte vor Angst. Sie flehte ihn an, er solle sie gehen lassen.

Er sah, was sie vorhatte, und stürzte sich auf sie, um sie aufzuhalten, doch er war zu langsam. Beth trat gegen das Becken seines Vaters und stieß die untere Körperhälfte vom Bett. Sie krachte vor Derrick auf den Boden; die brüchigen Knochen zerbröckelten auf den harten Dielen. Das Monster war tot.

Beth rutschte rückwärts auf die andere Seite des Betts und riss Ronnie den Arm ab, den Rest von ihm warf sie zu Boden. Sie hielt den Arm wie eine Keule und schwor, dass sie Derrick umbringen würde, wenn er noch einen Schritt machte.

Es war höchste Zeit, dass er sich wie der Mann im Haus benahm. Derrick lachte Beth aus und zeigte auf den Haufen Staub und Knochen neben seinen Füßen. „Du kannst mir nicht wehtun.“

Beth trat einen Schritt auf die Tür zu und hielt immer noch den Knochen in der Hand, den sie auf seinen Kopf richtete. „Ich bringe dich um.“

Derrick stürzte sich auf sie und Beth schlug zu. Das abgerundete obere Ende von Ronnies Arm traf Derrick seitlich am Kopf und zertrümmerte seinen Schädel. Derrick verlor jegliches Gefühl und fiel zu Boden. Vor ihm breitete sich eine rote Blutlache aus, deren Rand sich immer weiter von seinem Gesicht entfernte.

Die Künstlerin

Die Künstlerin erklomm die letzten Treppenstufen, öffnete die Tür und schloss sie hinter sich ab. Sie würde heute viel zu tun haben, wie an jedem anderen Tag, und sie wollte nicht gestört werden, wenn sie bei der Arbeit war.

Sie setzte sich auf den Drehhocker in der Mitte des winzigen Zimmers und positionierte sich so, dass sie zum nördlichen Fenster hinaussehen konnte. Die Staffelei stand direkt darunter. Sie legte eine neue Leinwand darauf, blickte zum Fenster hinaus und bewunderte die angenehme Leere.

Mit bemerkenswerter Geschwindigkeit malte sie die Kreuzung, an der die Main Street in die West Oak Avenue mündete. Wenige Augenblicke später säumte eine Reihe schöner Bäume die Ostseite der Straße, deren Schatten auf den Asphalt fielen. Die Künstlerin richtete sich auf und sah zufrieden aus dem Fenster. Die menschenleeren Straßen, die sich meilenweit unter ihr ausbreiteten, sahen genau so aus, wie sie sie auf der Leinwand dargestellt hatte.

Aus Angst, die Inspiration zu verlieren, malte die Künstlerin einen friedvollen Morgenhimmel, dann ein älteres Paar, das Hand in Hand, die Main Street entlangging und den Sonnenschein genoss. Die beiden waren sich bewusst, dass sie nur noch wenig Zeit hatten und jeden Moment nutzen mussten. Auf der anderen Straßenseite, nahe der Kreuzung, schob eine junge Mutter einen knallroten Kinderwagen und lächelte ihre kleine Tochter an, die mit großen Augen den riesigen Ballon am Himmel anstarrte.

Die Künstlerin fuhr fort; sie wusste, dass die Leute genauso draußen vor dem Fenster standen, wie sie sie gemalt hatte. Mit ein paar Pinselstrichen malte sie einen achtzehnjährigen Jungen, der auf der Harley seines Vaters eine gemütliche Runde drehte. Eines Tages, so Gott wollte, würde er ein eigenes Motorrad haben und einen liebevollen Sohn, dem er es ausleihen konnte. Ein paar Pinselstriche später erschien ein gelber Schulbus, in dem die Klassenbesten saßen. Der Lehrer-Eltern-Ausschuss hatte sie mit einem Ausflug an den Strand belohnt. Im Bus war Gelächter zu hören, die Kinder freuten sich über einen Sonntag, an dem sie nicht in die Kirche gehen mussten und keine Hausaufgaben, Hausarbeit oder andere

Verpflichtungen hatten. Sie hatten wochenlang hart gearbeitet und genossen es, einfach nur Kinder zu sein.

Die Künstlerin lehnte das Gemälde gegen die Wand und sah aus dem Fenster. Ihre Kreation erwachte langsam zum Leben: das ältere Ehepaar saß auf der Bank, der Schulbus fuhr auf die Ampel zu. Die Zeit verging so langsam, dass sie die Gesichtsausdrücke und die Emotionen der Kinder genießen konnten, die ihre Gesichter an die Fensterscheiben drückten.

Der Fahrer trat auf die Bremse. Der Motorradfahrer hob die Hand und winkte dem älteren Ehepaar zu, das mit seiner Großmutter befreundet war. Die Mutter, die nun geduldig an der Ecke darauf wartete, dass die Ampel grün wurde, neigte sich vor und strich über das feine blonde Haar ihrer Tochter.

Erst beim dritten Bremsversuch konnte man Panik in den Augen des Busfahrers sehen. Er konnte nicht wissen, dass das Bremskabel nach jahrelangem Gebrauch und schlechter Wartung gerissen war; er wusste nur, dass er wenige Meter von einer Kreuzung und einem Motorrad entfernt war, das gerade aufgetaucht war.

Die Künstlerin konnte das laute Hupen sogar hoch oben in ihrem Turm hören. Der Motorradfahrer legte die Hand wieder auf die Lenkstange und versuchte, auszuweichen. Obwohl es nicht an der Reaktionsfähigkeit des Busfahrers lag, rammte der Bus das Motorrad. Dieses überschlug sich.

Der Busfahrer riss das Lenkrad nach rechts und verlor die Kontrolle über das Fahrzeug. Die Schreie der Kinder hallten durch die frische Morgenluft, während der Bus auf die Baumreihe zuraste. Genau in dem Moment, als der Motorradfahrer gegen den Kinderwagen prallte, wurde die Motorhaube des Busses von einer großen Eiche eingedrückt. Der Motor wurde in die Fahrerkabine geschoben, trennte die Beine des Fahrers ab und klemmte ihn in seinem Sitz ein. Gleichzeitig flogen kleine Körper an ihm vorbei durch die Windschutzscheibe.

Die Künstlerin betrachtete die schwelenden Trümmer. Sie zuckte zusammen, als sie den schmerzerfüllten und verwirrten Gesichtsausdruck des Motorradfahrers sah, der sich den Rücken am Lichtpfosten gebrochen hatte. Er schien nicht mitzubekommen, dass die Mutter ihn anschrie und behauptete, da ihr Baby unter ihm eingeklemmt sei. Sie zählte die kleinen Leichen, die von den Bäumen zerquetscht aus den Busfenstern hingen. Sie atmete den vertrauten Geruch von Benzin ein und beobachtete, wie sich im hinteren Teil des Busses Funken in Flammen verwandelten und die Überlebenden in ein Inferno einschlossen. Die ältere Frau stand entsetzt da und wusste nicht, ob sie zuerst den Kindern oder ihrem zweiundfünfzigjährigen Mann helfen sollte, der auf dem Bürgersteig lag und einen schweren Herzinfarkt erlitten hatte.

Von ihrem ersten Versuch entmutigt, ging die Künstlerin zum östlichen Fenster, betrachtete die Leere und fragte sich, womit sie die Leere füllen sollte. Nach einer Weile setzte sie sich wieder auf ihren Hocker und entwarf einen aufwendigen Vergnügungspark. Sie malte in Sekunden, wofür andere Jahre gebraucht hätten; ihre Berechnungen waren präzise, die Winkel exakt. Wie großartig ihre Kreation war, wurde offensichtlich, als sie aus dem Fenster sah und die tolle Szene bewunderte.

Ein Vergnügungspark ohne Besucher war wie Schneeflocken, die schmolzen, bevor sie jemand gesehen hatte. Mit schnellen Pinselstrichen malte sie Tausende von Menschen auf die Leinwand. Achtklässler hoben die Hände und kreischten, während sie die steilen Schleifen einer Achterbahn hinuntersausten. Ihre älteren Geschwister freundeten sich auf dem Riesenrad an. Eltern, die an der Wildwasserbahn anstanden, reichten ihren Kindern zum ersten Mal Zuckerwatte. Die Warteschlangen waren nicht zu lang und das Wetter war genau richtig. Sie hatte gerade den perfekten Tag erschaffen.

Die Künstlerin stand am Fenster und beobachtete, wie Eltern ihre Babys vom Karussell hoben und dann ein Bier nach dem anderen tranken. Dann hörte sie das laute Knacken der Achterbahn, die sich durch den ganzen Park schlängelte.

Der erste Wagen, in dem ein fünfjähriger Rotschopf mit seinem Vater saß, hatte gerade den höchsten Punkt erreicht und würde gleich die Schleife hinunterrasen und so schnell werden, dass er beide Korkenzieherschleifen bewältigen könnte. Der Vater hörte das Knacken auch, während der Wagen die Abfahrt begann und den Rest des Zugs mitzog. Nachdem der letzte Wagen den Kamm passiert hatte, brauste der Zug auf die Korkenzieherschleifen zu. Die Passagiere hoben die Arme und schrien, während sie in den Abgrund rasten.

Das beschädigte Kupplungsstück, das den ersten Wagen mit dem zweiten verband, hielt bis zur Hälfte der ersten Drehung. Als es nachgab, entgleiste der erste Wagen und schoss auf den See zu, der fünfzig Meter entfernt lag. Der kleine Junge bemerkte erst, dass sie aus der Bahn geworfen worden waren, als die Arme seines Vaters durch ein Stromkabel abgetrennt wurden.

Vater und Sohn starben beim Aufprall und sahen nicht mehr, wie das Kabel auf das braune Gebäude fiel, in dem das Feuerwerk untergebracht war. Sie sahen nicht, wie das Gebäude explodierte und der Wind die Flammen davontrug. Sie sahen nicht, wie die vielen Menschen, die in den Flammen gefangen waren, in Panik gerieten und auf denjenigen herumtrampelten, die am Boden lagen. Doch die Künstlerin sah es.

Sie legte ihren Arm auf das Fenstersims und beobachtete, wie die Geschichte weiterging. Sie hörte, wie die Leute jammerten, fluchten und unbeantwortete Gebete in den Himmel schickten. Sie konnte ihre Angst und den stechenden Gestank von verbranntem Fleisch riechen. Spürte ihre Traurigkeit, ihren Verlust. Als sie es nicht mehr aushielt, drehte sie sich zum südlichen Fenster um.

Die Leere flehte sie an, sie zu füllen, doch sie zögerte. Sie wusste nicht, ob sie es noch einmal versuchen sollte, ein perfektes Gemälde zu erschaffen. Schließlich entschied sie, dass manchmal das Einfachste das Beste war. Sie begann, das Kernstück der Menschheit darzustellen: einen Mann und eine Frau, die geheiratet und sich gegenseitig geschworen hatten, dass sie sich bis ans Ende ihrer Tage lieben würden.

Die Künstlerin blickte aus dem Fenster und sah, wie der ungepflegte Dreiunddreißigjährige das Wohnzimmer betrat und zum Esstisch ging. Das Geschäftsessen am Samstagabend hatte eine sehr unprofessionelle Wendung genommen. Er wollte einfach nur die Jalousien schließen und sich im Bett verkriechen. Seine Frau wartete am Tisch auf ihn. Sie hielt ein kleines, neutrales Kästchen hinter dem Rücken verborgen und grinste übers ganze Gesicht.

Die Künstlerin kehrte zur Leinwand zurück und malte die Details. Auf dem Tisch lag ein Haufen ungeöffneter Briefe. Der Mann hatte nicht den Mut gehabt, sie zu öffnen. Das weiße Kästchen enthielt einen

Schwangerschaftstest, der nach vielen fehlgeschlagenen Versuchen endlich positiv war.

Die Künstlerin blieb sitzen und hörte, wie die Frau ihren Mann fragte, wie das Abendessen gelaufen sei und ob er den Handel abgeschlossen habe. Er murmelte, dass es immer derselbe alte Mist sei und öffnete die Post. Die nächste Frage seiner Frau wurde von seinen Flüchen und dem Zerreißen eines Briefes übertönt. Das wiederholte sich dreimal, dann malte die Künstlerin den Baseballschläger des verstorbenen Sohnes des Paares. Er war an der Wand befestigt, gerade in Reichweite des Mannes.

Nachdem sie das fertige Bild an die Wand gelehnt hatte, hörte die Künstlerin, wie die Frau ihrem Mann die gute Nachricht überbrachte und sagte, dass sie bald wieder eine Familie haben würden. Der Ehemann, überwältigt von einer erfolglosen Karriere, einer fordernden Geliebten und unbezahlbaren Rechnungen, sagte seiner Frau nicht, dass das Baby nicht von ihm sein konnte. Sie brauchte nicht zu wissen, dass er sich einer Vasektomie unterzogen hatte, nachdem ihr Sohn gestorben war. Er konnte nicht zugeben, dass er sie fünf Jahre lang jeden Monat angelogen hatte, während sie geweint hatte, weil sie nicht schwanger würde. Gleichzeitig konnte er seine Wut nicht unterdrücken. Er fragte sich, wer der Vater des Babys war.

Beim ersten Schlag zuckte die Künstlerin zusammen. Sie wollte nicht sehen, was er mit dem Baseballschläger seines toten Sohnes anrichtete. Die Künstlerin wusste, dass der Arzt die Vasektomie verpfuscht hatte, doch, das machte es nicht einfacher, zusehen zu müssen, wie die Frau auf alle Viere fiel, um das Baby zu beschützen, und Gott anflehte, dass er ihn aufhalten solle. Aber Gott tat nichts und der Mann setzte seinen Angriff fort, bis nur noch sein schwerer Atem und ihr Blut zu hören war, das auf den Holzboden tropfte.

Die Künstlerin fand den Anblick ekelhaft und stellte eine neue Leinwand auf die Staffelei unter dem westlichen Fenster. In wenigen Augenblicken erschuf sie eine herrliche Kirche. Sie sah aus dem Fenster und betrachtete den schmerzerfüllten Gesichtsausdruck von Jesus, der an einem gigantischen Kruzifix hing. Sie zählte die opulenten Goldgegenstände und fragte sich, wie viel Geld die Kirche dafür ausgegeben hatte, anstatt es den Hungrigen und Bedürftigen zu geben, wie sie behauptete.

Eine Schar Gemeindemitglieder betrat die Kirche; alle möglichen Dorfbewohner nahmen die Plätze auf den Bänken ein. Der Bauer und seine Familie saßen in der ersten Reihe, damit sie Gott am nächsten waren und er ihre Gebete für Regen und eine reiche Ernte erhörte. Auf der anderen Seite des Gangs sprach eine ältere Frau ein Gebet für ihren toten Ehemann und wollte wissen, wann sie mit ihm wiedervereint werden würde. Sie verstand nicht, dass es nie so weit kommen würde. Gläubige und Skeptiker hielten sich an den Händen, während sie sich Erlösung, Frieden, Wohlstand, Ruhm und Freiheit wünschten.

Widersprüchliche Gebete prallten an den Wänden des Turms ab. Die Gebete des Bauern, der um Regen bat, waren ebenso inbrünstig wie die des Reisebürobesitzers, der sich klaren Himmel wünschte. Der Teenager im Hintergrund hielt die Hand seiner Freundin und betete, dass sie ihren Glauben aufgeben und mit ihm schlafen würde, während sie betete, dass Gott ihr die Kraft geben würde, durchzuhalten, bis sie verheiratet waren. Manche Gebete waren albern, viele waren eigennützig und die meisten unrealistisch - sie wurden jedoch alle erhört und blieben unbeantwortet.

Die Künstlerin studierte die Leinwand. Sie streckte die Hand aus und strich einem hübschen achtjährigen Mädchen übers Haar, das immer wieder versprach, brav zu sein, wenn Gott dafür sorgte, dass ihr kleiner Bruder wieder laufen konnte. Der Junge war auf eine Landmine getreten und hatte beide Beine verloren, aber das Mädchen glaubte, dass Gott das ändern konnte.

Ein paar Pinselstriche später hielt die Künstlerin inne und gab der Straße den letzten Schliff. Sie hörte Geräusche, die von draußen kamen, und lehnte die Leinwand gegen die Wand. Dann stellte sie sich vors Fenster und ließ die ganze Szene auf sich wirken. Während die Dorfbewohner ihre Differenzen beiseitelegten und die Hände falteten, um das Vaterunser zu beten, doch es lauerten vor dem Gebäude Aufständische mit Maschinenpistolen und fummelten nervös an den Abzügen herum. Die Rebellen stürmten die Kirche und mähten den Bauer, seine Familie, den Priester, den Bürgermeister und fast alle anderen Anwesenden nieder.

Die Künstlerin schüttelte den Kopf und verließ den Turm. Sie würde es morgen wieder versuchen.

Getrennte Entscheidung

Jeden Morgen voller Reue und Groll aufzuwachen, forderte seinen Tribut von Brian. Und wegen des Schlafmangels war es noch viel schlimmer, dass er jedes Mal, wenn er den Kopf drehte, diesen schweren, unförmigen Körper sehen und das unaufhörliche Schnarchen ertragen musste. Brian war müde und unglücklich über seine lebenslange Verpflichtung. Wenn dies einer seiner Romane wäre, würde er Joseph einfach auslöschen und jemand anderen erfinden, der anziehender war. Oder noch besser - er würde sich das Vergnügen gönnen, eine Weile alleine zu sein. Er war noch nie alleine gewesen und der Gedanke daran machte ihn wütend.

Aber es war zu früh, um wütend zu werden, so wollte er das Wochenende definitiv nicht beginnen. Sie wollten im Wohnzimmer neue Regale aufstellen. Brian hatte es monatelang aufgeschoben. Vielleicht sogar noch länger. Er konnte sich nicht mehr erinnern. Es war alles zu einer einzigen Verzögerungstaktik verschmolzen. Er öffnete nicht einmal sein gelbes Notizbuch, in dem er Dinge notiert hatte, die er erledigen wollte.

Er und Joseph hatten letzte Weihnachten an einem dieser Selbsthilfeseminare teilgenommen. Es war ein Geschenk von Joseph gewesen, obwohl es eigentlich eher ein Geschenk *für* Joseph gewesen war, wie alle anderen Geschenke, die er je von ihm bekommen hatte.

Brian spürte, wie Joseph sich regte und beschloss, dass es Zeit war, aufzustehen. Brian räusperte sich.

„Hm?"

„Ich muss aufstehen", sagte Brian.

„Warte."

„Steh schon auf."

„Gut."

Brian schüttelte den Kopf, während er vom Bett rutschte. So fing es immer an, auch wenn er nicht streiten wollte. Ein Blick in den Badezimmerspiegel bestätigte, dass Brian genauso elend aussah, wie er sich fühlte. Es überraschte ihn nicht, dass unter seinen blutunterlaufenen Augen geschwollene Tränensäcke hingen, während Josef immer frisch und jung aussah.

„Verdammt noch mal, Joseph. Etwas Privatsphäre wäre zur Abwechslung ganz nett."

„Das wäre es bestimmt, aber was soll ich dagegen tun?"

„Ich muss pissen. Ich will nicht, dass du dastehst und mir zusiehst. Es ist unheimlich."

„Als würde ich das zum ersten Mal sehen."

„Bitte, geh einfach weg. Ich habe starke Kopfschmerzen und keine Lust, zu streiten."

Josephs Gesichtsausdruck wurde weicher. „Tut mir leid. Ich wollte dich nicht verärgern. Du bist mein Ein und Alles. Du bist mein Herz", sagte er. „Ohne dich könnte ich nicht leben, du Miesepeter."

Brian verdrehte die Augen. Er und Joseph arrangierten sich im engen Badezimmer. Während Brian seine Blase leerte, fasste er einen Entschluss: ihre Beziehung war vorbei.

Eine halbe Stunde später saß Brian auf einem Hocker an der Küchentheke, aß Müsli und las den Sportteil. Joseph saß auf dem Hocker zu seiner Linken, schmatzte auf seinen Haferflocken herum und versuchte, über Brians Schulter hinweg mitzulesen, obwohl ihn Fußballergebnisse überhaupt nicht interessierten. Brian trank einen Schluck Kaffee.

Joseph sagte: „Ich wünschte wirklich, du würdest nicht so viel Kaffee trinken. So viel Koffein ist schlecht für den Körper."

„Es hilft mir, den Tag zu überstehen."

Joseph klang ziemlich gekränkt, als er fragte: „Was soll das denn heißen?"

Brian setzte die Tasse ab und versuchte, Joseph objektiv zu betrachten. Es war kein Wunder, dass alle sie anstarrten, als wären sie Freaks. Denn, das waren sie auch.

„Sieh mich nicht so an. Was habe ich diesmal verbrochen? Los, trink deinen Kaffee. Du bist heute so ein Arsch."

Brian ignorierte den Kommentar und trank aus.

„Du wirst nicht lange genug still sitzen können, um etwas Anständiges zu schreiben", warnte Joseph ihn. „Du wirst alle fünf Minuten aufstehen."

„Vielleicht habe ich heute gar keine Lust, zu schreiben."

„Solltest du aber. Es hilft dir, dich zu entspannen. Ich will nicht, dass du dich den ganzen Tag wie ein Arsch benimmst. Außerdem möchte ich später malen."

„Deine blöden Blumen ..."

„Ich habe dieses Jahr schon drei verkauft." Josephs Blick wurde kalt. „Was ist dein Problem?"

Brian holte tief Luft und bereitete sich innerlich auf das vor, was er als Nächstes sagen wollte. „Weißt du noch, als wir uns unterhalten haben? Über die Trennung? Ich glaube, es ist eine gute Idee."

Joseph stand der viel zu kleine Mund offen. „Das sagst du doch nur, weil du wütend bist. Ich mache dir ein paar Eier."

„Ich will keine Eier. Ich glaube, es ist Zeit."

„Aber der Arzt hat gesagt ..."

Brian nickte. „Ich weiß. Und es ist mir egal."

„Ich liebe dich. Du bist mein Ein und Alles."

„Ich liebe dich auch, aber ich glaube, es ist das Beste für uns beide."

„Der Arzt hat gesagt, ich könnte sterben."

„Er hat gesagt, dass das Risiko besteht. Ich könnte auch sterben."

„Und das macht es besser?" Joseph sagte: „Ich werde es nicht tun. Selbst wenn ich überleben würde, was nicht der Fall sein wird, hast du mal darüber nachgedacht, wo wir leben würden? Wer das Haus behalten würde?"

„Darüber müssten wir reden", sagte Brian.

„Nein, nein. Ich werde es nicht tun. Ich werde nicht mitmachen. Ich werde nicht zustimmen."

Brian wandte sich wieder seiner Zeitung zu. "Vergiss es einfach. Tut mir leid, dass ich es angesprochen habe."

Joseph fragte: „Dann ist das Thema also erledigt?"

Brian blätterte, obwohl er kein einziges gedrucktes Wort gelesen hatte. „Ja ..."

Später, als er neben Joseph vor dem Fernseher saß, drehte Brian mit der Fernbedienung die Lautstärke leiser. Er drehte sich zu Joseph um, der sich an ihn gekuschelt hatte, und fragte: „Möchtest du mir bei etwas helfen?"

„Klar. Wobei denn?"

„Lass uns die Regale aufstellen."

Joseph wurde munter. „Wirklich?"

„Ja."

Die Männer standen auf, gingen durch die Küche und gelangten in die Garage. Brian sah sich um und entdeckte die Kreissäge.

Er sagte zu Joseph: „Du kannst den Hammer und das Verlängerungskabel nehmen."

„Wozu brauchen wir das alles?"

Brian sah auf die Abdeckplane hinunter, die er aufgerollt in der rechten Hand hielt. „Ich muss die Regale kürzen und möchte nicht, dass die Späne auf den Teppich fliegen."

Sie blieben vor dem Küchenschrank stehen und legten das Material und die Werkzeuge auf den Boden. Brian nahm eine Flasche Whisky aus dem Schrank. Er trank einen großen Schluck aus der halbleeren Flasche und hielt sie dann Joseph hin.

„Bist du verrückt? Es ist noch nicht mal elf."

Brian zuckte mit den Schultern und stellte die Flasche wieder in den Schrank. „Ach komm, wir sind Männer."

„Es wäre schön, wenn du etwas mehr Rücksicht auf mich nehmen würdest, wenn du das nächste Mal den Drang verspürst, zu trinken. Was vermutlich in ungefähr zwei Stunden der Fall sein wird."

„Vermutlich." Brian ahmte Josephs weinerlichen Ton nach. „Komm, lass uns an die Arbeit gehen."

Als sie im Wohnzimmer waren, warf Brian einen Blick aus dem Fenster und betrachtete die hohe Backsteinmauer des Nachbarn. Es war das erste Mal, dass ihn diese beschissene Aussicht nicht störte. Er drehte die Jalousien zu und schloss die Kreissäge an das Verlängerungskabel an. „Du kannst dein Ende da unten einstecken. Und dann hilf mir, die Plane auszurollen."

Die Männer, die an den Hüften verbunden waren, bückten sich und begannen, die Plane im Zimmer auszulegen. Brian bemerkte, dass Joseph immer noch den Hammer in der Hand hielt, während er die Rolle anstieß.

Brian streckte die Hand aus. „Den kann ich dir abnehmen."

Joseph sah sich im Zimmer um und drehte sich zu Brian um. Er behielt den Hammer und fragte: „Wo ist das Holz?"

„Was?"

„Für das Regal."

„Oh, ich habe es in der Garage vergessen."

„Dort habe ich es aber auch nicht gesehen."

„Es stand neben der Werkbank." Brian streckte erneut die Hand aus. „Du kannst ihn mir geben."

Joseph regte sich nicht. „Und die Nägel hast du auch vergessen, oder wie?"

„Ja. Lass uns zurückgehen und das Holz holen. Warum legst du den Hammer nicht hin?"

„Ich werde ihn noch eine Weile behalten."

„Was ist denn mit dir los?"

„Nichts."

„Dann hör auf, dich so komisch zu benehmen."

„Ich?"

Der Whisky tat seine Wirkung und verlieh Brian den Mut, den er brauchte. „Gib mir den verdammten Hammer!"

Joseph trat einen Schritt zurück und brachte Brian zum Stolpern. „Nein."

Brian versuchte, ruhig zu bleiben. „Gib ihn mir."

Joseph schüttelte den Kopf. Brian spürte, wie er innerlich vor Angst zitterte.

„Ich werde dir nicht wehtun."

„Lügner." Joseph wich wieder zurück, doch Brian stand direkt neben ihm. Joseph hob mit seiner linken Hand den Hammer hoch, doch Brians rechte Hand war viel stärker und drückte ihn gegen die Wand.

„Du bist verrückt!"

„Nein. Ich bin müde." Brian riss seinem Zwillingsbruder den Hammer aus der Hand und warf ihn auf den Boden. „Ich habe dich satt."

Brian und Joseph bückten sich gleichzeitig, um den Hammer aufzuheben. Brian erreichte ihn als Erster und schwang ihn so fest er konnte. Er zielte auf Josephs Kiefer.

Joseph konnte den Schlag gerade noch rechtzeitig mit dem Arm abwehren. Die beiden Männer stolperten rückwärts. Joseph schüttelte den Arm und rief: „Du bringst uns beide um!"

„Dieses Risiko gehe ich gerne ein.“ Brian schwang erneut den Hammer, doch Joseph duckte sich und der Hammer traf die Wand. Dieser blieb in ihr stecken.

Joseph klammerte sich an Brians Arm, fiel auf den Rücken und zog Brian mit sich. „Hör verdammt noch mal auf. Hör auf damit!“

Brian sah das Entsetzen in den Augen seines Bruders und ließ ihn los.

Joseph sagte: „Geh von mir runter.“

Brian rollte unbeholfen den Kopf von Josephs Hals; die beiden lagen ausgestreckt auf dem Rücken und rangen nach Luft. Brian sah zum Hammer hoch, der in der Wand steckte, und die Kreissäge stand etwas weiter entfernt auf dem Boden. *Morgen*, dachte er. *Morgen werde ich es tun.*

Giftspritze

Jack hatte den Hörer zwischen Ohr und Schulter eingeklemmt, damit er seine verchromte Pistole mit beiden Händen reinigen konnte.

„Ich werde da sein", sagte Brian. „Ich wollte dich nur fragen, ob du sicher bist. Ich kenne diesen Typen doch gar nicht."

„Er ist in Ordnung."

„Ich habe ein schlechtes Gefühl."

„Ist mir egal." Jack legte die Drahtbürste weg und überprüfte den Lauf der Waffe. „Das hättest du mir letzte Woche sagen sollen, dann hätte ich jemand anderen gefragt."

„Vertraust du diesem Kerl wirklich?"

„Ich habe doch gesagt, dass er in Ordnung ist. Entspann dich. Nur, weil auf deinem Zettel FREMDER stand, brauchst du nicht gleich auszurasten."

„Ich habe gesagt, dass ich da sein werde."

„Gut. Am Montag ist meine Miete fällig. Wenn dieser Kerl recht hat, sollten mindestens zehn Riesen drin liegen. Wie viele deiner Teenager-Kumpel verdienen schon so viel an einem Abend?"

„Gut", sagte Brian. „Ich hole dich um acht ab."

Jack legte auf. Dann schob er neun Hohlspitzen ins Magazin und eine in die Kammer. Es wäre besser gewesen, wenn Brian nicht der Stiefsohn seiner Schwester gewesen wäre, aber zumindest war er vertrauenswürdig. Im Gegensatz zu fast allen anderen Leuten in Jacks Leben.

Eine Minute später klingelte das Telefon. Jack antwortete und sagte: „Sag bloß nicht, dass du deine Meinung geändert hast."

Nach einer kurzen Pause fragte eine Frau: „Ist Jack da?"

„Wer fragt?"

Die Stimme wurde weicher. „Jackie?"

Ashlynn war jetzt älter und ihre Stimme klang anders, aber Jack würde die Frau, die ihn betrogen hatte, nie vergessen.

„Jackie, bist du das? Bitte sag was. Du bist es doch, oder?"

Jack musste sich setzen. „Woher hast du meine Nummer?"

„Du hasst mich bestimmt, Jackie, aber ..."

„Hör auf, mich Jackie zu nennen. So heiße ich verdammt noch mal nicht."

Ashlynn stotterte eine Entschuldigung. „Wie geht's dir?"

„Machst du Witze?"

„Ich wollte nur wissen, ob es dir gut geht."

„Wie kommst du darauf, dass ich mit dir reden will?"

„Hast du den Schulabschluss geschafft? Ich stelle dich mir immer als Anwalt vor."

„Ja, ich war der beste meiner Klasse."

„Oh, toll, ich habe schon immer gewusst, dass aus dir mal was wird."

„So klug wie eh und je. Ich habe vor drei Jahren die Schule geschmissen." Jack hielt einen Moment inne. Es überraschte ihn, dass er leichte Schuldgefühle hatte, weil er so gemein war. Doch, er musste daran denken, wie sie ihn hintergangen hatte, und schaffte es kaum, das Zittern in seiner Stimme zu unterdrücken: „Wer hat dir meine Nummer gegeben?"

Er hörte ihre gequälten, mit Amphetamin angetriebenen Atemzüge und betrachtete seine Pistole. Er fragte sich, was er damit getan hätte, wenn sie einfach vor seiner Tür aufgetaucht wäre, anstatt anzurufen. Sie hatten mit sechzehn geheiratet. Er hatte von Anfang an gewusst, dass die Beziehung zum Scheitern verurteilt war, konnte sie jedoch nicht loslassen und war während all ihren Reha-Aufenthalten bei ihr geblieben. Bis an seinem 20. Geburtstag alles den Bach runterging. „Ich lege auf", sagte er.

„Nein, bitte nicht", bettelte Ashlynn. „Ich habe deine Nummer im Brief des Auswahldienstes gefunden. Den haben sie aus Versehen hierher geschickt."

Jack blieb am Telefon, wusste jedoch nicht, was er sagen sollte.

„Dein Zettel war beigelegt."

Jack drehte es fast der Magen um. Einerseits wollte er wissen, was auf dem Zettel stand, andererseits hätte er am liebsten das Telefon von der Wand gerissen und in tausend Stücke zerschlagen.

„Jackie, bist du noch da?"

„Ja." Jack umklammerte den Hörer so fest, dass seine Knöchel weiß wurden. Er musste sich dazu zwingen, den Griff zu lockern. „Und was stand drin?"

„Du wirst nicht eingezogen."

Jacks Hand entspannte sich ein wenig.

„Das ist doch gut, oder?“, sagte sie.

„Was stand genau drin?“

„Erinnerst du dich an Todd?“

„Was denkst du denn?“

Sie seufzte. „Jack ...“

„Was ist mit ihm?“

„Auf seinem Zettel stand SCHIESSEREI. Sie haben ihn nicht einmal in die Grundausbildung gesteckt, sondern ihn einfach mit einer Waffe in der Hand losgeschickt, damit er so viele wie möglich umlegt, bevor seine Zeit abläuft.“

Jack wollte nicht an den dürren Langweiler denken, der sie in ihrem gemeinsamen Bett gebumst hatte. „Soll ich etwa Mitleid haben?“

„Sein Bruder Charlie findet keine Arbeit. Auf seinem Zettel stand STROMSCHLAG. Er kann überall sterben. Es will kein Arbeitgeber etwas mit ihm zu tun haben.“

„Und warum erzählst du mir das alles? Was stand auf meinem Zettel?"

„Komm nach Hause, Liebling. Komm zurück nach Hause.“

Jack sah sich in seiner schmutzigen Einzimmerwohnung um und war dankbar für das, was er hatte. „Wohl kaum.“

„Komm schon, Baby. Ich weiß, dass ich Fehler gemacht habe, aber ich liebe dich.“

„Das bedeutet mir absolut nichts.“

„Ich weiß, dass du wütend bist. Dazu hast du auch jedes— “

„Stimmt. Ich lege jetzt auf.“

„Jackie!“

Es ärgerte Jack, dass seine Augen sich mit Tränen füllten. Er schrie: „Du kannst nicht einfach anrufen und von mir erwarten — was willst du?“

„Es tut mir wirklich leid. Ich wusste nicht, was ich tun sollte. Ich hab's vermasselt ...“

„Du bist high“, sagte er. „Oder etwa nicht?“

„Nein, nein. Ich bin clean. Ich schwöre es. Mir geht es jetzt besser, Jackie.“

Jack wusste nicht, was er sagen oder fühlen sollte. Er legte die Waffe hin und wischte sich die Hand an seiner Jeans ab. „Was zum Teufel steht auf meinem Zettel?“

Ashlynn schwieg.

„Wenn du mich jemals wiedersehen willst, dann sag es mir. Los.“

Nach einer Weile sagte sie: „Todesstrafe. Du wirst sterben, weil du die Todesstrafe bekommst.“

Jack seufzte. „Todesstrafe?“

Ashlynn sagte viel zu fröhlich: „Vielleicht ist es gar nicht so schlimm. Vielleicht bekommst du sie erst, wenn du ein alter Mann bist und sowieso sterben willst.“

So funktionierte es aber nicht und sie wusste es. „Heilige Scheiße“, sagte Jack zu sich selbst. „Deshalb wollte ich es nicht wissen.“

„Du wirst dich daran gewöhnen.“ Sie bekam einen Hustenanfall und räusperte sich. „Irgendwie.“

Jack stellte sich vor, wie er auf einer Bahre festgeschnallt war und eine stämmige Krankenschwester ihm eine lange Nadel in den Arm stach und die tödliche Flüssigkeit in seine Adern spritzte.

„Kommst du nach Hause? Bitte komm nach Hause.“

„Ich will diesen Brief. Ich muss ihn sehen.“

„Ich halte ihn in der Hand. Hast du schon gegessen?“ Ihre Stimme klang hoffnungsvoll. „Ich könnte uns Mittagessen kochen.“

„Ich werde nicht lange bleiben.“

„Dann kommst du also vorbei?“

„Wohnst du immer noch im selben Haus?“

„Ja. Immer noch.“

„Gut.“ Jack legte auf und überlegte, ob er Brian anrufen und ihm sagen sollte, dass sie den Plan verschieben mussten. Aber das wäre verfrüht. Vielleicht log Ashlynn; es wäre nicht das erste Mal. Sie versuchte wahrscheinlich, ihn zurückzulocken, jetzt, wo sie alleine war. Der Brief existierte gar nicht. Es war erst dreizehn Uhr. Sie hatte gesagt, sie hätte ihn heute bekommen. Der Postbote kam nicht so früh. Vielleicht sollte er gehen. Er konnte es zu ihrem Haus und wieder zurückschaffen und würde immer noch genügend Zeit haben, um zu entscheiden, ob sie den Plan durchführen wollten.

Die Todesstrafe war die schlimmste Art, zu sterben. Sie hatten schon vor Jahren damit aufgehört, Narkosemittel zu verwenden, und mussten aufgrund von Engpässen das Kaliumchlorid verdünnen. Jack stand vom Tisch auf und überlegte, ob er die Pistole zurücklassen sollte, obwohl er nie unbewaffnet das Haus verließ. Wenn Ashlynn die Wahrheit sagte, musste Jack keine Angst haben, erschossen zu werden. Er musste nicht um sein Leben fürchten. Es war schon entschieden. Der Auswahldienst macht keine Fehler.

Jack hielt sich für vernünftig. Er war während des letzten Jahres viel ruhiger geworden und würde keine voreiligen Entscheidungen treffen, bevor er den Zettel in der Hand hielt. Er steckte die Pistole in den Hosenbund und ging zur Tür. Ein paar Minuten später war Jack auf der Autobahn. Er hielt sich an die Geschwindigkeitsbegrenzung, da er um jeden Preis die Polizei vermeiden musste und es nicht eilig hatte, zu diesem Haus zurückzukehren. Immerhin war der Bastard, mit dem sie ihn betrogen hatte, so gut wie tot. Er brauchte sich keine Sorgen mehr zu machen, dass Todd spät nachts in Jacks Schlafzimmer auftauchte, während er sich um die Geschäfte kümmerte.

Während er sich der Ausfahrt näherte, wunderte sich Jack, wen er wohl töten würde, um die Todesstrafe zu verdienen. Jack konnte nicht leugnen, dass er schon ziemlich schlimme Dinge getan hatte, um zu überleben, doch diese Grenze hatte er nie überschritten. Wenn sich die Situation während eines Raubüberfalls zuspitzen sollte und er keine andere Wahl hatte, würde er es tun, aber nur dann.

Er hoffte, dass der Zettel falsch war, und dachte sogar daran, die Waffe aus dem Fenster zu werfen. Wenn er keine Waffe hatte, würde er niemanden erschießen können. Er konnte gewisse Vorkehrungen treffen und versuchen, es so lange wie möglich hinauszuzögern. Immerhin war ein Todesurteil eindeutig. Manchmal waren die Urteile vage, wie das, das Jacks Mutter erhalten hatte.

Jack verließ den Highway und fuhr nach Westen. Er fragte sich, ob es besser war, wenn man genau wusste, wie man starb. Als Jack ein Baby gewesen war, hatte seine Mutter einen Zettel erhalten, auf dem nur ein Wort stand: ERKÄLTUNG. Es hatten alle angenommen, dass es erst passieren würde, wenn sie eine alte Frau war, doch das hielt sie nicht davon ab, alle möglichen Vitamine zu nehmen und sich von allen fernzuhalten, die auch nur die geringsten Anzeichen einer Erkältung hatten. Sie waren sogar nach Kalifornien gezogen und sie hatte sich geweigert, in die Berge zu fahren oder irgendwo hinzugehen, wo es einen begehbaren Gefrierschrank gab. Nach zweiundzwanzig Jahren Paranoia und Pillen war sie eines Abends aus dem Bett gefallen und an ihrem eigenen Speichel erstickt. Sie war auf dem Boden gestorben. Es war einfach eine Erkältung gewesen. Ashlynn, seine Frau, hatte das gleiche Urteil erhalten. Ex. Frau.

Jack lenkte das Auto in die Einfahrt und schaltete den Motor aus, bevor er es sich anders überlegen und wegfahren konnte. Er hatte Ashlynn fast zwei Jahre nicht mehr gesehen. Im Wohnzimmer wurde der Vorhang zurückgezogen und es erschien dieselbe, tragischerweise wunderschöne Frau, in die er sich verliebt hatte. Aber jetzt hatte sie dunkle Augenringe und sah aus, als wäre sie geschlagen worden.

Sie konnte nicht leugnen, dass sie ein hartes Leben führte. Sie tat Jack fast leid. Fast. Er stieg aus und schlug die Tür zu. Schon ihr Anblick widerte ihn an.

Sie wartete auf der Veranda und hielt die Tür auf. Jack wusste, dass sie ihn umarmen wollte, aber er ging direkt an ihr vorbei, ohne die Hände aus den Hosentaschen zu ziehen.

„Oh, Jackie.“ Sie schloss die Tür und folgte Jack ins Wohnzimmer. Sie roch nach abgestandenem Rauch und drei Tage altem Schweiß. „Du siehst immer noch so gut aus.“

Jack setzte sich aufs Sofa. Es war immer noch dasselbe abgenutzte Scheißding, das sie bekommen hatten, als sie zusammengezogen waren. Sie hatten sich geschworen, dass es nur vorübergehend sein würde. Er wollte ihr sagen, dass sie scheiße aussah, aber er konnte sie nicht einmal ansehen.

„Ich habe belegte Brötchen gemacht, Jackie. Ich weiß, dass du gesagt hast, du hättest keinen Hunger, aber möchtest du vielleicht trotzdem eins?“

„Ich habe gesagt, dass ich nicht lange bleibe. Wo ist mein Brief?“

Sie setzte sich neben ihn und legte ihre Hand auf seine. Doch, er zog sie weg.

„Kannst du mich nicht wenigstens ansehen? Es tut mir leid“, rief sie. „Es tut mir leid, was ich getan habe.“

Jack starrte geradeaus auf den Kamin. „Ich will nur meinen Zettel.“

Sie klang gekränkt und wütend. „Glaubst du mir etwa nicht? Glaubst du nicht, dass ich alles bereue?“

„Ich muss ihn sehen.“

„Ich hätte es dir nicht sagen sollen. Es ist besser, wenn man es nicht weiß.“

„Hast du aber. Jetzt hol ihn schon.“

Ashlynn begann zu husten, ihr ganzer Körper zitterte. Er rutschte von ihr weg, als sie würgte und sich fast übergeben musste. Sie wischte sich den Speichel vom Mund und sagte: „Es tut mir leid.“

Jack machte den Fehler, sie anzusehen. Er konnte in ihrem schmalen Gesicht lesen, dass sie Schuldgefühle hatte. Er stand auf. „Wo ist der Brief? Ich werde ihn mir selbst holen.“

„Auf der Theke neben dem Kühlschrank.“

Jack ging in die Küche und las den Brief des Auswahldienstes. Darin stand, dass er nicht eingezogen werden würde, sich aber immer noch freiwillig melden könne. Jack faltete den Brief und schob ihn in die Gesäßtasche. Das andere Stück Papier, das er sehen wollte, war nirgends zu sehen.

Er rief: „Wo ist der Zettel?“

„Er sollte beim Brief sein.“

„Ist er aber nicht.“

„Lass gut sein. Ich werde ihn später suchen. Komm, setz dich.“

Jack stürmte ins Wohnzimmer. „Du holst ihn jetzt gleich, oder ich gehe.“

„Ich habe ihn weggeschmissen. Du brauchst ihn nicht zu lesen, Jackie.“

Jack drehte sich zum weißen Mülleimer um, der neben dem Kühlschrank stand, und nahm den Deckel ab.

Ashlynn schrie: „Nein, da ist er nicht!“ Sie wollte zu ihm eilen, musste aber wieder husten.

Er schob ein paar schleimige Eierschalen und die Morgenzeitung beiseite. Sein Herzschlag beschleunigte sich, während er einen Stapel schmutziger Umschläge und Werbung durchwühlte, aber der Zettel war nicht da. Er durchsuchte den ganzen Müllsack. Schließlich ertastete er etwas Scharfkantiges und zog abrupt die Hand zurück.

Jack saugte sich das Blut vom Finger und sah in den Mülleimer. „Verdammt, was soll das? Ich dachte, du bist clean!"

„Ich habe seit Jahren nichts mehr genommen."

Jack hielt die kleine Spritze hoch. „Und was zum Teufel ist das?"

„Mein Medikament."

Jack setzte seine Suche fort. Er murmelte, damit sie ihn nicht hören konnte, und sagte: „Nennst du es jetzt so?" Seine Hände fühlten sich klebrig an und seine Arme waren mit Essensresten bedeckt. Er suchte weiter und fluchte innerlich. Er kam sich wie ein Idiot vor, weil er zu ihr gegangen war und sich jetzt mit ihr herumschlagen musste. „Welche Farbe hat er? Er muss doch irgendwo sein. Wenn das eine Masche ist, um mich wieder in dein gottverdammtes Leben zurückzubekommen ..."

„Er ist weiß. Er muss irgendwo zuoberst sein. Ich habe ihn heute Morgen weggeworfen."

Jack holte tief Luft und seufzte. Er nahm die gefaltete Zeitung und schüttelte sie. Ein kleines Stück Papier flatterte auf den abgewetzten Linoleumboden. Jack hob es auf. Sie hatte nicht gelogen. Sein Schicksal war in großen Buchstaben darauf vermerkt: GIFTSPRITZE.

Die Küche begann, sich um ihn herum zudrehen. Er stolperte ins Wohnzimmer und lehnte sich an die Wand. Er schloss die Augen und kämpfte gegen die Übelkeit an, die in ihm aufstieg. Seine Brust fühlte sich an, als wäre sie zusammengeschnürt worden. Sein Arm schmerzte dort, wo eines Tages die Nadel in seine Vene gestochen werden würde. Er würde sterben. Und es würde nicht angenehm sein.

Er spürte, wie sie ihm mit ihrer warmen Hand den Nacken rieb. „Tut mir leid, Liebling. Ich wollte nicht, dass du ihn siehst. Aber du musst positiv denken." Sie schenkte ihm ein schwaches Lächeln. „Oh, du blutest immer noch."

Jack sah nach unten und entdeckte die rote Perle auf dem Teppich. Sie reichte ihm ein Papiertaschentuch. „Hier, bitteschön." Ihr Handrücken war mit rötlich-violetten Flecken bedeckt. Jack sah sie zum ersten Mal richtig an. Ihr Gesicht war ausgemergelt und ihre Augen eingefallen. Sie war nur noch ein Schatten ihrer selbst.

Ihm war übel. „Wofür ist denn das Medikament?“

Sie wandte den Blick ab und schüttelte den Kopf. Tränen rollten über ihre Wangen.

„Wie schlimm ist es?“, fragte er.

Es dauerte einen Moment, bis sie etwas sagen konnte. „Es war nicht meine Schuld.“

Jack spürte, wie sich seine Nackenhaare aufrichteten. „Wovon redest du?“

„Der Arzt hat mir nur eine Spritze gegeben. Er hatte Schnittwunden am Finger.“ Sie sah auf den Boden. „Sie haben gesagt, es sei ein Supervirus.“

Jack schüttelte ihre Hand ab. Er rannte in die Küche und stolperte zur Spüle. Er drehte den Heißwasserhahn auf, hielt den verletzten Finger darunter und drückte, so fest er konnte. Ashlynn weinte und sagte, dass es ihr leidtat. Doch dafür war es schon zu spät.

Niemand

Ich bin niemand. Ich bin, schon seit ich denken kann, niemand. Auf meiner Geburtsurkunde steht zwar „Andrew“, aber so werde ich nie genannt. Ich bin niemand. Das hat meine Mutter immer gesagt. So konnte sie mich beschützen und musste nicht lügen. Es ist niemand da, Liebling.

Sie hatte zwei Verstecke für mich, wenn sie Männer wie Desmond bei sich hatte. Manchmal legte sie mich unters Bett. Aber, normalerweise steckte sie mich in den Schrank. So habe ich gelernt, es ihr wie ein Erwachsener zu besorgen.

Der Schrank war klein und roch komisch. Nicht wie dieser. Ich bin schon seit acht Stunden hier drin und könnte es noch weitere acht Stunden aushalten, wenn es sein muss. Aber es muss wohl nicht sein. Sie gehen früh ins Bett und haben gerade den Fernseher ausgeschaltet.

Ich werde keinen Lärm machen. Als Kind habe ich manchmal aus Versehen mit den Kleidern geraschelt oder bin gegen die Tür gestoßen. Wenn Desmond wissen wollte, was das war, sagte meine Mutter immer, er solle sich keine Gedanken machen, und dass sie ihn in sich spüren wolle. Wenn er versuchte, aufzustehen, beteuerte sie, dass niemand da war. Es sieht niemand zu. Mach einfach weiter. Hör nicht auf. Hör ja nicht auf.

Es erinnert sich nie jemand an mich. Und es wird mich niemand vermissen, wenn ich weg bin. Ich tauche in der Menge unter, ein weiteres namenloses Gesicht. So mag ich es. Ich bin nicht besser und nicht schlechter. Ich beobachte einfach nur. Wie die Engel.

Auch wenn die Leute mein Gesicht nicht sehen, spüren sie mich. Als sie meine Mutter fanden, wusste die Polizei, dass sich niemand in ihr Zimmer hätte schleichen können, während sie sich die Haare kämmte. Niemand hätte ihr solch brutale Dinge antun können.

Und wenn man meine Nachbarn fragen würden, wer die Streuner quält, würden sie sagen, dass niemand das tut. Und in dieser Stadt ist bestimmt auch niemand für die Schreckensszenen verantwortlich, die sich auf dem Schulhof abspielen.

Die Lichter werden ausgeschaltet. Jetzt ist es draußen genauso dunkel wie hier drinnen. Ich gebe ihnen ein paar Minuten Zeit, um sich ins Bett zu legen; es gibt keinen Grund, die Dinge zu überstürzen. Es ist alles bereit. Ihr Schlafzimmer habe ich schon durchsucht. Ich habe alles gefunden, was ich brauche.

Niemand muss es mitansehen. Sie ziehen sich aus. Ich höre, wie Reißverschlüsse und Knöpfe geöffnet werden und Hosen zu Boden fallen. Es wird nicht mehr gesprochen, man hört nur noch, wie das Bett quietscht und die Laken rascheln. Sie liegen wahrscheinlich aneinandergeschmiegt da und flüstern sich gegenseitig ins Ohr, dass sie sich lieben. Niemand sollte eine solche Beziehung haben. Niemand verdient es, eine so besondere Bindung zu haben.

Diese verdammte Tür hat vorhin nicht so laut geknarrt. Ich hätte sie ölen sollen. Ich glaube aber nicht, dass sie es gehört haben. Man hört keine Geräusche mehr. Wahrscheinlich berührt er sie. Streicht ihr übers Haar. Ihr dickes braunes Haar. Genau wie das der einzigen Frau, um die niemand geweint hat.

Ich frage mich, wie sich ihr Hals anfühlt. Wie weich ihre Haut ist. Haut ist so dünn. Gott hat das nicht richtig durchdacht. Niemand hätte es besser machen können.

Jetzt kommt mein Lieblingsteil. Sie können meine Schritte auf dem Teppich nicht hören, aber ich weiß, dass sie meine Anwesenheit spüren. Das tun sie immer. Sie wissen, dass jemand hier ist. Ich sehe es in ihren Augen. Auch im Dunkeln, wenn niemand etwas sehen kann.

Sie flüstert, dass sie etwas gehört habe. Ich stehe an der Türschwelle. Sie flüstert, weil sie weiß, dass jemand bei ihnen ist. Der Mann sagt, dass es nichts sei und niemand da sei. Er hat auch Angst, aber er will es nicht zeigen. Er weiß, dass niemand kommt.

Die Mörderfalle

Tina zog ihren Rock hoch und lächelte in Richtung des Cadillacs, der die Fahrt verlangsamte. Der Fahrer hielt am Müll übersäten Bürgersteig an und ließ das getönte Fenster auf der Beifahrerseite hinunter. Tina hatte lange Beine, große Brüste und rote Haare, die ihr bis zur schmalen Taille reichten. Sie sah eher wie ein Model als eine Prostituierte aus. Ihre bis zu den Schenkeln hohen Stiefel, der schwarze Minirock und das deutlich sichtbare rosafarbene Höschen ließen keine Fragen offen und teilten dem Fahrer mit, dass er am richtigen Ort war.

Da sie sich immer noch nicht daran gewöhnt hatte, in hohen Absätzen herumzulaufen, ließ Tina sich Zeit und schlenderte langsam zum Cadillac. Sie war sich bewusst, dass der Fahrer jede Bewegung ihrer Hüften beobachtete. Sie schob ihre Brüste nach oben und streckte den Kopf durch das Fenster. Sie hoffte, dass es der Typ war, nach dem sie suchte, bezweifelte jedoch, dass sie so viel Glück hatte.

Sie musste den gut gekleideten dicken Mann nicht lange ansehen, um zu wissen, dass er es nicht war. Trotz des überwältigenden Rasierwassers stieg Tina der penetrante Geruch von Krankheit in die Nase. Dieser Kerl war einsam und krank, aber er war kein Mörder.

„Hallo, hübsche Frau." Der Schweiß tropfte von seinem Kinn auf sein weißes Hemd. „Möchtest du mitkommen?"

„Vielleicht solltest du es bei den Mädels an der siebzehnten Straße probieren."

„Keine von ihnen sieht so gut aus wie du", sagte er. „Komm schon. Wir werden bestimmt viel Spaß haben." Er spuckte auf seine Handfläche.

Tina trat zurück, als ein paar Autos vorbeifuhren. Jeder der Fahrer hätte der Typ sein können, auf den sie wartete. „Daran habe ich keinen Zweifel, aber ich muss los."

Der Mann krempelte einen Ärmel hoch und enthüllte eine goldene Cartier, die sein fleischiges Handgelenk zierte. „Ich bezahle gut. Glaub mir, du wirst es nicht bereuen."

„Hör zu, du Arschloch", sagte Tina. „Ich bin Polizistin. Wenn du nicht hinter Gittern landen willst, würde ich dir raten, deinen Arsch so schnell wie möglich nach Hause zu bewegen."

Der Cadillac brauste davon. Tina ging in ihre Ecke zurück und setzte sich auf die Sitzbank der Bushaltestelle. Ihre Füße schmerzten und sie fragte sich, wohin das alles führen würde. Solange er nicht auftauchte, würde sie jeden Abend in diesen nassen, trostlosen Straßen verbringen müssen. An manchen Abenden gab sie vor, eine Obdachlose zu sein, die bereit war, sich für ein paar Dollar zu verkaufen. An anderen Abenden stand sie hier. Das tat sie schon seit drei Monaten. Sie hatte um den Fall gebettelt, doch es verging kein Tag, an dem sie es nicht bereute. Sie hatte einem der Mädchen in der Leichenhalle zu lange in die Augen gesehen und sie liebgewonnen. Ihr Vorgesetzter hatte ihr gesagt, dass sie in einer Sackgasse landen würde, doch sie hatte sich eingeredet, dass sie den Fall lösen konnte.

Chloe, Promise, Shelly und ein paar andere Mädchen gingen auf der gegenüberliegenden Straßenseite auf und ab. Sie wussten genau, dass kein Freier sie ansehen würde, wenn sie neben Tina standen. Und diese Mädchen waren der wahre Grund dafür, dass Tina den Mörder finden wollte. Jedenfalls redete sie sich ein, dass es nicht vergebens war. Früher hatte sie diese Mädchen für Abschaum gehalten; als sie jedoch mehr Zeit mit ihnen verbrachte, erkannte sie, dass sie nicht schlimmer waren als sie selbst. Sie brauchten einfach nur ihren nächsten Schuss, damit es ihnen besser ging.

Das Schicksal hatte diesen Mädchen Karten ausgeteilt, mit denen sie nicht gewinnen konnten. Sie waren dazu bestimmt, Huren zu sein, egal, wie sehr sie sich dagegen wehrten. Die Mädchen waren von Eltern, Onkeln, Trainern und Lehrern vergewaltigt und missbraucht worden. Sie waren geschlagen und misshandelt worden und fühlten sich völlig wertlos. Die Starken unter ihnen waren schon früh ausgezogen, um ihrem Elend zu entfliehen, mussten jedoch schnell lernen, dass es draußen in der realen Welt noch viel schlimmer war. Sie strippten, um Geld zu verdienen, nahmen Drogen, um mit der Realität fertig zu werden, und verkauften ihre Körper, um Drogen zu kaufen. Andere verdienten sich bei der Polizei die Sporen, um zu beweisen, dass Sie gute Ermittlerinnen waren und Männer zur Strecke bringen konnten, die Frauen die Drinks streckten, ihnen die Höschen zerrissen und sie vor ihren Wohnheimen in den Büschen liegenließen. Es schien ein endloser Teufelskreis zu sein.

Es war der fünfundzwanzigste Abend, den Tina in diesem Höllenquartier verbrachte, das zehn Straßen umfasste. Sie hatte immer noch keine Spur von dem Kerl entdeckt. Obwohl die Polizei bereits jeden Strip-Club, jedes Bordell und jede Straßenecke überwachte, schlug der Wahnsinnige immer wieder zu. Jeden Morgen wurde ein neues Mädchen gefunden - oder einzelne Körperteile.

Der Mörder war selbstbewusst, und das aus gutem Grund: er hatte über fünfzig Mädchen verstümmelt und die Polizei war immer noch weit davon entfernt, ihn zu fassen. Es war fast so, als würde ihm jemand, der Insiderwissen hatte, genau sagen, wo Tina sein würde.

Die Polizei hatte eine Skizze, die nach Angaben von zwei Prostituierten angefertigt worden war. Sie hatten gesehen, wie das fünfte Opfer, Dominque, in einen Kombi gestiegen war. Ein anderes Mädchen hatte gesehen, wie Opfer Nummer zwölf in eine Limousine gestiegen war. Aber das war auch schon alles, worauf die Polizei sich stützen konnte.

Tina hatte keine Ahnung, nach welcher Art von Fahrzeug sie Ausschau halten sollte, der Mörder benutzte immer wieder ein anderes. Er forderte die Polizei unverhohlen heraus, indem er seine DNA in der mit Sperma befleckten Unterwäsche zurückließ, die er den Mädchen immer um den Hals wickelte. Er dachte wohl, dass er nicht gefasst werden würde, doch Tina würde ihm das Gegenteil beweisen, zumindest beteuerte sie das immer noch, gegenüber ihrem Vorgesetzten.

Auf der anderen Seite der Colton Street hielt ein kleiner blauer Lieferwagen an. Tinas Herzschlag beschleunigte sich, als sie sah, wie Shelly auf der Beifahrerseite einstieg. Tina überquerte die Straße, bevor die beiden ihren Handel abschließen konnten. Sie hoffte, dass der Freier nichts aus der Hose zog, mit dem Shelly nicht umgehen konnte. Sie war erleichtert, als sie sah, dass der Fahrer ein pickliger Teenager war, dem man auf den ersten Blick ansah, dass er noch Jungfrau war.

Tina überquerte die Straße und bat Chloe an, etwas zu Essen für sie beide zu besorgen. Gerade als sie Chloe einen Zwanziger gegeben hatte, rollte ein schwarzer Lieferwagen über die Kreuzung und hielt etwas weiter unten an der einundzwanzigsten Straße an. Der Lieferwagen war gute zehn Meter von Tina entfernt, als der Fahrer sein Fenster für ein junges schwarzes Mädchen hinunterließ. Tina konnte sich nicht an ihren Namen erinnern. Es kam eine kühle Brise auf, Tina musste sich beeilen.

Tina murmelte leise ins Mikrofon, das zwischen ihren Brüsten versteckt war: „Ich glaube, das ist unser Typ. Charlie, siehst du ihn?"

Es kam keine Antwort. Tina beschleunigte das Tempo und rief: „Hey, Süße, du hast das falsche Auto erwischt."

Das Mädchen zog den Kopf aus dem Fenster und funkelte Tina böse an. „Such dir einen anderen Kunden. Der hier gehört mir."

Tina ging eilig weiter. Obwohl das Mädchen größer und viel dicker war als sie, Tina würde nicht zulassen, dass es in das Fahrzeug stieg. „Das soll er entscheiden."

„Verpiss dich. Geh zurück auf deine Straßenseite."

„Ich gehe, wohin ich will." Tina schubste das Mädchen aus dem Weg. Ihr wurde dabei, beinahe übel von dem billigen Pfirsichparfüm, das sie trug. Sie spähte in den Lieferwagen und sah einen ungepflegten glatzköpfigen Kerl, dessen fettige Haarsträhnen von einem Ohr zum anderen gekämmt waren. Er sah zwar nicht aus wie der Mann auf der Skizze, aber Tina konnte an seinem Geruch erkennen, dass er der Kerl war, den sie suchte. Sie zwang sich zu einem, wie sie hoffte, gewinnenden Lächeln und sagte: „Na, wie sieht's aus, Süßer? Wer von uns beiden wird die Glückliche sein? Ich oder Mitternacht?"

„Fick dich, du Schlampe", sagte das schwarze Mädchen.

„Lass das doch den Mann entscheiden. Also, wer wird es sein?"

Er sah Tina in die Augen und sagte: „Was denkst du denn, wer es sein wird?"

Ehe das schwarze Mädchen sich versah, riss Tina die Beifahrertür auf und stieg ein. Sie ignorierte den strengen modrigen Geruch, legte die Hand auf die schmutzige Jeans des Kerls und rieb seinen Oberschenkel. „Ich kenne einen guten Platz gleich hier um die Ecke."

Er fuhr los. Sie konnte den Alkohol in seinem Atem riechen, als er sagte: „Nein, ich muss weiterfahren."

Der Gedanke an die Pistole in ihrer Handtasche beruhigte sie. „Geht aber auf deine Kosten." Sie drehte sich im Sitz um und spähte in den hinteren Teil des Lieferwagens. Die Fenster waren mit schwarzen Müllsäcken zugeklebt und auf dem Boden lag ein großer Klumpen, der von einer Plane bedeckt war. Das musste er sein, obwohl nirgends in den Unterlagen vermerkt gewesen war, dass er ein Trinker war. Der Mörder ging methodisch vor und würde nicht riskieren, dass sein Urteilsvermögen von Alkohol beeinträchtigt wird.

„Was zum Teufel tust du?“, rief er, als Tina in den Laderaum kletterte.

„Ich suche einen Platz, an dem ich dich glücklich machen kann. Sollen wir hier anhalten? Oder gleich da vorne, da ist noch ein Platz.“

„Bist du taub? Ich habe gesagt, wir fahren weiter.“

„Das habe ich gehört“, sagte Tina. „Ich weiß nur nicht, ob ich damit einverstanden bin. Ich muss zuerst das Geld sehen.“

„Ich habe Geld und du hast einen Mund.“

Sie befürchtete, dass sie ihre Verstärkung abhängen würden, und sagte: „Bieg an der Pine Street nicht nach rechts ab. Fahr einfach geradeaus der Einundzwanzigsten entlang.“

Ohne die Fahrt zu verlangsamen, sah er sie an. „Was hast du gesagt?“

Tina fummelte am Verschluss ihrer Handtasche herum. „Ich dachte nur, es wäre schöner, wenn wir zu den Hügeln fahren.“

„Das ist kein verdammtes Date. Verdiene dir gefälligst dein Geld.“ Er streckte die Hand aus, packte ihren Nacken und zog ihren Kopf in seinen Schoß. Ihre Nase war nur wenige Zentimeter von seinem Schritt entfernt.

Tina versuchte, sich zu befreien, aber er war stark. Der Gestank war überwältigend. Sie konnte nicht tun, was er verlangte, doch ihre Waffe war außer Reichweite, in ihrer Handtasche versteckt.

„Na los, mach schon.“ Er griff mit der freien Hand nach dem Reißverschluss. „Muss ich dir etwa helfen?“

Bevor er seine Hose öffnen konnte, packte Tina mit der linken Hand sein Handgelenk und drückte mit der rechten aufs Bremspedal. Der Lieferwagen schlitterte nach rechts, streifte ein anderes Auto und kam abrupt zum Stillstand. Die Brust des Fahrers schlug dabei gegen den oberen Teil des Lenkrads, und Tinas Kopf wurde gegen den unteren Teil gedrückt.

Er packte sie an den Haaren und riss ihren Kopf nach oben. „Du verrückte Schlampe, was hast du für ein Problem?“

Tina tastete blind nach ihrer Handtasche, doch er schüttelte sie, bevor sie sie fand. Sein Gesicht war nur wenige Zentimeter von ihrem entfernt und er schrie: „Antworte, du Schlampe!“

Tina versuchte, so zu klingen, als hätte sie die Situation unter Kontrolle, und sagte: „Ich bin Polizistin. Lass mich los und leg die Hände aufs Lenkrad."

Plötzlich schlug der Fahrer mit der Stirn gegen ihren Nasenrücken. Vor Tina explodierten helle Lichter und sie spürte, wie Blut in ihre Kehle lief. Tina fiel nach hinten und schlug mit dem Rücken gegen die Beifahrertür. Sie nahm kaum wahr, dass der Fahrer ausstieg und zur Beifahrerseite ging. Sie versuchte, sich umzudrehen und die Tür abzuschließen, aber sie war zu langsam.

„Ich hätte wissen müssen, dass es zu schön war, um wahr zu sein", sagte der Fahrer und riss die Tür auf. Tina wäre fast aus dem Lieferwagen gefallen, schaffte es jedoch, sich am Handschuhfach festzuhalten. Der Fahrer grub seine Finger in ihre Schulter und zerrte so lange an ihrem Schlüsselbein, bis sie auf den Asphalt fiel. Als ihr Kopf auf dem Boden aufschlug, wurde ihr schwarz vor den Augen und sie verlor ihre Perücke. Sie konnte nichts sehen und erwartete einen tödlichen Schlag, doch dann hörte sie quietschende Bremsen.

Eine Autotür ging auf und wurde wieder zugeknallt. Dann waren Schritte zu hören. Für den Bruchteil einer Sekunde protestierte der Fahrer des Lieferwagens, dann war ein Schlag zu hören und sie spürte, wie die Männer an ihr vorbei durch die Luft flogen und ein paar Meter weiter auf den Bürgersteig stürzten.

Tina drehte sich auf den Bauch, damit das Blut nicht in ihren Hals floss. Sie war immer noch benommen, schaffte es aber, sich hinzuknien und die Augen zu öffnen. Sie erkannte den gutgekleideten Mann nicht, der auf der Brust des Mörders saß und ihm ins Gesicht schlug. Der Kerl war kein Bulle, oder zumindest nicht von der Southside.

Tina wollte ihm helfen, doch sie traute ihrem Gleichgewichtssinn noch nicht und lehnte sich gegen den Lieferwagen. Ihr Held hatte alles unter Kontrolle; er nahm ihren Angreifer regelrecht auseinander und verpasste dem Mann zwischen seinen erhobenen Händen Schläge ins Gesicht. Die Polizistin in ihr wollte dem Typen sagen, er solle aufhören, doch dann erinnerte sie sich daran, was dieser Dreckskerl all den Mädchen angetan hatte. Vermutlich hätte er dasselbe mit ihr getan, wenn sie weitergefahren wären.

Ihr Retter saß rittlings auf der Brust des Mörders und richtete sich auf, um zu Atem zu kommen. Der Schweiß tropfte ihm von der Stirn und seine Knöchel waren blutig. Seine grauen Augen funkelten vor Wut, während er das geschwollene Gesicht des Fahrers anstarrte.

Der Fahrer hatte den Mund voller Blut und murmelte: „Was machst du denn? Bitte ..."

Der Samariter hob den Ellbogen, ließ ihn mit voller Wucht auf die Wange des Mörders krachen und zerschmetterte den Knochen. Dann hob er ihn erneut und rammte ihn, in dem Mann, mehrere Male in die Stirn.

Tina fand endlich ihre Stimme wieder. „Hör auf!"

Ihr Held verwandelte sich; es war fast so, als hätte man einen Schalter umgelegt. Er warf Tina einen sanften Blick zu und sagte: „Gott sei Dank geht es dir gut. Ich dachte, er würde dich töten." Der Mann stand auf und wischte sich die blutigen Hände an der Jeans ab. Er kam zu ihr hinüber und fragte: „Kann ich dir etwas holen? Oder jemanden anrufen?"

Blut tropfte in ihren Mund. „Es ist alles in Ordnung."

Der Mann ging in die Hocke und zog ein Taschentuch aus seiner Gesäßtasche. Er lächelte und bot es ihr an. „Ich will dich ja nicht als Lügnerin bezeichnen, aber es sieht nicht so aus, als wäre alles in Ordnung."

Tina hatte noch nie Hilfe von anderen annehmen können, obwohl sie das schon seit langer Zeit ändern wollte. Sie nahm das Taschentuch und drückte es an ihren Mundwinkel.

Der Mann blickte über seine Schulter zum bewusstlosen Fahrer und sah dann wieder Tina an. „Ich wollte nicht, dass du das siehst. Normalerweise verhalte ich mich nicht so."

„Na ja, ich bin froh, dass du heute Abend hier warst."

Es war ihm offensichtlich peinlich, als er sie fragte, ob sie den Mann kenne. Tina errötete und verneinte.

„Ich verurteile dich nicht." Er bot ihr die Hand an. „Lass mich sehen, ob du aufstehen kannst."

Obwohl ihr immer noch schwindlig war, griff Tina nach seiner Hand und stand auf. Sie lehnte sich an ihn und versuchte, das Gleichgewicht zu finden. Mit der einen Hand hielt sie sich die Nase zu, die andere legte sie um seine Mitte. Tina sah zu ihm hoch. „Ich bin keine Nutte."

„Das kann ich sehen. Komm, du kannst dich in mein Auto setzen. Ich rufe die Polizei und werde dafür sorgen, dass sich dieser Typ nicht aus dem Staub macht, bis sie hier sind."

„Sie sind schon unterwegs." Tina ging mit ihm auf den silberfarbenen Honda Civic zu. Sie lächelte, als sie den Aufkleber „Für Jesus unterwegs" sah, der die gesamte Heckscheibe einnahm.

Er öffnete die Tür und half ihr beim Einsteigen. „Bist du sicher? Vielleicht hat niemand die Polizei gerufen."

Tina lehnte sich im Sitz zurück und erklärte, dass sie eine Undercover-Polizistin sei. „Es hätte schon lange Verstärkung eintreffen sollen." Sie sah nach unten und rief ins Mikrofon zwischen ihren Brüsten. „Hört ihr das, ihr Penner? Der Verdächtige befindet sich an der Ecke Pine und Einundzwanzigste. Der blutige Klumpen, der auf dem Boden liegt."

„Du bist wirklich keine Nutte? Schade."

Sie wusste, dass er sie nur aufzog. „Sehr witzig."

Er sagte, er heiße Gabe und schüttelte ihr die Hand. „Ich kann dich ins Krankenhaus bringen, wenn du willst."

„Wie wäre es mit einer Bar? Ich könnte einen Schnaps vertragen", scherzte sie.

„Ich trinke zwar nicht, aber das lässt sich einrichten." Er deutete auf den Lieferwagen. „Hast du noch irgendwelche Sachen da drin? Oder sollen wir einfach gehen?"

Sie machte sich daran, aus dem Auto auszusteigen. „Nein, das war ein Scherz. Ich muss warten."

Er legte die Hand auf ihre Schulter. „Du solltest sitzen bleiben."

Tina schloss die Augen und entspannte sich. Sie bemerkte, dass sie zum ersten Mal seit Jahren nichts mehr riechen konnte. Sie sah auf das blutverschmierte Taschentuch und stellte fest, dass ihre Nase nicht mehr blutete. Sie fühlte sich wund an und war verstopft. Tina steckte das Taschentuch in ihr T-Shirt, falls sie doch wieder zu bluten anfing. Der Verlust ihres Geruchssinns machte ihr Angst und sie redete sich ein, dass es nur vorübergehend war, damit sie nicht in Panik geriet.

Sie öffnete die Augen und sah den Lieferwagen durch die Windschutzscheibe. Der Geruch im Inneren des Fahrzeugs hatte ihn zwar schon verraten, aber sie war trotzdem misstrauisch gewesen. Als sie den Fahrer gesehen hatte, hatte sie Bescheid gewusst.

„Wie lange wird es dauern, bis deine Kollegen hier sind?“ Er zeigte auf den Kerl am Boden. „Vielleicht solltest du ihm Handschellen anlegen.“

Tina blickte in den Seitenspiegel und sah, dass sich hinter ihnen ein weißer Truck näherte. Der Honda blockierte die Straße. Gabe fuhr an die Seite, aber der Truck konnte ihn immer noch nicht überholen. Er bog nach links ab, dann nach rechts. Als sie aus dem Fenster sah, bemerkte Tina, dass sie keine Ahnung hatte, wo sie waren. Ihre Arbeit hatte sie noch nie in diesen Teil der Stadt geführt.

Gabe zeigte auf die schwach beleuchtete Straße. „Ich wohne in dieser Gegend. Ein paar Straßen weiter gibt es eine Bar.“

„Alles klar“, sagte sie lächelnd. Ihr war schwindlig. Er wollte noch etwas sagen, überlegte es sich aber anders und schaltete den Blinker ein. Das Auto kam auf der menschenleeren Straße zum Stillstand.

„Was tust du?“, fragte sie.

„Ich glaube, es ist die Kupplung. An dieser Karre ist immer etwas kaputt. Ich hätte sie schon lange eintauschen sollen.“ Er schaltete den Motor aus und stieg aus. Während er die Motorhaube öffnete, drehte Tina sich um und versuchte herauszufinden, aus welcher Richtung sie gekommen waren. „Es dauert nur eine Minute“, rief Gabe.

Als Gabe zurückkam, sagte er: „Ich fürchte, ich muss den Abschleppdienst rufen. Das ist mir so peinlich.“

„Kein Problem. Ich muss aber zurück.“

Gabe fragte, ob es ihr gut ging. „Dein Hals ist ganz rot.“

Die ganze rechte Seite ihres Halses brannte, aber Tina sagte: „Er ist nur etwas wund. Bis morgen ist bestimmt alles wieder in Ordnung.“ Ihre Sicht verschwamm.

„Dreh dich zur Tür und lehne dich zurück. Lass mich mal sehen.“

„Nein, es ist alles in Ordnung.“

„Es dauert mindestens zwanzig Minuten, bis der Abschleppdienst kommt.“ Seine Finger fühlten sich kühl an und er übte genau den richtigen Druck aus. „Ich verspreche, dass ich dich nicht strangulieren werde.“

Tina konnte seine Hände kaum spüren. „Ich muss wirklich gehen. Ich muss den Bericht ...“ Tina verstummte, als sie ihre Zunge über ihren Gaumen gleiten ließ. Er fühlte sich taub an.

„Das ist das erste Mal, dass ich eine Polizistin gerettet habe. Eigentlich solltest du mir eine Massage geben.“ Gabe begann, ihren Nacken zu massieren. „Du hast eine Menge Knoten.“

„Meine Arbeit ist ... ein wenig stressig.“ Tina versuchte, nach der Türfalle zu greifen, fand sie aber nicht und fummelte an der Tür herum.

Gabe stellte ihr Fragen über ihre Arbeit, während seine Finger sich von ihrem Nacken bis zu ihrem Kreuz vorarbeiteten. Sie wusste, dass sie aussteigen musste, aber es fühlte sich so gut an; Gabe fand alle schmerzhaften Stellen und massierte sie sanft. Dann sagte er: „Ich muss ein kleines Geständnis ablegen.“

Tina öffnete die Augen und merkte, dass sie fast eingeschlafen war.

„Ich habe dich dort drüben erkannt“, sagte er. „Ich war mir zwar erst nicht sicher, aber als du gesagt hast, du seist Polizistin.“

„Warum hast du das nicht gleich gesagt?“

Er lächelte. „Ich wollte nicht, dass du denkst, dass ich berühmten Leuten nachstelle. Ich habe diesen Artikel über dich gelesen. *Die Spürnase*. Ziemlich einprägsam. Stimmt es, was darin geschrieben stand? Kannst du Gauner wirklich schon von Weitem riechen?“

„Nein“, sagte sie gähnend. Das hatten ein paar ihrer Kollegen dem Reporter erzählt. Sie hatte zwar einen sehr ausgeprägten Geruchssinn, doch er hatte ihr noch nie geholfen, irgendwelche Fälle zu lösen.

„Und wie ist es hier draußen? Es ist weit und breit niemand zu sehen. Kannst du den Kerl immer noch riechen?“

Tina atmete ein. „Nein. Ich kann überhaupt nichts riechen.“

„Gut. Ich hatte nämlich gehofft, dass du die Leiche, die im Kofferraum liegt, nicht riechen kannst.“

Tina lachte. „Ich dachte, dass du so riechst. Eine Mischung aus Old Spice und Brut.“ Sie fühlte sich benebelt.

„Nein, ich benutze nur unparfümierte Deoroller. Ganz zu schweigen von Rasierwasser. Mir wird schon vom schwächsten Parfüm übel.“

Tina schüttelte benommen den Kopf. „Okay, wir müssen zurück.“

„Mein Auto ist kaputt. Schon vergessen?“

Tina erinnerte sich schwach daran, dass er den Abschleppdienst gerufen hatte, aber das schien schon eine Ewigkeit her zu sein. Sie fragte ihn, ob er sich über ihren Geruch lustig mache. Er musterte sie eingehend. „Du riechst rein und süß. Schon interessant, dass der Geruch einer Person so viel über sie verrät.“ Seine Daumen massierten ihren unteren Rücken, seine Finger die Außenseiten ihrer Hüften. „Ich kann riechen, dass du erregt bist.“

Tina wusste nicht, was sie sagen sollte. Sie wusste nicht, ob sie sich darüber ärgern sollte, dass er so direkt war, oder ob sie davon beeindruckt sein sollte, dass er recht hatte.

Seine Hände wanderten wieder zu ihrem Nacken hinauf. „Ich habe dem Typen den Lieferwagen und fünfhundert Dollar für die rothaarige Nutte an der Ecke einundzwanzigste und Colton gegeben.“

Tina versuchte, sich aus seinem Griff zu winden, doch er packte ihre Kehle und drückte sie gegen das Fenster. Tina wehrte sich, aber er war zu stark. In ihrem Kopf sprühten Funken. Sie wollte nach ihrer Handtasche greifen, doch dann fiel ihr ein, dass sie sie im Lieferwagen gelassen hatte.

„Ich werde dich loslassen, Tina. Und wenn ich es tue, würde ich dir empfehlen, auszusteigen und um dein Leben zu rennen. Um dir zu beweisen, wie gut mein Geruchssinn ist, gebe ich dir eine Minute Vorsprung.“

Seine Gelassenheit nervte sie und sie sagte mit zittriger Stimme: „Ich bringe dich um.“

„Nur zu. Denkst du wirklich, dass du es bis zu deiner Pistole schaffst?“

Tina fragte sich, woher er wusste, dass sie keine Waffe trug, doch ihre Gedanken waren diffus und unzusammenhängend, alles war neblig und weit weg. Gabe nahm ihr die Entscheidung ab, indem er ein fünfzehn Zentimeter langes Schnappmesser aus der Hosentasche zog.

„Du hast eine Minute, du Schlampe. Lass uns Spaß haben.“

Tina wollte zwar dem Messer nicht den Rücken zudrehen, stieß aber trotzdem die Tür auf und taumelte aus dem Auto. Sie schüttelte den Kopf und rannte so schnell sie konnte. Sie wollte sich umdrehen und mit ihm kämpfen, doch die Erinnerung an die verstümmelten Frauen brachte sie dazu, noch schneller zu rennen. Tina war fast am Ende der Gasse angelangt, als sie sein blutrünstiges Heulen hörte. Er hatte ihren Geruch aufgenommen.

Tina versuchte, ihr Mikrofon einzuschalten, doch die Kabel waren nicht mehr da. Er musste sie ihr während der Massage aus dem T-Shirt gezogen haben. Wie konnte sie nur so dumm sein? Das Heulen wurde immer lauter. Sie rannte im Zickzack über die dunklen menschenleeren Bürgersteige, in der Hoffnung, ihn abzuschütteln. Beim nächsten verlassenen Gebäude bog Tina nach links ab. Auf halbem Weg erkannte sie, dass sie in einer Sackgasse gelandet war.

Tina rannte weiter und hoffte, dass sie über den zwei Meter hohen Zaun am Ende der Gasse klettern konnte, doch als sie ihn erreichte, sah sie, dass die Holzbretter wellig und viel zu hoch waren. Sie wusste nicht, womit er das Taschentuch getränkt hatte, aber es verursachte Halluzinationen. Sie warf einen Blick über die Schulter und stolperte. Gabe hatte sie noch nicht eingeholt. Sie hob den Ziegelstein auf, über den sie gestolpert war, und versteckte sich hinter einer Mülltonne. Der Ziegelstein schien immer schwerer zu werden. Sie konnte ihn fast nicht mehr festhalten.

Gabe heulte wieder. „Ich kann dich riechen, Tina. Warum rennst du nicht weiter?“ Es klang, als wäre er ganz in der Nähe. „Ich mag es, wenn du rennst.“

Tina duckte sich hinter der Mülltonne, als Gabes Schatten am Ende der Gasse auftauchte. Sie warf mit einer Hand das blutgetränkte Taschentuch über sich in die Mülltonne. Dann lehnte sie sich an die Wand, blinzelte ein paar Mal und lauschte seinen Schritten. In der anderen Hand hielt sie den Ziegelstein.

„Wo bist du denn, mein Liebling?“ Gabes Schritte wurden langsamer, er atmete schwer. „Ich muss dir etwas zeigen.“

Tina kauerte regungslos hinter der Mülltonne. Sie hörte, wie Gabes Schuhsohlen über den Asphalt schlurften. Er ließ sich Zeit und schien es zu genießen.

Gabe blieb neben der Mülltonne stehen und seufzte. „Oh Tina, ich dachte, du wärst eine Herausforderung. Du hast doch nicht etwa gedacht, dass der Geruch deines Blutes überdeckt wird, wenn du dich beim Müll versteckst, oder?“

Gabe öffnete die Mülltonne, der Metalldeckel schabte an der Innenseite des Behälters. Gabe schlug blindlings drauflos. „Verdammte Schlampe!“, schrie er. „Ich werde dir den Kopf abreißen!“

Tina stand abrupt auf und merkte, dass sie Gabe überrumpelt hatte. Er hielt erschrocken die Hände hoch; in der einen hielt er das Messer, in der anderen das blutige Taschentuch. Er war zu langsam, um Tinas Schlag abzuwehren; der Ziegelstein landete mit einem ekelhaften Geräusch auf seinem Schädel.

Gabe sackte neben der Mülltonne zusammen. Tina schlug noch einmal zu, dann hörte der grausamste Mörder, den es je in der Southside gegeben hatte, auf zu atmen. Tina wusste, dass sie immer noch alles riechen würde; jeden wahnsinnigen Mörder, der noch da draußen lauerte, jedes Mädchen, das erstochen worden war, und jedes Kind, das heulend neben seiner leblosen Mutter im Wohnzimmer saß. Sie konnte alles riechen und daran würde sich nichts ändern.

Mach das Licht an

Tedddy wurde von einem leisen Quietschen geweckt. Erst dachte er, dass das Geräusch von der Maus in seinem Traum stammte, ein kleines Nagetier, dass von einer Katze in die Enge getrieben worden war. Doch dann quietschte es erneut. Es kam aus seinem Zimmer.

Teddy hatte nicht vor, sich die Bettdecke vom Kopf zu ziehen. Er konzentrierte sich auf das neue Geräusch; ein schriller Ton, der die angespannten Nerven in Teddys kleinem Rücken vibrieren ließ. Es war wie das Geräusch, das die Schranktür seiner Eltern machte, wenn er sie langsam öffnete, um einen Blick auf seine Geschenke zu werfen.

Teddy musste nachsehen, genauso, wie er es immer tat, wenn seine Mutter eine Tasche voller Lebensmittel vom Supermarkt nach Hause brachte. Wenn es irgendetwas auf ihn abgesehen hatte, musste er es wissen. Wegen seines gebrochenen Beins konnte er zwar nicht wegrennen, aber falls er etwas sah, konnte er um Hilfe rufen.

Teddy zog sich langsam die Bettdecke vom Kopf. Sobald seine Augen sichtbar wurden, hörte das Quietschen auf. Er setzte sich im Bett auf, klammerte sich an die Bettdecke und war bereit, sie sich wieder über den Kopf zu ziehen, falls in der Dunkelheit etwas auftauchen würde.

Teddy sah zur Schranktür hinüber und erwartete, eine Reihe rasiermesserscharfer Zähne zu sehen, aber seine Augen hatten sich noch nicht an die Dunkelheit im Zimmer gewöhnt und er konnte nur bis zum Fußende seines Bettes sehen. Das Mondlicht hätte alles erhellt, wenn er nicht die Fensterläden geschlossen und die Jalousien hinuntergezogen hätte. Er traute sich nicht, das Fenster offen zu lassen; der Gedanke daran, dass ihn nur eine Fensterscheibe von den Dämonen da draußen trennte, reichte aus, um Teddy stundenlang wachzuhalten. Er wusste, dass er aufwachen und das Gesicht einer Kreatur sehen würde, das gegen die Fensterscheibe gedrückt wurde, wenn er die Fensterläden offen ließ und die Jalousien nicht hinunterzog. Deshalb musste Teddys Mutter zweimal pro Woche seine Bettwäsche wechseln.

Wie alle anderen Kinder in der Nachbarschaft hatte Teddy Angst vor der Dunkelheit. Alle schlimmen Dinge in ihrer winzigen Stadt passierten immer nachts. Nachts ging niemand nach draußen, nicht einmal die Erwachsenen. Niemand ließ die Türen unverschlossen. Und vor allem durfte man sich nicht von den Dämonen beim Schlafen beobachten lassen. Das hatten Tina, Jonas und Danny Kincaid herausgefunden. Und auch Ricky Oliver.

Teddy blickte zum Fenster und sah, dass die Fensterläden immer noch geschlossen waren. Es quietschte wieder im Schrank. Er drehte sein Kopf in Richtung des Geräuschs und war bereit, nach seiner Mutter zu rufen. Er wollte sie nicht noch einmal wecken, aber das war immer noch tausendmal besser, als in einem der Säcke zu landen, die sie am Harlen River gefunden hatten.

Jetzt, wo sich seine Augen an die Dunkelheit gewöhnt hatten, konnte Teddy das Obi-Wan Kenobi Poster sehen, das über seiner Kommode hing. Der Schrank, der danebenstand, war offen. Ein fünfzehn Zentimeter breiter schwarzer Streifen hob sich von der weisen Wand ab. Er ließ ihn nie offen und sah jeden Abend mindestens zweimal nach, bevor er ins Bett kroch.

Er wartete, bis sich die Schranktür wieder bewegte, und sah, dass sein Rollstuhl neben der Zimmertür stand. Als er ins Bett gegangen war, hatte er links neben seinem Bett gestanden. Er musste auf dem harten Holzboden weggerollt sein. Es war der Rollstuhl, der gequietscht hatte. Früher hatte er seinem Onkel Matt gehört, die Räder waren jetzt alt und rostig.

Teddys Vater hatte ihn eine Lektion gelehrt, bevor er sie verlassen hatte. Er hatte immer gesagt, dass es für alles eine vernünftige Erklärung gab. Der Verstand war ein mächtiges Werkzeug, das in der Lage war, eine Person durch Angst zu lähmen oder durch Logik zu befreien. Es hing alles davon ab, wie man ihn benutzte.

Teddy betrachtete den offenen Schrank. Der große flauschige rote Mantel, der darin hing, war kein Dämon. Und die beiden kleinen Stummel am unteren Ende der Tür waren keine Fingerspitzen. Vermutlich waren es Kratzer, die er vorher nicht bemerkt hatte, oder vielleicht war sein Schlaghandschuh hinuntergefallen.

Teddy konzentrierte sich auf etwas, das aussah wie ein halber Kopf, der aus dem obersten Regal hervorlugte. Es bewegte sich nicht. Es war seine Zipfelmütze. Er bildete sich alles nur ein. Es war kein Dämon, der neben seinen stinkenden Tennisschuhen auf dem Boden saß; es war wahrscheinlich nur sein Fußball.

Er betrachtete seinen Rollstuhl und wünschte, er könnte ihn wieder zu sich hinüber beamen. Wenn der Rollstuhl so weit weg war, würde er nicht aufstehen können, zumindest nicht, ohne wie ein kleines Baby herumzukrabbeln. Er würde nach seiner Mutter rufen und sie aufwecken müssen, damit sie ihn wieder zum Bett schob. Gleichzeitig würde sie das Licht anmachen und er würde sich vergewissern können, dass nichts im Schrank war.

Seine Mutter würde allerdings sauer sein. Sie hatte ihm gesagt, er solle sie einfach schlafen lassen. Seit den Morden schien sie an nichts Anderem interessiert zu sein. Teddy zog sich die Bettdecke über den Kopf und legte sich wieder hin. Dann war unter dem Bett ein leises Kratzen zu hören und jemand zog sanft an seinem Laken. Teddy ließ die Bettdecke sinken und wartete. Es war still im Zimmer. Er kniff die Augen zusammen und sagte zu sich selbst, er solle sich nicht wie ein Baby benehmen.

Dann war neben dem Fenster ein lautes Rauschen zu hören. Die Schranktür knarrte und unter seinem Bett bewegte sich etwas. Das Laken spannte sich immer mehr um seine Brust und sein gebrochenes Bein. Dann rutschte es langsam von seinem Körper.

Teddy zog sich die Bettdecke über den Kopf und schrie. „Mama! Mama! Schnell!"

Am Ende des Flurs ging knarrend eine Tür auf. Er atmete erleichtert auf, würgte jedoch, als er die ranzige Luft einatmete. Der faule Geruch kam nicht von ihm. Selbst wenn er drei Schüsseln Chili mit Brokkoli gegessen hätte, hätte er keinen so übel riechenden Furz von sich gegeben.

Im Flur waren schwere Schritte zu hören. Da er nicht wie ein Angsthase aussehen wollte, ließ Teddy die Bettdecke sinken und setzte sich auf. Er musste sich wegen des sauren Gestanks fast übergeben. Er sah zum Fenster hinüber, das immer noch geschlossen war. Direkt unter der Fensterbank lag ein dunkelbrauner Haufen. Er vermutete, dass es seine Cordjacke war, die er zusammengeballt, auf den Boden geworfen hatte, aber er konnte sich nicht daran erinnern.

Die Tür ging auf. Der Rollstuhl wurde aus dem Weg geschoben. Gereizt und immer noch im Halbschlaf fragte seine Mutter: „Was macht der Rollstuhl hier?“

„Irgendetwas hat ihn bewegt.“ Teddy versuchte, ruhig zu klingen. „Mach das Licht an.“

Sie stand im Türrahmen, ihr Umriss war in der Dunkelheit nur knapp zu erkennen. „Wow, du hast dir wohl in die Hosen geschissen.“

Teddy traute seinen Ohren nicht. Seine Mutter hatte noch nie geflucht. „Das war ich nicht.“

„Wovon redest du?“

„Der Gestank. Das war ich nicht. Er kommt vom Fenster.“

„Ich rieche nichts“, sagte sie. „Ich habe gesagt, dass du dich erschreckt haben musst.“

Teddy fragte sich, wie es möglich war, dass er sie falsch verstanden hatte. „Nein, ich muss nur pinkeln und der Rollstuhl ist weggerollt. Kannst du ihn wieder hier herbringen und das Licht anmachen?“

„Teddy, du hast geschrien.“

„Ich brauche nur meinen Rollstuhl. Ich muss wirklich dringend pinkeln.“

„Das hast du nun von den ganzen Horrorfilmen, die du dir ansiehst. Deshalb hast du im Dunkeln Angst.“

„Ich habe keine Angst im Dunkeln.“ Er hatte vorgehabt, bei der Rollstuhlgeschichte zu bleiben, wusste aber, dass sie ihm die Geschichte nicht abkaufen würde. „Ich habe etwas gehört.“

„Müssen wir wieder dein Micky Maus Licht einschalten, Teddybär? Was würden deine Freunde sagen, wenn sie das wüssten?“

„Nein, ich brauche es nicht.“

„Das ist diese Woche das fünfte Mal, dass du mich geweckt hast. Ich brauche meinen Schlaf, mein Schatz.“

„Tut mir leid, Mama.“ Er sah sich im dunklen Zimmer um und konnte nichts Seltsames sehen oder hören. Er hatte sich alles nur eingebildet. „Kannst du mir den Rollstuhl bringen? Bitte.“

„Kein Problem.“ Sie schlurfte ins Zimmer und rollte den Rollstuhl neben das Bett.

Dann rauschte es wieder neben dem Fenster. Im Zimmer verbreitete sich der faulige Gestank einer Jauchegrube. Teddy schrie: „Mach das Licht an.“

„Was ist denn mit dir los, Teddy?“, fragte seine Mutter. „Ich bekomme noch einen Herzinfarkt, wenn du so schreist.“

„Beim Fenster. Hast du nichts gehört? Riechst du nichts?“

„Da ist nichts. Es gibt nichts, wovor du dich fürchten müsstest. Dein Vater war auch immer so ein Schlappschwanz.“

Obwohl sein Vater sie eines Abends ohne ein Wort zu sagen verlassen hatte, hatte seine Mutter nie schlecht über ihn geredet. Und egal, wie viel Angst er hatte, Teddy würde nicht zulassen, dass sie jetzt damit anfing. „Nein, das war er nicht.“

„Doch, das war er. Er hat die Dunkelheit nicht gemocht. Er hat immer gesagt, er würde Dinge sehen.“

„Deshalb ist er noch lange kein Schlappschwanz.“

„In diesem Haus wird nicht so geredet! Und sag nie wieder etwas Schlechtes über deinen Vater. Dein Vater war ein guter Mann.“

„Aber du ...“

„Ich habe gesagt, dass er Angst vor der Dunkelheit hatte. Das macht ihn nicht weniger männlich.“

„Du hast gesagt, er sei ein Schlappschwanz.“

„Ich fange an, mir Sorgen zu machen, mein Schatz. Vielleicht sollte ich dich zum Arzt bringen.“

Etwas stieß gegen das Bettende. Teddy schrie: „Mach das Licht an!“

Seine Mutter zog an der Kette, die das Licht auf der untersten Stufe einschaltete, und legte sich dann die Hand auf die Stirn. Mit der anderen Hand wehrte sie das grelle Licht ab und sagte: „Zufrieden?“

Teddy sah nach unten. Was da in der Ecke zitterte, war nicht seine Jacke, sondern eine groteske geleeartige Masse. Der dreißig Zentimeter große braune Klumpen öffnete sein einziges Auge und starrte ihn an. Er quoll vorwärts und hinterließ eine ätzende Spur, die sich in die Dielen fraß. Gerade als Teddy auf den Klumpen zeigte, öffnete dieser den Mund und es erklang wieder dieses Rauschen. Er musste sich fast übergeben, als ihm der widerliche Geruch in die Nase stieg.

Der Blick seiner Mutter folgte seinem Zeigefinger in die Ecke. „Was ist denn, Teddy?“

„Da! Sieh doch!“

Sie trat einen Schritt auf die Ecke zu und sah direkt auf das ekelhafte Wesen, ohne die Hand von der Stirn zu nehmen. „Was soll denn da sein? Eine Spinne? Ich sehe nichts.“

Jetzt, wo seine Mutter nicht mehr im Weg stand, hatte Teddy freie Sicht auf die Schranktür. Vier klauen artige Finger erschienen und stießen sie auf. Über der Hand lugte ein unförmiger Kopf hervor. Das schelmische Wesen lächelte Teddy an und im Licht glänzte eine ganze Reihe langer Nadel dünner Zähne.

Teddy kauerte sich gegen den Kopfteil des Betts und zog die Bettdecke bis unters Kinn. „Hinter dir! Pass auf!“

Sie richtete sich langsam wieder auf; die eine Hand lag immer noch auf ihrer Stirn, mit der anderen knöpfte sie den obersten Knopf des blauen Frottee-Nachthemds zu. „Du machst mir Angst, Teddy.“

Der spindeldürre Kobold kroch aus dem Schrank. Der stinkende Klumpen rückte immer näher. Teddy konnte nicht schreien.

Seine Mutter trat einen Schritt aufs Bett zu. Die Monster hielten mit ihr Schritt. Blut sickerte aus ihren Mundwinkeln und tropfte von ihrem Kinn. In dem Moment, als ein Tropfen Blut auf den Boden fiel, schoss eine pechschwarze ölige Schlange, von unter dem Bett hervor. Sie trank aus der scharlachroten Pfütze und klopfte aufgeregt mit ihrem stacheligen Schwanz auf dem Boden herum.

Teddy rief seiner Mutter zu, sie solle wegrennen.

Sie sah ihn nur an. „Ich weiß gar nicht, wer von euch beiden schlimmer ist; du oder dein Vater.“

Die Schlange wand sich zwischen den Beinen seiner Mutter. Sie schien nicht zu bemerken, dass sie sich um ihre Wade wickelte und eine schwarze Spur auf dem Frotteestoff hinterließ. Dann schoss sie ohne Vorwarnung unter das bodenlange Nachthemd. Seine Mutter begann im gleichen Rhythmus zu stöhnen wie der stachlige Schwanz der Schlange, der auf den Boden klopfte.

Ehe es Teddy gelang, sich die Decke über den Kopf zu ziehen, schoss der Kobold nach vorne und versenkte seine knochigen Klauen im Rücken seiner Mutter. Er riss ihr das Nachthemd vom Leib und enthüllte eine spindeldürre Kreatur mit dicken schwarzen Federn, die Brust, Arme und Beine bedeckte. Jetzt, wo sie entblößt war, nahm die Kreatur die Hand von der Stirn seiner Mutter. Ein dünner Hautfetzen und ein Stück ihres Skalps fielen zu Boden. Der stinkende Klumpen stürzte sich auf das Gesicht seiner Mutter, während sich das Schlangen-ding immer weiter zwischen den Beinen der Hochstaplerin vergrub. Sein Schwanz wirbelte nur wenige Zentimeter über dem Boden in der Luft herum.

Das andere Monster setzte seine Scharade fort und imitierte die Stimme seiner Mutter, während es auf ihn zukam. „Ich habe doch gesagt, dass alles in Ordnung ist. Schlaf jetzt, Teddybär. Aber zuerst gib Mama einen dicken Kuss.“

Die letzte Umarmung

Schön zu sehen, dass deine ganze Familie gekommen ist. Es ist erstaunlich, dass sie dich trotz der Dinge, die du getan hast, immer noch lieben und unterstützen. Ich frage mich, ob sie wissen, wie viel dir ihre Anwesenheit bedeutet.

Sie sind gekommen, um für dich zu beten. Sie sind gekommen, um dir Kraft zu geben. Aber eigentlich wird deine Verzweiflung dadurch nur noch größer, dein Leiden nur noch intensiver. In den Armen eines geliebten Menschen zu sterben, ist eine Sache. Hilflos vor den Augen seiner Angehörigen zu sterben eine ganz andere. Es ist vermutlich ein Segen, dass endlich alles ein Ende hat.

Sieh dir ihre Gesichter an. Sieh, was du getan hast. Sieh, worauf du sie reduziert hast.

Das ist bestimmt der schlimmste Moment im Leben deiner Mutter und du bist dafür verantwortlich. Die tiefen Falten, die die Angst und die Abscheu auf ihrem Gesicht eingekerbt haben, werden nie wieder verschwinden. Deinem Vater geht es nicht viel besser. Sieh, wie erbärmlich er aussieht, wie seine harte Macho-Fassade zerbröckelt. Aber der Schmerz deiner Eltern ist nichts im Vergleich zu dem, was deine kleine Schwester durchmacht. Sie starrt mich an und ist zu jung, um zu wissen, was sie gleich sehen wird. Sie wird diesen Tag nie vergessen. Ich auch nicht.

Ich bin kein Gnadenmörder. Ich habe einfach nur das Glück, zu beobachten, wie sie den Schalter umlegen. Ich freue mich auf heute Abend. Ich kann es kaum erwarten, deinen Schweiß auf meiner Haut zu spüren. Es ist äußerst berauschend, vom Geruch eines Toten umgeben zu sein.

Du sträubst dich. Mir gefällt, dass du so getan hast, als würdest du mit den Wärtern kämpfen, damit deine Familie nicht sieht, dass du wie ein kleines Mädchen zitterst. Wie süß, dass du immer noch versuchst, den starken Mann zu spielen. Mit der Waffe in der Hand warst du so mutig. Aber die ist jetzt weg. Du kannst meinen Arm nehmen. Drück so fest zu, wie du willst. Du kannst mir nicht wehtun.

Nein? Auch gut. Ich halte ohnehin nicht viel von Händchenhalten. Du hast nicht mehr viel Zeit; wirf einen letzten Blick auf deine Familie.

Erinnere dich an ihre Gesichter. Denk darüber nach, was du ihnen angetan hast, was sie gleich miterleben müssen. Sie können dort draußen nicht riechen, wie du langsam kochst. Aber es ist ein altes Gebäude, sie werden denken, dass sie deine versengten Körperteile riechen können.

So wie du auf mir sitzt, weiß ich jetzt schon, dass es ein Spaß werden wird. So wie du den Rücken wölbst und versuchst, meine Brust nicht zu berühren. So wie deine Beine zittern, wenn du versuchst, deinen Hintern von meinem Schoß fernzuhalten. Netter Versuch, aber sinnlos. Du hast jetzt nur noch mich. Es gibt nur noch uns beide.

Ich weiß, was du denkst, während du die Uhr ticken hörst. Es könnte immer noch sein, dass der Gouverneur anruft und dir Aufschub gewährt. Das ist zwar theoretisch möglich, passiert aber nie. Versteh mich nicht falsch. Ich freue mich, dass sie dir das sagen. Diese letzte Überlebenschance spielt mit deinen Emotionen; sie erfüllt dich mit panischer Hoffnung, die erst dann verschwindet, wenn dich der erste Stromschlag erfasst.

Ich habe eine besondere Überraschung für dich und deine Familie. Aus irgendeinem Grund wird der erste Stromschlag nur tausend Volt stark sein. Das Messgerät wird aber zweitausend anzeigen, deshalb werden die Wärter dafür sorgen, dass es ganze sechzig Sekunden lang dauert. Die Spannung ist stark genug, dass du Schaum vor dem Mund bekommst, aus den Augen blutest und wie ein Epileptiker zitterst, es reicht aber nicht aus, um dich zu töten.

Wenn sie die Prozedur unterbrechen, um das Problem zu erörtern, wirst du neue Hoffnung schöpfen und unbedingt am Leben bleiben wollen. Sie werden denken, sie hätten das Problem gefunden. Sie werden denken, dass ich alt bin und langsam auseinander falle. Sie werden ein paar Schrauben anziehen und schon sitzt du wieder auf mir. Sie werden nicht merken, dass ich dir schon komplett die Lauge aus dem Schwamm gesaugt habe.

Wenn sie den Schalter wieder umlegen, bringe ich Dreiviertelleistung. Ich werde langsam dein Gehirn und deine Innereien kochen, und dann nehme ich dich ganz. Wenn du stirbst, werden die Wärter feststellen, dass ich wieder Vollleistung bringe und nicht abgeschaltet werden kann. Sie werden sich gegenseitig beschuldigen und behaupten, dass ich meinen eigenen Kopf hätte, aber das wird keine Rolle mehr spielen. Du wirst nicht mehr spüren, wie dein Fleisch weiter brutzelt, aber ich kann dir versichern, dass ich nicht eher aufhören werde, bis jeder Zentimeter deiner Haut knistert.

Mmmh. Jetzt schwitzt du. Sie haben mich noch gar nicht eingeschaltet und schon tropfst du. Das wird ein Spaß werden!

Wenn es regnet

Del folgte seinem Chef und seinen beiden Kollegen auf das überdachte Balkon im zweiten Stock und setzte sich neben Taylor auf den Stuhl, der gleich de auch neben der Küche stand. Die anderen konnten von ihm aus ruhig nass werden, wenn sie es wollten, aber Del blieb im Trockenen. Das war nicht nur ein leichter Herbstregen oder ein kleines Gewitter. An Abenden wie diesem konnte man nicht vorhersagen, wie viel Regen fallen würde.

Blitze erhellten das ganze Anwesen. „Heilige Scheiße", sagte Martin mit seinem starken Schweizer Akzent. Er zeigte auf den Fluss, der ungefähr zwanzig Meter weiter unten durch die grasbewachsene Böschung rauschte. „Seht ihr das Wasser? Seht euch das an! Unglaublich, nicht wahr?"

Del reckte den Hals und betrachtete den Fluss, der über die Ufer trat, sagte aber nichts. Die sintflutartigen Regenfälle hatten den normalerweise ruhigen Bach in einen reißenden Strom verwandelt und alles aus dem Gleichgewicht gebracht. Martin erwartete offensichtlich, dass ihm jemand zustimmte und sagte, dass es ein schöner Anblick sei, doch das überließ Del den beiden Arschkriechern, die sogar behaupten würden, dass Gras orange und Kürbisse grün waren, wenn der Chef es sagte.

Martin musste Dels Gleichgültigkeit bemerkt haben, denn er fragte: „Kommt das oft vor? So verrücktes Wetter?"

Taylor trank einen Schluck von seinem fruchtigen Getränk. Mit seinem auffälligen Schmuck und seiner trendigen Kleidung sah er aus wie ein Clown. Er passte vielleicht nach Hollywood, aber wenn er in diesem Aufzug in eine der Kneipen im Ort gehen würde, würde man ihn auslachen. Taylor wischte sich den Mund ab und fragte Del: „Ja, was zum Teufel ist in diesem Kaff los? Heute Morgen war das Wetter einwandfrei, so warm und sonnig wie in L.A."

Del war versucht, die grauen Wolken zu erwähnen, die den ganzen Nachmittag am Himmel gehangen hatten, aber er überlegte es sich anders. Stattdessen trank er einen Schluck Bier und sagte: „Der einzige Unterschied ist, dass es hier keinen Smog gibt, was? Erinnert ihr euch? Letzte Woche habt ihr noch geschwärmt, wie sauber die Luft sei."

Taylor wandte den Blick nicht vom Sturm ab. „Ja, schade, dass es hier so verdammt viel Pollenflug gibt. Ich habe noch nie in meinem Leben so viel niesen müssen."

„Ernsthaft, Del", sagte Martin in seinem seltsamen Englisch, „das Wetter ist die ganze Zeit schrecklich, oder? Ja?"

„Drüben in Ashford und in Heaven gibt es manchmal solche Wolkenbrüche, hier unten aber eher selten. Ab und zu regnet es ziemlich heftig, aber normalerweise sind es nur kurze Schauer."

Billy, der den ganzen Abend ungewöhnlich ruhig gewesen war, schmunzelte und trank den Rest von seinem Whisky Cola. „Heaven. Kaum zu glauben, dass es hier einen Ort namens Heaven gibt." Er rotzte in seinen leeren Plastikbecher und warf ihn wenige Zentimeter von Taylors Füßen entfernt auf den Boden. „Hier steht an jeder Straßenecke eine gottverdammte Kirche."

„Und was zum Teufel hat es damit auf sich, dass man sonntags keinen Alkohol bekommt?", fragte Taylor.

„Ja, ich dachte, Alkohol sei in Ordnung. Wein soll doch angeblich das Blut von Jesus sein", sagte Billy. Die Abscheu triefte aus seinen Worten wie die Regentropfen, die vom Geländer fielen.

Ein weiterer Blitz erhellte den Himmel. Del rückte seinen Stuhl etwas näher zur Küche, nur für den Fall, dass der nächste Blitz in den Balkon einschlug. „Hier draußen beten die Leute gerne. Die meisten haben auch gute Gründe dafür."

Anstatt das Thema zu wechseln, fuhr Billy fort: "Diese ganze Gott-Geschichte ist Quatsch, wenn ihr mich fragt."

Martin sagte: „Vielleicht solltest du das nicht so voreilig sagen. Wer lässt es denn deiner Meinung nach regnen?"

Billy stand abrupt auf und ging auf Del zu, der seinen Stuhl aus dem Weg schob, damit der muskelbepackte Tyrann an ihm vorbei in die Küche stapfen konnte.

Taylor trank einen Schluck. „Was hat der denn für ein Problem?"

„War er früher nie Messdiener?", fragte Martin überrascht, während die anderen in Gelächter ausbrachen.

Billy stolperte wieder auf den Balkon. Er hielt einen frischen Drink in der Hand. „Was zum Teufel ist den so lustig?"

„Ach, nichts“, sagte Taylor. „Entspann dich.“

„Der Schlamm ist schrecklich. Stellt euch nur vor, wie schmutzig der Escalade morgen sein wird. Wir wohnen an einer gottverdammten Schotterpiste.“

Über ihnen entlud sich ein weiterer Blitz. Und Taylor zeigte auf die Auffahrt unter ihnen. „Vielleicht ist es besser, wenn du ihn umparkst, Billy. Wenn das Wasser weiter steigt, steht er im Dreck. Und die Felgen werden völlig am Arsch sein.“

Billy zog einen Schlüsselbund aus der Hosentasche und wandte sich an Del. „Fahr ihn in die Garage.“

„Ich gehe da nicht raus.“

„Hast du etwa Angst vor dem bisschen Regen?“

„Nein, ich habe einfach keine Lust, da rauszugehen.“

„Komm schon.“ Billy trank einen Schluck. „Verdien dir deinen Unterhalt, Mann. Du bezahlst schließlich keine Miete.“

„Ja, du aber auch nicht. Außerdem bin ich nur unter der Woche hier.“

„Und was ist, wenn ich das Außenlicht einschalte? Vielleicht kann Taylor dir die Hand halten.“

Del hätte Billy am liebsten zum Teufel geschickt, doch er schüttelte nur den Kopf, lehnte sich zurück und starrte in die Dunkelheit hinaus.

Billy steckte die Schlüssel wieder ein. „Gut. Keine große Sache“, sagte er, obwohl ihm das keiner der anderen glaubte. „Ich kann es mir leisten, ihn wieder aufmöbeln zu lassen.“

Der Sturm wurde immer intensiver. Der Regen prasselte gegen die Hauswand. Martin stand auf und bat die anderen, näher zur Küche zu rutschen. Dafür, dass er sich als Naturbursche bezeichnete, scheute er den Regen viel zu sehr.

„Ein bisschen Regen wird euch schon nicht umbringen“, sagte Taylor, bevor er schnell das Thema wechselte. „Also, was ist?“, fragte er. „Ziehen wir endlich los? Ich will eine Frau flachlegen.“

„Du willst bei dem Wetter ausgehen?“, fragte Del.

Taylor sagte: „Na klar. Heute ist College-Abend in Franks Kneipe. Und die Mädels können nicht viel vertragen.“

„Heute ist bestimmt nirgendwo etwas los“, sagte Del. „Nicht bei diesem Wetter.“

„Sei kein Schlappschwanz", sagte Billy.

„Ihr könnt von mir aus gehen. Ich bleibe hier", sagte Del.

Billy trank aus und stellte seinen leeren Becher neben den Ersten. „Der Sturm ist in zehn Minuten vorbei."

„Vergiss es. Darauf wette ich mein Haus."

„Blödsinn, Del. Es ist kein Haus, wenn du es hierherfahren und in meiner Einfahrt parken kannst."

Taylor schmunzelte und sagte dann schnell zu Billy: „Das ist nicht lustig, Alter."

„Du hast aber gelacht."

„Ich habe an etwas Anderes gedacht. Ignorier ihn einfach, Del."

Del knackte mit den Knöcheln und dachte an die Waffe in seiner Nachttischschublade. „Das tue ich immer."

Billy neigte sich vor und wandte sich an Del. „Hast du etwa ein Problem mit mir, du Landei? Bist du eifersüchtig?"

Del fürchtete sich vor dem, was er sagen würde, wenn er den Mund öffnete. Martin versuchte, die Situation zu entschärfen, und sagte: „Lasst es gut sein, Jungs. Entspannt euch."

„Ich gehe rein", sagte Del und erhob sich von seinem Stuhl. „Muss morgen früh raus." Als er am Knauf der Küchentür drehte, leuchtete ein Blitz auf. Taylor schrie auf und fiel fast vom Stuhl.

„Was ist denn los, Taylor?", fragte Billy.

„Habt ihr das gesehen?", stammelte Taylor und zeigte zum Fluss. „Heilige Scheiße, habt ihr das gesehen?"

„Was denn?", fragte Billy gelangweilt.

„Seht doch!", schrie Taylor. „Dort unten ist etwas, ein Schatten."

Del spähte in die Dunkelheit hinaus. Er konnte nichts sehen, befürchtete jedoch, dass er wusste, was Taylor gesehen hatte. Er bemühte sich, nicht ängstlich zu klingen, und fragte: „Wie sieht es denn aus?"

„Hör nicht auf den Angsthasen", sagte Billy. „Ein Reh hat ihn erschreckt."

Taylor stand auf und ging rückwärts zur Wand. „Das war kein Reh. Seht doch selbst! Ich meine es ernst. Da draußen ist etwas."

Martin wollte gerade sagen, dass er nichts sehen konnte, als wieder ein Blitz aufleuchtete. Niemand sagte ein Wort, aber sie sahen es alle.

Billy trat näher ans Balkongeländer heran und starrte in den dunklen Hinterhof. Martin drehte sich zu Del um und fragte ihn, was zum Teufel das sei.

„Ein Schleicher", sagte Del.

Plötzlich richteten alle ihre Aufmerksamkeit auf Del. Er wurde mit Fragen bombardiert und versuchte, eine Erklärung abzugeben, ohne ängstlich zu klingen. „Ich habe noch nie einen gesehen, aber das muss wohl einer sein."

„Du wusstest also, dass es sie gibt?", rief Billy.

„Ich habe euch doch gesagt, dass es hier seltsame Dinge gibt, aber ihr habt nicht auf mich gehört. Das tut ihr nie."

Martin kreischte fast. „Was machen wir jetzt? Wen rufen wir an?"

„Kein Grund zur Panik", sagte Del und versuchte, alle zu beruhigen - und, sich selbst auch. „Wenn wir ihn in Ruhe lassen, wird er uns nichts tun. Lasst uns reingehen. Ich glaube nicht, dass er gerne beobachtet wird."

Billy setzte sich wieder auf seinen Stuhl. „Scheiß drauf. Ich bleib genau hier sitzen und beobachte, wohin er geht. Ich werde nicht zulassen, dass er herumschleicht und sich Zugang zum Haus verschafft. Kommt nicht in Frage."

Martin rannte in die Küche, um sein Handy zu holen. Del sagte zu den anderen beiden: „Ich habe euch doch gesagt, dass es verrückt ist, so nahe am Fluss zu wohnen. Niemand, der auch nur einen Funken Verstand hat, baut ein Haus am Wasser."

Wieder zuckte ein Blitz durch die Dunkelheit. Die gelbliche Kreatur, die wie ein menschenähnlicher Plastilin klumpen aussah, der mit Schlamm und Algen bedeckt war, kletterte langsam die Böschung hinauf.

„Er kommt näher", rief Taylor. „Du hast nichts von diesen Dingen gesagt."

„Ich habe gesagt, dass es im Fluss wahrscheinlich Schleicher gibt. Deshalb wollte ich nicht, dass wir hier runterkommen."

„Ich dachte, du hättest damit einen Waschbären, ein Stinktier oder so etwas gemeint."

„Ja", stimmte Billy zu, „oder irgendein verrücktes Fisch-ding."

Martin rannte mit dem Handy in der Hand wieder auf den Balkon hinaus. „Kein Empfang." Die anderen sahen ebenfalls auf ihre Handys.

Kein einziger Balken. Sie gingen ins Haus und stellten fest, dass das Festnetz auch tot war.

„Der Sturm muss die Leitung unterbrochen haben. Passiert die ganze Zeit", sagte Del, obwohl es nicht stimmte.

„Verdammte Scheiße!" Taylor steckte sein Handy wieder ein. „Ich muss immer mindestens drei Meter vom Haus entfernt stehen, um zu telefonieren."

„Dann tu es", befahl Billy.

„Fick dich. Tu du es doch."

Del sagte: „Es wird nichts nützen. Die Polizei wird nichts unternehmen."

„Und warum nicht, verdammt?", schrie Taylor. „Da unten ist ein Monster!"

„Beruhige dich", sagte Del. „Es wird dich nicht stören, solange du es in Ruhe lässt. Geh einfach nicht raus." Del wusste zwar nicht, ob das stimmte. Er hatte es nämlich letzte Woche von zwei Einheimischen gehört, die eine Ladung Fischköder abholten.

„Genau", sagte Martin. „Wir bleiben drinnen."

„Und schließt alle Fenster und Türen", sagte Billy.

Del lächelte innerlich und genoss es, dass die ach so klugen Jungs aus der Stadt endlich auf ihn hörten. „Nur, um sicherzugehen", sagte Del und ging durch die Küche.

„Wo gehst du hin?", fragte Martin, während ein Donnerschlag das Haus erschütterte.

„In mein Zimmer." Er merkte, dass seine Gleichgültigkeit sie beeindruckte und wollte es nicht vermasseln, indem er ihnen sagte, dass er seine Pistole holen ging. Wenn die Geschichten wahr sind, würden sie den Schleicher nicht so schnell loswerden. Die Einheimischen hatten gesagt, sie hätten einen gesehen, der nach drei Brustschüssen immer noch weitergerannt war.

Del hielt an, um das Licht einzuschalten, dann stieg er die Treppe hinunter. Er eilte in sein Zimmer und war von sich selbst enttäuscht, weil er Angst hatte. Im Haus war nichts. Der Schleicher würde am Fluss herumlungern, bis er einen Hund oder eine Katze oder sonst irgendeine unglückliche Kreatur erwischte und dann wieder in seine Bleibe bei den Caniton-Höhlen zurückkehren.

Er betrat sein Zimmer und zog die Pistole unter der Matratze hervor. Dann legte er sich aufs Bett und lauschte dem tobenden Sturm. Zweimal dachte er, dass der laute Knall vor seinem Schlafzimmerfenster etwas Anderes als Donner gewesen sein könnte, sagte sich dann aber, dass er sich das nur einbildete. Ein Schleicher würde nicht versuchen, in ein Haus einzudringen, schon gar nicht in eins, das abgeschlossen war und in dem vier Männer saßen.

Del betrachtete das Fenster und fragte sich, ob er die Jalousien hinunterziehen sollte. Er beschloss, es nicht zu tun, weil er wissen wollte, ob auf der anderen Seite der Fensterscheibe ein Monster lauerte. Er würde nicht auf den Schleicher schießen, es sei denn, er griff an, aber wenn er es tat, würde er diesem verdammten Hurensohn ein Loch in den Schädel ballern.

Im oberen Stock schrie jemand; das musste Billy sein. Einen Augenblick später schrien sie alle. Del sprang vom Bett auf und rannte los. Er stürmte zwei Stufen auf einmal die Treppe hinauf und rannte durch die Küche, während er die Pistole lud. Er fürchtete sich vor dem, was er auf dem Balkon sehen würde. Doch bevor er ganz die Nerven verlor, trat er die Tür auf und zielte.

Er senkte die Waffe, als er merkte, dass die drei Idioten jubelten. Billy hielt einen Bogen in der Hand, und zu seinen Füßen lag ein Köcher mit Pfeilen.

„Er hat ihn erwischt!", rief Taylor. „Er hat den Hurensohn erwischt."

„Direkt ins Auge", sagte Billy voller Stolz.

Martin lächelte und klopfte Billy auf den Rücken. „Ein verdammt guter Schütze, unser Billy."

Ein weiterer Blitz. Del blickte über das Balkongeländer und entdeckte den Schleicher, der flach auf dem Rücken lag. Der blaue Pfeil ragte in den Himmel hinauf. Er drehte sich zu den drei Männern um. „Warum? Warum habt ihr das getan? Ich habe euch doch gesagt, ihr sollt ihn in Ruhe lassen."

„Er kam aufs Haus zu", erklärte Taylor.

Del wollte es sich zwar nicht eingestehen, aber der Schleicher war nur noch knappe fünfzehn Meter vom Haus entfernt. Das Licht, das durch das Fenster der Hintertür drang, beleuchtete seinen leblosen Körper. „Das hättet ihr nicht tun sollen."

Wieder erschütterte ein Donnerschlag das Haus und der Regen prasselte sintflutartig aus den düsteren Wolken. Ein Schlammbad umgab die mit Schwimmhäuten versehenen Füße des toten Schleichers. Wenn der Sturm nicht nachließ, würde das Haus innerhalb weniger Minuten überschwemmt sein.

„Da ist noch einer!", rief Taylor und zeigte auf eine Stelle hinter der toten Kreatur.

Dels Blick folgte Taylors zitternder Hand. Er musste sich anstrengen, um im prasselnden Regen etwas zu erkennen. Eine formlose gelbe Gestalt erschien aus dem tosenden Fluss und streckte seinem toten Bruder die Hand entgegen.

Billy spannte den Bogen und sagte zu Taylor, er solle aus dem Weg gehen. Taylor trat zurück und Billy zielte. Del packte den Pfeil, bevor Billy ihn abschießen konnte. „Tu es nicht!"

„Sieh ihn dir doch an!", schrie Billy. Seine Arme zitterten, während er versuchte, den Bogen gespannt zu halten. „Lass mich schießen!"

Del hielt immer noch den Pfeil fest und rechnete damit, dass er ihm gleich die Haut von der Handfläche reißen würde. Er blickte über das Geländer. Die Kreatur kniete neben ihrem toten Freund im Dreck. Der Schleicher betrachtete den Pfeil und sah dann zum Balkon hinauf; seine ausdruckslosen Augen musterten jeden von ihnen. Dann ließ er den Kopf nach hinten sinken und heulte so laut, dass man ihn trotz des prasselnden Regens und des Donners hören konnte.

„Verdammt noch mal! Lass mich endlich schießen!", schrie Billy. Taylor und Martin riefen Del zu, er solle den Pfeil loslassen.

Obwohl er die Pistole in der Hand hielt und eigentlich das Kommando hatte; dieser Verantwortung war Del nicht gewachsen. Ihm war gesagt worden, man müsse die Schleicher in Ruhe lassen, aber was war, wenn das nicht stimmte? Sie hatten bereits einen erschossen. Er konnte keine Entscheidung treffen. Sie waren alle erwachsene Männer. Er konnte ihnen nur sagen, was er wusste.

Dann erklang plötzlich ein lautes Sauggeräusch, das ihre Aufmerksamkeit auf sich zog. Es war, als würde man eine Dose Thunfisch öffnen. Der Schleicher hielt den Pfeil in der Hand; eine schleimige schwarze Masse tropfte von der Spitze. Der Körper, aus dem er den Pfeil gezogen hatte, fiel in sich zusammen. Große Stücke der fleckigen Haut lösten sich ab und versanken im aufsteigenden Wasser, das der Kreatur schon bis zur Brust reichte.

„Verfluchte Scheiße", sagte Taylor und sah aus, als würde er sich gleich übergeben müssen.

Del ließ den Pfeil los und drehte sich zur Küche um. Der Pfeil Schoß durch die Luft, dann waren Jubelrufe zu hören und Hände, die sich gegenseitig abklatschten.

Das Gewicht der Waffe war zwar beruhigend, doch er fühlte sich zum ersten Mal, seit er sie vor zehn Jahren gekauft hatte, unwohl, mit nur fünfzehn Kugeln im Magazin. Er wünschte, er hätte die zusätzliche Munition mitgebracht, die zu Hause verstaubte.

Del wusste, dass sie ihn wahrscheinlich nicht hören würden, aber er rief trotzdem: „Kommt rein!"

Nur Billy antwortete, und das nicht gerade höflich, deshalb ging Del zu seinem Zimmer. Als er am Kühlschrank vorbeikam, rief Taylor: „Da ist noch einer!"

„Da auch!", rief Martin.

Billy sagte: „Ich sehe vier!"

Soweit Del wusste, waren Schleicher eigentlich nicht in Rudeln unterwegs. Es gab sogar Leute, die behaupteten, es würde nur noch einen oder zwei geben. Del rannte zur Wand und schaltete die Flutlichter ein. Als er wieder auf den Balkon hinaustrat, zählte er sechs dieser widerwärtigen Kreaturen. Drei von ihnen gingen durch den Fluss, auf den sich auflösenden gelben Haufen bei der Hintertür zu. Die drei anderen hatten es schon bis in die Auffahrt geschafft.

„Der Escalade! Nein, verdammt!" schrie Billy, spannte den Bogen und zielte. Er ließ den Pfeil los; er zischte an einem der Schleicher vorbei und durchbohrte die Fahrertür.

„Sie sind zu weit weg", sagte Taylor. „Du musst auf die zielen, die aufs Haus zukommen."

Martin stimmte zu, und sagte zu Billy, er solle sich auf die bei der Hintertür konzentrieren.

Billy drehte sich zu Del um. „Ich werde mich um die hier kümmern. Schnapp du dir die da draußen.“

Auf der Auffahrt war Lärm zu hören. Obwohl sie nicht sehr stark aussahen, konnten die Schleicher ganz schön zuschlagen. Innerhalb von wenigen Sekunden war der Escalade völlig verbeult. „Dieses Auto hat siebzigtausend Dollar gekostet, ihr Wichser!“, jammerte Billy und schoss einem der Schleicher direkt in den Hals.

„Es ist ohnehin schon ruiniert. Du hast ja eine Versicherung“, erinnerte Taylor ihn.

Billy hatte keine Pfeile mehr. „Gib mir deine Waffe“, sagte er zu Del.

Del schüttelte den Kopf. Das Geräusch von zerbrechendem Glas und knirschendem Metall vermischte sich mit dem Rauschen des tosenden Flusses.

„Komm schon, du Feigling“, sagte Billy. „Wenn du die Waffe nicht benutzen willst, gib sie mir.“

„Ich werde sie erschießen, wenn sie ins Haus kommen. Wir dürfen sie nicht noch mehr verärgern.“

Dann erklang wieder in ohrenbetäubendes Heulen. Billy sagte: „Sie verspotten uns.“

„Lass sie.“ Del drehte der Gruppe den Rücken zu. „Ihr geht besser rein.“

„Fick dich“, sagte Billy und wollte sich auf ihn stürzen. Del wirbelte herum und richtete die Pistole auf Billys Kopf. „Wenn du das noch mal tust, schieße dir ein drittes Auge, du Hurensohn.“

Billy funkelte Del an, schien jedoch eingeschüchtert zu sein und trat schließlich einen Schritt zurück.

Del zielte immer noch auf Billys Stirn und war versucht, abzudrücken. Er sagte: „Du kannst tun, was du willst, aber diese Waffe rührst du nicht an.“

Del entdeckte in der Ecke einen Köcher. Billy sah ihn auch, hielt jedoch Blickkontakt mit Del. „Ich habe keine Angst vor ihnen. Nicht so wie du.“

„Wenigstens bin ich nicht so betrunken und dumm wie du“, sagte Del.

Billy stürmte an Del vorbei, schnappte sich einen Pfeil und rannte zur Haustür. Del hatte noch nie jemanden getroffen, der so bescheuert war. Del hörte, wie die Tür geöffnet und zugeknallt wurde, dann wandte er seine Aufmerksamkeit wieder dem Hinterhof zu, wo die Schleicher immer noch damit beschäftigt waren, den Escalade in Schrott zu verwandeln.

„Beeil dich, Del", drängte Taylor und spähte über das Geländer. „Sie sind direkt unter uns."

„Geht vom Geländer weg und seid still. Ihr beide." Martins Gesichtsausdruck verriet, dass er es nicht mochte, wenn ihm jemand sagte, was er zu tun hatte, deshalb fügte Del hinzu: „Vertrau mir."

Martin nickte und trat vom Geländer weg. Im selben Augenblick war von der Auffahrt ein schriller Schrei zu hören. Der Schleicher, der das hintere Teil des Escalade bearbeitet hatte, fiel auf die Knie. Eine blaue Pfeilspitze ragte aus seinem Hinterkopf. Billy rannte in den Hinterhof und hob einen Pfeil vom Boden auf. Er spannte den Bogen und zielte auf den Schleicher, der auf der Beifahrerseite stand. Dann schoss er. Der Pfeil verfehlte sein Ziel und prallte vom zerstörten Fahrzeug ab.

Billy sah sich nach einem weiteren Pfeil um. Mit der unnatürlichen Geschwindigkeit eines Tsunamis rasten die Schleicher von beiden Seiten auf Billy zu. Ehe er sich versah, hatten sie sich auf ihn gestürzt. Einer bohrte seine Krallen in seinen Bauch und warf sich seine Eingeweide über die Schulter, der andere versenkte seine riesigen Reißzähne in Billys Gesicht und begann, es zu zerfleischen.

Taylor rief Del etwas zu, als ein riesiger Aufprall den Balkon erschütterte. Del warf einen Blick über das Geländer, konnte aber keine Kreaturen sehen, nur Wasser, das in großen Wellen gegen das Haus schlug.

„Was zum Teufel war das?", fragte Martin mit zittriger Stimme.

„Die Tür, glaube ich."

„Bist du sicher?", rief Taylor. Ehe Del ihm sagen konnte, dass er sich zurückziehen solle, ließ Taylor sich auf alle viere fallen, streckte den Kopf durch das Geländer und spähte über den Rand hinaus. „Heilige Scheiße." Sie haben die gottverdammte Tür gerammt. Sie sind im Haus!"

„Kommt", sagte Del, während er beobachtete, wie die beiden Schleicher in der Auffahrt von ihrem Opfer abließen und aufstanden. Von Billy war nur noch ein hässlicher Fleischklumpen übrig. Die beiden

Schleicher taumelten auf den Escalade zu, packten die hintere Stoßstange und hievten ihn die Böschung hinunter. Del fühlte sich angesichts ihrer unmenschlichen Stärke hilflos.

Taylor drehte gerade rechtzeitig den Kopf, um zu sehen, wie der Escalade aufs Dach fiel und in den Fluss schlitterte. „Sie stauen den Fluss."

Martins Augen wurden immer größer. „Wie meinst du das?"

„Taylor, geh vom Geländer weg", befahl Del. „Mir nach. Kommt schon."

Plötzlich schoss eine lange violette Zunge durch die Luft, die so breit wie Dels Handgelenk war. Sie wickelte sich um Taylors Hals und zog ihn durch das Geländer. Del rief Martin zu, er solle Taylors Füße packen, während er zum Geländer rannte und den Lauf der Pistole auf die Zunge des Biests richtete. Taylor gurgelte und versuchte verzweifelt, sich zu befreien. Die Pistole war nur wenige Zentimeter von seinem Gesicht entfernt. Del wusste, dass er riskieren musste, Taylors Gehör zu schädigen, um ihm das Leben zu retten. Er drückte ab. Die Zunge explodierte und es spritzten blutige Klumpen auf Taylors Gesicht.

Martin zerrte Taylor auf den Balkon zurück und half ihm, sich das Gewebe vom Körper zu reißen, das immer noch um seinen Hals gewickelt war und sich auflöste. Es fiel in Klumpen zu Boden.

Del hielt ihnen die Küchentür auf. „Los, kommt rein! Sofort!"

Diesmal zögerten sie nicht. Martin eilte an Del vorbei. Taylor schrie auf. Er war direkt hinter Martin gewesen, taumelte jetzt aber rückwärts; eine der grotesken Zungen hatte sich um seinen linken Knöchel geschlungen, und eine weitere um seinen rechten Bizeps.

Del wollte Taylors ausgestreckte Hand packen, aber er war nicht schnell genug. Del hörte ein ekelhaftes Knacken, als Taylors Rücken gegen das Geländer schlug. Sein gequälter Gesichtsausdruck verriet, dass es nicht das Holzgeländer gewesen war, das das Geräusch verursacht hatte.

Martin lehnte sich im hinteren Teil des Balkons an die Wand, während Del zum Geländer rannte. Mit der rechten Hand zielte er, und mit der linken versuchte er, Taylor zurückzuziehen. Unter ihnen standen fünf Schleicher; zwei von ihnen hatten ihre Zungen um Taylor gewickelt und zogen an ihm, die anderen warteten geduldig.

Die Schleicher benutzten Taylor, um sich an ihm hochzuziehen. Gerade als Del auf Taylors Knöchel schießen wollte, ließ die Kreatur, die neben ihm stand, ihre Zunge hervorschnellen. Del drehte sich um und feuerte zwei Schüsse ab. Die beiden Kugeln trafen die schwammige Stirn des Schleichers, und seine fleischige Zunge, die sich um Dels Unterarm schlang, fiel dann zu Boden.

Del wandte sich wieder seinem ursprünglichen Ziel zu und feuerte zwei weitere Schüsse ab. Die Kreatur fiel nach hinten und ließ Taylors Bein los. Weder Del noch Taylor waren darauf vorbereitet, dass die Zugkraft so plötzlich nachließ. Taylor fiel nach vorne und knallte mit dem Gesicht auf den Boden. Del verlor den Halt und Taylor wurde vom Balkon gezogen. Er schrie auf, verstummte jedoch abrupt, als er ins aufsteigende Wasser fiel.

Del drückte so schnell er konnte den Abzug und tötete den Schleicher, der Taylor nach unten gezogen hatte, und den, der seine Zähne in Taylors Hals versenkt hatte. Doch, bevor er dazu kam, den Dritten zu erschießen, erschütterte eine Explosion das Haus. Plötzlich ging das Licht aus und die pechschwarze Nacht wurde nur noch vom Flutlicht erhellt.

In der Dunkelheit hörte sich das Schmatzen, Schlürfen und Knurren unter ihnen sogar noch lauter an. Del wich vom Geländer zurück, bis er mit Martin zusammenstieß, der zitternd neben der Tür stand. Er ging in die dunkle Küche zurück, zog Martin mit sich und schloss die Tür hinter ihnen.

„Ich will nicht hier sein“, flüsterte Martin.

„Der Trennschalter ist dort unten. Sie haben den Strom unterbrochen.“

„Wir müssen hier verschwinden.“

Del hatte genauso viel Angst wie Martin, aber die Panik, die er in der Stimme seines Chefs hörte, gefiel ihm nicht. „Willst du etwa durch die Haustür rennen? Ich nicht.“

„Mein Porsche. Er steht in der Garage.“

Del sah sich im dunklen Raum um, konnte aber nur bis zur Kücheninsel sehen. „Selbst, wenn die Schleicher es nicht bis in die Garage geschafft haben, sie steht unter Wasser. Das Auto wird wahrscheinlich nicht anspringen.“

„Wir versuchen es trotzdem.“

Nach einem weiteren Donnerschlag sagte Del zu Martin, er solle zu seinem Auto gehen.

„Gehen wir zusammen?"

„Ja", sagte Del. Und, irgendetwas roch verbrannt.

„Also, gehen wir in die Garage?"

„Das habe ich nicht gesagt."

„Okay, ich nehme die Waffe."

„Nein, verdammt!", rief Del. Er konnte im prasselnden Regen kaum etwas hören.

Martin streckte die Hand aus. „Del, gib mir die Waffe."

„Ich gehe jetzt. Du kannst mitkommen, wenn du willst."

Martin packte seinen Arm. „Wenn du mir die Waffe gibst, bekommst du eine Gehaltserhöhung."

Del schüttelte den Kopf. Er fand Martins Aussage absurd. „Hol die Taschenlampe. Sie ist in einer der Schubladen neben der Spüle. Und beeil dich", sagte Del und zielte mit der Pistole auf die Küchentür, obwohl er kaum etwas sehen konnte.

Martin zog die oberste Schublade heraus. „Ich verdopple dein Gehalt."

„Halt die Klappe", sagte Del. Er lauschte und dachte, er hätte Schritte gehört. Eine dicke Rauchwolke erfasste ihn und seine Augen fingen an zu brennen. „Beeil dich. Ich glaube, sie ist in der mittleren Schublade."

Er schob die Schublade wieder zu und öffnete eine andere. „Hier ist sie", sagte Martin und knipste das Licht an.

Del blieb fast das Herz stehen, als, unter zwei Meter vor ihm, das aufgedunsene Gesicht eines Schleichers erschien. Er drückte dreimal den Abzug. Das schiefe Grinsen der Kreatur verschwand.

Martin keuchte und ließ die Taschenlampe fallen. Der Lichtstrahl schoss an Dels Füßen vorbei. Er wirbelte zu Martin herum und zielte auf den Schleicher, der seinen Chef festhielt; der Arm des Monsters bedeckte sein ganzes Gesicht. Ehe Del einen Schuss abfeuern konnte, hörte er das Geräusch einer Zunge, die aus der Ecke hervorschoss. Del duckte sich und kroch um die Kücheninsel herum. Eine Schranktür zersplitterte.

Del feuerte drei Schüsse in Richtung des Schleichers ab. Es hörte sich an, als würden zwei Körper zu Boden fallen. Einer davon war definitiv Martin. Del hörte, wie er gurgelnd um Hilfe rief.

Del wusste, dass noch mindestens ein Schleicher im Raum war, bückte sich, hob die Taschenlampe auf und drehte sich im Kreis. Er war von einer Schar gelber Kreaturen umzingelt; ein Dutzend leere schwarze Augenpaare glitzerten im schwachen Licht.

Del hatte nur noch drei Kugeln in der Pistole; nicht genug, um alle zu töten.

Der verwandelte Mann

„Ich liebe dich immer noch.“

Das waren die letzten Worte, die Thomas sagte. Jetzt liegt sein Kopf neben meinen Füßen. Seine Augen sind offen. Sein Mund bewegt sich immer noch, aber es kommt kein Ton heraus.

Ich wollte nicht, dass es so endet. Thomas bestimmt auch nicht. Er war gegen sechs von der Fabrik nach Hause gekommen und bis es sieben war, hatte er schon drei Gläser Whisky Cola getrunken. Er stand in seinem zerknitterten braunen Hemd und seiner Bundfaltenhose neben dem Kühlschrank. Füllte sein Glas zur Hälfte mit Cola und sagte: „Setz dich. Ich muss mit dir reden.“

Ganz am Anfang, als wir uns kennengelernt haben, hat Thomas gerne geredet und ich habe ihm gerne zugehört. Damals hat es Thomas noch etwas bedeutet, zu reden, er hat nicht nur geächzt und gestöhnt. Er wollte alles über mich wissen und hat mir bis früh morgens Fragen gestellt. Er wollte wissen, warum jemand wie ich, mit jemandem wie ihm zusammen sein wollte.

Thomas redete immer noch gerne, aber jetzt verlangte er, dass ich ihm zuhörte. Aber es ging nie um etwas Wichtiges. Wir sprachen nie darüber, warum ich keine Kinder wollte. Oder darüber, was wir tun würden, wenn einer von uns starb.

Der alte Thomas hätte mir niemals gesagt, was ich tun sollte, aber seit dem Unfall konnte ich nie wissen, was mich erwartete. Wenn ich nicht so müde und meine Füße nach einer zehnstündigen Schicht im Restaurant nicht so geschwollen gewesen wären, wäre es vielleicht nicht so weit gekommen. Stattdessen tat ich, was Thomas wollte, ließ mir aber Zeit. Ich sagte: „Also, lass uns reden.“

Er warf mir einen flüchtigen Blick zu, als würde ich keine zwei Sekunden seiner Aufmerksamkeit verdienen. „Siehst du?“, sagte er. „Genau davon rede ich.“ Er zeigte auf mich und wurde ganz aufgeregt. „Du redest den ganzen Tag, nur, um mich zu ärgern.“

Ich bemerkte, dass sein Gips weg war und hoffte, dass er einfach nur ein bisschen feierte. Ich schrie ihn nicht an, weil er in diesem Ton mit mir redete. Also sagte ich ruhig und monoton: „Ich hatte einen langen Tag."

„Und ich etwa nicht?" Thomas stellte die Colaflasche weg und ging zur Hausbar. „Du sagst das so, als würde es nur dir so gehen."

Thomas war Buchhalter gewesen, und war entlassen worden, jetzt arbeitete er sechzig Stunden pro Woche in der Fabrik, kamen aber nicht über die Runden. Deshalb schob ich Doppelschichten im Restaurant, seit Thomas vor zwei Wochen unser Auto zu Schrott gefahren hatte. Ich sagte: „Wir haben es beide schwer, das kann ich nicht leugnen."

Thomas packte die Whiskyflasche und füllte sein Glas bis zum Rand. Er sah mich mit seinen babyblauen Augen an und wartete auf eine Reaktion. Er sagte: „Ich will es nicht hören."

Ich hatte keine Ahnung, wer dieser neue Thomas war. Ein Mann, der mir widersprach und mich wie Dreck behandelte. Es konnte nicht nur am Alkohol liegen. Der mochte ihn vielleicht mutig machen, aber nicht dumm.

Thomas ließ die Flasche auf der Theke stehen und trug sein Glas zum Tisch. Er hinterließ Tropfspuren auf dem Boden. Er fragte: „Warum bist du so still?"

Wenn Thomas sich normal verhalten hätte, hätte ich seine Hand genommen und ihn gefragt, ob ich ihm irgendwie helfen konnte. Wir hatten zu viel in unsere Beziehung investiert, um sie einfach wegzuwerfen. Aber er war nicht er selbst, deshalb hielt ich mit beiden Händen die Tischkante fest. „Du hast gesagt, dass du reden willst. Ich höre."

Thomas trank einen großen Schluck und stellte das halbleere Glas auf die Stromrechnung. Er trug nicht einmal eine Schlinge. „Du bist immer so nett. Davon bekomme ich nie genug."

Ich war versucht, etwas Gemeines zu sagen und auf die altmännerhaften Haare in seinen Ohren oder auf seine ergrauenden Koteletten hinzuweisen. Stattdessen schwieg ich. Jetzt, wo ich genau hinsah, gab es nichts an ihm auszusetzen. Thomas sah zehn Jahre jünger aus, und sein Haar war pechschwarz.

Er versuchte, den Blick nicht von mir abzuwenden, fand aber sein Getränk interessanter und schwenkte es im Glas herum. „Es funktioniert nicht."

Ich wollte nicht wissen, wovon er redete, deshalb fragte ich nicht.

Er sagte: „Und du sitzt einfach nur da?“

„Nicht den ganzen Abend. Sag, was du zu sagen hast.“

Thomas zeigte auf mich, dann auf sich selbst. Er benutzte den linken Arm - den, den er gebrochen hatte - als wäre er so gut wie neu. „Das. Wir beide. Es funktioniert nicht.“

Ich hätte ihn fast gebeten, es zu wiederholen, weil ich dachte, ich hätte ihn falsch verstanden. Früher hatte es funktioniert. Wir waren schon seit über zehn Jahren zusammen, die längste Beziehung, die ich je in meinem gottverdammten Leben gehabt hatte. Ich schluckte meine Wut hinunter und sagte: „Wir haben gerade beide viel Stress. Wir werden es überstehen.“

Thomas sagte nicht, dass ich vielleicht recht hatte. Er sagte nicht, dass er es hoffte. Er sagte: „Ich will es nicht. Nicht so, wie es jetzt läuft.“

Thomas hätte vieles damit meinen können, doch er sah mich an, als wäre ich irgendwie durchgeknallt, und das sagte alles. Ich sagte: „Du machst wohl Witze.“

„Ich bin an der Reihe. Mal sehen, wie gerne du zu Hause bleibst.“

„Wage es ja nicht. Du hast es von Anfang an gewusst.“

Ich befürchtete, dass Thomas leugnen würde, dass ich ihm meine Regeln bekanntgegeben hatte. Es vergingen fünf lange Sekunden, dann sagte er endlich: „Ich habe es noch nie gemocht.“

Es gab nicht viele Männer, denen es gefallen hätte, aber ich sagte: „Es war deine Entscheidung. Ich hatte es dir gesagt.“

„Nicht alles.“

„Ich habe dir genug gesagt.“ Es hatte nie einen Grund gegeben, Thomas mehr zu erzählen. Ein einziger Mann konnte meine Bedürfnisse nicht befriedigen. Auch nicht der Mann, den ich liebte. Thomas würde nach einer Woche völlig erschöpft und nicht mehr zu gebrauchen sein.

Thomas trank aus und stellte das Glas hin. Er sah mir kurz in die Augen und sagte: „Na ja, wie gesagt, jetzt bin ich an der Reihe.“

Ich hielt die Tischkante fest, damit ich ihm nicht ins Gesicht schlug. Die meisten Leute hätten meine Doppelmoral entlarvt und mich als Heuchlerin bezeichnet, aber ich hatte meine Gründe. Wenn Thomas mich verlassen wollte, könnte ich nicht bei ihm bleiben. Das war meine Regel und meine Regeln durften nicht gebrochen werden.

Ich musste zwar die Wahrheit hören, tat aber so, als wäre sie mir egal. „A-ha, du bist jetzt also an der Reihe. Hat es schon angefangen?"

Thomas verschränkte die Arme vor der Brust. „Nein, aber ab jetzt schon."

Ich sah Thomas in die Augen und versuchte, mich zu erinnern, ob sie jemals so blau gewesen waren. „Du hast es also noch nicht getan? Du warst mit niemandem zusammen?"

Er verneinte und ich glaubte ihm. Er war ein guter Mann, der nicht log. Er trank sich Mut an. Er wollte es mir sagen, weil er das Richtige tun wollte.

Ich sagte: „Aber du wirst es tun, nicht wahr? Und es ist dir egal, wie ich mich fühle oder was ich dazu sage."

„Wie *du* dich fühlst?" Thomas schüttelte langsam den Kopf. Die Narbe auf seiner linken Wange war verschwunden und die Brandwunde an seinem Hals sah besser aus. „Es geht immer darum, wie du dich fühlst. Du tust, was du willst."

Ich saß da und lauschte nach der Stille. Thomas' Herz hämmerte und pumpte das Blut durch seine Adern. 188 auf 122. „Beruhige dich, Thomas. Ich will nicht, dass es passiert."

Er schien nicht zu verstehen, was ich sagte. „Es tut mir leid, aber es geht nicht anders. Das musst du verstehen."

Ich verstand es besser als er. Ich wollte es nur nicht glauben. Es lag am Unfall, an dem ich schuld gewesen war, weil ich meinen Sicherheitsgurt nicht angelegt hatte. Ich war durch die Windschutzscheibe geschleudert worden, eigentlich keine große Sache, aber ich zog mir eine ziemlich üble Schnittwunde zu. Die Wunde hatte geblutet, als ich Thomas aus dem Feuer zog. Ich hatte mehr Angst davor gehabt, dass er sterben würde, als dass ich ihn anstecken könnte.

Ich musste es von ihm hören. „Wie fühlst du dich? Sag die Wahrheit."

Thomas sah mich direkt an, und hielt meinem Blick stand. „Ich brauche mehr als nur dich."

„Du weißt, was passieren würde, wenn ich das erlaube, nicht wahr?"

„Wenn du es erlaubst?"

„Was wirst du mit ihnen machen? Mit den Frauen, mit denen du zusammen sein wirst."

„Das sage ich dir nicht."

Ich sagte: „Ich dachte, das wolltest du. Dass ich dir alles erzähle."

„Nein. Ich habe nur gesagt, dass du es nicht tust." Thomas sah aus, als würde er mich anspucken wollen. „Warum sollte es mich interessieren, wie sich meine Frau fühlt, was sie denkt oder sich vorstellt, während sie mit einem anderen Mann zusammen ist?"

Ich setzte mich aufrecht hin und knackte mit den Knöcheln. „Weil ich vermute, dass du genau dasselbe fühlst wie ich."

Thomas sagte nichts, verströmte aber einen neuen Geruch. Seine alte Angst war wieder da, sie war noch größer als sonst. Er vermutete bestimmt, dass ich seine Träume teilte. Dass ich wusste, dass sie wahr werden würden, wenn wir nichts unternahmen.

„Du wirst nicht an mich denken", sagte ich. „Du wirst nicht an sie denken, egal, mit wem du zusammen bist."

Thomas stand vom Tisch auf, die Stuhlbeine quietschten auf den Fliesen.

Ich sagte: „Du wirst nur noch daran denken, dass du ihnen das Fleisch von den Knochen reißen und sie verschlingen willst."

Er fragte nicht, ob ich es ernst meinte oder ob es ein kranker Witz war.

„Du hast es getan", sagte ich. „Du hast es schon getan, nicht wahr?"

Thomas schüttelte den Kopf. Er sah aus, als würde er sich gleich übergeben müssen. „Wovon redest du?"

Ich stand auch auf, falls er zuerst angriff. Der alte Thomas hätte das nie getan, doch den gab es nicht mehr. Er hatte sich in die Person verwandelt, vor der ich mich am meisten fürchtete. Er hatte sich in mich verwandelt.

Er sagte: „Du machst mir Angst."

Er war ehrlich, deshalb sagte ich: „Ich wollte nicht, dass es passiert. Ich habe dich als Mann geliebt. Als Ehemann. Als Freund."

Thomas richtete sich auf und war größer, als ich ihn in Erinnerung hatte. „Geliebt?"

Ich sagte: „Du hast recht, es kann nicht funktionieren."

„Mit uns beiden?"

Ich nickte und trat einen Schritt auf ihn zu.

Thomas' Herz schlug schneller als zuvor, doch er wich nicht zurück. Er sagte: „Ich liebe dich immer noch."

Ich hatte keinen Zweifel daran, dass er es ernst meinte. Ich wusste, dass Thomas mich liebte. Aber er verströmte einen anderen Geruch. Ein Geruch, der bedeutete, dass er nicht nachgeben würde.

Ich sagte zu Thomas, dass es mir leidtat, aber ich wusste nicht, ob er es hörte. Dann stürzte ich mich auf ihn und riss ihm die Kehle auf. Ich tat es schnell, damit er nicht viel spürte.

Wenn Thomas gewusst hätte, was aus ihm geworden wäre, hätte er sich bei mir bedankt. Ich werde so tun, als wäre es das gewesen, was er sagen wollte.

Er war ein guter Mann und ich werde ihn vermissen. Aber es kann nur mich geben.

Schlechte Angewohnheiten

Burt Brighton war ein Riese von einem Mann, aber es war die Art, wie er mit Worten umging, und seine Überzeugungskraft, die ihn zum besten Life-Coach in Arizona machten. Er war seit zehn Jahren im Geschäft und hatte während dieser Zeit fast tausend Menschen geholfen, ihr Leben zu verändern. Schlechte Angewohnheiten ließen sich nur schwer ablegen, doch da Burt eine geradezu perfekte Erfolgsrate hatte, stellte niemand seine Hingabe und seine Methoden infrage, oder zumindest nicht in seiner Gegenwart. Dazu gehörte auch Walter Higgins, der in diesem unscheinbaren Gebäude an der Grenze zwischen Arizona und Nevada auf einem Stuhl saß. Burt wusste, dass diese Intervention nicht einfach sein würde. Walter hatte seine schlechten Angewohnheiten schon seit fast sechzig Jahren, aber Scheitern kam für Burt nicht infrage.

Es gab viele Orte, an denen Burt lieber gewesen wäre. Er hätte eigentlich in Las Vegas sein sollen, um am Pool zu faulenzen und sein Glück an den Spieltischen zu versuchen, aber Walters Frau hatte voller Panik angerufen und Burt wollte sich die Gelegenheit nicht entgehen lassen, jemandem zu helfen, sein Leben zu verändern. Und die Gebühr von 750'000 Dollar war auch nicht ohne.

Burt war heiß und er hatte Hunger, doch er ignorierte sein Unbehagen und dachte über die bevorstehende Sitzung nach. Die Bedingungen waren zwar nicht optimal, aber er hatte schon Schlimmeres überstanden. Je eher Walter seine schlechten Angewohnheiten ablegte, desto schneller konnte er in seinen Porsche steigen und zum Hotel fahren.

Burt positionierte sein Gesicht nur wenige Zentimeter vor dem komisch verzogenen Mund des zitternden Mannes. Er sagte mit lauter Stimme: „Sie dürfen es nicht ausspucken. Sie müssen stark sein, Walter, okay? Spucken Sie es nicht aus."

Burt sah zwar den Schmerz in Walters wässrigen Augen und war vorgewarnt, doch er konnte nicht schnell genug ausweichen. Eine Mischung aus Tabaksaft und Rotz schoss aus der Nase und dem Mund des Mannes und spritzte Burt ins Gesicht.

Burt trat einen Schritt zurück, bückte sich langsam und zog einen Lappen aus der Tüte mit den Vorräten, die er an der Tankstelle gekauft hatte. Er zählte bis fünf und wischte sich das Gesicht ab.

„Okay, der Anfang war noch nicht so toll." Burt lächelte und bemühte sich, ruhig zu klingen. „Ich weiß, Sie denken jetzt bestimmt, dass meine Vorgehensweise ein bisschen unorthodox ist, aber ich kann Ihnen versichern, dass sie funktioniert. Vielleicht ist Ihnen noch gar nicht bewusst, dass Sie die einmalige Chance haben, alles zu verändern, Walter." Burt trank einen Schluck aus der Flasche mit dem gesüßten Grüntee, während Walter den Rest des braun-grünen Gebräus auf den staubigen Boden spuckte. „Haben Sie etwas davon geschluckt?"

Walter nickte und sah aus, als müsste er sich übergeben.

Burt sagte: „Es ist unangenehm, so etwas Ekelhaftes zu schlucken, nicht wahr?"

Walter spuckte erneut auf den Boden. „Ich verspreche es, ich werde nie mehr ..."

Burt hielt sich den Zeigefinger vor den Mund und gab ihm zu verstehen, dass er schweigen sollte. „Machen Sie noch keine Versprechungen, Walter. Ich werde es nicht zweimal sagen, also hören Sie gut zu. Ich rede und Sie hören zu. Verstanden?"

Walter nickte. Burt zog einen Becher aus der Tüte und drehte sich um. Dreißig Sekunden später drehte er sich wieder zu Walter um und achtete darauf, die gelbe Flüssigkeit, die im Becher herum schwappte, nicht zu verschütten.

Walter riss entsetzt die Augen auf. „Das kann nicht Ihr Ernst sein."

Burt schwenkte den Becher mit dem Urin vor Walters Gesicht herum.

„Das trinke ich nicht."

Burt verpasste Walter eine leichte Ohrfeige. „Sie müssen die Dinge aus allen Perspektiven sehen. Aus Nancys Perspektive."

Als Walter protestierte, packte Burt den Kiefer des Mannes und leerte den Inhalt des Bechers in seinem Mund.

„Bevor Sie das ausspucken, möchte ich, dass Sie über etwas nachdenken." Burt kniff Walter immer wieder in die Wangen und kippte seinen Kopf nach hinten, damit er die Flüssigkeit im Mund behielt. „Können Sie sich vorstellen, dass jemand anders das auch nicht mögen würde, Walter? Können Sie es aus Nancys Perspektive sehen?" Er ließ Walters Gesicht los. „Sehen Sie es?"

Walter war kurz davor zu schlucken, und nickte. Burt ging zu seinem Tee zurück und trank ihn aus. Er zog eine weitere Flasche Tee aus der Papiertüte, dann einen Metalleimer, den er auf den Boden stellte. Als er Walters pralle Wangen sah, war er enttäuscht.

„Sie sehen aus, als hätten Sie etwas sehr Dummes vor, Walter." Burt nahm die leere Flasche Grüntee und ließ sie in den Eimer fallen. Walter zuckte zusammen, als die Flasche zerbrach. Er wäre vermutlich von seinem Stuhl gesprungen, wenn er nicht daran gefesselt gewesen wäre.

Burt hielt die neue Flasche Tee hoch und sagte: „Wenn Sie das ausspucken, werde ich wahrscheinlich noch vier oder fünf davon trinken müssen, bis ich einen neun Becher füllen kann." Burt trank in großen Schlucken die ganze Flasche leer und ließ sie in den Eimer fallen. „Dafür haben wir beide keine Zeit und es sind noch ungefähr hundert Meilen bis nach Las Vegas." Burt zog eine Pistole aus dem Hosenbund. „Und jetzt schlucken Sie, damit Sie es aus allen Perspektiven sehen."

Walter schluckte nicht, deshalb zielte Burt mit der Waffe auf Walters Gesicht. „Wovor haben Sie mehr Angst: Pisse zu schlucken oder zu sterben?"

Burt drückte ab, zielte aber etwas nach links, sodass die Kugel Walters Ohr streifte. Der Geruch von Schießpulver und Pisse erfüllte den kleinen Raum. Doch es war nicht, die Pisse von Burt. Es erschien ein immer größer werdender Fleck auf Walters teurer Fioravanti Hose.

„Es ist nicht einfach, schlechte Angewohnheiten abzulegen, Walter, und ich weiß, dass ein Mann wie Sie es nicht gewohnt ist, so behandelt zu werden. Aber genau deshalb konnte Ihr Problem immer weiter bestehen. Die Leute haben Angst vor Ihnen, Walter. Ihr Geld macht den Leuten Angst."

Walter spuckte den Rest der Pisse auf den Boden. „Sage Sie einfach, wie viel Sie wollen. Egal, wie viel Ihnen diese Fotze versprochen hat, ich bezahle doppelt so viel."

Burt öffnete die dritte Flasche Tee und trank einen großen Schluck. Die Wüstenhitze machte ihm, langsam zu schaffen und diese unvorhergesehene Intervention machte ihn richtig durstig. „Gerade als ich dachte, wir hätten Fortschritte gemacht, kehren Sie wieder zu Ihren schlechten Angewohnheiten zurück. Sie denken, dass Sie sich freikaufen können. Sehen Sie sich doch an. Sie sitzen in ihrer eigenen Pisse. Das ist der Tiefpunkt, Walter. Sie können nicht mehr verhandeln."

„Damit kommen Sie nicht davon!"

Burt wollte zwar wegen des verzweifelten Ausbruchs des alten Mannes nicht überreagieren, wusste aber nicht, wie er sich verhalten sollte. Während er darüber nachdachte, was er tun konnte, trank Burt den Tee aus und ließ die leere Flasche in den Eimer fallen, wo sie wie die anderen zerbrach. Anstatt nach einer weiteren Flasche Tee zu greifen, hob er einen Betonklumpen vom Boden auf. Er hielt den gezackten Brocken vor sich hin und sagte: „Weil Sie Geld haben, denken Sie, dass Sie die Situation irgendwie kontrollieren können, nicht wahr?"

Walters Blick folgte dem Klumpen, der in Burts rechter Hand auf und ab sprang. In der linken Hand hielt er immer noch die Waffe. Burt packte den Brocken und tat so, als würde er ihn auf Walter werfen, ließ ihn dann aber in den Eimer mit den Glasscherben fallen.

„Ich habe eine bessere Idee, Walter", sagte Burt. „Öffnen Sie den Mund."

Walter schüttelte den Kopf und spitzte die Lippen.

Burt drückte den Lauf der Pistole an Walters Schläfe.

Obwohl er schon geweint und sich in die Hose gepisst hatte, benahm Walter sich wie ein Arschloch und weigerte sich, den Mund zu öffnen.

Burt war es gewohnt, mit schwierigen Kunden umzugehen und änderte einfach seine Taktik. Er nahm die Waffe und rammte sie Walter in den Mund. Man konnte hören, wie das Metall an seinen Zähnen schabte. „Ich habe im Laufe der Jahre viel gelernt, Walter. Man kann die Dinge auf zwei Arten angehen: einfach oder schwierig. Es liegt ganz an Ihnen. Je schneller Sie das begreifen, desto besser wird es Ihnen gehen." Burt drückte den Lauf der Waffe tiefer in Walters Mund. „Sie werden etwas schlucken, genauso, wie Sie es von Nancy gefordert haben. Was ist Ihnen lieber? Eine Kugel oder Glasscherben? Sie haben die Wahl."

Walter konnte nichts sagen und starrte verzweifelt auf den Eimer, bevor Burt abdrücken konnte.

„Gute Wahl, Walter. Es ist noch nicht vorüber. Sie haben *Chuzpa.* So sagt man das doch, nicht wahr?“ Burt zog die Waffe aus Walters Mund und sagte, er solle ihn offenlassen. Er hob den Eimer hoch, hielt ihn an Walters Lippen und kippte eine Ladung Glasscherben in seinen Mund. „So ist es gut. Es ist mir egal, wie Sie es anstellen, Sie müssen einfach alles schlucken. Wenn auch nur eine einzige Scherbe hinunterfällt, müssen Sie den ganzen Inhalt des Eimers schlucken.

Walters blutenden und aufgeblähten Wangen bewegten sich nicht.

„Sie enttäuschen mich, Walter. Ich habe gehört, Sie seien ein Mann, der bereit ist, die Extrameile zu gehen. Haben Sie so nicht Ihr Unternehmen aufgebaut? Es hat viele Leute sehr reich gemacht, einschließlich Ihrer Frau. Sie will nur, dass Sie Ihre schlechten Angewohnheiten ablegen. Sie zerstören alles, was Sie sich aufgebaut haben.“ Burt hielt die Waffe hoch. „Stellen Sie sich Nancy vor. Sie erinnern sich doch an Ihre Nichte, nicht wahr? Sie ist auch eine Ihrer schlechten Angewohnheiten, Walter, Sie müssen damit aufhören. Und jetzt kauen Sie.“

Burt trat ein paar Schritte zurück und öffnete eine Packung Kaugummi, während Walter die Glasscherben kaute und zusammenzuckte, als sich Splitter in seine Wangen und in sein Zahnfleisch bohrten. Die Scherben zerfetzten seine Zunge und seine Kehle. Burt verließ den Raum durch die Hintertür und rief über seine Schulter: „Hören Sie nicht auf, zu kauen!“ Ein paar Minuten später kam er mit einem Benzinkanister zurück. „Also, lassen Sie mich mal sehen.“

Walter öffnete den Mund, damit Burt sehen konnte, dass die Glasscherben verschwunden waren.

„Ach du liebes Lieschen, was für eine Sauerei.“

Blut tropfte von Walters Kinn. „Fahren Sie zur Hölle.“

„Ich weiß, dass Sie sauer sind, aber wenn Sie mit dem Finger auf mich zeigen und immer versuchen, anderen die Schuld zu geben, werden Sie Ihre Sucht nie überwinden. Deshalb sind wir hier, um Ihr unangemessenes Verhalten zu korrigieren.“ Burt neigte den Kopf zur Seite. „Und, um dafür zu sorgen, dass Ihre Frau ihr Vermögen nicht verliert, weil Sie nicht aufhören können, sich an kleinen Kindern zu vergreifen. Denn ihre Frau ist keine Heilige, eigentlich ist sie eine Schlampe, aber ich kann sie verstehen.

Ich meine, wer will schon Aktionär einer Firma sein, die von jemandem wie Ihnen geführt wird?“

„Ich werde es nie wieder tun. Ich schwöre es, verdammt noch mal!“

„Ich weiß, Walter.“ Burt packte Walters Nacken und schob ihm den Schlauch des Benzinkanisters in den Hals. „Entspannen Sie sich. Das Ding ist voll.“

Als er zwei Liter Benzin in Walters Mund gegossen hatte, entschied Burt, dass es reichte, und trat ein paar Schritte zurück. Walter wurde ganz blass. Burt erinnerte ihn erneut daran, dass er sich nicht übergeben durfte. „Denken Sie daran, der Geist ist stärker als die Materie. Sie schaffen das.“

Es beeindruckte Burt, dass der alte Mann die Flüssigkeit so lange im Mund behalten konnte, aber er wusste, dass es nur eine Frage der Zeit war, bis er sich übergeben würde. Er trat hinter Walters Stuhl und sagte: „Ich glaube, Sie haben Ihre Lektion gelernt, nicht wahr?“

Walter nickte heftig.

„Das sehe ich gern. Ich bin stolz auf Sie, Walter. Jetzt ist da nur noch ein allerletztes Ding, das Sie schlucken müssen.“ Burt zog ein Streichholzheftchen aus seiner Hosentasche. Er riss ein Streichholz ab und zündete es an; eine Flamme erwachte zum Leben und erhellte Walters Gesicht.

„HALT! Was machen – ich schwöre, ich werde es nicht tun. Ich schwöre zu Gott und auf mein Grab. Ich werde es nie wieder tun. Bitte!“

Burt zündete das ganze Streichholzheftchen an und hielt es an der Ecke fest. „Es ist alles in Ordnung. Sie haben es fast überstanden. Gleich kommt die Erleuchtung.“ Das geschmacklose Wortspiel brachte Burt zum Lachen und er wünschte, er hätte es zurücknehmen können, doch das Streichholzheftchen war bereits in Walters Mund gefallen.

Jede kostbare Sekunde

Die Tasten auf diesem blöden Handy sind so klein, dass ich jedes Mal die Neun erwische, wenn ich auf die Acht drücke. Meine Enkelin sagt immer, ich solle mir eins dieser Smart-Dinger kaufen, aber es dauert schon mit richtigen Tasten zehn Minuten, bis ich gewählt habe, geschweige denn mit virtuellen. Einem alten Hund kann man keine neuen Tricks beibringen.

„Lass gut sein, William. Es kommt dann an, wenn es ankommt", flüstert Rose. Sie hält einen Moment inne, um Luft zu holen. „Und wenn nicht, dann eben nicht." Sprechen tut ihr weh. Ich drehe mein Hörgerät lauter und frage sie, ob sie etwas Wasser möchte.

„Ich möchte, dass du das Telefon weglegst."

„Ich habe Pläne gemacht. Außerdem hat Billie bereits für den Versand bezahlt. Es ist nicht richtig, wenn das Paket nicht kommt."

„Wir hätten sie nicht damit beauftragen sollen. Es ist nicht richtig und ich fühle mich hin- und hergerissen."

Ich halte das Handy hoch und spähe mit zusammengekniffenen Augen über den Brillenrand. „Es dauert nur eine Minute."

„Bei ihr ist es noch früh morgens. Sie liegt bestimmt noch im Bett."

Ich sehe auf die Uhr. Sie scheint mit jedem Tag schneller zu laufen. „Sie ist wach", sage ich und konzentriere mich darauf, die Acht zu drücken. „Es ist schon Mittag."

Nach dem vierten Klingeln antwortet Billie. Sie gähnt. „Hallo Opa. Ist alles in Ordnung?"

„Es ist alles in Ordnung, mein Schatz."

„Bist du sicher?"

„Na klar." Die Wolldecke rutscht Rosie von den Oberschenkeln. Ich ziehe sie ihr bis über die Hüften. Sie ist so gebrechlich, dass man ihre Beine unter der Decke kaum sehen kann. Ich frage unsere Enkelin: „Du hast doch nicht etwa noch geschlafen, oder?"

„Nein." Sie gähnt erneut.

„Ich wollte dich anrufen, bevor dein Unterricht beginnt."

„Ich muss sowieso aufstehen. Ich habe um elf eine Biochemie-Prüfung. Ich habe bis spät nachts dafür gelernt."

„Ich habe die Zeitverschiebung ganz vergessen. Du bist so weit weg.“

Ich muss nicht einmal hinsehen, um zu wissen, dass Rose die Augen verdreht. Ich denke nie an die Zeitverschiebung.

„Ich wünschte, ich wäre nicht so weit weg, Opa. Ich wollte euch eigentlich heute besuchen kommen, aber Mama und Papa wollen nicht, dass ich die Prüfungen verpasse.“

„Ich habe deinem Vater gesagt, dass ich ihm in den Hintern treten werde, wenn er das zulässt.“

„Aber am nächsten Donnerstag fliege ich zu euch, gleich nach der letzten Prüfung.“

Jetzt, wo mein Hörgerät eingeschaltet ist, kann ich Rose atmen hören. Es hört sich wie das Rascheln von trockenen Blättern an. Sosehr ich es auch leugnen möchte, Rose wird nicht bis nächsten Donnerstag durchhalten. Sie hat vermutlich keine zwei Tage mehr. Aber solche Dinge sagt man nicht zu einer herausragenden Medizinstudentin, dem kleinen Mädchen, das früher Bonbons aus der Dose gestohlen und sie für alle als Weihnachtsgeschenke eingepackt hat. Ich sage: „Du brauchst dir keine Sorgen zu machen, Billie. Konzentrier dich einfach auf deine Prüfungen. Wir wissen beide, wie lieb du deine Oma hast.“

„Ich will sie aber sehen. Ich möchte mich von ihr verabschieden“, sagt Billie mit zittriger Stimme. „Kann ich mit ihr sprechen?“

„Natürlich kannst du das.“ Ich drehe mich zu Rose um, sie hat Tränen in den Augen. „Ich habe nur kurz eine Frage zum Paket.“

„Ist es nicht angekommen?“

„Noch nicht. Denkst du, dass sie vielleicht die falsche Adresse haben? Ich will nur sicherstellen, dass es ankommt.“

„Warte.“ Sie liest die richtige Adresse vor. „Ich habe die Tracking-Nummer. Ich werde gleich anrufen.“

„Danke, Liebes.“ Ich würde ja selbst anrufen, aber wenn ich so viele Tasten drücken muss, bekomme ich am Ende Anweisungen auf Spanisch oder spreche mit einem Typen in Indien.“

„Denk daran, was ich gesagt habe, Opa. Nehmt nur alle vier Stunden eine. Das reicht.“

„Natürlich.“ Ich recke den Hals und sehe aus dem Küchenfenster, sehe aber nirgends einen UPS-Lieferwagen, nur die schneebedeckte Straße. „Nochmals vielen Dank, Billie.“

„Das ist das Mindeste, was ich tun kann.“

„Ich gebe jetzt das Telefon deiner Oma.“

„Ich hab dich lieb.“

„Ich dich auch, mein Schatz.“ Ich schlurfe um den Tisch herum und halte Rose das Telefon ans Ohr. Sie zuckt zusammen, als würde sie jemand angreifen, dann merkt sie, dass es nur mein Handy ist.

Rose klemmt es zwischen Ohr und Schulter ein und hält es mit ihrer zitternden Hand fest. Die beiden reden, während ich aus dem Fenster starre. Ich sehe auf die Standuhr im Wohnzimmer. Sie ist schon in unserer Familie, seit ich ein Baby war. Mehrere Minuten vergehen.

Rose verabschiedet sich, dann fummle ich am Handy herum und beende den Anruf. Sie beißt sich auf die Unterlippe und ich sage, sie solle nicht weinen. Ich frage: „Was ist denn los, meine Schöne?“

„Es ist nicht richtig, wir dürfen ihr das nicht antun. Was ist, wenn sie erwischt wird? Man wird sie aus der Schule schmeißen.“

„Es wird niemand irgendwo rausgeschmissen.“ Ich habe dieses Szenario schon unzählige Male durchgespielt, seit Billie zum ersten Mal die Pillen erwähnt hat. Sie hat mir von ihrem Studiengang und den chemischen Hilfsmitteln erzählt, die die Studenten benutzen, aber ich habe nur gehört: „Die Zeit bleibt einfach stehen, Opa.“ Sie hat sich korrigiert und gesagt, dass sie eigentlich nur die Wahrnehmung verlangsamten, aber ich konnte an nichts Anderes denken, als daran, dass die Zeit stehenbleiben würde.

Ich streichle Roses gute Hand. „Sei nicht traurig. Was hältst du davon, wenn ich dir eine Tasse Tee koche?“

Rose lässt dieses Lächeln aufblitzen, dass ich nie vergessen werde. „Ich bin nicht traurig. Ich mache mir nur Sorgen.“

„Dann hör auf damit.“ Ich sehe aufs Handy. „Ich werde nur noch diesen einen Anruf machen, um ...“

„Nein, leg es weg, William.“

„Ich will nur sicherstellen, dass UPS die richtige Adresse hat.“

„Du bist wie ein Hund, der seinen Knochen nicht hergeben will. Fast so schlimm wie damals mit dem Dekodier-Ring, Captain Midnight.“

Ich habe seit über zwanzig Jahren nicht mehr an diesen billigen Plastikring gedacht. „Auf den habe ich sechs Wochen gewartet."

„Du hast jeden Tag neben dem Briefkasten gestanden."

„Ja, das stimmt." Ich hatte ihn wegen einer dieser Anzeigen im hinteren Teil von *Boy's Life* bestellt. „Du hast mich mit deiner Mutter zusammen ins Haus gezerrt, als es anfing zu schneien."

„Wir wollten nicht, dass da plötzlich ein totes Kind auf dem Rasen liegt."

„Und deine Mutter hat diesen Nusskuchen gebacken."

„Du warst der einzige, der ihn gegessen hat."

Rose und ich hatten damals den ganzen Sommer damit verbracht, am Bach zu angeln und durch die Schlucht zu wandern. Hinter der Kirche hatten wir uns zum ersten Mal geküsst. Ich war beinahe ohnmächtig geworden, weil meine Nase von einer Erkältung ganz verstopft gewesen war, ich aber nicht wollte, dass der Kuss endete.

Rosie trinkt einen Schluck Wasser, starrt die Wand an und spielt all diese Erinnerungen in ihrem Kopf ab. Sie sagt: „Ist das nicht schön?"

Ich weiß nicht, ob sie mit mir spricht oder mit dem jungen Mann in ihrer Erinnerung.

Die Standuhr schlägt zwölf. Ich sehe aus dem mit Frost bedeckten Fenster. Nichts. „Ich rufe an. Das ist lächerlich. Billie hat gutes Geld dafür bezahlt, dass es ankommt, und es ist immer noch nicht hier."

„Beruhige dich, William."

„Ich werde nicht zulassen, dass sie über den Tisch gezogen wird."

„Bitte." Sie berührt mich. Ihre Hand zittert so sehr, dass es kitzelt.

„Tut mir leid", sage ich, „aber das macht mich wütend."

„Liebling, es sind doch nur Pillen."

Ich will dieses Gespräch nicht führen. Ich weiß, wohin es führt, deshalb stehe ich auf. Sie fragt, wohin ich gehe.

Ich zwinge mich zu einem Lächeln. „Ich habe eine Überraschung für dich." Paket hin oder her, ich kann nicht zulassen, dass meine ganze Arbeit ruiniert wird.

„Was für eine Überraschung?"

„Nur ein paar Sachen. Für die nächsten drei Abende."

„Was hast du vor, William?"

Ich muss das Lächeln nicht mehr erzwingen. Ich habe monatelang darauf gewartet, es ihr zu zeigen. Plötzlich klingelt es. Ich sehe auf das Handy in meiner Hand. Es klingelt nicht, deshalb sehe ich um die Ecke auf den Festnetzanschluss an der Wand. Das kleine rote Licht blinkt nicht.

„Hast du etwas gehört, William?“

„Nein, ich glaube nicht.“ Ich frage mich, ob mit meinem Hörgerät wieder etwas nicht stimmt. Dann klopft es im Wohnzimmer. Ich eile zum Fenster. Ein Mann, der eine braune Uniform trägt und ein kleines Paket in der Hand hält, geht zum UPS-Lieferwagen zurück, der neben dem Bürgersteig steht.

„Was ist los?“, fragt Rose, als ich aus der Küche eilte.

Ich konzentriere mich auf den Boden vor mir und wünschte, meine Füße würden sich schneller bewegen. Weil ich so angestrengt atme, fühlen sich meine Lungen an, als würden sie brennen. Ich erreiche die Tür und will sie aufreißen, doch der Riegel ist vorgeschoben und die Sicherheitskette eingehängt.

Ich fummle an der Kette herum und entferne sie. Dann schiebe ich den Riegel zurück und öffne die Tür. Ein kalter Luftstoß bläst auf den Lieferschein vom Fliegengitter. Der gelbe Zettel weht von der Veranda in Richtung Lieferwagen. Der Lieferbote sitzt bereits am Steuer.

„Ich bin hier! Halt!“ Ich winke und schlittere fast von der eisigen Veranda. Der Schnee drückt durch meine Hausschuhe.

Der Lastwagen fährt los, während ich die schneebedeckte Treppe hinunter humple und mich am Geländer festhalte.

Ein weiterer Windstoß bläst den kleinen Zettel in die Büsche bei den Petersons auf der anderen Straßenseite. Gerade als ich mich umdrehen will, kommt der UPS-Lieferwagen zurück. Ich habe solche Panik bekommen, dass ich ganz vergessen habe, dass er am Ende der Sackgasse umdrehen muss.

Der Lieferwagen hält direkt neben mir an. Ich winke erneut, weil ich kaum atmen kann. Der Lieferbote fragt: „Sind Sie Herr Hannemann?" Ich schlucke und nicke.

Der Mann steigt mit einem kleinen Paket in der Hand aus dem Lieferwagen aus. „Es ist eiskalt hier draußen. Ich bringe Sie zurück zum Haus.“

Der Mann bietet mir seinen ausgestreckten Arm an und ich hänge mich bei ihm ein, obwohl ich mir wie ein verdammter Idiot vorkomme. Als würden wir zum Abschlussball gehen. Ich murmle ein Dankeschön und versuche, mit ihm Schritt zu halten, während er mir den Gehweg und die Treppe hinaufhilft. Bis wir die Veranda erreichen und ich es ins Haus schaffen, sind meine Hausschuhe komplett durchnässt. Ich kicke sie weg, drehe mich um und will das Paket in Empfang nehmen, doch der junge Mann hält mir ein elektronisches Quittiergerät entgegen.

„Bitte unterschreiben Sie zuerst hier."

Ich kann den Stift mit meinen arthritisch klammen Fingern fast nicht halten. Ich würde am liebsten schreien, toben und dem Typen ins Gesicht schlagen. Er merkt wohl, wie frustriert, ich bin, denn er sagt, dass es in Ordnung sei, übergibt mir das Paket und kritzelt meinen Namen ins Signierfeld. Das könnte ganz nützlich sein, falls die Behörden die Sendung nachverfolgen. *Nein, Herr Inspektor, ich habe nie für Drogen unterschrieben.*

„Tut mir leid, dass Sie mir hinterherrennen mussten", sagt der Lieferbote. „Wärmen Sie sich auf, ich wünsche Ihnen noch einen schönen Tag."

Jetzt, wo ich das Paket in den Händen halte, friere ich plötzlich nicht mehr und die Nervosität ist verschwunden. „Sie haben einem alten Mann den Tag gerettet. Vielen Dank."

Ich schließe die Tür, gehe zum Schrank, nehme die Holzkiste heraus, die meine Überraschung enthält, und trage alles in die Küche. Rose sitzt immer noch zitternd auf ihrem Stuhl. Zuerst denke ich, dass sie wieder einen Schlaganfall hat, doch dann merke ich, dass sie friert. Ich habe die Tür offengelassen, als ich dem Lieferboten hinterhergeeilt bin. Das ganze Haus hat sich in einen Eisschrank verwandelt.

Ich lege die Kiste und das Paket auf den Tisch und gehe zum Schrank im Flur. Meine Füße sind immer noch nass. Ich nehme ihre rote Lieblingsdecke vom obersten Regal, gehe wieder zu ihr und lege sie ihr um die Schultern. „Tut mir leid, Liebling." Ich drücke ihr einen sanften Kuss auf die Stirn. „Ist das besser?"

Sie nickt und ich setze mich. Ich klopfe auf meine kleine Holzkiste. „Die ist von mir. Und das Paket ist von Billie."

Sie beäugt die Kiste und sieht mich an. „Öffne sie für mich." Ihr Lächeln ist zurückgekehrt, das erwärmt mich mehr als ein Heizkörper.

„Gleich. Ich will nur nachsehen, ob mit dem Paket alles in Ordnunng ist." Ich kratze mit dem Daumennagel auf dem Klebeband herum. Es ist stärker, als es aussieht. Nach ein paar Versuchen lege ich das Paket auf den Tisch. Es macht mich wütend, dass ich nicht mal mehr die einfachsten Dinge tun kann. Rose, die immer vorbereitet ist, reicht mir ein Buttermesser. Ich muss es mehrere Male versuchen, dann gelingt es mir, das Paket zu öffnen. Und es befindet sich eine Flasche extra-starker Schmerztabletten darin.

„Schmerztabletten?", fragt Rose. „Das ganze Theater für Schmerztabletten?"

Ich drehe den Verschluss auf, ziehe den Wattebausch aus dem Fläschchen und kippe die blauen Pillen in meine Hand. „Billie konnte ja kaum ein Etikett mit dem richtigen Namen darauf anbringen, nicht wahr?"

„Ich weiß nicht. Wir haben noch nie Drogen genommen. Kein einziges Mal."

„Du hast auf der Weihnachtsfeier von Barbara Wilcox einen Joint geraucht."

„Das ist vierzig Jahre her."

„Es ist in Ordnung, Rose." Ich lasse die Pillen wieder ins Fläschchen fallen. „Sie sind wie deine Herztabletten."

„Warum sind sie dann verboten?"

„Liebling, vertrau mir. Wir haben nicht mehr viel Zeit zusammen. Diese Pillen werden uns helfen, jede kostbare Sekunde zu genießen. Billie hat gesagt, dass sie unsere Wahrnehmung erweitern und unsere Gefühle verstärken werden."

„Das klingt erschreckend."

„Ist es aber nicht. Eine Minute wird sich wie eine Stunde anfühlen und eine Stunde wie ein Tag." Es tropft etwas auf meinen Handrücken. Ich merke, dass es eine Träne ist. „Und genau das brauche ich jetzt."

Rose kaut auf der Innenseite ihrer Wange herum, das tut sie immer, bevor sie mit mir schimpft. Aber dieses Mal fragt sie: „Bist du sicher, dass es eine gute Idee ist?"

„Ja."

„Ich hoffe bei Gott, dass du recht hast.“

Ich danke ihr, öffne die Holzkiste und nehme eine Plastikhülle mit einer DVD heraus. „Das ist eine Diashow. Bilder von unserer Familie und Freunde. Alle unsere Erinnerungen. Urlaube, Hochzeiten, Jubiläen, Billies Geburt. Alles, was du dir vorstellen kannst.“

„Und das ist alles auf dieser Diskette? Oh, Liebling, das ist so aufmerksam von dir.“

„Wir sehen sie uns morgen an.“ Dann ziehe ich eine weitere DVD aus der Kiste. Rose will wissen, was sich darauf befindet. Ich sage: „Auf dieser hier sind Videos. Sie ist für den dritten Abend. Sandra, Jimmy, Elaine und Frankie haben mir geholfen, sie zusammenzuschneiden. Früher habe ich es gehasst, wenn sie ihre Videokameras herausgeholt haben, aber jetzt bin ich froh, dass sie es getan haben.“

Ihre blassblauen Augen funkeln. „Für den dritten Abend? Warum sehen wir sie uns nicht heute an?"

„Weil ich für heute Abend etwas Anderes geplant habe. Ich nehme die letzte Plastikhülle aus der Kiste. „Das ist eine Aufnahme all deiner Lieblingslieder.“ Ich deute auf die Tür, die in den Wintergarten hinausführt. „Wir werden sie uns dort draußen anhören, während die Sonne untergeht.“

„Ich will nicht warten.“

„Es tut mir leid, aber du musst dich gedulden. Ich muss noch einiges vorbereiten und es ist Zeit für dein Nickerchen.“

„Oh, du weißt genau, wie du mich auf die Folter spannen kannst.“ Sie tut so, als wäre sie verärgert, aber ihr Grinsen verrät sie, wie immer. Sie wäre bestimmt die schlechteste Spionin auf der ganzen Welt.

Ich schließe die Kiste, stehe auf und strecke ihr meine Hand entgegen. „Komm, leg dich hin und ruh dich etwas aus. Heute Abend gehörst du mir.“ Ich helfe ihr aufzustehen.

„Du Teufel. Du hast dich kein bisschen verändert.“

„Und du musstest dich nicht verändern.“

Rose tätschelt meine Hand und wir gehen ein paar Schritte. Sie verzieht einen Moment lang das Gesicht, lächelt aber sofort wieder. Ich frage, ob es ihr gut geht oder ob sie eine Pause braucht, aber sie schüttelt nur den Kopf und zieht mich ins Schlafzimmer.

Gerade als ich den Wintergarten fertig eingerichtet habe, schlägt die Standuhr fünf. Der CD-Player steht auf einem kleinen Tisch, auf dem sich ein Krug mit gesüßtem Tee und zwei Gläser befinden. Daneben liegen zwei Servietten, auf die ich je zwei blaue Pillen gelegt habe. Ich stelle den Thermostat auf warme achtundzwanzig Grad ein - ein schöner Kontrast zum Winterwunderland auf der anderen Seite der Glasfront. Die große Wiese hinter dem Haus ist mit frischem Schnee bedeckt und die Sonne neigt sich schon langsam dem Horizont zu.

Ich sehe mich noch einmal um, um sicherzustellen, dass ich nichts vergessen habe, dann gehe ich ins Schlafzimmer. Ich öffne die Tür und sehe, dass Rose noch im Bett liegt. Und an jedem anderen Tag hätte ich sie schlafen lassen.

„Rose, Liebling", flüstere ich zuerst leise, dann etwas lauter. Ihre gute Hand liegt auf ihrem Herzen. Sie schläft nicht. Ich frage, ob es ihr gut geht.

„Ich bin einfach nur müde."

„Ich weiß, Liebling. Denkst du, dass du aufstehen kannst?"

Sie nickt und ich helfe ihr, aufzustehen. Ich sage zwar: „Lass dir Zeit", ziehe sie aber fast zur Tür hinaus.

Sie sagt: „Da hat wohl jemand Ameisen in der Hose."

„Ich trage einen Morgenrock."

„Oh, du denkst wohl, dass du niedlich aussiehst."

Ich sage nichts und führe sie durch die Küche. „Lass uns den Abend genießen."

Zwei Minuten später sitzt Rose auf ihrem Stuhl und ich schenke ihr ein Glas Tee ein.

„Kein Wunder, dass wir nicht so oft hier draußen sitzen", sagt sie. Der Weg vom Schlafzimmer bis in den Wintergarten hat sie sichtlich erschöpft. „Ich fühle mich, als wären wir bis nach Vermont gerannt."

Ich reiche ihr das Glas. „Es ist aber schön hier draußen, nicht wahr?"

Ihre blauen Augen scheinen etwas dunkler zu werden, als sie auf die winterliche Landschaft hinaussah. „Das ist es, mein Lieber. Das ist es wirklich. Vielen Dank."

Ich nehme die zwei blauen Pillen von ihrer Serviette, lege sie auf meine Handfläche und halte sie ihr hin. „Bist du bereit?"

„Hat sie nicht gesagt, wir sollen nur je eine nehmen?"

„Wenn eine gut ist, sind zwei besser."

Rose betrachtet die Pillen. Ich befürchte, dass sie einen Rückzieher macht, doch sie öffnet den Mund und streckt die Zunge heraus. Ich lege vorsichtig die Pillen darauf. Zwei Schlückchen Tee und sie sind weg.

„Auf uns", sage ich. Und schiebe mir meine beiden Pillen in den Mund und schlucke sie. Dann drücke ich die Starttaste und „From You I'll Never Part" erklingt.

Rose seufzt. „Unser Hochzeitslied."

Als ich dann mich hinsetzen will, merke ich, dass ich etwas vergessen habe. Ich gehe die drei Stufen in die Küche hinauf. Ein stechender Schmerz schießt durch mein Bein. Mein Ischiasnerv macht sich bemerkbar. Der Arzt würde mir sagen, ich hätte es übertrieben und solle mich ausruhen, aber ich kann jetzt nicht an Schmerzen denken.

„Wo gehst du hin?", fragt Rose. „Die Sonne geht gleich unter und unser Lied spielt."

„Es dauert nur eine Minute." Ich gehe in schnellen Schritten um den Tisch herum und stecke die Hand in den schmalen Schlitz zwischen Schrank und Kühlschrank. Und ziehe eine einzelne weiße Rose hervor. Ich habe sie gestern im Supermarkt gekauft und sie ins Haus geschmuggelt, als Rose ein Nickerchen gemacht hat. Ich puste den Staub weg und wische sie mit dem Finger sauber. Sanfte Musik erklingt im Wintergarten und ich kann es kaum erwarten, zu meiner Frau zurückzukehren. Ich schlurfe mit der Rose in der einen Hand zum Wintergarten. Mit der anderen Hand stütze ich mich an der Wand ab, damit ich nicht das Gleichgewicht verliere. Sie fühlt sich so geschmeidig und kühl an. Ich sehe zur Rose hinüber, ein Strom von Blütenblättern schwebt in der Luft.

Das Hochzeitslied ist zu Ende und ich werde aus meiner Trance gerissen. Ich merke, dass meine Füße im Rhythmus der Musik auf dem Boden hin und her gerutscht sind. Das nächste Lied beginnt. Es ist „Gone but Not Forgotten". Ich starre aus dem Fenster, der Sonnenuntergang fasziniert mich. Der violette Streifen, der zwischen dem Schnee und den Wolken am Himmel erscheint, erinnert mich an die Abende, an denen Rose und ich auf der Couch gekuschelt haben, wenn es dunkel wurde.

Ich erreiche den Wintergarten und halte mich am Geländer fest. Da ist meine Frau. Diese wundervolle Frau, die so voller Liebe und Güte ist und sich um mich gekümmert hat, seit wir Kinder waren. Ihre weichen Wangen und die tiefen Lachfalten bezeugen, wie sie ihr Leben gelebt hat. Sie lacht immer und nimmt die Dinge so, wie sie kommen.

Rose dreht den Kopf, ihre tiefblauen Augen durchdringen mich, während ich die Stufen hinuntergehe. Dieser Blick bringt mein Herz zum Schmelzen. Tränen rinnen über meine faltigen Wangen. Bevor sie geht, muss ich ihr sagen, dass sie mein Leben lebenswert gemacht hat.

Die silbernen Haare auf ihrem Kopf bewegen sich leicht. Sie sind weich und fein, wie die eines Babys. Ich möchte ihr über den Kopf streichen und ihr versichern, dass alles gut wird. Ich werde sie nicht gehen lassen. Und werde sie für immer hier bei mir behalten.

Die Welt kippt und ich stürze; mein Fuß verheddert sich an einer der Stufen und ich falle vornüber. Ich versuche, mich auf das andere Bein zu stützen, aber es ist zu spät.

Rose schreit auf, als mein rechtes Handgelenk vom Boden zermalmt wird. Das Knirschen hallt in meinen Ohren. Ich kann den Blick nicht von ihr abwenden, mein Körper scheint in der Luft zu schweben. Rose erhebt sich von ihrem Stuhl, ihre langen Ärmel kräuseln sich kaum. Mein Becken zerspringt in tausend Stücke. Ich werde von qualvollen Schmerzen erfasst, als mein Kopf auf dem Teppichboden aufschlägt. Meine dünne Haut reißt und ich spüre, wie mein Gesicht langsam warm wird. Rose lässt sich wieder auf den Stuhl sinken.

Ich kralle mich am Teppich fest und versuche aufzustehen, doch mein Becken besteht nur noch aus Knochensplittern, die sich in mein Fleisch bohren. Ich kann den Kopf nur ein paar Zentimeter anheben, es tropft warmes Blut von meinen Lippen. Rose schlägt ihre Hände vor ihrem Gesicht zusammen. Ihre Schreie werden immer leiser, genauso wie die Musik, während am Horizont langsam die Sonne untergeht. Die letzten Lichtstrahlen gleiten über ihren Körper und ihre einst strahlend blauen Augen leuchten für immer in der Dunkelheit.

Armeefutter

Bis er in die Armee eingetreten war, hatte Edwards den Dschungel nur im Fernseher gesehen. Er war nicht auf die Hitze vorbereitet gewesen und die Luft war so verdammt dick, dass man sie schneiden konnte. Es hatte seit Tagen nicht mehr geregnet, aber es war einfach alles nass geblieben.

Edwards war den ganzen Morgen in Bewegung gewesen, alleine und auf der Flucht. Obwohl er während der Grundausbildung und den sechs Monaten in dieser Hölle den Babyspeck verloren hatte, fühlte sich Edwards genauso schwer wie in der High-School, als seine Mitschüler auf seinen schwabbligen weißen Bauch gezeigt und ihn „fette Sau" genannt hatten.

Der Schweiß machte die Uniform und die Ausrüstung nur noch schwerer. Als Edwards nicht mehr konnte, lehnte er sich gegen einen Baum und legte seinen Rucksack ab. So hatte er sich das nicht vorgestellt. Er wollte kein Soldat sein. Er wollte nur überleben, und sich vielleicht Fachwissen aneignen. Deshalb hatte er Sanitäter werden wollen.

Rechts neben ihm bewegte sich etwas. Edwards packte das Maschinengewehr und zielte. Die Sonnenstrahlen, die durch die Baumkronen fielen, spielten seinen Augen einen Streich. Er hörte es Quaken und den Schrei eines Affen in der Ferne. Vermutlich war es nichts, aber Rex war immer noch da draußen. Edwards zwang sich, aufzustehen. Seine Füße begannen zu kribbeln, als hätte er seine Schnürsenkel zu eng gebunden.

Es flatterte etwas, dann raschelte es. Edwards wollte losrennen, stattdessen blieb er stehen und suchte den Boden nach Stolperdrähten ab. Es gab zu viele Dinge, die nur darauf warteten, ihn in nasses Konfetti zu verwandeln.

Edwards konnte kaum glauben, dass er vor weniger als zwölf Stunden dummerweise gedacht hatte, die Gefahr sei gebannt. Es war grauenhaft gewesen, aber sie hatten das Schlimmste überstanden. Ihr Trupp hatte das Dorf eingenommen und einen riesigen Lebensmittelvorrat gesichert. Stabsfeldwebel Rex hatte Dinge getan, an die Edwards die ganze Nacht hatte denken müssen. Aber sie waren in Sicherheit gewesen und hätten nur auf den Konvoi warten müssen. Sie wären drei Monate lang versorgt gewesen.

Jeder wusste, dass Stabsfeldwebel Rex ein Junkie war und schon lange bevor Edwards und die anderen Soldaten dort gelandet waren, Probleme gehabt hatte. Aber er war ihr Vorgesetzter und es war Krieg. Keiner von ihnen hätte je vermutet, dass Rex jemals absichtlich ihr Leben aufs Spiel setzen würde. Man munkelte, dass dies seine letzte Mission war. Vielleicht hatte er deshalb den Verstand verloren. Vielleicht lag es auch an der Hitze. Oder vielleicht war er einfach nur ein mieser Dreckskerl.

Es spielte keine Rolle, woran es lag. Edwards wünschte nur, er könnte Rex' Messertricks aus seinen Gedanken verbannen.

Eine Stunde nach dem Frühstück hatte Rex alle zu der offenen Hütte gerufen, in der Ornalez, Shipley und Curtis schliefen. Edwards hatte sich in den Büschen erleichtert; die Scheiße war ihm buchstäblich aus dem Arsch gespritzt. Er hätte beinahe gerufen, dass er gleich da sein würde, doch dann war ihm aufgefallen, dass niemand sich beeilte. Jennings hatte sich als letzter der Gruppe angeschlossen und seinen Bauch gehalten. Weder Rex noch Jennings hatten ein Wort zu den Männern gesagt, die immer noch schlafend auf dem Boden gelegen hatten.

Es war nichts Nennenswertes passiert, es hatte keine Provokation gegeben. Rex hatte einfach aus heiterem Himmel angefangen zu schießen. Jennings und McKinney hatte er je eine Kugel in den Kopf gejagt. Allen anderen hatte er in die Brust geschossen. Er hatte in Sekundenschnelle den ganzen Trupp ausgelöscht. Es war Rauch von Rex' Waffe aufgestiegen.

Der Durchfall hatte Edwards das Leben gerettet, aber er wusste, dass er in Bewegung bleiben musste. Wenn er sich nicht beeilte, würde es ihm wie den anderen ergehen, deshalb begann Edwards wieder zu rennen. Er kümmerte sich nicht mehr um Fallen oder irgendwelche Schlitzaugen, die ihm auflauerten; die ganzen Übungen und das Training verflüchtigten sich im feuchten Nebel. Der Schweiß strömte über seinen Rücken und seine Beine und durchnässte seine Socken. Er wischte sich die Stirn trocken und fröstelte leicht. Er wurde von einer Welle der Übelkeit erfasst. Edwards hielt inne und krümmte sich vor Schmerzen. Unsichtbare Hände zerrten an seinen Eingeweiden, als ob sie ein nasses Handtuch auswringen würden. Es war wie damals, als er im Urlaub mit seinen Eltern eine verdorbene Auster gegessen hatte. Sein Magen verkrampfte sich so sehr, dass er Sterne sah. Er hatte zwar die pulverisierten Eier, die es zum Frühstück gegeben hatte, kaum angerührt. Und am Vorabend hatte er nur Kaffee getrunken und Zigaretten geraucht. Doch er hätte sowieso nichts mehr essen können, nachdem er Rex bei der Arbeit zugesehen hatte.

Ein weiterer schmerzhafter Krampf erfasste seine Eingeweide und zwang ihn in die Knie. Das Maschinengewehr fiel ihm aus den Händen und er fasste sich an den Hals. Er schwoll an und verengte sich. Er bekam fast keine Luft mehr. In seiner Nähe bewegte sich etwas; er hörte, wie Zweige zerbrachen. Er wollte nach seiner Waffe greifen, rutschte aber aus und fiel auf die schlammigen Blätter. Er versuchte gar nicht erst, aufzustehen, sondern rollte sich einfach zusammen. Sein Gewehr lag ungefähr einen Meter von ihm entfernt. Der Schweiß lief ihm in die Augen und er merkte, dass er nicht blinzeln konnte. Etwas Schreckliches floss durch seine Adern. Es musste eine Spinne oder ein Käfer in seine Kleidung gekrochen sein. Er hatte zwar nicht gespürt, dass ihn etwas gebissen hatte, aber genau das war wohl passiert. Während des Trainings hatten sie ein kleines Buch bekommen, in dem gefährliche Insekten abgebildet waren, aber das hatte er schon in der ersten Woche verloren.

Edwards wollte sich aufsetzen, aber er konnte sich nicht bewegen. Es war, als wäre sein ganzer Körper voller Zement. Er würde sich nicht einmal umdrehen können, falls der Feind auftauchte. Er würde ihm einfach in die Augen starren müssen. Er betete, dass es niemand war, der aus dem Dorf geflohen war. Er konnte sich nur zu gut vorstellen, wie sie ihn zurichten würden.

Jetzt war alles schwarz. Seine Augen waren endlich zugefallen. Er lauschte den knirschenden Schritten, die näherkamen. Immer näher …

Er strengte sich an, hinzusehen, doch er konnte nur einen dünnen Lichtstrahl sehen, dann wurde es wieder dunkel. Er konnte kaum atmen. Er betete, dass der Gesang der Vögel sein erbärmliches Keuchen übertönten würde. Er lauschte weiter nach den Schritten und fragte sich, ob er eine Stimme oder ein Knurren hören würde, bevor das Unvermeidliche geschah, doch dann wurde das Knirschen leiser. Wer oder was auch immer das gewesen war, es schien sich von ihm zu entfernen. Edwards vermutete, dass er nicht gesehen worden war. Vielleicht war es ein Segen, dass er gelähmt war. Denn hätte er sich bewegt, wäre er entdeckt worden.

Er spürte winzige Nadelstiche an den Fingerspitzen, dann an den Händen und den Handgelenken. Er konnte den Daumen bewegen, wenn auch nur minimal. Vielleicht floss das Gift langsamer, wenn er am Boden lag. Die Nadelstiche wurden immer schmerzhafter, aber immerhin spürte er wieder etwas. Wenn die Wirkung des Gifts nachließ, würde Edwards es zu seinem Rucksack schaffen können. Darin war eine Ampulle mit Adrenalin. Warum zum Teufel hatte er seine Ausrüstung abgelegt?

Er versuchte wieder, die Augen zu öffnen. Es war, als würde man die verrostete Rolltür eines Lastwagens hochschieben, aber er konnte glänzende Blätter erkennen. Seine Sicht war immer noch verschwommen und er konnte den Kopf nicht drehen, aber er war sicher, dass er neben einem langsam fließenden, schwarzen Strom lag. Er konnte sich nicht erinnern, ihn gesehen zu haben, bevor er gestürzt war, doch da war er. Er spürte, wie das Wasser seine Hände umspülte. Es ergab zwar keinen Sinn, aber es musste eiskalt sein, denn jetzt spürte er die Nadelstiche auch auf den Armen und im Nacken.

Edwards versuchte, den Kopf zu drehen, damit etwas Wasser in seinen Mund floss. Es war so nahe. Er spürte ein paar Nadelstiche am Kinn. Er wollte schreien. Dann hörte er wieder ein Knirschen und es raschelte erneut. Edwards hoffte, dass es ein kleines, niedliches Tier war; dass er die Augen öffnen und Bambi sehen würde, das aus dem Strom trank. Aber er musste realistisch bleiben. Es war vermutlich eher eine Anakonda.

Dann hörte er eine Stimme; eine Stimme, die er kannte. Er hatte sie während den letzten sechs Monaten jeden Tag gehört.

„Verdammt, Eddie. Bist du den ganzen Weg hierhergekommen, um ein Nickerchen zu machen?" Rex sprach undeutlich. Es war, als würde er eine Gasmaske tragen. „Wenn du ausschlafen willst, hättest du nur fragen müssen. Du hättest deine Freunde einladen können, sie hätten bei dir übernachten können."

Edwards wusste nicht, wovon der Wahnsinnige sprach, aber er war erleichtert, die Stimme des Stabsfeldwebels zu hören, besonders, weil er so freundlich war. Vielleicht wollte Rex nicht alleine im Dschungel sein. Rex konnte seinen Rucksack öffnen und ihm das Adrenalin spritzen. Und falls es nichts nützen sollte, würde er Edwards vielleicht ins Dorf tragen.

„Ist alles in Ordnung mit dir, Eddie? Du siehst irgendwie nicht so gut aus.“

Edwards versuchte zu sprechen, konnte aber nur ächzen.

„Ich kann dich nicht hören, Kumpel. Du musst lauter sprechen.“

Edwards versuchte zu schlucken. Rex lachte nur.

„Alter, das war ein Witz. Bleib einfach liegen, Kumpel. Ich meine es ernst, beweg keinen Muskel.“

Edwards konnte zwar nichts sehen, aber es klang, als hätte sich Rex tatsächlich mit der Hand auf den Oberschenkel geklopft. Die Erleichterung war schnell verflogen. Edwards krümmte die Finger und stellte sich vor, wie sie sich um Rex' Kehle legten, gab jedoch auf und versuchte, zu seinem Rucksack hinüberzuschielen. Er konnte ihn nicht sehen, hoffte aber, dass er Rex dazu bringen würde, mit dem Herumalbern aufzuhören und ihm zu helfen, wenn er die Augen schnell hin und her bewegte.

„Ich muss schon sagen, Eddie, dafür, dass du so ein fetter Drecksack bist, hast du ganz schön Ausdauer. Ich habe keine Ahnung, wie du es so weit geschafft hast.“ Rex stampfte auf den Boden. „Verdammt, Mann, ich verstehe nicht, wie du so ruhig bleiben kannst. Diese ganze Scheiße würde mich wahnsinnig machen.“

Edwards streckte seinen Zeigefinger ein paar Zentimeter in die Höhe. Er hoffte, dass er auf den Rucksack zeigte. Schwarze Wasserperlen glitten über seine Knöchel, kletterten zum Fingernagel hinauf und verteilten sich dann auf seiner Hand. Sie schienen den Gesetzen der Schwerkraft zu trotzen.

„Ich dachte mir, wenn irgendjemand seine Eier aufisst, dann bestimmt so ein fetter Arsch wie du“, sagte Rex. „Und ich habe Glück gehabt. Wenn es McKinney oder Barklett gewesen wären, würde ich ihnen immer noch hinterherrennen.“

Die pulverisierten Eier hatten einen metallischen Geschmack gehabt. Edwards hatte angenommen, dass es am Wasser aus Rex' Kantine lag. Jetzt hatte er die Wahrheit erfahren. Sie waren vergiftet worden. Deshalb hatte Rex alle ausschalten können. Barklett hatte immer am schnellsten die Waffe gezückt.

Rex begann zu fluchen, schlug sich ins Gesicht und hüpfte herum, als würde er in Flammen aufgehen.

Eine Wasserperle war in Edwards' Ohr getropft und brannte. Und dann sah Edwards, wie der wogende schwarze Strom vor seinem Gesicht immer dünner wurde. Es bildeten sich kleine Tröpfchen, die auf seine Augen zukrochen. Es war kein Wasser. Es waren Ameisen. Und nicht von der Art, die man bei einem Picknick vorfindet. Sie verschlangen Edwards und er konnte nur blinzeln.

„Siehst du, das ist eine richtige Armee", sagte Rex. „Diese eine Kolonie könnte aus zwanzig Millionen bestehen. Alle arbeiten zusammen." Rex spuckte auf den Ameisenstrom. Ein paar blieben in seiner Spucke stecken, die anderen zerstreuten sich. Doch es fanden alle ihren Weg zurück zum Ziel. „Das ist Loyalität. Sie wissen, worauf es ankommt. Es geht nicht ums Individuum. Es geht ums Team." Rex bückte sich und senkte den Kopf, damit er Edwards in die Augen sehen konnte. „Ich wusste, dass ihr alle reden würdet. Ihr habt mir keine Wahl gelassen." Rex schüttelte den Kopf. „Unsere Jungs hatten schon genug eingebüßt ... was ihre Wahrnehmung betraf. Ich musste uns wieder auf Kurs bringen. Zum Wohle der Allgemeinheit."

Das Maschinengewehr lag nur einen knappen Meter von ihm entfernt. Edwards versuchte, danach zu greifen, doch er konnte seinen Arm kaum bewegen. Er spürte, wie eine Ameise seine Wange hochkroch, und schloss die Augen. Sie nagte an der dünnen Haut herum, bis rote Lichtflecken erschienen.

Edwards versuchte zu schreien, was dazu führte, dass ein ganzes Bataillon von Ameisen in seinen Mund strömte. Er würgte und musste sich fast übergeben. Rex richtete sich auf, ging zu Edwards' Maschinengewehr und hob es auf. „Es tut mir leid. Ich möchte, dass du das weißt." Er zwang sich zu einem Lacher. „Was würdest du jetzt nicht alles für eine Dose Ameisenspray geben?"

Edwards schluckte einen Mundvoll Blut und schaffte es, „Bitte ..." zu murmeln.

„Alter, ich wünschte, ich könnte dir helfen. Wirklich. Aber ich kann nicht zulassen, dass dich jemand findet und du mich verpetzt."

Edwards spuckte Galle und Ameisen aus. Dann tippte er mit dem Finger auf seine Brust. Rex nickte.

„Also gut, in Ordnung. Aber du musst es selbst tun.“ Rex bückte sich und drückte Edwards das Gewehr in die Hand. Der Lauf befand sich direkt unter Edwards' Kinn. „Du musst nur abdrücken.“

Edwards tastete mit dem Finger nach dem Abzug. Rex sagte, er hätte es fast geschafft. Edwards zog die Waffe ein paar Zentimeter weiter nach oben und hob mühevoll den Kopf. Einen Moment lang überlegte er, ob er einen Schuss auf Rex abfeuern sollte, doch der Gedanke verflüchtigte sich schnell wieder. Er starrte einfach auf das, was noch von seiner Hand übrig war: Sehnen und Knochen. Die Ameisen, die sich an den restlichen Fleischklumpen festklammerten, fielen auf seine Brust und trugen ihre Beute davon. Edwards' Finger glitt vom Abzug, doch Rex hielt ihn fest, legte sogar seinen eigenen Finger auf Edwards' Knochen.

„Es sind Armeeameisen, Eddie. Genau wie du und ich.“

Der Schreckensmoment

Susie Cohen konnte niemandem die Schuld geben. Wenn sie nicht herumgetrödelt hätte, könnte sie jetzt schlafen, anstatt mitten in der Nacht durch drei Quartiere zum Computerraum gehen zu müssen. Sie musste am nächsten Tag um dreizehn Uhr ihre zwölfseitige Archäologiearbeit abgeben. Um dreizehn Uhr fünfzig, wenn sie sie am Ende des Unterrichts abgab. Doch Susie hatte noch nicht einmal die Einführung fertig geschrieben, und selbst die war noch ziemlich dürftig.

Ein eisiger Wind wehte ihr ins Gesicht. Sie rückte ihren Schal zurecht und zog ihn sich über die Nase, aber das dünne Material vermochte ihre Lippen und ihre Haut kaum zu schützen. Anstatt der Straße zu folgen, durchquerte sie das Universitätsgelände. Der Matsch drückte bei jedem Schritt durch ihre Stiefel. Sie ging an zwei erloschenen Straßenlaternen vorbei, und dann an einer Dritten, die flackerte. Erschien schließlich direkt vor ihr ein schwach beleuchtetes Notruftelefon.

Hinter ihr knirschte etwas im harten Schnee. Susie tat so, als wäre sie nicht vor Schreck zusammengezuckt, und warf beiläufig einen Blick über die rechte Schulter. Aber, da war niemand. Sie hatte es sich nur eingebildet, dass sie die Schritte eines verrückten Stalkers gehört hatte. Sie würde sich keine Horrorfilme mehr ansehen.

Susie konzentrierte sich auf die Aufgabe, die vor ihr lag, und ging die Stufen der eisbedeckten Treppe hinunter, die in den unteren Hof führte. Sie wollte nicht wieder ausrutschen und zog beide Hände aus den Taschen. Mit der einen hielt sie sich am Metallgeländer fest, die andere stemmte sie gegen die Backsteinmauer. Susie hatte sich vor der Cafeteria schon zum Narren gemacht. Sie hatte auf unsanfte Weise herausgefunden, dass ein geprelltes Steißbein, nächtliche außerschulische Aktivitäten ruinierte. Und Tom, ihr Freund, war nicht sehr glücklich darüber gewesen.

Freund war vielleicht nicht die richtige Bezeichnung. Sie waren seit fast zwei Monaten zusammen, aber sie wusste nicht genau, was er von ihr hielt. Susie mochte Tom, vielleicht liebte sie ihn sogar, aber sie konnte sich nicht vorstellen, dass er ihre Gefühle erwiderte. Er war älter als sie und der Kapitän der Fußballmannschaft. Er konnte jedes Mädchen haben, das er wollte. Und wenn die widerlichen Gerüchte stimmten, hatte er vermutlich auch schon fast jedes Mädchen gehabt. Aber das spielte keine Rolle, denn jetzt war er mit Susie zusammen. Tom hatte ihr versichert, dass sie genau die Art von Mädchen war, die er wollte: jemand, der liebevoll, süß und selbstlos war; das genaue Gegenteil von seiner letzten Ex. Diese verrückte Tussi hatte sich geweigert, ihm seine College-Jacke zurückzugeben und sogar versucht, ihn abzustechen, als er mit ihr Schluss gemacht hatte.

Als sie fast am Ende der Treppe angelangt war, hörte sie wieder Schritte. Dieses Knistern war unverkennbar. Sie kümmerte sich nicht mehr darum, wie sie aussah, und drehte ruckartig den Kopf. Sie wollte einen Blick auf ihren Angreifer werfen, bevor er sich auf sie stürzte. Doch, sie war schon zu weit unten, um jemanden sehen zu können. Der Kerl lauerte ihr vermutlich irgendwo auf.

Susie eilte die Treppe hinunter und als sie den halben Weg durch den Hof hinter sich hatte, hörte sie wieder jemanden. Sie wirbelte herum und entdeckte eine gekrümmte Gestalt auf der Treppe. Der Kerl war groß, ganz in Schwarz gekleidet und kam direkt auf sie zu.

Wenn sie nicht rannte, würde er sie in weniger als einer Minute einholen. Susie wusste, dass sie überreagierte. Der Kerl war wahrscheinlich ein Student. Warum würde er sich sonst auf dem Hof aufhalten? Es sei denn, er hatte gerade ein Verbrechen begangen. Oder er hatte vor, eins zu begehen.

Susie ärgerte sich darüber, dass sie getan hatte, was ihre Mitbewohnerin ihr geraten hatte. Sie hatte gesagt, sie solle ihr Handy im Zimmer lassen, damit sie sich nicht von der Arbeit ablenken könne. Sie konnte nicht einmal so tun, als würde sie die Polizei rufen, denn es gab weit und breit kein Notruftelefon. Susie würde nicht wegrennen, aber sie würde auch nicht warten, bis der Kerl sie einholte. Sie rannte also über die Straße, ohne auf den Verkehr zu achten.

Es hörte sich so an, als wäre der Kerl auf der anderen Straßenseite geblieben. Ein kurzer Blick bestätigte dies. Das einzige Problem war, dass er ihr Tempo nachahmte und ein paar Schritte hinter ihr blieb. Zuerst hatte er es so eilig gehabt und jetzt wollte er sie nicht überholen. Wenn er die Straße überquerte, würde sie losrennen. Der Computerraum war nur noch ein Quartier entfernt. Sie konnte es schaffen, bevor er sie einholte.

Die beiden marschierten im selben Tempo die Straße entlang. Susie ging an der Kapelle vorbei und sah endlich das kantige Glasdach des Computerraums, das in den Nachthimmel ragte. Normalerweise wurde er um 10 Uhr geschlossen, aber während der Abschlussprüfungen war er durchgehend geöffnet. Susie hoffte, dass sie nicht bis zum Sonnenaufgang wach sein würde, obwohl sie wusste, dass dies wahrscheinlich der Fall sein würde.

Der Computerraum hatte noch nie so einladend ausgesehen. Helles Licht schimmerte aus dem zweistöckigen Gebäude; eine willkommene Einladung für jeden, der bei diesem miesen Wetter nach draußen musste. Sie ging die Treppe hinauf und warf einen letzten Blick über ihre Schulter, um zu sehen, wo der schwarz gekleidete Mann war. Dieser überquerte die Straße und kam direkt auf sie zu.

Susie stolperte hastig die letzten Stufen hinauf und riss die Eingangstür des Gebäudes auf. Sie fühlte sich im kleinen beheizten Eingangsbereich gefangen. Sie zog einen Handschuh aus, nahm ihren kalten Studentenausweis aus der Plastikhülle und zog ihn durch das elektronische Lesegerät. Ein rotes Licht blinkte. Der Kerl hatte sie fast eingeholt. Susie betrachtete die Karte, und erkannte, dass sie sie umdrehen musste, und zog sie erneut durch das Gerät. Jetzt blinkte das Licht grün; sie riss die Tür auf, schlüpfte hinein und zog sie hinter sich ins Schloss. Nicht einmal die Hälfte der ungefähr zwanzig Schüler im Raum machte sich die Mühe, aufzusehen.

Susie fühlte sich jetzt sicherer, ging aber trotzdem von der Tür weg. Sie sah sich im Gebäude um, das sie bisher erst zweimal betreten hatte. Der Computerraum war ein großer offener Raum, der sich über zwei Etagen erstreckte und eine hohe gewölbte Decke hatte. Es standen zwölf Tische darin, sechs auf jeder Seite des Raumes. Eine Reihe von Druckern säumte die östliche Wand. Die Toiletten und die Münztelefone befanden sich am Ende des Flurs, und direkt unter der Treppe, führte es zu einem Büro, das den gesamten ersten Stock überblickte. Susie sah, dass im Büro das Licht brannte. Technisch versierte Studenten hielten dort Wache und boten auf herablassende Weise Unterstützung an. Diese Computerfreaks liebten es, wenn eine ignorante Computer-Analphabetin, wie sie mit dummen Problemen zu ihnen kam.

Susie musste pinkeln, entschied sich aber dagegen, auf die Toilette zu gehen, zumindest nicht, bis sie ihren Stalker gesehen hatte. Sie nahm an, dass der sicherste Beobachtungsort in der hinteren Ecke bei den Druckern war. Sie würde etwas abseits sitzen, aber trotzdem den ganzen Raum überblicken können. Und sie würde in Sicherheit sein. Er würde ihr nichts antun können, wenn so viele Leute anwesend waren.

Als Susie die Ecke erreicht hatte, hatte der schwarz gekleidete Kerl es durch die Sicherheitstür geschafft. Das bedeutete, dass er entweder ein Schüler oder ein Lehrer war. Oder er hatte eine Karte gestohlen.

Susie tat so, als würde sie den Drucker benutzen, während sie beobachtete, wie der Mann sich den Schnee von den Stiefeln stampfte. Er zog sich die Mütze vom Kopf und lockerte seinen Schal, während er den Mittelgang entlangging. Er kam ihr nicht bekannt vor. Er war definitiv ein Student, aber schon älter. Vielleicht sogar ein Doktorand.

Der Kerl öffnete die Knöpfe seiner dicken Jacke. Am Ende des Gangs bog er nach rechts ab. Kam dann direkt auf sie zu und griff in seine Tasche.

Susie ging zum letzten Drucker in der Reihe und versuchte, nicht zu schreien. Sie erreichte die Ecke und sah sich um. Der Kerl zog eine Diskette aus seiner Tasche und setzte sich vor den letzten Computer.

Susies Wangen wurden rot. Sie kam sich dumm vor. Sie fragte sich, wie viele Leute sie wohl beobachtet hatten. Sie hoffte, dass alle zu beschäftigt waren, um sie überhaupt zu bemerken. Also ging sie leise zu einem der Computer auf der anderen Seite des Raumes.

Susie legte ihren Rucksack ab und ließ sich auf den Stuhl plumpsen. Sie versuchte, sich zu beruhigen, und zog ihren Schal und ihre Mütze aus. Sie hatte Schweißperlen auf der Stirn und das lag nicht dran, dass der Raum so gut beheizt war. Susie zog ihre Jacke aus und warf sie auf den Stuhl neben ihr. Der Kerl saß noch immer vor dem Computer und tippte. Sie hatte nicht den Eindruck, dass er etwas vorspielte. Wie hatte sie sich nur vor ihm fürchten können? Er sah harmlos aus. Pummelig und ein bisschen dumm.

Zweiundzwanzig Uhr vierzig. Sie musste sich an die Arbeit machen und konnte sich nicht konzentrieren, weil immer noch Adrenalin durch ihre Adern schoss. Ihr Herz raste und sie konnte nicht klar denken. Leider würde Professor Graham das nicht als Entschuldigung akzeptieren.

Susie loggte sich ein und klickte auf ihr E-Mail-Konto. Sie hatte ihre Nachrichten vor dem Abendessen schon überprüft, aber die meisten ihrer kalifornischen Freunde schrieben ihr wegen der Zeitverschiebung immer erst abends. Josh, ihr Freund von der Highschool, meldete sich immer nur nachts. Sie hatte ihm noch nichts von Tom erzählt. Vielleicht würde sie es nach Weihnachten tun. Aber vermutlich nicht. Susie vermied Konfrontationen.

Alle anderen Nachrichten waren Spam, deshalb steckte sie ihren USB-Stick in den Computer und öffnete ihre Arbeit. Es war deprimierend, nur zwei kleine Sätze zu sehen, die von so viel Weiß erstickt wurden. Was sie am meisten ärgerte, war, dass Archäologie eigentlich ein einfaches Fach hätte sein sollen. Deshalb hatte sie sich für den Einführungskurs entschieden und gehofft, dass sie ohne große Anstrengung eine gute Note erzielen würde. Wenn sie gewusst hätte, dass er so mühsam sein würde, hätte sie sich für etwas Anderes entschieden. Das hatte sie aber nicht, deshalb musste sie eine gute Arbeit abliefern. Sie musste unbedingt ein paar interessante Dinge im Internet finden und sie auf gekonnte Weise abschreiben.

Ding! Auf dem Bildschirm öffnete sich ein Sofortnachrichtenfenster - eine angenehme Überraschung. Den Benutzernamen URAHOTE kannte sie jedoch nicht. Susie sprach ihn aus und lächelte. Das musste Tom sein. Er war immer süß, sollte aber eigentlich in der Bar sein. Vielleicht war er nicht zur Arbeit gegangen. Wenn sie sich beeilte, schaffte sie es vielleicht, zu einer vernünftigen Zeit bei ihm vorbeizuschauen.

Susie klickte auf die Sprechblase, um die Nachricht zu öffnen. Da stand einfach: „So spät noch auf?“

„Muss morgen meine Arbeit abgeben. Wird eine lange Nacht werden“, tippte sie.

Susie schickte die Nachricht ab und machte sich wieder an die Arbeit. Sie tippte „Pompeji“ ins Suchfeld. Eine halbe Sekunde später standen ihr Tausende von Dokumenten zur Verfügung; Bilder von verkohlten Körpern, die sich zusammengerollt hatten und panische Gesichter, die in der Asche begraben waren.

Ding! Eine neue Nachricht erschien auf dem Bildschirm.

Sie klickte sie an. „Willst du es lang und hart?“

Diesmal wurden Susies Wangen heiß. Tom konnte manchmal ziemlich schmutzig sein. Das war zwar etwas, das sie an ihm mochte, aber sie musste ihre Arbeit fertig schreiben.

Sie antwortete: „Tut mir leid, aber ich glaube, es wird auch ohne dich lang und hart werden.“

Susie klickte auf einen Artikel über erotische Kunst. Sie entdeckte schnell einige interessante Punkte, die sie vielleicht in ihrer Arbeit umformulieren konnte, und eine schmutzige kleine Statue von Pan, der es mit einer Ziege trieb.

Ding! Wieder eine Nachricht, aber diesmal war der Benutzername anders. IBNU. Der Name amüsierte sie und sie klickte auf die Nachricht. „Warum? Hast du deinen Baseballschläger mitgebracht?“

Susie starrte erstaunt auf den Bildschirm. Was meinte er damit? Sie scrollte zu ihrer letzten Nachricht zurück. Selbst Tom würde nicht so schmutziges Zeug schreiben und es war ganz bestimmt nicht Josh. Er war zu süß.

Sie tippte eine neue Nachricht. „Wer bist du?“

Anstatt einen weiteren Artikel über Pompeji zu lesen, saß sie einfach da und wartete auf eine Antwort. Wenn es Tom war, schuldete er ihr eine Entschuldigung dafür, dass er solche Dinge schrieb, wenn sie versuchte, sich auf ihre Arbeit zu konzentrieren.

Es vergingen ein paar Sekunden. Susie machte sich wieder an die Arbeit und dann erschien eine neue Nachricht auf dem Bildschirm. Da stand: „Rate mal“.

Sie wusste nicht, was sie tun sollte. Was war, wenn sie Toms Namen schrieb und es Josh war - oder umgekehrt? Sie wusste nicht, was sie schreiben sollte, deshalb saß sie einfach nur da.

Ding! Sie öffnete die nächste Nachricht. „Du sollst raten, du Schlampe!“

Keiner der beiden würde so etwas schreiben. Niemals. Josh ganz bestimmt nicht. Und Tom auch nicht. Nicht mal, wenn er völlig betrunken wär. Keiner der beiden wäre so gemein. Sie kannte niemanden, der so gemein war.

Susie tippte „EIN ARSCHLOCH!“ und drückte die Eingabetaste.

Sie musste sich auf ihre Arbeit konzentrieren und dieses Arschloch ignorieren. Irgendjemand spielte ihr einen dummen Streich und wusste vermutlich nicht einmal, wer sie war. Sie hatte den Benutzernamen 2HOT4U erfunden, als sie noch in der Highschool gewesen war. Er war wie eine Werbetafel, die unerwünschte Nachrichten anzog.

Ding! Benutzername IH8U.

Sie wollte die Nachricht nicht öffnen, konnte es aber nicht lassen. „Nicht schlecht. Wie hast du das erraten? Schlaues Mädchen. George und Helen sind bestimmt stolz auf dich."

Er kannte die Namen ihrer Eltern. Das bedeutete, dass es jemand aus ihrer Gegend sein musste. Vielleicht hatte Karen Josh von Tom erzählt und er war durchgedreht.

Der Cursor flitzte quer über den Bildschirm, sie war nicht in der Lage, die Maus ruhig zu halten. Schließlich gelang es ihr, denn Benutzerprofil anzuklicken. Sie musste herausfinden, wer das war. Hoffentlich war es Josh. Dann hätte sie einen guten Grund, sich von ihm zu trennen.

Der Bildschirm war leer. Der Benutzer hatte keine Informationen eingegeben. Es musste einen Weg geben, um herauszufinden, wer ihr solche Nachrichten schickte, aber sie wusste nicht wie und wollte nicht ins Büro gehen und die Computerfreaks um Hilfe bitten.

Wenn sie ihre Arbeit fertig schreiben wollte, durfte sie nicht mehr an diese Nachrichten denken. Sie hatte erst zwei Sätze geschrieben und es war schon elf. Sie hatte zwanzig Minuten verplempert. Die Nachrichten hatten sie abgelenkt und sie musste sich konzentrieren, deshalb schaltete sie den Computer stumm.

Eine weitere Nachricht erschien, diesmal geräuschlos. Benutzername UAHO.

Es war lächerlich. Wer auch immer das war, musste ein ernsthaftes Problem haben. Aber sie würde nicht mehr mitspielen. Sie weigerte sich, die Nachricht zu öffnen und ignorierte die Benachrichtigung, die in der oberen linken Ecke des Bildschirms erschien. Fast vierzig Sekunden lang.

„Antworte, du SCHLAMPE!"

„Gut", murmelte sie vor sich hin, während sie auf die Tastatur hämmerte. „Du wirst es bereuen, wenn ich herausfinde, wer du bist. Ich gehe zur Schulpolizei. Die wird deine Nachrichten zurückverfolgen.“ Sie betete, dass das möglich sein würde.

Drei Sekunden später kam die Antwort. „Das ist meine geringste Sorge, wenn ich für das, was ich dir antun werde, erwischt werde, du zimperliche kleine Schlampe.“

Susie war fassungslos. Das andere Zeug war gemein gewesen, aber diese Nachricht machte ihr Angst. Sie kannte niemanden, der ihr ernsthaft Schaden zufügen wollte, und keiner ihrer Freunde würde sich einen solchen Scherz erlauben. Sie hatte niemandem etwas getan.

Sie schwitzte wieder und bekam einen Kloß im Hals. Sie würde etwas zu trinken holen und sich beruhigen. An etwas Schönes denken und sich auf ihre Arbeit konzentrieren. Außerdem keine Nachrichten mehr öffnen. Ernsthaft.

Susie stand auf und ging mit weichen Knien zum Trinkbrunnen. Sie trank einen großen Schluck kühles Wasser, spritzte sich welches ins Gesicht und kehrte zu ihrem Platz zurück.

Es warteten vier Nachrichten auf sie. Sie klickte sie weg, ohne sie zu öffnen. Eine fünfte erschien. Sie wollte sie gerade schließen, doch dann bemerkte sie den Benutzernamen. H2O4U.

Der Kerl war hier! Es musste der schwarz gekleidete Widerling sein. Ihr lief ein Schauer über den Rücken. Sie musste die Nachricht öffnen.

„Deine Jeans gefällt mir. Welche Marke? Calvin Klein? Dein fetter, nuttiger Arsch sieht richtig gut darin aus.“

Er musste hier sein. Susie stand halb von ihrem Stuhl auf. Der schwarz gekleidete Kerl saß nicht mehr vor seinem Computer. Sie richtete sich auf und sah sich im Raum um. Es befanden sich nur noch sechs Personen im Raum und der Fremde war nirgendwo zu sehen.

Noch eine Nachricht. Sie öffnete sie. „Siehst du mich schon? Wenn du mich siehst, ist es zu spät.“

Es musste eine der sechs Personen sein, aber welche? Nur vier davon waren Männer. Zwei saßen auf der anderen Seite des Raums und wandten ihr den Rücken zu. Sie hatten sie vermutlich nicht aufstehen sehen.

Die anderen beiden sahen nicht wie verrückte Stalker aus, aber wie sahen verrückte Stalker überhaupt aus? Hatten sie bestimmte Merkmale? Hatten sie dunkle Augen, einen rasierten Kopf und einen Spitzbart oder bevorzugten sie Hornbrillen und wilde Frisuren? Die vielen Gedanken, die in ihrem Kopf herumwirbelten, ergaben keinen Sinn und ihr wurde schwindlig. Sie zwang sich, zu atmen, während sie sich noch mal langsam im Raum umsah. Die Münztelefone bei den Toiletten drüben. Sie musste die Polizei rufen. Sofort.

Gerade als sie loslaufen wollte, erschien eine weitere Nachricht auf dem Bildschirm. CUNHELL. Sie wollte die Nachricht nicht öffnen, tat es aber, weil sie Angst hatte.

„Die Telefone sind nutzlos. Hast du nicht gesehen, dass ich rübergegangen bin und beide Kabel durchgeschnitten habe? Hättest besser aufpassen sollen. Komm ja nicht auf die Idee, die Computerfreaks um Hilfe zu bitten, es sei denn, du willst ihr unschuldiges Blut an den Händen haben."

Das letzte bisschen Gelassenheit, an dem sie sich festgeklammert hatte, löste sich in Luft auf. Susie hätte so gerne geglaubt, dass der Kerl log, doch sie wusste, dass er das nicht tat. Sie musste die Polizei rufen, schreien oder sonst irgendetwas unternehmen.

Neue Nachricht, neuer Name. ILCUDIE.

„Denk nicht daran, wegzulaufen. Du würdest es nicht mal bis in den Hof schaffen. Würdest auf dem Eis ausrutschen. Würdest es definitiv nicht bis zum Wright House schaffen und ganz bestimmt nicht bis in die 308.

Der Kerl wusste, wo sie wohnte. Er wusste alles über sie. Wie eine Ratte, die von einer Schlange hypnotisiert worden war, öffnete sie die nächste Nachricht.

„Denk daran, dass ich nicht unbedingt einen Computer brauche. Könnte sein, dass ich mein Handy benutze. Könnte sein, dass ich mich in den Büschen vor dem Eingang verstecke. Könnte sein, dass ich direkt hinter dir stehe."

Susie drehte den Kopf so schnell, dass sie sich beinahe einen Nerv einklemmte. Die elektrische Welle, die durch ihren Körper schoss, störte sie jetzt kaum, aber sie wusste, dass sie am nächsten Tag Schmerzen haben würde. Falz sie da überhaupt noch am Leben war.

Hinter ihr war niemand und es war zu dunkel, um zu sehen, ob jemand in den Büschen lauerte. Es konnte sein, dass er sich irgendwo versteckte und ihr die Kehle durchschneiden wollte, doch das würde sie erst wissen, wenn er sie überfiel. Sie las den Rest der Nachricht.

„Könnte sein, dass ich im Flur auf dich warte. Könnte sein, dass ich bei den Toiletten bin. Könnte sein, dass ich der Typ im blauen Hemd bin, der auf der anderen Seite des Gangs sitzt. Und wenn du auch nur einen einzigen Laut von dir gibst, werden alle dafür büßen müssen."

Susie drehte vorsichtig den Kopf. Das Pochen in ihrem Nacken wurde noch schlimmer. Sie starrte den Typen im blauen Hemd an. Dieser tippte vor sich hin; seine Aufmerksamkeit war halb auf den Bildschirm und halb auf sein Notizbuch gerichtet.

Als sie hilfesuchend den Blick zum Himmel hinauf richtete, sah sie ein helles Licht. Das Büro im Obergeschoss. Die Techniker hatten bestimmt ein Telefon. Sie könnte sich einschließen und warten, bis alles vorbei war.

Susie erhob sich langsam, um zu sehen, ob jemand Blickkontakt herstellte. Es schien sie niemand zu beachten. Sie ging vom Tisch weg. Eine neue Nachricht erschien auf dem Bildschirm. Sie würde sie nicht öffnen. Sie trat einen Schritt nach links und räumte ihre Sachen zusammen. Im hinteren Teil des Raums stand jemand auf. Es war eine junge Frau.

Susie ging auf die Treppe zu. Der Typ, der drei Reihen weiter rechts von ihr saß, wühlte mit der Hand in seinem Rucksack herum. Sie dachte, dass er eine Waffe herausziehen und schießen würde. Stattdessen zog er einen Schokoriegel heraus.

Sie setzte den Fuß auf die erste Treppenstufe. Im Flur bewegte sich etwas. Der schwarz gekleidete Kerl ging an der Sicherheitstür vorbei.

Susie sprintete die Treppe hinauf und blieb im zweiten Stock stehen. Sie blickte über das Geländer und sah, dass der schwarz gekleidete Kerl wieder an seinen Platz zurückkehrte. Er musste es sein.

Susie näherte sich der offenen Bürotür. Sie wollte sehen, wer hinter ihr war und musste den ganzen Körper umdrehen, weil ihr Nacken so steif war. Doch es war ihr niemand gefolgt.

Plötzlich kam ihr ein übler Gedanke und sie blieb im Türrahmen stehen. Sie lief dem Kerl direkt in die Falle. Er hatte die Techniker getötet und wartete nun im Büro auf sie. Susie wäre beinahe wieder weggerannt, dann entdeckte sie eine lange blonde Mähne.

Susie klopfte an und sagte: „Hallo?"

Eine angenehme weibliche Stimme sagte: „Komm rein."

Susie schlüpfte ins Zimmer, schloss die Tür hinter sich zu und schob den Riegel vor.

„Stimmt etwas nicht?", fragte die junge Frau besorgt. Sie war hübsch, trotz der dicken Brille.

Susie ging am Schreibtisch der Blondine vorbei zu den Fenstern, durch die man den Computerraum überblicken konnte. Sie drehte die Jalousien zu und hielt nach dem schwarz gekleideten Kerl Ausschau. Er saß wieder auf seinem Stuhl und tippte. Sie zählte noch sieben andere Leute, die alle nicht infrage kamen.

„Was tust du denn da? Ist alles in Ordnung?"

Susie ging zum anderen Fenster und sagte zu der jungen Frau: „Tut mir leid, aber da unten ist ein Verrückter, der mich ... der mir droht ... und mir all diese schrecklichen Nachrichten sendet. Ich muss die Polizei rufen. Er hat gesagt, dass er mich umbringen will. Ich brauche deine Hilfe, bitte."

„Ich schätze, ich war nahe dran."

Susie drehte die Jalousien ganz zu. Sie musste unter Schock stehen. Was die junge Frau gesagt hatte, ergab keinen Sinn. Susie drehte sich um. Die Blondine war aufgestanden. Susie fragte sich, warum sie nicht die Polizei rief. Wahrscheinlich hielt sie Susie für verrückt. Susie war sich bewusst, dass sie einfach drauflos geplappert hatte, und war den Tränen nahe.

Sie versuchte noch einmal, der Blondine zu erklären, was geschehen war. „Dort unten ist ein Verrückter. Er hat mir bedr—" Sie hielt mitten im Satz inne. Warum lächelte die junge Frau? Und warum in aller Welt trug sie Toms College-Jacke?

Leckerbissen um Mitternacht

Nick Decker saß auf der Toilette, blätterte in der neuesten Bodybuilder-Zeitschrift herum und suchte nach dem Model mit dem knappsten Bikini. Er entschied sich für eine Brünette, die sich über einen Kerl mit riesigen Muskeln drapierte. Er hatte den Traum aufgegeben, dass er jemals einen solch gemeißelten Körper wie dieses Monster haben würde. Die Brünette war nicht mal so breit wie das Bein des Kerls.

Decker erstarrte, als er ein rostiges Quietschen hörte. Es klang nicht wie das der Eingangstür zur Station, aber die Türen zu Flügel A und Flügel B waren abgeschlossen und sonst war niemand im Gebäude, der Schlüssel hatte. Es musste jemand von der Wechselschicht sein oder eine der Krankenschwestern aus der allgemeinen Abteilung. Vielleicht war es die süße Kleine mit den kurzen schwarzen Haaren. Für jeden würde er sein Thron nicht verlassen, für sie aber schon.

Auf der Station waren Schritte und ein leises Klimpern zu hören. Decker wollte gerade rufen, dass er gleich rauskommen würde, doch dann erinnerte er sich daran, dass er den Kontrollraum vermutlich nicht abgeschlossen hatte, was ein Grund zur Kündigung sein konnte. Normalerweise vergaß er es nicht, aber er hatte nachgelassen, besonders, seit sie ihm wieder die Nachtschicht aufgebrummt hatten.

Decker ließ die Zeitschrift fallen und wischte sich den Hintern ab. Er ignorierte das Schild, das die Mitarbeiter dazu aufforderte, sich die Hände zu waschen, und verließ die Toilette, während er seinen Gürtel zuzog. Ein älterer Arzt mit einem struppigen grauen Bart suchte nach dem richtigen Schlüssel, um die Tür zu Flügel B zu öffnen.

Decker behielt den Arzt im Auge, ging zum unverschlossenen Kontrollraum und schlüpfte hinein. Er spähte durch das Maschengitter, das als Fenster diente, und fragte beiläufig: „Kann ich Ihnen helfen?"

Der Arzt sah erschrocken auf und stotterte: „Äh, nein, hab vergessen was ... ich wusste nicht, dass jemand hier ist."

Decker setzte sich auf seinen erhöhten Stuhl und positionierte sich so, dass er den ergrauten Arzt besser sehen konnte. „Entschuldigen Sie, aber ich glaube, ich habe Sie hier noch nie gesehen. Arbeiten Sie auf einer der anderen Stationen?"

Der Arzt schüttelte den Kopf und steckte die Schlüssel in die Tasche seines Laborkittels. „Nein, tut mir leid, Officer. Ich bin neu. Heute ist mein erster Tag."

Decker erwähnte nicht, dass er nur ein Wachmann und kein richtiger Polizeibeamter war. „Ja, ich habe gehört, dass sie jemanden eingestellt haben. Sie sind der Nachfolger von O'Malley, nicht wahr?"

„Oh ... ja, ich glaube, das ist der Name, der an meiner Bürotür steht."

„Es wurde auch langsam Zeit, dass sie jemanden einstellen. Es hat die ganze Woche ein Arzt gefehlt. Ich bin Nick, aber die meisten nennen mich einfach Decker."

„Oh, ich bin Dr. Hoffman." Der Arzt trat ans Fenster und ein eigenartiger Geruch wehte durch das Gitter.

Decker konnte den Geruch nicht einordnen und fragte: „Wie viel haben sie Ihnen erzählt?"

„Erzählt?"

„Über O'Malley. Die Stelle."

„Oh, nicht viel. Die Frau, die mich eingestellt hat, schien beschäftigt zu sein. Gibt es etwas, das ich wissen sollte?"

„Nein, war nur eine Frage", sagte Decker. „Ich habe zwar irgendwie gehofft, dass Sie etwas wissen. O'Malley kam einfach nicht mehr zur Arbeit. Und niemand hat etwas von ihm gehört."

„Ich nehme an, dass das seltsam war?"

„Er schien nicht der Typ zu sein, der einfach nicht mehr auftaucht. Aber was soll's, es ist ja nicht so, dass man einen Grund braucht, um diesem Drecksloch den Rücken zuzukehren."

„Ach ja?"

Decker lachte. „Nein, so schlimm ist es nicht. Sie werden sich daran gewöhnen. Solange es Ihnen nichts ausmacht, sich mit diesen Durchgeknallten abzugeben ... ähm ... so ... habe ich das nicht gemeint ..."

„Schon in Ordnung. Ich habe erwachsene Söhne. Ich kenne mich gut mit Wahnsinnigen aus."

„Ja, sehr witzig. Tut mir trotzdem leid, dass ich das gesagt habe. Einer der vielen Gründe, warum ich die Nachtschicht mache. Sie sagen mir immer wieder, dass ich aufpassen muss, was ich sage, wenn jemand zuhört. Vor allem, weil ich für den Staat arbeite."

„Oh ja, das kenne ich nur zu gut. Ich war früher bei Weatherly."

„Weatherly? Verdammt, das muss aber schon 'ne ganze Weile her sein. Es ist doch niedergebrannt ... vor ... zwanzig Jahren oder so?"

Hoffman dachte einen Augenblick nach. „Ja, es ist tatsächlich schon eine Weile her."

Der schmuddelige Laborkittel des Arztes sah aus, als hätte er ihn schon im Weatherly getragen. Decker fragte: „Wo haben Sie sonst noch gearbeitet?"

„Oh, überall. Ich habe es nie lange an einem Ort ausgehalten."

„Na ja, schön, dass Sie jetzt hier sind. Das Budget ist so knapp, dass ich schon fast dachte, dass sie diese Bastarde sich selbst überlassen wollen. Tun sie eigentlich sowieso schon."

Dr. Hoffman lachte etwas zu laut über den lahmen Witz. Decker glaubte zwar nicht, dass er sich über ihn lustig machte, aber es gefiel ihm trotzdem nicht.

Der Arzt schien sein Unbehagen zu spüren und sagte: „Tut mir leid, dass ich Sie gestört habe."

„Normalerweise ist so spät kein Arzt mehr hier."

Der Arzt verlagerte das Gewicht. „Eigentlich fange ich erst am Montag an, aber die Dame, die mich eingestellt hat - ich habe ihren Namen vergessen - hat gesagt, ich könne vorbeikommen, um mir die Station anzusehen. Ich weiß, es klingt wie etwas, das ein Teenager sagen würde, aber ich glaube, ich bin etwas nervös wegen meinem ersten Tag. Ich hatte eine ziemlich lange Auszeit."

Nun erkannte Decker, warum sie diesen alten Sack eingestellt hatten. Wahrscheinlich war er spottbillig. Und obwohl Decker Männern gegenüber nicht besonders wohlwollend war, erinnerte Dr. Hoffman ihn irgendwie an seinen Großvater.

„Kein Grund, nervös zu sein", sagte Decker. „Wir waren alle irgendwann mal der Neue."

„Ich dachte, dass es ruhig ist und ich mir alles in Ruhe ansehen kann, wenn ich so spät komme. Ich möchte gerne wissen, wo sich alles befindet, damit ich am Montag nicht wie ein unbeholfener Idiot aussehe."

„Keine Bange. Hier sind die Ansprüche nicht sehr hoch."

„Na ja, wenn es Ihnen nichts ausmacht, könnten Sie mir vielleicht eine kleine Führung geben. Natürlich nur, wenn Sie wollen. Wenn Sie beschäftigt sind, kann ich auch ..."

Decker musterte den alten Mann. Er schien voller Erwartung zu sein. Das bekam Decker auf der Station nicht oft zu sehen. Der arme Kerl hatte wahrscheinlich niemanden und lebte alleine. „Ja, klar. Es ist sowieso Zeit für meine Runde. Ich brauche nur Ihren Ausweis."

Dr. Hoffman klopfte auf die Taschen seines Laborkittels und errötete. „Oje, ich glaube nicht, dass ich ihn mitgebracht habe. Ich habe ihn vermutlich im Büro oder im Auto vergessen. Ich glaube nicht, dass ich ihn mit nach Hause genommen habe, aber ich hatte es so eilig, hierherzukommen, dass ich mich nicht mehr erinnern kann, wo ich ihn gelassen habe. Ich werde nachsehen. Bin gleich wieder da."

„Nein, nicht nötig. Sie sind ja schon hier."

„Ich will nicht, dass Sie Schwierigkeiten bekommen."

„Kein Problem. Sie haben mir Ihren Ausweis gezeigt und ich habe ihn verifiziert. Ganz einfach. Hier auf der Station helfen wir uns gegenseitig aus."

„Oh, das weiß ich sehr zu schätzen. Das ist sehr freundlich", sagte der Arzt.

„Kein Problem. Also, los geht's", sagte Decker. Er packte seine Taschenlampe aus Metall und verließ den Kontrollraum. Decker ging zu Flügel B und drehte sich um, als er bemerkte, dass Dr. Hoffman ihm nicht folgte.

„Gibt es einen Unterschied zwischen den beiden Flügeln?", fragte der Arzt.

„Ja, in Flügel A sind die halbwegs behandelbaren Schizos untergebracht. Aber Flügel B ist eine ganz andere Geschichte. Alles Psychos. Richtig Durchgeknallte. Das heißt, bis Sie sie heilen, stimmt's?"

„Ja, sicher." Dr. Hoffman folgte Decker durch die Tür und ging mit ihm den dunklen Flur entlang. „Sind nur Sie hier unten?"

„Ja, nur die Irren und ich."

„Was ist, wenn etwas passiert? Ich meine, wenn es ein Problem gibt."

„Haben Sie Angst, Doc?"

„Oh ... ich bin immer etwas nervös."

„Keine Bange. Die Zellen bleiben verschlossen, bis ich sie öffne." Decker deutete auf das Funkgerät, das an seinem Gürtel hing. „Und ich habe das hier. Es sind in jeder Station Wachen, die in weniger als einer Minute hier sein können."

„Es sei denn, sie sitzen auf der Toilette."

Decker schmunzelte. „Ja, wahrscheinlich." Er steckte den Schlüssel ins Schloss der Metalltür und rüttelte an ihr. Dr. Hoffman sah ihm praktisch über die Schulter, in diesem kleinen Raum roch sein ekelhaftes Rasierwasser noch strenger. Dann erkannte Decker den Geruch. Es war Sandoval. Sein alter Chef im Büro des Gerichtsmediziners hatte sich auch immer dieses Zeug eingerieben.

Decker schloss die Tür hinter ihnen ab. „Bleiben Sie einfach in meiner Nähe."

„Ist es immer so dunkel?"

„Um neun gehen in den Flügeln die Lichter aus." Decker zeigte auf die beiden offenen Kabinen auf der rechten Seite der Halle. „Hier sind die Duschen. Sie sind hauptsächlich für neue Insassen. Leute, die langfristig hier sind, verwenden sie eher selten. Hygiene hat keine Priorität, wenn man nie eine Frau sieht." Decker blieb stehen und wandte sich an den Arzt. „Hören Sie, ich weiß, dass Sie bei Weatherly gearbeitet haben, aber diese Typen können ziemlich kampflustig sein. Ich will Sie nur vorwarnen."

„Das weiß ich zu schätzen, aber wie gesagt, ich habe drei Söhne großgezogen. Ich bin sicher, dass es nichts Neues ist."

„Ich weiß nicht, Doc. Diese Typen sind ziemlich durchgeknallt."

„Meine Jungs auch."

Sie gingen an den ersten schwach beleuchteten Zellen vorbei, als die Spöttelei begann. Zuerst war es nur ein Flüstern, das aus den ersten beiden Zellen kam, aus Nummer eins auf der rechten und Nummer zehn auf der linken Seite, doch dann stimmte der Rest des Flügels mit ein. Plötzlich war der ganze Flur vom unaufhörlichen Geheul der Insassen erfüllt, Deckers eigener kleiner Regenwald voller Verrückter.

Im Schwall von Unsinn, den sie murmelten, war der Lieblingsspruch der Insassen zu hören: „Hier kommt Decker, Decker, der Pimmel-Lecker."

„Decker, Decker, Penis-Schlecker!"

Die Häftlinge setzten den Wortsalat fort und Dr. Hoffman sagte: „Ziemlich unanständig, nicht wahr?"

„Ja, nicht sehr originell." Decker ging an den nächsten Zellen vorbei. „Ruhe, meine Herren! Sonst wird es eine lange Nacht."

Einer der Insassen warf sich gegen die Metalltür seiner Zelle. Der Typ drückte sein Gesicht gegen das quadratische Fenster und schrie: „Halt die Klappe, Decker!"

Decker hielt die Taschenlampe direkt ans Fenster und schaltete sie ein. Der Lichtstrahl fiel auf das verzerrte Gesicht des Mannes; er taumelte schreiend zurück und bedeckte seine Augen.

Decker lachte und steckte die Taschenlampe ein. „Dieses Arschloch lernt es nie."

„Kommt das oft vor?"

„Keine Sorge. Tut nicht weh. Hält ihn aber ruhig."

„Oh, nein, das tut es nicht, Decker – du dummer Wichser!"

Decker wirbelte herum und rief: „Willst du, dass ich dich fessle? Ich schwöre bei Gott, Homer. Ich werde dich, einen ganzen Monat lang anschnallen."

„Oooooh. Ich mag es, gefesselt zu werden. Aber eigentlich interessiert mich mehr, was Daddy dir in den Arsch schieben wird."

Decker ballte die Fäuste und ging auf die Tür zu, erinnerte sich aber an den Arzt. Es war ein aussichtsloser Kampf, der ein schlechtes Licht auf ihn werfen würde. Er ging weiter und rief über die Schulter: „Hör auf und leg dich schlafen."

Als sie an den Zellen vier und sieben vorbeigingen, erklang ein leiser Gesang: „Ich weiß was, das du nicht weißt. Ich weiß was, das du nicht weißt ..." Er wurde immer lauter, bis die Wände zu zittern schienen. Decker errötete immer mehr, aber seltsamerweise schienen die ohrenbetäubenden Schreie Dr. Hoffman nicht zu beunruhigen.

Decker schrie: „Ich meine es ernst! Jetzt ist Schluss damit!"

Der Gesang wurde immer lauter.

„Haben Sie etwas dagegen, wenn ich es versuche?", fragte Dr. Hoffman.

Decker zuckte mit den Schultern und versuchte, seine Verlegenheit und seine Frustration zu verbergen.

„Entschuldigen Sie, meine Herren", sagte der Arzt bestimmt und monoton. „Bitte hören Sie mir genau zu, denn ich werde es nur einmal sagen."

Der Gesang verstummte, es war nur noch leises Murmeln zu hören.

„Vielen Dank. Mein Name ist Dr. Hoffman und ich freue mich darauf, Sie alle persönlich kennenzulernen, wenn die Zeit gekommen ist, aber jetzt brauche ich Ihre Hilfe. Ich möchte meinen Rundgang gerne ohne Unterbrechung fortsetzen. Ich verspreche, dass es Ihnen zugute kommen wird, wenn Sie das ermöglichen. Drücke ich mich verständlich aus?"

Decker konnte es nicht glauben. Abgesehen von ein paar Ausrufen war es still auf der Station. Es war aber nie still auf der Station. Diese Psychos hörten auf niemanden, außer auf sich selbst. Aber das wollte er Dr. Hoffman nicht sagen, deshalb erwähnte er nur, dass die Cafeteria in ein paar Stunden geöffnet werden würde. Der Arzt schien ihn nicht zu hören. Er konzentrierte sich auf die letzte Tür auf der rechten Seite.

„Gehen Sie nicht zu nahe ran, Doc. Die Essensklappe ist kaputt. Wenn Sie zu nahe rangehen, könnte dieser Scheißkerl Sie packen."

Dr. Hoffman hielt zwar Abstand, neigte sich aber vor, damit er durch das Fenster sehen konnte. Hinter der Scheibe bewegte sich etwas. „Benutzt er kein Nachtlicht?"

„Er hat keins. Er hat es zerbrochen. Wir haben es ein paar Mal ersetzt, aber er hat es jedes Mal wieder kaputt gemacht."

„Wahrscheinlich mochte er das Licht nicht."

„Ja, und ich habe die Verwaltung gebeten, die Klappe zu reparieren, aber ich kann niemanden dazu bringen, hier runterzukommen. Vor allem nicht zu diesem Typen."

„Ach ja?"

„Sein Name ist Carter. Ein echter Freak. Wir müssen ihn immer zu dritt festhalten."

Hoffman stellte sich auf die Zehenspitzen, um besser sehen zu können. „Haben Sie versucht, mit ihm zu reden?"

„Ja, ich lese ihm jeden Abend eine Gutenachtgeschichte vor. Kommen Sie, Doc. Wir sollten zurückgehen."

Dr. Hoffman stand immer noch auf den Zehenspitzen und sagte: „Nur eine Minute." Er streckte die Hand aus und verlangte nach der

Taschenlampe. Decker reichte sie ihm und Hoffman richtete den Lichtstrahl durch das Fenster. „Oh, ich glaube, er hat Angst."

„Glauben Sie mir, Doc, er hat keine Angst. Antisoziale Persönlichkeitsstörung. Dieser Psycho verschlingt Gesichter."

„Interessant."

„Doc, ich würde wirklich nicht zu nahe rangehen."

„Schon in Ordnung. Er liegt auf der Koje. Wenn er sich bewegt, gehe ich weg." Hoffman bückte sich, damit er durch die Klappe sehen konnte. „Guten Abend, junger Mann. Wie geht es Ihnen?"

In der Zelle waren laute Geräusche zu hören. Der Metallrahmen der Koje klirrte, weil der Insasse sich wild darauf, hin und her warf.

Decker sagte: „Das tut er schon die ganze Woche. Sitzt immer auf seinem Bett und benimmt sich jedes Mal wie ein Verrückter, wenn wir nach ihm sehen. Er gerät jedes Mal völlig außer Kontrolle."

„Der Junge hat einfach viel Energie", sagte Dr. Hoffman etwas zu fröhlich.

„Na ja, er isst keinen Bissen. Wirft jede Mahlzeit raus, die wir ihm geben."

„Vielleicht schmeckt ihm das Essen nicht." Dr. Hoffman zog etwas aus seiner Tasche. Decker dachte, dass es wie ein Hamburger aussah, aber es war schwer zu sagen. Es war offensichtlich, dass Dr. Hoffman, Carter füttern wollte. Decker packte den Arm des Arztes.

„Was zum Teufel tun Sie da? Ich habe Ihnen doch gesagt, dass er verrückt ist."

„Oh, wir sind alle ein bisschen verrückt." Dr. Hoffmans Augen glänzten. Decker wusste nicht warum, aber er sah auf einmal irgendwie größer aus. „Liegt in der Familie."

Carter drückte seinen Mund an die offene Klappe und flüsterte: „Papa."

Decker erkannte, dass dieser Mann kein Arzt war. Hoffman zog die Schlüssel aus seiner Tasche. Es klebte getrocknetes Fleisch an ihnen. Sie hingen an einem kleinen schwarzen Hasenfuß-Schlüsselanhänger, der genauso aussah wie der, den O'Malley gehabt hatte. Decker versuchte, den Schlüssel abzuwehren, als Hoffman ihn damit attackierte, aber die Metallspitze traf direkt in sein linkes Auge.

Die Insassen jubelten, als Decker zusammensackte. Sie schrien freudig auf, als Hoffman ihm mit dem Schlüssel den Hals, das Gesicht und die Hände aufschlitzte. Wahnsinniges Gelächter erfüllte den Flügel, während die Insassen mit den Fäusten gegen die Glasscheiben schlugen. Hoffman stand langsam auf und sah sich um.

„Nur mit der Ruhe. Ihr bekommt alle ein Stück von ihm ab. Aber zuerst ist mein Sohn an der Reihe."

Hoffman riss die Schlüssel von Deckers Gürtel. Er leckte jeden einzelnen ab, bevor er sie in Carters Tür steckte. Schließlich drehte sich einer davon im Schloss und die Tür ging knarrend auf. Carter fiel seinem Vater in die Arme.

„Ja, ja, ist ja gut", sagte Hoffman. „Lass das Essen nicht schlecht werden."

Carter warf sich auf Deckers regungslosen Körper, vergrub die Zähne in seiner Wange und riss ein Stück Fleisch heraus. Hoffman ging weiter den Flügel entlang und rief über die Schulter: „Lass was für deine Brüder übrig."

Fliegen schießen

Die Fliege wollte einfach nicht stillsitzen. Raymond hielt den Atem an, spähte durch den Sucher und versuchte, sich nicht zu bewegen. Schweißperlen rollten über seine Stirn, aber er wagte nicht, sie wegzuwischen und zu riskieren, dass das scheue Ding wieder wegflog. Gina hatte stundenlang gewartet. Das Stück Fleisch war fast ausgetrocknet. Das war's. Diesmal musste es klappen. Er hatte ihr Perfektion versprochen, aber alles, was er vorweisen konnte, waren ein Dutzend mangelhafter Fotos, die er zum Trocknen aufgehängt hatte. Verschwommene Flügel und schlechtes Licht.

„Also, los geht's", flüsterte er. Endlich landeten die sechs winzigen Beine der Fliege auf dem Fleisch. Es war aber kein einziger Fotorezeptor zu sehen, nur ein riesiger Fliegenarsch. Raymond wartete, bis sie sich bewegte. Wenn man die Augen nicht sehen konnte, war es sinnlos. Er stand regungslos da und versuchte, sie mit seinem Verstand dazu zu bringen, sich umzudrehen, doch die Fliege weigerte sich. Raymond ließ langsam die Füße über den Boden gleiten und versuchte, seine alternden schmerzenden Knie zu ignorieren. Er legte den Finger auf den Auslöser und bewegte den Sucher vom geschwollenen Unterleib der Fliege zum Kopf – als plötzlich eine andere Fliege zu kreisen begann.

„Nein. Verschwinde", flüsterte Raymond. „Du hattest deine Chance."

Ein riesiges Auge erschien. Endlich, dachte Raymond. Er musste nur um die Tischkante herum manövrieren, dann würde er den ganzen Kopf im Blickfeld haben. Das Lichtstativ war gefährlich nahe, aber Raymond stieg darüber, ohne die Kamera zu bewegen. Die Fliege begann zu schlemmen. Raymond musste sich nur ein paar Zentimeter weiter nach links bewegen, dann würde er den perfekten Winkel haben. Er unterbrach mit dem Fuß das Licht und drückte auf den Auslöser, aber die Fliege war schon wieder in der Luft.

„Herrgott noch mal!" Raymond fluchte und warf die Kamera an die Wand, aber der Riemen verfing sich an seinem Nacken und sie schlug gegen seine Brust. Er schloss die Augen. Dutzende von Sticheleien hallten in seinen Ohren wider.

Wie kam er nur darauf, dass er es schaffen könnte? Es hatte achtzehn Monate gedauert, bis er sich getraut hatte, Gina anzusprechen. Jedes Mal, wenn Raymond im Büro ihre Stimme hörte, verkrampfte sich sein Magen, selbst wenn sie sich nur über den Kopierer beschwerte. Er unternahm große Anstrengungen, ihren Arbeitsplatz zu meiden, zumindest, wenn sie da war. Er hatte seit über einem Jahr keinen Fuß mehr in die Verkaufsabteilung gesetzt. Er nahm auch immer den Hinterausgang, ging um das Gebäude herum und betrat es durch den Seiteneingang, nur um auf die Toilette zu gehen. Nicht einmal in seinen wildesten Träumen hatte er sich vorgestellt, dass sie jemals mit ihm ausgehen würde, und jetzt saß sie in seiner Küche und wartete auf ihn. Und er vermasselte es.

Raymond versuchte zu atmen. Er brauchte nur ein einziges gutes Foto. Er brauchte den perfekten Moment – die zarten Schatten, seine sorgfältige Komposition in Kombination mit einem bewegungslosen Motiv – und dann würde er die Schönheit und Tiefe einfangen, die der Stubenfliege normalerweise nicht zugeschrieben wurde. Gina würde von seiner Brillanz und seinem Feingefühl so beeindruckt sein, dass sie sprachlos sein würde. Aber das war in Ordnung. Er würde sie einfach küssen und nicht erwähnen, dass er seine erste Kamera erst vor sechs Monaten gekauft hatte. Am Tag, nachdem er sie mit einem Fotobuch in der Hand gesehen hatte. Gina hatte einem der Mädchen im Büro erzählt, dass ihr Vater es ihr als Geschenk zu ihrer Beförderung geschickt hatte. Auf dem Umschlag war ein Bild von einem kleinen Jungen zu sehen, der auf einen Löwenzahn blies. Gina hatte es so niedlich gefunden.

„Wie Sie meinen", sagte Raymond in seiner Fantasie zu ihr, setzte sich lässig auf die Kante ihres Schreibtischs und zog einen Stift aus dem Behälter.

„Wie meinen Sie das? Es ist niedlich."

„Klar, wenn man generische Dinge mag."

„Oh, ich wusste nicht, dass Sie ein Experte sind."

„Ich versuche mich in der Fotografie ..."

Sie würde versuchen, gleichgültig zu sein. Er würde herablassend auf den Buchumschlag tippen. „Es sagt einfach nichts aus. Ich meine, wenn man schon ein Foto macht, sollte es ... etwas auslösen."

Gina würde den Kopf zur Seite neigen und nicht daran denken, dass Raymond doppelt so alt war wie sie. „Arbeiten Sie nicht in der Buchhaltung?“

„Nur so lange, bis ich genug gespart habe, um ein Jahr in Neapel zu verbringen.“ Er würde aufstehen und weggehen, und sie würde ihm hinterherrufen:

„Ich würde mir gerne Ihre Fotos ansehen. Vielleicht könnte ich sogar für Sie Modell stehen.“

Seine Fantasie war meilenweit von der Realität entfernt. Gina war viel zu hübsch und elegant für einen dummen Schwachkopf wie Raymond. Trotzdem schoss er immer wieder neue Bilder und es war ihm tatsächlich gelungen, ein paar anständige Aufnahmen der Skyline der Stadt und ein Actionfoto von zwei Obdachlosen zu schießen, die sich in einer Gasse mit ihren Einkaufswagen ein Rennen boten.

Raymond bewahrte die Fotos in einer Aktenmappe auf, die er immer mit sich herumtrug. Er wartete auf die perfekte Gelegenheit, um sie versehentlich vor Gina fallen zu lassen. Sie würde ihm helfen, die Fotos aufzuheben, und dann würde er sie nach ihrer Meinung fragen.

Eines Nachmittags nahm er schließlich allen Mut zusammen und folgte ihr in den Pausenraum. Während er einen Kaffee zubereitete, den er eigentlich gar nicht trinken wollte, begann Gina verzweifelt, einer Fliege hinterher zu wedeln. Sie landete auf der Wand. Raymond bekam vor lauter Panik einen Adrenalinschub und erschlug sie mit seiner Aktenmappe. Als er dann einen Schritt zurücktrat, sahen die Überreste der zerquetschten Fliege wie Feuerwerkskörper aus.

Gina schrie: „Nein! Um Himmels willen, warum haben Sie das getan?“

„Was denn? Ich dachte ...“

„Ich habe nur versucht, sie wegzuscheuchen.“

„Was?“

„Ich wollte sie wegscheuchen.“

Raymond bemerkte das offene Fenster und plötzlich war er wieder der kleine Junge, vor dem sich seine arme, alte Mutter ekelte.

„Tut mir leid“, sagte er.

„Das war ein lebendiges Wesen.“ Sie sah sich den Fleck an. „Oh neeeeeein.“ Sie sagte es so, als hätte sie gerade gesehen, wie einem flauschigen Welpen der Augapfel herausfiel.

Raymond murmelte eine Entschuldigung und schlich zu seinem Schreibtisch zurück. Er beschimpfte sich selbst so lange, bis die Scham ihn erregte und er sich umso mehr wie ein Freak vorkam.

Er suchte dann nach einem neuen Job, ging sogar zu einem Vorstellungsgespräch, aber es war niemand an einem alten Hund interessiert, der keine Tricks konnte. Deshalb versuchte er, auf keinen Fall an Gina zu denken. Er setzte die Kopfhörer auf und drehte die Lautstärke hoch, wenn er sie im Büro hörte. Er stand auch nicht mehr in einem komischen Winkel neben dem Wasserspender, damit er sie sehen konnte, wenn sie auf den Bus wartete. Er fuhr auch nicht mehr an ihrer Wohnung vorbei.

Das Fotografieren war alles, was von seiner Verliebtheit übriggeblieben war. Raymond verbrachte jede freie Sekunde damit, Fotos zu schießen. Vielleicht würde sein Talent eines Tages sein dummes Gesicht überstrahlen. Es war nicht unmöglich. Sie war eine Frau, deren Herz so groß war, dass sie sogar eine schmutzige kleine Fliege liebte.

Aber jetzt lief ihm die Zeit davon. Was Raymond bisher geknipst hatte, war noch nicht einmal gut genug, um es an den Kühlschrank zu hängen, und Gina würde nicht ewig bleiben.

Raymond steckte den Daumen ins Fleisch. Er bohrte so lange, bis sich eine kleine rosafarbene Delle formte. Dann setzte er sich wieder auf den Hocker und beobachtete die Fliegen. Eine von ihnen näherte sich. „Na endlich“, sagte er.

Aber die Fliege drehte sich um und ging wieder weg. Raymond fragte sich, ob er einfach eine Dose Insektenspray besorgen sollte. Dann konnte er die leblosen Körper genau so auf dem Fleisch anordnen, wie er es wollte. Aber das wäre Gina gegenüber nicht fair. Sie verdiente mehr als eine billige Lüge.

Chuckles knurrte leise hinter der Schlafzimmertür. Raymond wurde bewusst, dass er ihn gar nicht gefüttert hatte. Und der Geruch nach Fleisch musste ihn wahnsinnig machen. Raymond hatte ihn im Schlafzimmer eingesperrt, weil Gina es nicht mochte, von Hunden abgeleckt zu werden.

Er hatte überlegt, ob er Gina mit ins Studio bringen sollte, aber er konnte nicht arbeiten, wenn ihn ständig jemand beobachtete und jede seiner Bewegungen kommentierte. Gina würde ihn wahrscheinlich nicht kritisieren, aber so war es besser. Er war schon ganz nervös und schwitzte. Er hoffte einfach, dass sie noch ein bisschen blieb. Wenn sie ging, bevor er fertig war, wusste er nicht, was er tun sollte.

Vielleicht sollte er nach ihr sehen. Er brauchte sowieso ein frisches Stück Fleisch. Das war schon das dritte Stück, das er wegwerfen musste, und natürlich scheuchte er einen Schwarm Fliegen auf, als er es in den Mülleimer fallen ließ. Raymond wischte sich die Hände am Hemd ab und öffnete die Tür. Chuckles sprang an ihm hoch, und seine Krallen kratzten ihn.

„Lass das, oder du bekommst kein Abendessen." Raymond versuchte, streng zu klingen, musste aber lächeln, als Chuckles mit dem Schwanz wedelte.

Raymond kniete sich hin und ließ Chuckles seine Finger lecken. Ein Knochensplitter fiel von Raymonds Hemd und Chuckles verschlang ihn gierig. „Sei vorsichtig. Sonst erstickst du daran, du Dummerchen."

Chuckles' Schnauze war vom Saft des Fleisches rot gefärbt. Raymond schüttelte den Kopf und befahl Chuckles, sich hinzusetzen. Er wollte nicht, dass Gina ausflippte, weil der Hund hineinstürmte und sie voll sabberte.

Raymond schlüpfte in die Küche, wo Gina am Tisch saß. Er konnte Chuckles durch die Tür wimmern hören. Raymond ging zum Kühlschrank und sagte: „Hallo, meine Schöne." Er nahm zwei Energiegetränke heraus und sagte: „Ich glaube, das wird meine bisher beste Arbeit. Glaub mir, sie wird dir gefallen."

Er öffnete eine der Dosen und trank einen großen Schluck. „Ich weiß, dass du sauer bist, weil ich noch nicht fertig bin, aber es gibt keinen Grund zum Weinen. Ich bin bald so weit. Versprochen." Raymond trank die Dose aus und öffnete die Zweite. „Aber ... ich brauche ein neues Stück."

Gina wollte schreien, aber das schmutzige Geschirrtuch dämpfte ihre Stimme. Raymond griff nach der Motorsäge unter dem Tisch. Ihre offenen Stümpfe begannen zu eitern. Ein paar Fliegen krabbelten auf den weichen, klebrigen Sehnen herum. Sie mussten durch den Lüftungsschacht gekommen sein.

Raymond packte den Arm, der noch übrig war. Gina versuchte, sich wegzuziehen, aber die Fesseln hielten sie an Ort und Stelle. „Hey, es ist alles in Ordnung“, sagte er. „Beim vierten Mal klappt es, ich verspreche es dir.“

Die Feiertage überleben

Paul war zwölf und vermutete, dass er abgestumpft war. Er wusste zwar nicht genau, was das bedeutete, aber es war der Begriff, der ihm eingefallen war und er fühlte sich richtig an. Es konnte keine andere Erklärung dafür geben, dass ein Junge seines Alters Weihnachten hasste. Paul konnte es kaum erwarten, dass dieser Tag vorbei war. Das Kreischen seiner Brüder und Schwestern, die in den Geschenken herumwühlten, machte alles nur noch schlimmer. Er wollte nicht, dass es so war. Eigentlich beneidete er seine jüngeren Geschwister. Er wünschte, er könnte ihre Freude spüren. Aber im Hause Harrison war Weihnachten ab einem bestimmten Alter nichts Unschuldiges mehr. Und die Geschenke spielten keine Rolle mehr. Paul und sein älterer Bruder Ron, der zusammengesunken neben ihm auf der Couch saß, hatten dieses Alter erreicht. Sie hatten beide zu viel gesehen und konnten sich zu gut erinnern.

Jonathan und Francis, die blauäugigen Zwillinge, schüttelten ihre Geschenke, hielten sie sich ans Ohr und versuchten zu erraten, was sich darin befand. Emily bauschte eine Schleife auf, die beim Aufstellen der Geschenke zerdrückt worden war. Und Tina, die gerade fünf geworden war, schrie um Hilfe. Sie hatte es irgendwie geschafft, sich in einer Girlande zu verheddern.

Mutter schnaubte leise in der Küche. „Ron, hilf deiner Schwester."

Ron packte das eine Ende der Girlande und drehte die kleine Tina so lange im Kreis, bis sie wieder frei war. Es wurde so viel gelacht und gejubelt, dass nie jemand vermutet hätte, dass die Familie an diesem Tag fünf Kinder verloren hatte. Es gab zwar ein paar Erinnerungsstücke: wie ihre Strümpfe, die immer noch über dem Schornstein hingen; ihre selbstgemachten Ornamente baumelten an Ästen; Zettel mit den Namen aller Familienmitglieder und Tommys unförmiger Stern hingen am riesigen falschen Weihnachtsbaum. Das war aber alles nichts im Vergleich zu Emilys fehlendem Zeigefinger oder Jonathans Rollstuhl. Ron trug ein langärmliges T-Shirt, um seine Narben zu verbergen, aber Paul hatte sie alle schon gesehen. Der Fünfzehnjährige sah aus, als wäre er nackt in einen Stacheldraht gerannt. Und schließlich war da Tina, deren kleines Glasauge von faltiger rosafarbener Haut umgeben war. Sie war die Einzige, die sich nicht daran erinnern konnte, wie sie verletzt worden war. Paul beneidete sie am meisten.

Es war fast Mitternacht, dann würde offiziell Weihnachten beginnen. Sie würden abstimmen und Geschenke auspacken. Paul fragte sich, ob es in anderen Familien auch so dumme Rituale gab.

Francis stand auf. Paul hatte sein verstümmeltes Gesicht schon tausendmal gesehen, aber nachts sah es wegen der Schatten noch schlimmer aus. Francis sagte: „Dieses Jahr gewinne ich. Wollt ihr wetten?"

Jonathan sagte: „Schwer zu sagen. Deine sind zwar ziemlich schwer, aber ich wette, dass die für Emily mehr wert sind." Er flüsterte: „Sie hat sich Schmuck gewünscht."

Emily schob Jonathans Rollstuhl. „Du darfst den anderen nicht sagen, was ich mir gewünscht habe! Du kennst doch die Regeln!"

Jonathan streckte den Fuß aus, damit er nicht gegen die Wand stieß.

Francis zog eine Kiste hinter dem Baum hervor. „Seht euch das hier mal an. Es ist das größte. Und es wiegt bestimmt fünfzig Pfund."

„Niemals." Jonathan drehte sich im Rollstuhl um und sagte: „Vielleicht hat Mama mir die Gewichte gekauft, die ich haben wollte."

Francis sagte: „Es ist für Paul."

Paul rannte hinüber und las das Etikett. „Das ist ein Versehen", sagte er. „Es ist nicht für mich."

„Es steht dein Name drauf", sagte Emily.

„Es ist nicht für mich. Ich habe mir nur Kleider gewünscht."

Francis versuchte, das Geschenk zu schütteln, aber es bewegte sich kaum. „Das sind aber schwere Kleider."

„Nur Kleider. Das ist alles, worum ich gebeten habe. Ich schwöre es."

Ron sagte: „Und warum sollten wir dir glauben?"

„Weil ich es sage. Es ist nicht für mich."

Jonathan zählte nach. „Es ist für dich." Er zeigte auf einen Stapel Geschenke, die neben dem Hocker standen. „Und die sind auch für dich."

Paul redete sich ein, dass das Gewicht nichts zu bedeuten hatte. Vor zwei Jahren war die Verpackung von einem von Brians Geschenken zerrissen worden und darunter war die Schachtel eines neuen Computers zum Vorschein gekommen. Es waren aber nur mit Steinen befüllte Socken darin gewesen.

In weniger als einer Minute war es Mitternacht. Paul hatte immer noch keine Entscheidung getroffen. Manchmal war es besser, sich nicht auf seine Intuition zu verlassen, aber dieses Jahr spürte er, dass es besser war, wenn er seine Entscheidung etwas länger überlegte. Jetzt, wo Tina alt genug war, würde es interessant werden.

Im Flur erklang ein lautes „Ho-ho-ho“ und Pauls Mutter und Vater erschienen, als Herr und Frau Weihnachtsmann verkleidet. Sein Vater rückte seinen falschen Bart zurecht und rieb sich den Bauch.

„Frohe Weihnachten, Kinder!“ Er schwang einen roten samtenen Sack über die Schulter. Es war metallisches Klirren darin zu hören.

Frau Weihnachtsmann reichte allen einen Bleistift und ein Blatt Papier. Die Kinder zerstreuten sich und begannen, auf ihre Zettel zu kritzeln. Paul sah zu Emily hinüber, die ihren zudeckte.

Tina fragte: „Warum muss ich abstimmen? Ich will nicht.“

Papa fragte mit tiefer Weihnachtsmannstimme: „Möchtest du Geschenke?“

Sie scharrte mit den Füßen und nickte. Mama führte sie zum Tisch und half ihr, den Bleistift in der Hand zu halten.

„Möchtest du zwei zusätzliche Geschenke?“, flüsterte Mama.

Tinas Augen leuchteten auf. Sie nickte noch schneller.

„Dann schreib auf den Zettel, wessen Geschenke du möchtest.“

Sie sah sich eifrig im Zimmer um. „Kann ich wählen?“

„So sind die Regeln“, sagte Mama.

„Aber das ist nicht fair“, jammerte Jonathan. „Sie weiß nicht einmal, was ihre Stimme bedeutet.“

„Doch“, sagte Tina.

„Sie ist jetzt fünf. So sind die Regeln und es ist schon nach Mitternacht“, sagte Mama.

Papa nahm seine Weihnachtsmütze ab und schlug Tina den flauschigen weißen Pompon auf den Kopf. „Beeil dich“, sagte er. Tina ließ sich auf die Knie fallen und kritzelte einen Namen auf ihren Zettel. Die anderen Kinder ließen ihre Zettel in die Mütze fallen. Emily ließ ihren fallen, als würde er brennen. Ron warf seinen hinein. Und Paul hatte sich immer noch nicht entschieden.

„Die Zeit läuft, Paul“, sagte seine Mutter.

Francis warf seinen Bleistift weg. „Das machst du verdammt noch mal jedes Jahr. Schreib einfach einen Namen auf."

Mama schlug Francis auf den Hinterkopf. „Pass auf, was du sagst."

„Au!"

Paul spürte, dass ihn alle anstarrten. Hatten sie diesmal für ihn gestimmt? Er hatte angenommen, dass er noch mindestens ein Jahr hatte. Er hatte sich vorgenommen, dass er nicht wie alle anderen reagieren würde, wenn sein Name genannt wurde. Er würde kämpfen. Aber jetzt begannen seine Beine zu zittern. Paul erinnerte sich daran, dass er als einziger geweint hatte, weil er nur ein Weihnachtsgeschenk bekommen hatte. So hatte alles angefangen.

Papa drückte Paul die Mütze an die Brust. Schließlich schob Paul seinen Zettel hinein. Er schien wie in Zeitlupe hinunterzufallen.

Mama nahm die Mütze und trat in die Mitte des Wohnzimmers. „Also, hört zu", sagte sie. „Wir zählen nur einmal, außer, es ist unentschieden." Sie zog eine Handvoll Zettel heraus und las den ersten Namen vor. „Wir haben eine Stimme für Paul." Sie hielt ihn hoch, damit ihn alle sehen konnten. Sie drehte den nächsten Zettel um und klang ziemlich überrascht, als sie noch einmal Pauls Namen nannte. „Das wären dann zwei."

Pauls Name wurde ein drittes Mal genannt. Er versank wieder in der Couch. Wenn er noch eine Stimme bekam, war er erledigt, obwohl es immer noch sein konnte, dass es unentschieden ausgehen würde.

Seine Mutter sah auf den nächsten Zettel und drehte sich zu Paul um. „Tut mir leid, mein Schatz", sagte sie.

„Kannst du die anderen auch vorlesen?", fragte Paul.

„Es spielt keine Rolle", sagte Jonathan.

„Ich will es nur wissen", sagte Paul.

„Er zögert es hinaus", sagte Emily.

Mama sah sich die letzten beiden Zettel an. „Wow. Sechs Stimmen."

„Einstimmig", sagte Francis.

Papa packte Pauls Arm. „Hast du etwa für dich selbst gestimmt?"

Paul starrte auf die Zettel, die auf dem Tisch lagen. Er stimmte immer für sich selbst, weil er sich nicht schuldig fühlen wollte. Er hatte nur nicht gedacht, dass ihm das zum Verhängnis werden würde. Er hatte angenommen, dass die anderen ihn mochten.

Pauls Mutter hob den roten samtenen Sack hoch und ließ ihn auf den Tisch fallen. Sein Vater tadelte ihn weiterhin, weil er nicht den Mut gehabt hatte, den Namen eines seiner Geschwister aufzuschreiben. Paul stand einfach nur da und beobachtete, wie seine Mutter den glänzenden Inhalt des Sacks auskippte.

„Also“, sagte sie, „wer will Pauls Geschenke?“

Tina und Emily rannten zum Tisch. Jonathan rollte über Francis' Fuß.

Francis verpasste seinem Bruder einen Hieb in den Nacken. „Blödmann!“

Paul stürzte sich auf den Tisch und schob beide aus dem Weg. Er packte den hölzernen Griff des gezackten Brotmessers.

„Hey, er muss doch warten!“, rief Tina.

Pauls Vater packte ihn mit seinen großen, fleischigen Fingern an der Schulter. Paul wirbelte instinktiv herum und zerschnitt mit dem Messer das Weihnachtsmann-Kostüm. Das dicke Futter dämpfte das Geräusch des Messers, das seinem Vater den Bauch aufschlitzte. Er war nicht mehr der unbesiegbare Titan aus Pauls Kindheit. Sein Vater packte das Messer und versuchte, Paul daran zu hindern, ihn zu erstechen. Doch Paul ließ es etwas weiter nach unten sinken und rammte ihm die Klinge in die Rippen. Sein Vater schwankte.

Als Paul das Messer wieder herauszog, zerschnitt er die Handfläche seines Vaters gleich mit. Er wollte noch einmal zustechen, doch dann spürte er einen stechenden Schmerz im Kreuz. Paul wirbelte herum und fuchtelte mit dem Messer in der Luft herum, bis es auf Francis' Wange traf.

Francis schrie auf und ließ das Fleischermesser fallen. Paul drehte sich dann wieder zu seinem Vater um, der jetzt vor ihm kniete. Eine weitere Klinge durchbohrte Pauls Arm, aber er konzentrierte sich auf seinen Vater. Er stand über ihm und stach das Messer in die weiche, pralle Haut am Hinterkopf seines Vaters. Und das Blut sickerte durch den falschen Bart.

Pauls Achillessehne riss und er fiel zu Boden. Er betrachtete das blasenartige Fleisch an seinem Unterarm, während er das Messer auf seine fünf Brüder und Schwestern richtete. Er wollte ihnen nicht wehtun. Und er wusste, dass es ihnen genauso ging, oder zumindest wollte er das glauben. Dann rammte Ron einen Holzspieß in Pauls Brust. Francis schlitzte Pauls linken Arm auf. Emily stach in seinen rechten. Paul konnte das Messer nicht mehr festhalten, es fiel zu Boden.

Tina stellte sich vor ihn hin und schlitzte ihm mit einem winzigen Steakmesser die Kehle auf. Paul lächelte und nahm ihr das Messer ab. Sie zitterte. Dann drehte er Tina vorsichtig zu seinen Geschenken um.

Buch der Offenbarung

Professor John Warrington stand mitten in der Auffahrt; vor ihm ragte ein zwei Meter hohes Tor hervor. Rechts von ihm stand eine Gegensprechanlage. Die rote Taste war deutlich verblasst, seit er vor mehr als fünf Jahren das letzte Mal in diesem Haus gewesen war. Ein Tag, den er nie vergessen würde, egal, wie sehr er sich bemühte.

Er war noch nicht bereit, sich anzumelden, und wusste nicht, ob er es jemals sein würde. Vielleicht war es am besten, wenn er sich umdrehte und wieder nach Hause ging. John versuchte, durch das Tor zu spähen, um zu sehen, was ihn erwartete. Doch das einst makellose Tor war jetzt eine undurchdringliche Mauer aus Efeu und Brombeersträuchern. Das einzige, was vom Metall noch zu sehen war, waren die scharfen, verrosteten Spitzen, die blutrünstig aussahen und Narren dazu verleiten sollten, über sie zu klettern, in der Hoffnung, dass sie ausrutschen und sich auf den bedrohlichen Metalldornen aufspießen würden.

John fragte sich erneut, was er überhaupt hier tat und warum er die Einladung des alten Mannes angenommen hatte. Sie hatten seit jenem Tag vor fünf Jahren nicht mehr miteinander gesprochen. Hazelwood, Johns ehemaliger Professor, Mentor und Freund, hatte John klar und deutlich gesagt, was er von ihm hielt. Hazelwood hatte John nicht nur aus seinem Haus und aus seinem Leben geworfen, er hatte John mit noch viel schlimmeren Dingen gedroht. Der alte Mann war damals siebzig Jahre alt und nicht stark genug gewesen, um den angedrohten Racheakt auszuführen, aber seine Worte hallten noch immer in Johns Kopf wider.

Menschen verändern sich, sagte John zu sich selbst. Sie wurden älter. Sie wurden ruhiger und stellen fest, dass sie voreilige Schlüsse gezogen und überreagiert hatten. Hazelwood hatte wahrscheinlich beschlossen, John zu verzeihen, und wollte seinen Groll nicht mit ins Grab nehmen.

Zumindest hätte John das gerne geglaubt. Doch die Drohungen des alten Mannes wiederholten sich in seinem Kopf, während John über seine Schulter zum Auto blickte, das er in der gewundenen Auffahrt geparkt hatte.

Er sollte zu Hause sein und neben dem Telefon sitzen. Obwohl er sein Handy bei sich hatte und die Polizei versprochen hatte, ihn sofort zu benachrichtigen, wenn es Neuigkeiten gab, fühlte es sich nicht richtig an, dass er nicht zu Hause war, während Susan vermisst wurde. Sie war seit Januar verschwunden. John war eines Nachmittags nach Hause gekommen und die Haustür hatte weit offen gestanden. Es fehlte ein Koffer und paar ihrer Kleider, aber John glaubte nicht, dass sie ihn selbst gepackt hatte. Sie hatte keine Nachricht hinterlassen und Susan wäre niemals irgendwohin gegangen, ohne sich zu verabschieden. Man konnte ihr so manches nachsagen, aber sie war nicht jemand, der einfach davonrannte.

Seit sie verschwunden war, verließ John selten das Haus. Er tat nichts Anderes, als im Haus umherzugehen. Er aß kaum etwas und konnte nie mehr als ein paar Stunden am Stück schlafen. Die Polizei, seine Freunde und seine Familie hatten John ermutigt, sein Leben so gut wie möglich weiterzuleben. Sie sagten, dass Susan dadurch auch nicht schneller nach Hause kommen würde, wenn er zu Hause herumsaß, und die letzten zwei Monate hatten bewiesen, dass sie recht hatten. Er wusste, dass alle glaubten, Susan hätte ihn verlassen. Sie war halb so alt wie John, wunderschön und intelligent. Aber Susan liebte ihn; dessen war John sich sicher. Sie wollten im Herbst heiraten.

Hazelwoods Einladung war die Erste, die John seit Susans Verschwinden angenommen hatte. Sein alter Mentor hatte am Telefon so aufgeregt geklungen, dass John sofort zugestimmt hatte, obwohl er es eigentlich besser wusste.

Ehrlich gesagt brauchte John Ablenkung. Er hatte immer noch das komische Gefühl, dass es keine gute Idee war; aber immerhin hatte John das Haus verlassen und wenn er Hazelwood nicht besuchen ging, würde er nie erfahren, was er ihm sagen wollte. Vielleicht wollte der alte Mann sich nach all den Jahren entschuldigen - oder erwartete er vielleicht eine Entschuldigung von John?

Vielleicht brauchte Hazelwood Johns Rat zu einem Buch. Der alte Mann würde sich nur ungern an John wenden, besonders nach dem sogenannten Verrat, aber Hazelwood war alt geworden und vermutlich verzweifelt genug, um John um Hilfe zu bitten. Auf dem Campus hieß es, Hazelwood habe in den letzten Jahren als Einsiedler gelebt und nur selten sein Anwesen verlassen. Gerüchten zufolge hatte er endlich die Suche nach den mysteriösen Büchern aufgegeben, denen er einst sein ganzes Leben gewidmet hatte.

Ein kühler Windstoß erfasste ihn und John schauderte. Er war nicht nur nervös wegen des bevorstehenden Wiedersehens, sondern hatte so eilig das Haus zu verlassen, dass er nicht daran gedacht hatte, eine Jacke mitzunehmen. Die Sonne war bereits am Horizont verschwunden und er merkte, dass sein Poloshirt nicht warm genug war. John drückte den Knopf an der Gegensprechanlage. Sekunden später erklang die Stimme von Professor Hazelwood. „Bist du das, Jonathan?“

John begrüßte seinen alten Mentor. Es überraschte ihn, dass Hazelwood so freundlich klang. Er konnte nichts mehr von der Wut wahrnehmen, die er bei seinem letzten Besuch gespürt hatte.

„Dann komm rein, alter Junge“, sagte der Professor. Das Tor begann zu summen und ging langsam und knarrend auf.

John trat einen Schritt nach vorne und blieb abrupt stehen. Er war verblüfft, als er den Rasen und den Garten des Professors sah, die einst so sorgfältig gepflegt wurden. Jetzt war alles überwuchert oder abgestorben. Vor seinem geistigen Auge stiegen Bilder von Friedhöfen im Süden auf, doch selbst solche Orte waren irgendwie aufgeräumt. Das Anwesen sah aus, als hätte man der Natur freien Lauf gelassen.

John war immer noch kurz davor, umzudrehen. Er dachte an die Waffe, die zu Hause auf dem obersten Regal seines Schranks lag. Er hatte überlegt, ob er sie mitnehmen sollte, nachdem er die Einladung des Mannes, den er fast zerstört hatte, angenommen hatte. Doch dann hatte er sich gesagt, dass er paranoid war und sie in der verschlossenen Sicherheitstruhe gelassen. Obwohl er nicht wusste, ob der alte Mann es ernst gemeint hatte, John konnte die Tatsache nicht ignorieren, dass Hazelwood ihm gedroht hatte, ihn umzubringen, als sie sich das letzte Mal getroffen hatten.

Die Gegensprechanlage summte und Hazelwoods Stimme erklang. „Der Tee wird kalt, Jonathan.“

John suchte das Gelände nach der Kamera ab, durch die der Professor ihn sehen konnte. Sie war auf halber Höhe in einer Kiefer links von der Gegensprechanlage versteckt. Hazelwood hatte ihn die ganze Zeit beobachtet. John wollte sich nicht noch lächerlicher machen, als er es ohnehin schon getan hatte, und ging die Auffahrt hinauf. Das Tor schloss sich wieder langsam hinter ihm.

Der Garten war immer noch bezaubernd, man musste nur genauer hinsehen, um die Schönheit zu erkennen: eine einzelne Rose, die im dornigen Gebüsch auf der linken Seite der Auffahrt blühte, ein junges Bäumchen, der rechts aus der Wand voller Unkraut hervorragte. Das Gute konnte trotz des Schlechten überleben und das Leben ging weiter, dachte John, doch dann sah er zu den verrottenden Tomatenpflanzen hinüber und erkannte, dass alles ein Ende hatte.

Er stand direkt vor der Haustür des Professors. Jetzt musste er sich auf Hazelwood konzentrieren und herausfinden, worum es hier ging. Susan würde es gut gehen.

Gerade als John die Hand hob und an die schwarze Ahorn-Tür klopfen wollte, ging sie auf. Hazelwood erschien; er trug einen schäbigen Smoking. Das gelbe Wappen auf der Brusttasche war ausgefranst. Genauso wie Hazelwood auch. Die dünnen silbernen Haarsträhnen auf seinem Kopf standen in alle Richtungen. Er war nur noch ein Schatten des Mannes, der vor fast zwei Jahrzehnten Johns Lehrer gewesen war. Er hatte einen Buckel, der ihn wie eine Schildkröte aussehen ließ; besonders die Art und Weise, wie sein kleiner Kopf mit den Knopfaugen aus dem Hemdkragen ragte. Hazelwood schob seine Brille nach oben und lächelte. „Du kannst die Hand wieder runternehmen, Jonathan, es sei denn, du willst mich schlagen."

Das verwegene Lächeln und der fragwürdige Humor des alten Mannes beunruhigten John. Er hatte Hazelwood hintergangen, als er *Das Buch der Offenbarung; die ganze Wahrheit* veröffentlicht hatte. Er hatte das Vertrauen des Mannes gewonnen, der ihm alles über die heiligen und geheimen Wälzer beigebracht hatte, und dann ein Buch geschrieben, das ihre Existenz systematisch widerlegte. Damit hatte er Hazelwoods Lebenswerk ruiniert. Er hatte zwar seinen Stuhl an der Universität behalten, aber jegliche Glaubwürdigkeit verloren.

John hatte nicht vorgehabt, den alten Mann absichtlich zu verletzen; er hatte einfach die Denkfehler in Hazelwoods Enthüllungen gesehen. Während er für sein Buch recherchiert und es geschrieben hatte, hatte John sich gesagt, dass Hazelwood tot sein würde, bis das Buch auf den Markt kam. Aber er hatte sich offensichtlich geirrt und die Veröffentlichung des

Buches hatte Hazelwood vernichtet. Jetzt lächelte der alte Mann John an, als wäre nichts Schlimmes zwischen ihnen passiert.

John ließ die Hand sinken und kratzte sich am struppigen, ungepflegten Bart, den er seit mehreren Wochen wegrasieren wollte. „Schön, Sie zu sehen, Professor. Sie sehen gut aus."

„Danke, Jonathan. Ich könnte dasselbe sagen, aber dann würde ich lügen." Bevor John etwas sagen konnte, fuhr Hazelwood fort. „Aber das war zu erwarten. Ich habe von Susans Verschwinden gelesen. Gibt es irgendwelche Neuigkeiten?"

John konnte nur den Kopf schütteln.

„Schade. Ich habe ihre Gesellschaft immer sehr genossen." Hazelwood trat zur Seite und winkte John ins Haus. „Ich möchte nicht unnötig deine Zeit verschwenden. Ich habe gehört, dass du ein weiteres Buch schreibst, und möchte dich nicht von der Arbeit abhalten."

Die Anspielung ließ John leicht zusammenzucken, dann betrat er das Haus und wartete, bis Hazelwood die Tür hinter ihnen schloss. John gab zu: „Ich habe kein einziges Wort geschrieben, seit sie verschwunden ist."

„Das tut mir leid." Hazelwood schlurfte den Flur entlang und gestikulierte, dass John ihm folgen sollte. Er führte ihn in sein Arbeitszimmer, das mit Bücherregalen gesäumt war. Früher hatten sie sich jede Woche hier getroffen, um über Manuskripte und Briefe aus der Antike zu brüten. Hazelwood deutete auf den Stuhl am anderen Ende des langen Eichentischs.

John trat hinter den Stuhl und studierte Hazelwoods emotionslosen Gesichtsausdruck. „Worum geht es, wenn ich fragen darf?"

„Darfst du nicht. Es ist eine Überraschung. Setz dich, ich hole den Tee."

John wollte protestieren; beim Gedanken an eine Überraschung wurde ihm schlecht. Aber es hatte keinen Sinn, Hazelwood zu drängen. Der alte Mann würde reden, wenn er bereit war. Diese Lektion hatte er im Laufe der Jahre gelernt. Er konnte sich also genauso gut auch hinsetzen und sich entspannen.

Ein paar Minuten später betrat Hazelwood wieder das Arbeitszimmer. Er schob einen kleinen Rollwagen aus Bronze vor sich her. Nachdem er den Tee eingeschenkt und den Rollwagen in eine Ecke des Zimmers geschoben hatte, sagte Hazelwood: „Die Hilfskraft habe ich entlassen. Falls du dich gewundert hast."

Anstatt zu sagen, dass er sich das schon gedacht hatte, als er den Garten sah, nickte John nur und trank einen Schluck Da Hong Pao Tee, eine Delikatesse, die er seit fünf Jahren nicht mehr getrunken hatte. Er schmeckte genauso köstlich und exotisch, wie er ihn in Erinnerung hatte.

Hazelwood schlurfte zur gegenüberliegenden Seite des Tischs und setzte sich. Er sah über den Rand der Tasse, von der Dampf aufstieg, und musterte Johns Gesicht.

John wartete so lange, wie er konnte. „Worum geht es, Arthur?", fragte er ungeduldig und nannte den Professor beim Vornamen. „Ich habe keine Zeit ..."

Hazelwood hob die Hand, um John zu unterbrechen, trank seinen Tee aus und setzte die Tasse ab. „Das musst du dir unbedingt ansehen."

„Ich sehe nichts", sagte John verärgert und sah sich im Zimmer um. John wusste, dass er unhöflich war, aber er wollte einfach wieder gehen. Schon nur das Gesicht seines Mentors zu sehen, löste wieder Schuldgefühle in ihm aus.

„Vielleicht kann man es nur sehen, wenn man daran glaubt."

John schob seinen Stuhl vom Tisch weg und wollte aufstehen. „Tut mir leid. Ich hätte nicht kommen sollen."

„John, setz dich", sagte Hazelwood genauso streng, wie er damals mit seinen widerspenstigen Schülern gesprochen hatte. „Willst du mir nicht helfen?"

„Tut mir leid. Sagen Sie mir, was Sie wollen."

„Ich möchte, dass der Experte für seltene Bücher meine größte Entdeckung verifiziert; diejenige, über die wir seit unserem ersten Treffen besprochen haben."

John wurde hellhörig und erinnerte sich an seinen ersten Besuch in Hazelwoods Büro. John war im zweiten Jahr an der Uni gewesen und hatte verzweifelt versucht, an Hazelwoods Referaten über „Verlorene Bücher der Antike" teilzunehmen. Er versuchte, sich die Liste zu merken, die Hazelwood zusammengestellt und an die Wand seines Büros gehängt hatte. „Welche denn? Sie haben doch nicht etwa die unbearbeitete Version von *Der Widerspenstigen Zähmung* gefunden?" Shakespeare war schon immer

Hazelwoods Lieblingsautor gewesen, obwohl er fast ein Jahrzehnt damit verbracht hatte, die Urheberschaft des Barden an Klassikern wie *Macbeth* zu widerlegen.

Hazelwood schüttelte den Kopf und stand auf, um das Gemälde von der Wand zu nehmen, das zwischen den beiden größten Bücherregalen hing. Ein Safe. Er gab die Kombination ein. „Noch besser."

John konnte sich nicht vorstellen, was noch besser sein könnte. Shakespeares *Komödien, Historien und Tragödien* hatte über sechs Millionen Dollar eingebracht, zehnmal mehr als Johns lukrativste Entdeckung. Wenn es noch besser war, erklärte das Hazelwoods freundliches Auftreten und seine nachsichtige Einstellung. „Ist es etwa Da Vinci?", riet John, als Hazelwood die Tür des Safes öffnete.

„Du wirst es nie erraten." Hazelwood stülpte sich ein Paar Latexhandschuhe über, die er im Safe aufbewahrte.

John neigte sich vor, erkannte jedoch den Umschlag des dicken Buchs, das Hazelwood aus dem Safe genommen hatte, nicht. Der glänzend schwarze Einband mit leuchtend roten Buchstaben schien aus der zweiten Hälfte des 20. Jahrhunderts zu stammen. Was auch immer es war, es konnte nicht älter als sechzig Jahre sein und soweit er wusste, war in dieser Zeit nichts wirklich Wertvolles geschrieben worden. Als er Hazelwoods schiefes Lächeln sah, fragte er sich, ob der alte Mann vielleicht senil geworden war.

Hazelwood hielt das Buch so, dass John den Titel nicht sehen konnte, und reichte ihm ein Paar Handschuhe. Sobald er sie angezogen hatte, legte Hazelwood das Buch auf das Tischset, das vor John lag.

Das letzte Gefecht von Stephen King. Vollständig und ungekürzt, nicht einmal eine Erstausgabe und wahrscheinlich gerade mal siebenundzwanzig Dollar wert, was ein Buchladen dafür verlangen würde. „Falls das ein Witz sein soll, finde ich ihn nicht lustig", sagte John. „Sie haben gesagt, Sie hätten etwas, das ich mir unbedingt ansehen muss."

„Wie oft hast du schon gehört, dass man ein Buch nicht aufgrund seines Einbands bewerten darf? Besonders du solltest das doch wissen."

John schnaubte und zog seine Lesebrille aus der Hemdtasche. Er setzte sie auf und begutachtete den Umschlag; suchte nach Anomalien und

Mängeln, die den Wert erhöhen könnten, aber er konnte nichts Außergewöhnliches entdecken. „Wonach soll ich suchen, Arthur?"

Hazelwood setzte sich wieder auf seinen Stuhl und trank einen Schluck Tee. „Öffne es. Sag mir, was du siehst."

Um Hazelwood bei Laune zu halten, übertrieb er und schlug das Buch mit größter Sorgfalt auf. Der Geruch von verfaultem Fleisch stieg vom Titelblatt auf und trieb ihm sofort die Tränen in die Augen. John drehte den Kopf zur Seite und schlug den Deckel wieder zu.

„Was zum Teufel war das?" John wischte sich die Spucke vom Mund und merkte, dass der faulige Gestank verschwunden war. Er roch nur noch den Tee.

Hazelwoods Lächeln machte ihn wütend. „Sag du es mir", sagte er lehrerhaft.

„Es roch wie etwas Totes in einer Toilette."

„Treffend formuliert", murmelte Hazelwood.

„Also, was ist es?"

Anstatt John zu antworten, wies Hazelwood ihn an, das Buch noch einmal zu öffnen. John bemühte sich, seinen Magen zu beruhigen und erwartete einen stechenden Geruch, als er den Deckel aufschlug, aber diesmal nahm er nur den Geruch von altem Papier wahr.

„Aber das ...", John verstummte und sah Hazelwood fragend an.

„Lies, was im Umschlag steht. Siehst du etwas Interessantes?"

John kannte nicht viele von Kings Werken, aber dieses Buch hatte er gelesen, nachdem die Miniserie veröffentlicht worden war. Er überflog die Seite, aber soweit er es beurteilen konnte, schien alles in Ordnung zu sein. Dann sah er das Copyright-Datum. „19666." Sein erster Gedanke war, dass jemand versehentlich zu oft die Sechs gedrückt hatte, aber der Umschlag sah neuer aus. „Wie alt ist King?"

„Sechzig oder so."

„Hat er das als Teenager geschrieben?"

„Nicht ganz. Das offizielle Copyright war 1978."

„Interessant", sagte John, der aber von einem einzigen Tippfehler nicht besonders beeindruckt war. „Wie viele Kopien wurden mit diesem Datum gedruckt?"

„Du hältst sie in den Händen."

„Nur diese eine?"

Hazelwood deutete auf das Buch. „Lies weiter."

Verärgert, aber äußerst fasziniert blätterte John weiter und las die Widmung vor: „*An all meine wahren Gläubigen: Möge euer Schicksal offenbart werden.*"

John sah Hazelwood an und fragte: „Haben Sie noch ein Exemplar dieses Buches?"

Als hätte er Johns Gedanken gelesen, rezitierte Hazelwood: „*Für meine Frau Tabitha. Diese dunkle Truhe voller Wunder.* Das ist die ursprüngliche Widmung. Die, die du bestimmt als junger Mann gelesen hast."

John wollte keine irrationalen und unmöglichen Schlüsse ziehen. Er brauchte noch mehr Beweise, bevor er die Frage, die die Widmung aufwarf, überhaupt anerkennen würde. Er hatte sie unzählige Male gehört, aber es war Jahre her, dass Hazelwood darüber gesprochen hatte. *An all meine wahren Gläubigen: Möge euer Schicksal offenbart werden.*

„Sonst noch etwas?", fragte John. Er wusste, dass er mehr als eine Widmung brauchte, um überhaupt in Betracht zu ziehen, was Hazelwood da suggerierte.

Hazelwood nickte. „Es ist kein Problem, wenn ich noch mehr Überzeugungsarbeit leisten muss. Ich kann dir versichern, dass du *das Buch* vor dir hast."

John war bereit, die nächste Seite umzublättern und sagte: „Professor, wir wissen beide, dass es nicht existiert. Dieses Exemplar mag zwar einige der sogenannten Kriterien erfüllen, aber es ist nicht …"

„Alles, worum ich dich bitte, ist, mit deinem Urteil abzuwarten, bis du dir alles angesehen hast."

„Das ist es, was ich glauben soll, nicht wahr? Dass es, *Das Buch der Offenbarung* ist." John meinte nicht das Buch aus der Bibel, sondern das Original, das ein Jahrhundert vor dem Neuen Testament geschrieben worden war. Die Legende besagte, dass es über eine Million Mal verbrannt worden war, aber nicht zerstört werden konnte; stattdessen hatte es den Weg in andere Bücher gefunden und versteckte sich auf den Seiten viel geringerer Werke.

„Nein, ich will nicht, dass du es glaubst", sagte Hazelwood. „Ich will, dass du es anerkennst. Ich will, dass du es bestätigst."

„Ich kann keinen Mythos bestätigen."

„Doch, das kannst du und das wirst du. Du wirst bestätigen, dass es echt ist, dass es hier ist und dass wir uns beide in unseren Büchern geirrt haben."

John wollte den Deckel zuklappen, aber Hazelwood sagte, er solle es nicht tun.

„Wovor hast du Angst, John? Wenn es nur ein Scherz ist, wie du behauptest, dann existiert *Das Buch der Offenbarung* nicht. Aber es kann nicht schaden, es dir genau anzusehen, nicht wahr? Das würdest du doch bestimmt tun wollen. Sieh es als weitere Gelegenheit an, meine Behauptung zu widerlegen und mich noch einmal bloßzustellen."

„Ich habe mein Buch nicht geschrieben, um Sie bloßzustellen."

„Das hast du aber. Und jetzt musst du meine Entdeckung entweder anerkennen oder widerlegen", insistierte Hazelwood und starrte John an. Das war keine einfache Aufgabe und beide Männer wussten es. Hazelwood hatte nicht vor, John einfach so gehen zu lassen. „Das bist du mir schuldig."

John wurde von einer unerklärlichen Panik erfasst, die ihn dazu drängte, wegzurennen. Es war ein Fehler gewesen, die Einladung anzunehmen, aber jetzt war er hier. Er schuldete dem Professor seine Zeit. Obwohl Johns Buch zutreffend gewesen war, er hätte es seinem Mentor vor der Veröffentlichung zeigen sollen. Hazelwood hatte, wie alle anderen, vom Werk seines Schülers — aus der Zeitung erfahren.

John willigte ein. Er würde das Buch schnell überfliegen und dann war die Sache erledigt.

John blickte auf das Buch, dann wieder zu Hazelwood. „Wenn ich beweise, dass dies nicht das Buch ist, nach dem Sie Ihr ganzes Leben lang gesucht haben, lassen Sie mich dann gehen, ohne dass ich ihnen etwas schulde?"

„Dich gehen lassen?" Hazelwood lachte. „Es hindert dich niemand daran, zu gehen. Ich bitte nur einen alten Freund, der ein hervorragender Experte für Fälschungen, Nachahmungen und Legenden ist, um einen Gefallen."

Johns Schuldgefühle nahmen ekelerregende Ausmaße an. „Gut. Dann mache ich mich an die Arbeit." Er blätterte die Seite mit der Widmung um und überflog das Vorwort. „Was gibt es sonst noch? Ein weiterer Tippfehler? Eine Inschrift?"

„Blättere zu irgendeiner Seite in Kapitel eins."

John befolge die Anweisung des Professors. „Also, wonach soll ich Ausschau halten?

„Auf welcher Seite bist du?"

In der Mitte der Fußzeile auf der linken Seite stand eine Eins, aber auf der Seite daneben eine Fünf. John überflog die Seite und suchte nach irgendwelchen Anormalitäten. Alles schien so zu sein, wie er es damals in seiner eigenen Ausgabe mit den Eselsohren gelesen hatte. Plötzlich verfärbten sich aber fünf unzusammenhängende Worte auf der Seite; sie wurden leuchtend rot. Dann wanderten die Worte nach oben zur Kopfzeile. John murmelte ungläubig vor sich hin.

„Und?", fragte Hazelwood aufgeregt.

„Was ist das?", wollte John wissen. Bevor Hazelwood etwas sagen konnte, sah John den alten Mann an und sagte: „Netter Trick. In Ordnung. Gut gemacht. Wie haben Sie das hinbekommen?"

„Ich habe nichts getan."

„Die Tinte verfärbt sich, wenn sie mit Sauerstoff in Berührung kommt, oder ist es nur der Temperaturunterschied?"

Hazelwood lächelte. „Es ist kein Trick. Was steht da?"

John las zögernd die hervorgehobenen Worte:

respektierst, nicht, ihn, du

Er war geschickt im Rätsel lösen und änderte die Reihenfolge der Wörter: DU RESPEKTIERST IHN NICHT. Anstatt den Satz laut auszusprechen, schüttelte er den Kopf und sagte: „Es überrascht mich, dass Sie so tief gesunken sind."

„Es ist keine Täuschung. Ich habe keine Ahnung, was da steht."

„Das macht mich noch trauriger, denn entweder wurden Sie übers Ohr gehauen oder halten mich für einen Idioten."

Hazelwood schien es nicht zu stören, dass John ihm nicht glaubte. „Nimm eine andere Seite."

„Welche?"

„Du kannst sie wählen."

Er war davon ausgegangen, dass Hazelwood ihn auf eine bestimmte manipulierte Seite verweisen würde. Es überraschte ihn, dass er ihm freie Wahl ließ. „Sagen Sie bloß nicht, dass Sie alle Seiten bearbeitet haben. Das hat bestimmt eine Stange Geld gekostet."

„Ganz zu schweigen vom Zeitaufwand, der notwendig gewesen wäre, um das zu tun, was du mir unterstellst."

Hazelwood hatte zwar recht, aber es machte die Situation nur noch erbärmlicher. „Eine beliebige Seite, richtig?"

„Du hast freie Wahl. Sei mein Gast."

John blätterte ein paar Duzend Seiten weiter und hielt inne. Hazelwood fragte ihn, auf welcher Seite er gelandet war. John sagte: „Es sollte Seite siebenundvierzig sein, aber da steht eine Zwei. Ein Fehler, aber nicht sehr aufschlussreich."

„Es ist kein Fehler. Siehst du sonst noch etwas?"

John sah genauer hin. Scheinbar beliebige Wörter wurden langsam rot und wanderten an den Anfang der Seite.

zurück, kommt, sie, nicht

Es dauerte nicht lange, bis John die Reihenfolge geändert hatte: SIE KOMMT NICHT ZURÜCK. John musste sich beherrschen, damit er den herzlosen Bastard nicht an der Kehle packte. Er biss die Zähne zusammen, starrte den alten Mann an und sagte: „Das ist nicht mehr lustig."

„Ich gebe dir recht, das ist es nicht. Erkennst du, was du vor dir hast, oder bist du tatsächlich blind?"

Johns Hände begannen unaufhörlich zu zittern. Selbst nach dem, was wegen seines Buches passiert war, konnte John nicht glauben, dass der alte Mann es wagen würde, diese Grenze zu überschreiten und Susan in die ganze Sache zu verwickeln.

„Wie du dich bestimmt erinnerst, hast du diese Seite gewählt. Ich habe dir keine Anweisungen gegeben. Sag mir bitte, was da steht." Seine Stimme klang, als wäre er wirklich interessiert. John konnte keine Spur von Boshaftigkeit wahrnehmen. Hazelwood war noch nie ein Heuchler gewesen und John begann sich zu fragen, ob er ihm möglicherweise gar keinen makabren Streich spielen wollte.

„Da steht, dass sie nicht zurück kommt."

„Denkst du, dass Susan damit gemeint ist? Oder gibt es vielleicht noch jemand anderen?"

„Da ist nur Susan." John erinnerte sich, dass sie am Morgen vor ihrem Verschwinden über ihre Flitterwochenpläne gesprochen hatten. Er hatte schließlich nachgegeben und gesagt, dass sie nach Fidschi fliegen würden, wenn sie es wollte. „Aber es spielt keine Rolle, was da steht, denn entweder Sie oder einer Ihrer Freunde haben es dort hingeschrieben."

„Dann glaubst du also, dass du per Zufall genau diese Seite aufgeschlagen hast?"

John deutete auf das Buch. „Es steht wahrscheinlich auf jeder Seite dasselbe."

„Ich kann dir versichern, dass das nicht der Fall ist."

„Sie geben also zu, dass Sie wissen, was auf den Seiten steht?"

„Ich gebe zu, dass *Das Buch der Offenbarung* in der Lage ist, die Auserwählten anzuziehen. Ich glaube, es ruft nach dir. Spürst du ein leichtes Ziehen im Hinterkopf?"

John hätte dem alten Spinner am liebsten gesagt, dass er den Verstand verloren hatte und in eine Anstalt eingesperrt werden sollte; aber er spürte tatsächlich ein Ziehen, das ihn dazu brachte, die Seite umzublättern. Er schüttelte den Kopf, um seine Gedanken zu ordnen, und war verärgert darüber, dass er Hazelwoods Vorschlag so leichtgläubig in Erwägung zog. Da war kein Ziehen. Es war einfach nur ein Buch.

„Warum siehst du dir nicht eine andere Seite an?", fragte Hazelwood. „Hast du etwa Angst vor dem, was da stehen könnte?"

„Das beweist gar nichts. Sie sind schlimmer als ein Fernseh-Guru. Diese Offenbarungen könnten für jeden gelten."

„Schlag eine andere Seite auf. Ich werde deine Zeit nicht mehr lange in Anspruch nehmen."

John blätterte durch das Buch und hielt irgendwo bei Kapitel zweiundvierzig an. Obwohl er schon fast die Hälfte des Buches durchgeblättert hatte, stand links in der Fußzeile eine Drei und in der Seite daneben 389. Wenn auf der nächsten Seite eine Vier stand, musste er wenigstens in Betracht ziehen, dass das Buch legitim sein könnte. Er hatte keine Ahnung, wie Hazelwood die Seitenzahl manipuliert haben könnte.

„Auf welcher Seite bist du?", fragte Hazelwood.

„Raten Sie doch."

„Welche Nummer steht da?"

„Nun sagen Sie schon, wie haben Sie das gemacht?"

„Erinnerst du dich an das, was ich dir beigebracht habe?"

John dachte an die vielen Informationen, die er ihm während ihrer Gespräche weitergegeben hatte. Viele davon hatten in diesem Zimmer stattgefunden. Er versuchte, sich an alles zu erinnern, was das Buch und die Seiten betraf. Dann machte es „Klick". Es gab Leute, die behaupteten, dass das Buch nur vier Offenbarungen pro Tag preisgab - mit entsprechender Nummerierung.

Er verdrängte jedoch diese Erkenntnis aus seinen Gedanken und betrachtete die roten Worte, die auf der Seite standen. Es war viel zu einfach:

nicht, er, Pistole, traut, verwenden, die, zu, sich

John hatte die vernickelte Deringer, eine kleine Taschenpistole, die Hazelwood auf seinem Schreibtisch aufbewahrte, völlig vergessen. Sie war hundert Jahre alt und lag in einer Vitrine, aber Hazelwood behauptete, dass sie noch funktionierte.

„Steht da etwas Interessantes, John?"

John schüttelte den Kopf, er starrte immer noch auf das Buch und versuchte, sich zu sammeln. Während er die blutroten Worte anstarrte, wurde in ihm ein Alarm ausgelöst. Er bemühte sich, logisch und rational zu denken, aber es war ein aussichtsloser Kampf. Das Buch rief nach ihm und sagte, dass er aufpassen und den verrückten alten Mann aufhalten musste, bevor es zu spät war.

„John, ich muss es wissen. Es sieht so aus, als hättest du etwas Interessantes gefunden."

John hob seine Tasse hoch und trank einen Schluck Tee, während er den Professor beobachtete. Er hatte sie vorher nicht bemerkt, aber jetzt sah er die kleine Ausbuchtung auf der linken Brustseite von Hazelwoods Jacke.

Es war wahrscheinlich nur ein Notizblock oder ein Taschentuch, aber John vermutete, dass es genauso gut die Deringer sein konnte.

Um den alten Mann abzulenken, fragte John Hazelwood, ob es ihm etwas ausmachen würde, ihm noch etwas Tee einzuschenken. Der alte Mann antwortete, dass er das gerne tun würde.

Hazelwood lächelte, doch es war ein unheimliches Lächeln, er stand auf und drehte ihm den Rücken zu, als er zum Rollwagen ging, auf dem die Teekanne stand. John sah sich nach einer Waffe um. Wenn Hazelwood eine Pistole bei sich trug, was unwahrscheinlich war, würde John eine brauchen. Hazelwood war alt und langsam, aber John konnte trotzdem nicht vergessen, dass dieser gebrechliche Mann, der mit der Teekanne in der Hand auf ihn zu schlurfte, ihm beim letzten Treffen damit gedroht hatte, ihn umzubringen. Hazelwood hatte sich unmissverständlich ausgedrückt.

Als Hazelwood John Tee einschenkte und absichtlich nicht auf das Buch sah, neigte John sich vor und versuchte, in die ausgefranste Jacke seines Mentors zu spähen. Er konnte aber nicht sagen, was sich darin befand. Dann trug Hazelwood den Krug wieder zum Rollwagen zurück.

Die Frau des alten Mannes war kurz nach der Veröffentlichung von Johns Buch gestorben. Es hätte ihn nicht überrascht, wenn der Professor John für ihren Tod verantwortlich gemacht hätte. Ein solch verheerender Verlust konnte einen verändern und dazu bringen, Dinge zu tun, die man vorher niemals in Betracht gezogen hätte. Jetzt, wo Susan verschwunden war, wusste er nur zu gut, dass das stimmte. Bis zu diesem Tag hatte er selten gewalttätige Gedanken gehabt, aber jetzt saß er in diesem Arbeitszimmer und träumte davon, den schwachsinnigen Hurensohn, der ihm gegenüber saß, umzubringen.

„Trinkst du ihn nicht?“

„Ich habe ihn nur etwas abkühlen lassen.“ John hob die Tasse hoch und wollte einen Schluck trinken, fragte sich aber plötzlich, ob der Tee vergiftet sein könnte. Vielleicht war das der Grund dafür, dass er gewalttätige Gedanken hatte und zu glauben begann, dass das Buch echt war. „Ich glaube, er ist noch zu heiß“ Er setzte die Tasse wieder ab.

Hazelwood zuckte die Achseln und trank einen Schluck aus seiner Tasse, in dem derselbe Tee wie in Johns Tasse war. Oder etwa nicht?

„Was hältst du davon, noch eine Seite aufzuschlagen? Die allerletzte, ich verspreche es.“

„Aber es werden nur vier Offenbarungen pro Tag preisgegeben, nicht wahr? Sind Sie sicher, dass wir nichts überstürzen?“ Johns Blick wanderte zum Rollwagen und dem kleinen Buttermesser darauf. Er fragte sich, ob er es erreichen konnte, bevor der alte Mann die Pistole zückte.

„Ja, vier pro Person“, sagte Hazelwood.

„Dann sollten Sie vielleicht die nächste Seite wählen.“

„Nicht nötig. Du musst nur bestätigen, dass es *das* Buch ist. Ich nehme an, dass du immer noch nicht überzeugt bist.“

„Dass es *Das Buch der Offenbarung* ist? Sie haben mir selbst einmal gesagt, dass es nur denjenigen Offenbarungen schenkt, die jemand anderen getötet haben. Ich habe keiner Seele etwas getan.“

„Körperlich vielleicht nicht“, sagte Hazelwood. Die überwältigende Traurigkeit in seiner Stimme erfüllte das Zimmer.

John glaubte, dass er den Mann in die Enge getrieben hatte, und sagte: „Verraten Sie mir wenigstens, wie Sie es getan haben.“

„Schlag eine neue Seite auf, dann erkläre ich dir alles, ich verspreche es.“

John war einverstanden und blätterte weiter. Dann hielt er inne, schlug eine Seite auf und starrte auf die Vier in der Fußzeile. Eigentlich hätte da 932 stehen sollen.

Hazelwood stand auf und sagte: „Wenn das Buch nicht echt ist, wie erklärst du dir das?“

„Was denn?“, fragte John, abgelenkt. Er betrachtete die Buchstaben, die sich langsam rot verfärbten.

wird, *töten*, dich, er, auch

„Wirst du bestätigen, dass das Buch echt ist, wenn die Offenbarungen sich als richtig erweisen?“

John sah rechtzeitig vom Buch auf, um zu sehen, wie Hazelwood in seine Jacke langte. Bevor der alte Mann seine Waffe zücken konnte, schob John den Tisch gegen Hazelwoods Brust. John stand auf, rannte um den Tisch herum und packte den alten Mann am Kragen.

Hazelwood rang nach Atem und deutete auf die Hand in seiner Jacke. „Was denkst du, was ich hier drin habe?“

„Keine Bewegung!“

„Na ja, dann wird es nicht viel Spaß machen. Ich muss dir nämlich etwas zeigen.“

„Keine Bewegung“, wiederholte John.

„Du benimmst dich, als würde ich jemanden umbringen wollen.“

„Wollen Sie das denn?“

„Ich werde niemanden umbringen.“ Hazelwood grinste. „Niemand anderen“, sagte er.

Niemand anderen. Niemand anderen.

„Wovon reden Sie?“

„Keine Sorge, John, ich werde dir nicht weh tun.“

„Halten Sie die Klappe und ziehen Sie langsam die Hand aus der Jacke.“

„Ich musste es tun, Jonathan“, sagte Hazelwood, ohne irgendwelche Anstalten zu machen, die Hand herauszuziehen,

„Halten Sie den Mund!“, schrie John, schob Hazelwoods Hand weg und langte selbst in die Jacke.

„Ich war kein böser Mann, ich schwöre es. Es heißt, man müsse böse sein, damit es funktioniert. Es heißt, dass *das Buch* nach einem ruft, wenn man lange genug hinsieht“ Hazelwood versuchte, seine Hand wieder in die Jacke zu schieben.

„Halt!“, rief John. „Lassen Sie Ihre Hand, wo sie ist!“

„Aber es ist der Beweis, den du brauchst, um es zu glauben. Los, nimm ihn schon.“ John ertastete etwas und zog es heraus. Es war keine Waffe, sondern ein Umschlag. Er war schwarz.

Hazelwood seufzte und leckte sich die Lippen. „Das musst du dir unbedingt ansehen.“

John starrte den Professor einfach nur an. Dann wanderte sein Blick auf den Umschlag in seiner Hand.

Der alte Mann schob ihm den Umschlag zu. „Öffne ihn. Öffne deinen Beweis.“

John riss ihn auf.

„Danke, Jonathan. Danke, dass du heute Abend vorbeigekommen bist. Dass du, meiner Einladung gefolgt bist."

John zögerte und fragte sich, was wohl in dem schwarzen Umschlag steckte. Er kippte ihn langsam zur Seite und fing die Halskette auf, die herausrutschte. Er brauchte die Gravur auf dem Anhänger nicht zu sehen, um zu wissen, wem sie gehört hatte. Ein weiterer kleiner Gegenstand rutschte aus dem Umschlag, fiel zu Boden und prallte von seinem Schuh ab: Susans zweikarätiger Verlobungsring. John drehte sich zum Professor um und war bereit, ihn zu erwürgen.

„Im Umschlag, Jonathan. Sieh nach", flüsterte Hazelwood.

Er ließ die Halskette fallen und spähte hinein. Es steckte ein zusammengefaltetes Polaroid-Foto darin, das die Ausbuchtung in Hazelwoods Jacke verursacht hatte.

Hazelwood strengte sich an, die Augen offen zu halten. „Los, Jonathan. Sieh es dir an."

John zog das Foto heraus, und der Umschlag flatterte zu Boden.

„Ich bin dir zu Dank verpflichtet, Jonathan. Dank ihrer Entführung habe ich dieses Buch gefunden. Und bald wirst du mir diese Last abnehmen." Hazelwood holte tief Luft. „Sag, Jonathan, wann hast du gewusst, wo sie war? Bevor oder nachdem du mein Haus betreten hast?"

Dieser Geruch. Susans Parfüm. Er hatte sich zu sehr auf Hazelwood konzentriert, um zu erkennen, dass es das Parfüm seiner Verlobten war. Die blutroten Worte. Hazelwood hatte ihren Tod verursacht.

John drehte das Foto in den Fingern und war nicht in der Lage, es aufzuklappen und es sich anzusehen.

„Ich habe getan, was ich tun musste, Jonathan. Das ist es doch, was du mir damals beigebracht hast, nicht wahr?"

John klappte das Foto auf. Susan lag mit offenen Augen auf dem Rücken. Ein paar Zentimeter über ihrem rechten Auge war ein Loch. Unter ihrem schönen blonden Haar war eine Blutlache zu sehen, die sich auf dem Holzboden ausgebreitet hatte. Der Boden sah genauso aus, wie der, auf dem er stand.

Er fühlte sich taub und zitterte. John streckte die Hand aus, packte die Kehle seines Mentors und drückte zu. Er spürte, wie sein Daumen den Kehlkopf eindrückte und das fleischige Gewebe dehnte. Hazelwoods Atem wurde feucht. John starrte dem alten Mann ins Gesicht, während Hazelwood verzweifelt nach seinem Handgelenk griff. Er ließ den alten Mann auf den Boden sinken und drückte so lange zu, bis er ein Kribbeln in seinen Fingern spürte. Dann wich endlich das Leben aus den Augen seines alten Freundes und John wandte sich dem Buch zu, das auf den Boden gefallen war. Auf Seite 166 stand nun eine Eins. Er konnte beobachten, wie sich die Worte verfärbten.

dich, und, von, verabschiede, ihr, verschwinde

Die Worte ergaben erschreckenderweise Sinn. Es war wirklich *Das Buch der Offenbarung*. John verließ das Arbeitszimmer und entdeckte den Körper seiner Liebsten, die zusammengerollt unter einem Tisch lag. Er fiel auf die Knie und küsste ihre kalte Hand. Er verabschiedete sich von ihr und versuchte, nicht zu schluchzen. Er saß stundenlang da, bis seine Beine einschliefen. Dann legte er sich neben sie und erinnerte sich an das letzte Wort:

VERSCHWINDE

Schatten des Todes

Ich wache auf und spüre kalten Beton an meiner Wange. Alles ist schwarz. Ich kann meine Hand nicht sehen, obwohl ich mit der Handfläche meine Nasenspitze berühre.

Ich habe keine Ahnung, wie ich hier gelandet bin. Weiß nicht einmal, wo „hier" ist. Ich bin drinnen, so viel ist klar. Ich kann mich erinnern, dass ich zu Hause auf der Couch eingeschlafen bin. Es muss mich jemand aufgegriffen haben. Vielleicht die Bundespolizei, aber das glaube ich nicht. Das ist keine Zelle. Es riecht, als würde jemand kochen. Vielleicht Hähnchen. Jemand sagt etwas auf Spanisch. Julio muss herausgefunden haben, dass das, was ich ihm schulde, ich ihm niemals werde zurückzahlen können.

Ich hatte Kopfschmerzen, als ob mir jemand eins übergezogen hätte. Oder ich fühle eine Beule. Falls mir jemand Drogen gegeben hätte, wäre ich benommen, aber ich kann klar denken. Ich kann nur nichts sehen.

Ich flüstere: „Hallo?" Meine Stimme hallt sofort wider. Es muss eine Wand in der Nähe sein. Ich drehe den Kopf nach rechts und flüstere wieder, jetzt geradeaus. Doch ich höre immer dasselbe Echo. Es gibt keinen Luftstrom, ich höre nur meine Stimme und die, die Spanisch spricht. Es ist ein Mann. Jetzt lacht er, vielleicht schreit er sogar.

Meine Augen gewöhnen sich langsam an die Dunkelheit. Es ist nicht völlig dunkel. An der Wand vor mir erkenne ich die Umrisse von zwei großen Rechtecken. Es sieht aus, als hätte jemand mit einem dünnen Laser die Wand eingeritzt, damit das Sonnenlicht mich neckt.

Ich gehe auf die Knie, ich bin nämlich nicht gefesselt. Dann stehe ich auf und gehe einen Schritt nach links. Die Fliesen fühlen sich kühl und etwas feucht an. Ich strecke meinen Arm aus und bewege ihn hin und her, während ich auf das kleinere Rechteck zugehe. Jetzt ist außer dem Schlurfen meiner Füße kein Geräusch mehr zu hören; kein Lachen, kein Spanisch, nur meine hastigen Atemzüge. Ich bin so nahe an der Wand, dass ich sehen kann, dass das Rechteck ein Fenster ist, an dem eine Blende hängt.

Der Stoff fühlt sich ekelhaft und klebrig an. Ich stelle mir das Netz einer riesigen Spinne vor, die lautlos an der Decke herumkrabbelt. Ich weiß, dass es keine riesigen Spinnen gibt, die Menschen jagen, aber mein Verstand möchte sich lieber einen achtbeinigen Tod vorstellen als zu spekulieren, was sich auf der anderen Seite der Wand befindet.

Ich frage mich immer noch, wie ich hier gelandet bin. Es muss wohl ziemlich schlimm gewesen sein. Wenn es wirklich Julio ist, bin ich am Arsch.

Ich muss wissen, wo ich bin, ziehe also an der Blende und lasse sie los. Grelles Neonlicht aus einem anderen Zimmer blendet mich. Ich hatte angenommen, dass ich eine Straßenlaterne oder ein paar Bäume sehen würde, einen Fluchtweg.

Es dauert einen Moment, bis sich meine Augen an das grelle Licht gewöhnen. Das andere Zimmer ist größer und unmöbliert. In einer Ecke kauert ein nackter Lateinamerikaner; er hat einen runden Bauch, dürre Beine und sieht aus, als würde er nächstens zusammenbrechen. Es dringen keine Geräusche durch das Fenster, deshalb kann ich seine panischen Schreie nicht hören. Er wedelt mit der Hand vor zwei knurrenden Pitbull Terriern herum, die in der Ecke stehen.

Die Hunde fletschten die Zähne und schnappen nach dem Mann. Über ihnen ist ein Lautsprecher. Sobald ich ihn sehe, höre ich das wilde Bellen der Hunde. Es kommt aus einem weiteren Lautsprecher in meinem Zimmer, direkt hinter mir.

Ich drehe mich wieder zum Fenster um. Blutiger Speichel tropft aus der Schnauze des Pitbull. Auf dem Fliesenboden liegt ein sehniges Stück Fleisch. Der Mann bewegt sich in meine Richtung und ich sehe, woher das Stück Fleisch stammt. Ein Teil seines rechten Oberschenkels fehlt, der weiße Knochen glänzt unter einer Schicht zerfetzter Sehnen und Muskeln.

Der Mann entdeckt mich und brüllt irgendetwas auf Spanisch. Der schwarze Pitbull stürzt sich auf ihn und verbeißt sich in seiner linken Hand. Er reißt zwei Finger ab und verschlingt sie wie kleine Leckerbissen.

Der Mann will wegrennen, stößt sich mit seinem verletzten Bein ab, rutscht auf den glatten Fliesen aus und fällt zu Boden. Der Pitbull greift ihn an, aber der Mann schafft es, ihm mit seinem unverletzten Fuß einen Tritt zu verpassen.

Der andere Pitbull schnappt nach der verstümmelten Hand des Mannes, aber er zieht sie rechtzeitig weg und schlägt auf den riesigen Kopf des Biestes. Die beiden Hunde sind immer noch benommen, der Mann steht auf und humpelt auf mich zu.

Er winkt mich weg. Sein Mund ist offen, aber ich kann seine Schreie nicht mehr hören. Jemand kontrolliert die Lautsprecher. Er greift links vom Fenster nach dem Umriss des größeren Rechtecks. Es muss eine Tür sein, aber ich kann keinen Griff ertasten. Ich stemme mich trotzdem gegen das Rechteck. Tut mir leid, aber ich kann die Hunde nicht reinlassen.

Er verzerrt sein verschwitztes Gesicht und starrt mich wieder an. Ich kann ihn nicht ansehen. An der Wand hinter ihm sind zwei Fenster, an denen schwarze Blenden hängen. Zwischen den Fenstern befindet sich eine Tür mit einem glänzenden silbernen Knauf. Ich zeige darauf, aber er scheint nicht zu verstehen, was ich meine. Währenddessen haben es die Hunde wieder auf ihn abgesehen.

Der schwarze Pitbull fliegt durch die Luft, dreht seinen riesigen Kopf zur Seite und beißt in das rechte Knie des Mannes. Der andere verbeißt sich in seinem Arm und wirft den Kopf hin und her. Der Mann hält den Augenkontakt und zerrt die Hunde mit zusammengebissenen Zähnen und verzogenem Gesicht zum Fenster. Der schwarze Pitbull verliert den Halt, stürzt sich erneut auf den Mann und zerfetzt seine Achillessehne.

Irgendwie schafft es der Mann, sich weiterzubewegen; mit gekrümmtem Rücken, wie ein alter Mann, der eiserne Fesseln mit einer Kette hinter sich herschleppt. Ein Stück Fleisch fällt von seinem Bein und er stolpert vorwärts. Er knallt mit der Stirn gegen das Fenster. Ich spüre, wie das Glas vibriert, kann aber immer noch nichts hören. Sein verzerrtes Gesicht rutscht langsam nach unten und hinterlässt eine Spur aus Schweiß und Blut auf dem Glas. Er verschwindet unterm Fenster.

Die Tür zittert. Ich stemme mich mit aller Kraft dagegen. Ich komme mir wie ein Feigling vor, ziehe die Blende hinunter und verstecke mich in der Dunkelheit. Ich lasse mich auf den Boden sinken und schreie: „Hör auf zu zittern!“ Ich habe noch nie so viel Angst gehabt. Und sage mir immer wieder, dass die Hunde nicht durchs Fenster springen können. Ich sage mir, dass das Leiden des Mannes vorüber ist.

Ich warte eine Minute. Zwei. Ich sitze auf einer feuchten Stelle. Ist das Schweiß? Pisse? Ich streiche mit dem Finger über den Boden. Ich kann nichts sehen. Es riecht nicht wie Urin.

Ich hasse Hunde. Als ich drei war, wurde ich gebissen. Ich kann mich daran erinnern, als wäre es gestern gewesen. Ich kann nicht einfach in diesem Zimmer sitzen und darauf warten, was dieses Arschloch als nächstes plant. Bin ich etwa als Nächster dran? Es ist jedenfalls nicht Julio, so viel ist klar. Er ist zwar ziemlich durchgeknallt, aber nicht so.

Ich muss hier raus. Warum habe ich nicht daran gedacht, mich im Zimmer umzusehen, als es noch hell war? Ich hätte mir einen Plan ausdenken können. Stattdessen sitze ich hier wie ein verängstigtes Kind ohne Nachtlicht und traue mich nicht, die Blende über meinem Kopf zu öffnen. Ich will die Hunde nicht herausfordern.

Ich stehe auf, lasse meine Hand die Wand entlang gleiten und hoffe, dass ich einen Schalter, einen Knopf oder sonst etwas ertaste. Schließlich stoße ich auf eine weitere Blende.

Ich glaube nicht an Gott, aber ich bete, während ich daran ziehe.

Das Zimmer sieht genauso aus wie das mit den Hunden; an der Rückseite sind zwei Fenster, an denen schwarze Blenden hängen, und eine Tür mit einem glänzenden Türknauf. Aber diesmal liegt ein athletischer Kerl Mitte zwanzig auf dem Bauch in der rechten Ecke. Er ist nackt und trägt nur eine silberne Halskette. Er verbirgt sein Gesicht in seiner muskulösen Armbeuge. Da sind keine Hunde.

Ich klopfe ans Fenster und hoffe, dass der Typ mir helfen kann. Er rührt sich nicht. Ich hole Anlauf und werfe mich mit meinem vollen Gewicht dagegen. Er bewegt sich immer noch nicht, deshalb tue ich es noch einmal. In meiner Schulter riss etwas, als ich gegen das Fenster knallte. Er zuckt zusammen.

„Na los. Komm schon, du großer Scheißkerl. Steh auf!“

Der Mann bewegt sein Arm und enthüllt sein Gesicht. Seine ganze linke Körperhälfte liegt flach am Boden. Er öffnet die Augen und starrt mich an.

Ich winke ihn zu mir. „Komm schon!“

Die Hälfte seines Gesichts liegt immer noch am Boden, aber er legt beide Hände auf den Boden und drückt. Es sieht wie eine Art Liegestütze aus, bei der man den Kopf nahe am Boden hält. Sein Nacken zieht sich in die Länge und die Haut an seiner Wange dehnt sich.

Erst zwei Zentimeter, dann drei; die Haut dehnt sich immer mehr. Er bewegt abrupt den Kopf und die Haut reißt; ein großer Hautfetzen bleibt am Boden kleben, der Rest baumelt seitlich an seinem Gesicht.

Als er aufsteht und schwankend auf mich zukommt, sehe ich, dass sein ganzer Körper mit Blasen bedeckt ist und sich Schweißströme zwischen ihnen hindurchschlängeln. Auf seiner Brust schimmert ein Kruzifix, das an einer silbernen Kette hängt. Er hat einen geistesgestörten, wahnsinnigen Blick. Nach zwei weiteren Schritten fällt er auf das eine Knie. Es fehlt Haut an seinen Unterarmen und Oberschenkeln. Von seinem rasierten Kopf steigt Dampf auf. Er sagt etwas, das ich nicht hören kann.

Ich zeige auf die Wand. „Die Tür! Öffne die Tür!"

Er schüttelt den Kopf, das Kruzifix schimmert noch heller und es steigt noch mehr Dampf von seinem Kopf auf.

Mein Zimmer ist immer noch kalt und feucht. Sogar das Glas ist kühl.

Er kommt auf mich zu und winkt mich vom Fenster weg. Mit jedem Schritt lässt er Hautfetzen zurück, die am Boden klebenbleiben.

Ich wende mich ab. Das Licht aus dem Ofenraum beleuchtet die Wände. Da ist der glänzende Türknauf. Die Tür kann ich nicht sehen, nur den Knauf. Ich greife danach und will ihn drehen, aber er spult in meiner Hand. Wegen der vielen Schatten kann ich fast nichts erkennen, aber es sind keine Risse in der Wand, keine Spur von einer Tür.

Ich drehe mich wieder um, als das Licht schwächer wurde. Die dampfende Silhouette des Mannes mit den Blasen füllt fast das ganze Fenster aus und verdeckt die fluoreszierenden Lichter. Obwohl ich mir wie ein Arsch vorkomme, winke ich ihn weg und drehe ihm den Rücken zu.

Er bleibt noch eine Sekunde lang stehen, dann fällt er auf die Knie. Das Licht in seinem Zimmer erlischt.

Mein Herz rast. Was zum Teufel passiert hier? Jemand hat das Licht ausgeschaltet. Wann wird mein Licht angehen? Was passiert, wenn es eingeschaltet wird? Vielleicht bin ich nur hier, um zuzusehen, obwohl ich ziemlich sicher bin, dass ich nicht einfach nur ein Zeuge bin.

Ich taste weiter an der Wand entlang, aber es gibt keine andere Tür. Es muss irgendwo einen Eingang geben; irgendwie bin ich ja hier reingekommen. Etwa durch das Zimmer mit den Hunden?

Ich erreiche die Ecke und höre plötzlich Wasser. Ich gehe weiter. Mein Fuß steht plötzlich im Wasser. Ich gehe weiter. Das Wasser steht bis zu meinem Knöchel. Ich gehe weiter. Ich stehe wieder vor dem ersten Fenster und das Wasser steht mir bis zu den Waden. Ich lasse mich auf alle Viere fallen und ertaste die Fliesen. Da ist ein Strom. Er kommt aus der Nähe. Ich finde das Gitter, aus dem das Wasser strömt. Es wird von unten ins Zimmer gepumpt. Ich setze mich aufs Gitter, aber es reicht nicht aus, um den Strom zu blockieren, nicht einmal, wenn ich zusätzlich meine Hände benutze. Das Wasser steht mir jetzt bis zur Brust. Ich muss das Gitter blockieren. Ich ziehe mein T-Shirt aus, zerknülle es und drücke es aufs Gitter, aber ich kann immer noch spüren, wie das Wasser pulsiert. Ich ziehe meine Hose aus, obwohl ich weiß, dass es nicht viel bringen wird. Ich bin nackt und denke an die Männer in den anderen Zimmern. Waren sie gezwungen, sich auszuziehen, genauso wie ich?

Das Wasser steigt schnell. Es steht mir bis zum Hals. Ich habe nur noch ein paar Minuten, dann wird das ganze Zimmer überflutet sein. Ich rudere mit den Armen, schiebe das Wasser von mir weg. „Was zum Teufel willst du?“ Diese Frage stelle ich immer wieder, aber es antwortet niemand. „Ich gebe dir alles, was du willst. Was auch immer ich dir angetan habe, ich werde es wiedergutmachen. Ich schwöre es.“ Das Wasser berührt mein Kinn, aber ich höre nicht auf, mich zu bewegen. In der Mitte der hinteren Wand erscheint der helle Umriss eines Rechtecks, dessen unteres Drittel im Wasser schimmert.

Ich fange an zu schwimmen. Ich bin ein paar Meter von der Wand entfernt, als ich auftauche und tief Luft hole. Das Wasser scheint nicht mehr zu steigen, aber ich höre ein Zischen und der stechende Geruch von Chlor steigt mir in die Nase. Ich nehme an, dass das Wasser chemisch behandelt ist und atme noch einmal tief durch. Ich habe den metallischen Geschmack von Pfeffer und Ananas im Mund. Meine Kopfhaut und mein Gesicht beginnen zu brennen.

Ich lasse den Kopf sinken und schließe die Augen. Mein Gesicht brennt nicht mehr, aber dafür mein Nacken. Ich habe mir oft genug den *History Channel* angesehen, um zu wissen, was Chlorgas bewirken kann.

Meine Füße berühren nicht mehr den Boden, ich treibe einfach im Wasser. Das Wasser ist bis zu etwas, das wie ein Fenster aussieht, gestiegen. Ich taste unter Wasser nach der Blende, aber da ist keine, nur glattes, dickes Glas.

Ich tauche auf, um Luft zu holen. Mein ganzer Körper brennt. Ich tauche wieder unter, um den Schmerz zu lindern. Auf der anderen Seite des Fensters schießt ein Schatten in die Höhe und eine Frau, die ich noch nie gesehen habe, starrt mich an. Sie trägt noch Kleider. Für sie fängt es gerade erst an.

Ich schreie um Hilfe und zeige auf das Glas. Ich sage, sie solle etwas holen, um es zu zerbrechen, aber sie weicht zurück.

Es dröhnt in meinen Ohren. Ich versuche aufzutauchen, aber das Wasser hat schon die Decke erreicht. Ich halte meinen Blick auf die Frau gerichtet. Sie tritt einen weiteren Schritt vom Fenster zurück, was ich ihr nicht übelnehme. Vielleicht bin ich ihr erstes Fenster. Vielleicht findet sie einen Ausweg.

Ihr kostenloses Buch wartet auf Sie

Drei kurze Horrorgeschichten und ein Non-Fiction-Artikel von Mark Tullius, einem der schlagkräftigsten Autoren auf dem Markt. Die Geschichten werden Sie bestimmt mehr als nur ein wenig beunruhigen.

Die Protagonisten sind:

Ein übergewichtiger Vater, der von seiner Familie ignoriert wird und den ultimativen, jedoch unerwarteten Preis für seine Sünden bezahlt

Ein Gangmitglied, das in eine Kirche in der Nachbarschaft einbricht, der das quälende Gefühl hat, dass irgendetwas überhaupt nicht stimmt

Ein Kameramann, der sich nach der Aufdeckung eines Menschenhandelsrings in einer ausweglosen Situation befindet

Ein alternder Autor, der den Preis für seine draufgängerische Vergangenheit bezahlt und jetzt alles daran setzt, sein Gehirn zu reparieren

Diese schockierenden Geschichten machen Lust auf mehr.

Holen Sie sich ein kostenloses Exemplar der Kollektion „Gruselige Leckerbissen - eine beunruhigende Vorspeise" hier: https://www.marktullius.com/free-book-is-waiting

REZENSION

Wenn Ihnen dieses Buch gefallen hat, würde ich mich freuen, wenn Sie sich einen Moment Zeit nehmen, um eine kurze Rezension zu schreiben. Für unabhängige Autoren wie mich sind Mundpropaganda und Rezensionen besonders hilfreich. Es spielt keine Rolle, ob sie dem Buch einen oder fünf Sterne geben, ich schätze Ihr ehrliches Feedback.

Vielen Dank!

SHT oder CTE: Was zum Teufel stimmt nicht mit mir?

PROLOG

Ich sollte nie wieder eine Waffe besitzen. Das habe ich gerade niedergeschrieben, bevor ich es wegrationalisiert habe.

Mir selbst keine Waffe anzuvertrauen, ist ein beängstigender Gedanke, nicht der, den ich an einem Samstagabend haben sollte, nachdem ich in der ersten Reihe beim Subversive Brazilian Jiu-Jitsu Turnier gesessen habe, das meine 10th Planet Teamkollegen dominiert haben. Ich war versucht, vor der Show Cannabis zu konsumieren, aber ich blieb absichtlich nüchtern, weil ich mir bewusst war, dass ich in einer schlechten Stimmung war, die untersucht werden musste, anstatt sie im Rauch zu versenken.

In der Nähe von Menschenmengen ist meine Angst generell groß, und laute Musik verstärkt sie nur noch. Meine Frau, Jen, war verständnisvoll und half mir am Veranstaltungsort damit umzugehen. Und obwohl ich die Spiele genoss, wurde mir in den Pausen zwischen ihnen klar, dass es ein Problem gab. Alle anderen unterhielten sich und hatten Spaß, und ich saß da am Rande der Tränen, unfähig zu erklären, was zur Hölle ich durchmachte.

Jetzt, wo ich sicher zu Hause bin und darauf warte, dass mein Verdampfer warm wird, verstehe ich, dass ein Teil des Problems eine Depression ist. In den letzten zwei Jahren konnte ich aufgrund von Nacken-, Rücken- und Schulterproblemen nicht viel trainieren. Jiu-Jitsu war ein großer Teil meines Lebens und es ist ätzend, nicht trainieren zu können. Doch es steckt noch mehr dahinter.

Nachrichtenberichte wiederholen sich immer wieder in meinem Kopf. Junior Seau und Andre Waters, die sich umgebracht haben. Aaron Hernandez und sein zerstörtes Gehirn, verurteilt für den Mord an einem Freund. Ich mache mir Sorgen um Gary Goodridge und meine zahlreichen MMA- und Boxfreunde, die mit unterschiedlichen Graden von Hirnschäden zu kämpfen haben. Ich denke an meine Teamkollegen von der Brown University, die sich mit Hirnforschung beschäftigen. Mit einem von ihnen habe ich gerade drei Tage lang darüber gesprochen, was die Chronische

Traumatische Enzephalopathie (CTE) mit seinem Leben angerichtet hat und dass er aufgrund der Kombination aus der neurodegenerativen Krankheit und akuter myeloischer Leukämie nur noch kurze Zeit zu leben hat. Dieser Mann, dem man gesagt hatte, er habe den Frontallappen eines 75-Jährigen, ratterte Geschichten über mich herunter, an die ich mich nicht mehr erinnern kann, meine Zeit an der Brown und ein Großteil meines Lebens sind verschwommen.

Ich sage mir selbst, dass ich darüber hinwegkommen soll; ich mache das zu etwas Größerem, als es sein muss. Ich hatte nicht annähernd so viele Kopftraumata wie die NFL-Spieler. Abgesehen von übermäßigem Koffein- und Cannabiskonsum habe ich in den letzten zehn Jahren einen gesunden Lebensstil geführt. Wenn sich mein Gehirn verschlechtert, würde ich das sicher bemerken.

Aber ich kann nicht leugnen, dass das Gefühl zurück ist. Jenes, welches ich durch Yoga, Jiu-Jitsu, kognitive Therapie, Meditation, Kältetherapie, Alkohol und Psychedelika in Schach gehalten habe. Dieses dunkle, beängstigende Gefühl, das ich habe, seit ich zehn bin, wenn nicht sogar jünger.

Die Mischung aus Wut und Depression passt nicht mehr zu mir. Früher tat sie das, für das explosive Kind, den gestörten Teenager, den gescheiterten Boxer, den Verlierer, der nie etwas aus seinem Abschluss gemacht hat. Aber jetzt habe ich ein schönes Leben mit einer wunderbaren Frau und zwei unglaublichen Kindern. Wir sind finanziell abgesichert und alle sind gesund. Ich habe enge Freunde und ein gutes Unterstützungssystem. Ich veröffentliche Bücher in einem ordentlichen Tempo und habe eine Balance zwischen Familie und Schreiben gefunden.

Mein Verdampfer ist aufgewärmt, also schalte ich ihn ein, fülle den Beutel mit THC und atme ein. Lege noch einmal nach, denn, heilige Scheiße, ich will, dass dieses Gefühl verschwindet.

Aber ich bleibe dabei, ich will kein Feigling sein. Vielleicht hatte ich Glück und bin mit einem widerstandsfähigen Gehirn gesegnet, all die Gehirnerschütterungen und K.-o. Schläge haben keine bleibenden Auswirkungen. Jeder, der meine Romane gelesen hat, weiß, dass ich ein Schwarzseher bin, vielleicht bin ich also einfach dazu verdrahtet, mich auf das Negative zu konzentrieren. Und selbst wenn all diese Hirnverletzungen

Probleme verursachen würden, hätte ich sie sicher schon überwunden, besonders mit dem Behandlungsprotokoll, das ich einhalte.

Aber trotzdem muss ich die Symptome in Betracht ziehen.

Impulsives Verhalten: Schuldig. Ob Glücksspiel, Videospiele oder Drogen, ich kann ein Süchtiger sein.

Gedächtnisverlust: Das hier ist nicht einmal lustig. Ich kann Ihnen nicht sagen, wie oft mir Freunde Fotos von Veranstaltungen gezeigt haben, um zu beweisen, dass ich dabei war. Ich schiebe es auf das Kiffen.

Schwierigkeiten beim Planen und Ausführen von Aufgaben: Es dauert Tage, bis ich auf E-Mails antworte. Die kleinsten Dinge werden aufgeschrieben, in der Hoffnung, dass ich sie eines Tages erledigen werde.

Substanzmissbrauch: Einunddreißig Jahre Cannabis und mehr, verbunden mit vielen Experimenten.

Emotionale Instabilität: Das ist nicht immer der Fall. Normalerweise bin ich ein ziemlich glücklicher, sogar liebenswerter Typ, aber es braucht nicht viel, um das Schiff ins Wanken zu bringen. Eine Nacht mit schlechtem Schlaf und meine Emotionen sind völlig durcheinander. Ich reagiere nicht gut auf Konfrontationen.

Depression oder Apathie: Bis vor einem Jahr hätte ich mich nie als depressiv bezeichnet, aber das liegt nur an dem Stigma, das hinter diesem Wort steckt. Es lässt sich nicht leugnen, dass es das ist, was ich erlebe.

Selbstmordgedanken oder -verhalten: Ich kämpfte fast mein ganzes Leben damit und verbrachte zu viele meiner Nächte auf dem College mit einer Waffe im Mund. Jetzt, wo ich Kinder habe, würde ich so etwas nie tun, und der Drang jedoch schlummerte in den letzten zehn Jahren in mir, aber selbst eine Spur dieser Selbstzerstörungskraft ist etwas, dessen ich mir bewusst sein muss.

Unabhängig von der Quelle des Schadens stimmt also etwas nicht mit mir. Ob es nun von einer traumatischen Hirnverletzung (SHT), CTE, Drogenmissbrauch, Narben aus der Kindheit oder der guten alten Genetik herrührt, mein Gehirn ist in keiner guten Verfassung.

Aber es ist alles gut.

Ich werde es in Ordnung bringen.

Das muss ich.

JETZT AUF DEUTSCH ERSCHIENEN

SHT oder CTE: Was zum Teufel stimmt nicht mit mir?

Ein Autor mit einer draufgängerischen Vergangenheit legt das Romanschreiben beiseite, um sich einer wichtigen Aufgabe zu widmen: Menschen in seinem Umfeld zu helfen, die mit einer Kopfverletzung zu kämpfen haben, und sie dabei zu unterstützen, den Weg nach vorne zu bahnen.

Doch dann stellt ein schicksalhafter Arztbesuch seine ganze Welt auf den Kopf ...

Der ehemalige Kämpfer und Ivy-League-Fußballspieler Mark Tullius will Freunden helfen, die an einem Schädel-Hirn-Trauma (SHT) und an chronischer traumatischer Enzephalopathie (CTE) leiden. Als ihm jedoch ein Scan seiner eigenen grauen Zellen vor Augen gehalten wird, verändert sich sein Leben für immer. Nachdem er sich jahrelang etwas vorgemacht und darauf bestanden hat, dass es ihm gut geht, muss er sich der Tatsache stellen, dass er sich im Feld und im Ring möglicherweise bleibende Hirnschäden zugezogen hat.

Tullius ist es leid, das Handtuch zu werfen, sobald Schwierigkeiten auftauchen, und nimmt sich vor, seine Genesung in ein Abenteuer zu verwandeln, das sich um Gesundheit, Glück und Selbstfindung dreht. Er erzählt seine Geschichte und teilt seinen Weg, seine Recherchen und seine Freude mit Ihnen, in der Hoffnung, dass auch Sie sich wieder erholen können und einen Weg aus der Dunkelheit finden. Dieses beeindruckende Zeugnis menschlicher Geistesstärke balanciert wissenschaftliche Fakten mit persönlichem Triumph und ist ein reiner Lesegenuss.

Wenn Sie nach einer Alternative zu medizinischen Wälzern über SHT und CTE suchen, ist Tullius' wahre und unglaubliche Saga ein lebensveränderndes muss!

Brightside

In der ganzen Nation werden Telepathen zusammengetrieben und in die schöne Bergstadt Brightside geschickt. Man sagt ihnen, dass es dort genauso ist wie überall sonst, wahrscheinlich sogar schöner. Solange sie sich an die Regeln halten und nicht daran denken, jemals zu gehen. Joe Nolan ist einer der Angeklagten, ein Mann, der sein Leben damit verbracht hat, Dinge zu hören, die die Leute ungesagt ließen. Und jetzt bezahlt er an seinem hundertsten Tag in Brightside dafür und kämpft darum, sein Geheimnis in einer Stadt zu bewahren, in der kein Gedanke sicher ist.

Jenseits von Brightside

Der spannende Abschluss der Brightside-Saga. Dieser düstere Psychothriller beendet die unglaubliche Brightside-Saga! Schnappen Sie sich Ihr Exemplar und finden Sie heraus, warum Rezensenten sagen, es sei „… ein dunkles, verdrehtes Ende für eine seltsame und originelle Geschichte“.

Vor Brightside: Mandy

Eine Kurzgeschichte, in der sich der Protagonist von Brightside, der jugendliche Joe Nolan, in einer kompromittierenden Lage befindet. Der Leser erfährt, dass die Menschen im Leben des Telepathen von klein auf oft annehmen, sie wüssten genau, was er will, obwohl er es doch ist, der ihre persönlichsten Gedanken und Wünsche kennt.

Diese Geschichte ist für ein erwachsenes Publikum gedacht.

JETZT AUF ENGLISCH ERSCHIENEN

Ain't No Messiah

Die Coming-of-Age-Geschichte von Joshua Campbell, einem Mann der todesverachtenden Wunder, dessen Vater ihn als die Wiederkunft Christi verkündet.

Dieser psychologische Thriller führt uns durch Joshuas Kindheit, in der er von seinem irdischen Vater körperlich und emotional missbraucht wurde, und ins Erwachsenenalter, in dem Joshua versucht, sich von seiner Familie und seiner Kirche zu lösen, um sein Glück zu finden.

Die ganze Welt sieht zu, wie Joshua sich darauf vorbereitet, der Welt endlich zu zeigen, wer er wirklich ist.

Untold Mayhem

24 einzigartige Geschichten von Wahnsinnigen und Monstern. Krimigeschichten voller Spannung, Horror und Mystery. Tauchen Sie ein in die Welt von Untold Mayhem.

Try Not to Die: In Brightside

Mark und 10. Planet Jiu Jitsu-Teamkollegin Dawna Gonzales setzen die Brightside-Saga fort und schließen die Lücke zwischen dem ersten Buch und der Fortsetzung, diesmal aus der Sicht einer weiblichen Teenager-Telepathin.

Try Not to Die: In the Pandemic

Mark und John Palisano führen die Leser in diesem interaktiven Abenteuer ohne Unterbrechung durch die intensivste Stunde, die sie jemals auf einem Kreuzfahrtschiff verbringen werden.

Try Not to Die: In the Wizard's Tower

Mark und Michael Sage Ricci haben das erste Buch dieser Fantasy-Trilogie geschrieben. Schließe dich Lucky the Sketch an, während er versucht, dem Turm des Zauberers zu entkommen.

Twisted Reunion

"Altehrwürdiger Schrecken mit einer Prise Innovation" - Kirkus Rezensionen

Tauchen Sie mit 28 schaurigen Geschichten tief in die Dunkelheit ein. Erforschen Sie Herzschmerz, Glück und Horror in dieser Sammlung aller Geschichten aus *Each Dawn I Die*, *Every One's Lethal* und *Repackaged Presents*, plus zwei Bonusgeschichten.

25 Perfect Days: Plus 5 More

Ein totalitärer Staat entsteht nicht einfach über Nacht. Es ist ein langsames, gefährliches Abgleiten. 25 Perfect Days Plus 5 More beschreibt den Weg in eine höllische Zukunft mit Nahrungsmittelknappheit, verseuchtem Wasser, weitreichenden Inhaftierungen, einer ultra-radikalen Religion und den extremen Maßnahmen zur Reduzierung der Bevölkerung. In 30 miteinander verknüpften Geschichten, die jeweils aus der Sicht eines anderen Charakters geschrieben sind, fängt 25 Perfect Days die Opferbereitschaft, den Mut und die Liebe ein, die nötig sind, um diesen dystopischen Alptraum zu überleben und schließlich zu überwinden.

Try Not to Die: At Grandma's House

Es ist Großmutters Haus - ruhig, gemütlich, eingebettet in einen kleinen Berg in West Virginia. Was könnte da schon schiefgehen? Eine ganze Menge, um ehrlich zu sein.

Also halten Sie sich den Rücken frei. Wählen Sie mit Bedacht. Ein falscher Schritt kann Sie und Ihre kleine Schwester umbringen.

Um zu überleben, kämpfen Sie gegen Kreaturen, Bestien und sogar Ihre Großeltern, während Sie das Geheimnis um den Tod Ihres älteren Bruders in dieser interaktiven Graphic Novel lüften.

Unlocking the Cage

Für sein erstes Sachbuchprojekt reiste Tullius drei Jahre lang in 23 Staaten und besuchte 100 Fitnessstudios, wo er 340 Kämpfer interviewte, um zu verstehen, wer MMA-Kämpfer sind und warum sie kämpfen.

"Das Ergebnis ist eine überraschend aufschlussreiche Lektüre, die nicht nur für Enthusiasten des Boxens, Kämpfens und MMA im Besonderen zu empfehlen ist, sondern vor allem für Außenstehende, die die Idee eines solchen Sports verabscheuen, ohne seine Akteure wirklich zu verstehen. Diesem Publikum werden die Augen über viele Dinge geöffnet, einschließlich der Entwicklung von Werten und Reifeprozessen im Leben, und es wird entdecken, dass Unlocking the Cage auch vorgefasste Meinungen über einen wenig verstandenen Sport aufdeckt." - D. Donovan, Senior Reviewer, Midwest Book Review

ÜBER DEN AUTOR

Mark Tullius ist der Autor von *Unlocking the Cage, Ain't No Messiah, Twisted Reunion, 25 Perfect Days, Brightside* und ist der Schöpfer der *Try Not to Die*-Serie. Mark wohnt mit seiner Frau und seinen zwei Kindern in Südkalifornien.

Um Mark zu folgen und sich mit ihm zu verbinden, klicken Sie bitte auf:: https://youcanfollow.me/MarkTullius

Um sich für Marks spamfreien Newsletter anzumelden, besuchen Sie seine Website: https://www.marktullius.com/

Seien Sie der Erste, der erfährt, wenn Marks nächstes Buch verfügbar ist! Folgen Sie ihm auf https://www.bookbub.com/authors/mark-tullius um eine Benachrichtigung zu erhalten, wenn er eine Neuerscheinung vorstellt, die Möglichkeit einer Vorbestellung zur Verfügung steht oder einen Rabatt anbietet!

Podcast - https://viciouswhispers.podbean.com
Goodreads - https://www.goodreads.com/author/show/6115084.Mark_Tullius
Website - www.MarkTullius.com
Instagram - @author_mark_tullius
Facebook – http://www.facebook.com/AuthorMarkTullius
Twitter - https://twitter.com/MarkTullius
YouTube – http://www.youtube.com/MarkTullius

Um kostenlose Hörbücher zu hören und Marks wöchentlichen Tiraden zu lauschen, sollten Sie nach seinem neuen Podcast, "Vicious Whispers mit Mark Tullius" Ausschau halten, den finden sie auf YouTube, iTunes, iHeart Radio, Spotify, Stitcher und an anderen Orten, an denen Podcasts gespielt werden.

PODCAST

Wenn Sie sich kostenlose Hörbücher und Marks wöchentliche Tiraden anhören möchten, suchen Sie nach seinem neuen Podcast *Vicious Whispers with Mark Tullius,* den Sie auf iTunes, Stitcher und anderen Podcast-Plattformen finden.

https://viciouswhispers.podbean.com

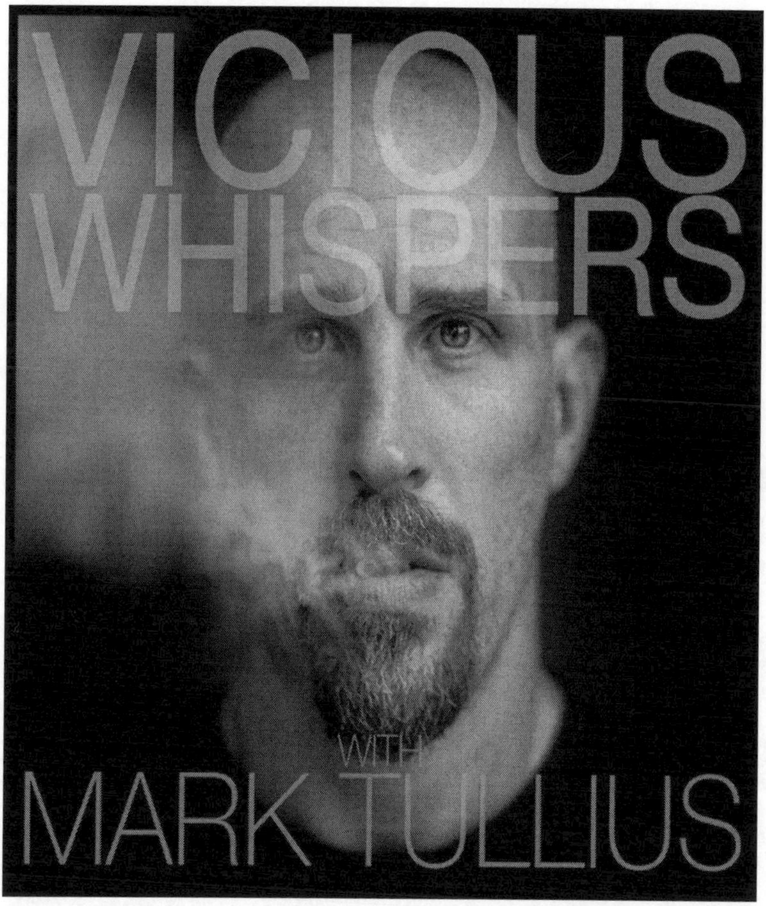

VINCERE
PRESS
Herausgegeben von Vincere Press
65 Pine Ave., Ste. 806
Long Beach, CA 90802

TOTENTANZ - Makabre Begegnungen

Twisted Reunion (English version)

Gedruckt in den Vereinigten Staaten von Amerika
Erste Ausgabe
ISBN: 978-1-938475-89-4

Cover-Design von Michael Squid www.mrmichaelsquid.com

„Da draußen" wurde erstmals in 2007 von *On the Premises* veröffentlicht.
„Gruppensitzung" wurde erstmals in 2006 als „Judge, Juror, and Executioner" von *Meat Grinder Press* veröffentlicht.
„Gespaltene Entscheidung" wurde erstmals in 2003 von *Wild Child*veröffentlicht.
„Die Künstlerin" wurde erstmals in 2008 von *Nossa Morte* veröffentlicht.
„Schlechte Angewohnheiten" wurde erstmals in 2008 von *Black Ink Horror #4*, Sideshow Press, veröffentlicht.
„Wenn es regnet" wurde erstmals in 2008 von *Abominations*, Shroud Publishing, veröffentlicht.
„Armeefutter" wurde erstmals in 2006 von von *Black Ink Horror #0* , Sideshow Press, veröffentlicht.
„Der Schreckensmoment" wurde erstmals in 2005 von Dredtales veröffentlicht.
„Leckerbissen um Mitternacht" wurde erstmals in 2005 von Wicked Karnival, Sideshow Press, veröffentlicht.
„Fliegen schießen" wurde erstmals in 2007 als „Drawing Flies" von *Black Ink Horror #1* , Sideshow Press, veröffentlicht.
„Die Feiertage überleben" wurde erstmals in 2008 von *Black Ink Horror #5*, Sideshow Press, veröffentlicht.
„Schatten des Todes" wurde erstmals in 2007 von Magus Press veröffentlicht.
„Buch der Offenbarung" wurde erstmals in 2008 von *Bound for Evil* , Dead Letter Press, veröffentlicht.
„Jede kostbare Sekunde" wurde erstmals in 2014 von Vincere Press veröffentlicht.
Alle anderen Geschichten wurden erstmals in 2015 von Vincere Press in *Every One's Lethal* and *Every Dawn I Die* veröffentlicht.

Printed in Poland
by Amazon Fulfillment
Poland Sp. z o.o., Wrocław

23058323R00157